LES THÉBAINES

*De roche et d'argile***

Née au Mans, Jocelyne Godard a été journaliste d'entreprise et photographe. Après avoir publié des poèmes, elle a créé et dirigé une revue de poésie et fait paraître deux essais : *Elles ont signé le temps* et *Léonor Fini ou les métamorphoses d'une œuvre*, ainsi qu'un roman historique *Dhuoda ou le destin d'une femme écrivain en l'an 840*. Passionnée par les femmes célèbres du passé, elle est l'auteur de la saga des *Thébaines* qui comprend six volumes.

Paru dans Le Livre de Poche

LES THÉBAINES

La Couronne insolente*

JOCELYNE GODARD

Les Thébaines

De roche et d'argile**

ROMAN

LE SEMAPHORE

« J'étais assise dans mon palais et je me souvins de celui qui m'avait créée. Alors, mon cœur décida d'ériger pour lui deux obélisques d'électrum dont les sommets se mêleraient aux cieux parmi les grands pylônes qu'a élevés mon père. Que chacun se dise que Ma Majesté est la fille du seigneur des Deux Trônes et que l'on me glorifie. »

(Extrait de bas-relief du Temple de Deir-el-Bahari)

HISTORIQUE

Quand le père d'Hatchepsout — Thoutmosis 1er — meurt, ne laissant que sa fille héritière du trône, celle-ci décide de régner en co-régence avec son époux et demi-frère qui, de son règne assez bref, ne laisse que peu de traces dans les annales de l'Egypte ancienne.

A cette époque de la XVIIIe dynastie, les envahisseurs sont tous refoulés des frontières, Hyksos au nord et Nubiens au sud. Seul, demeure le royaume du Mitanni qui, par la suite, devait devenir un redoutable adversaire.

Dans cette poussée plutôt favorable, reste à développer l'agriculture et l'artisanat qui, depuis longtemps, subissaient les aléas des guerres, accroître le commerce des matières premières : le calcaire, l'albâtre et les turquoises, enfin reprendre les échanges avec les pays voisins en favorisant davantage les transports et la navigation. Et, pour satisfaire ce vaste programme, il fallait un règne de paix qu'Hatchepsout s'apprête à suivre.

Ahmosis, Aménophis et Thoutmosis, les prédécesseurs d'Hatchepsout avaient, ainsi, ouvert une nouvelle dynastie qui, de prestige en prestige, devait durer des siècles.

Quand Hatchepsout se fait sacrer Pharaon des Deux Egyptes, endossant la double couronne, tenant le sceptre et le fouet symbolique, posant la barbe postiche sous son fin menton, elle prend conscience que son pays n'a plus besoin de guerre, mais d'harmonie intérieure.

Elle s'entoure de quelques vieux fidèles ayant servi son père et s'adjoint de loyaux collaborateurs tels que Hapouseneb le Grand Prêtre d'Amon, Pouyemrê le Grand Trésorier, Senenmout, l'Architecte et Néhésy le Chef de toutes les Polices.

Le règne de la pharaonne Hatchepsout se partage entre le temps des constructions et le temps des voyages.

C'est en abordant cette époque de paix où l'armée n'a plus sa place qu'Hatchepsout agrandira et fortifiera Karnak et son temple d'Amon, élèvera des obélisques à pointe d'électrum, rénovera les villes de Thèbes, Edfou, Abydos, Denderah et, descendant jusqu'à la deuxième cataracte, multipliera les temples aux frontières nubiennes. Puis, sur sa lancée de bâtisseuse, elle ordonnera la construction de sa demeure éternelle sur le site prodigieux de Deir-el-Bahari.

Une autre partie de son règne concernera les voyages. Une expédition dirigée par Néhésy partira d'Egypte vers le célèbre Pays du Pount, pays étrange qu'il fallait trouver en accédant par l'une des embouchures du Nil ou directement par le port de Quoser, sur la côte de la mer Rouge. L'expédition en rapportera les parfums indispensables au plaisir des dieux, ceux-là mêmes qui ont placé Hatchepsout sur le trône et qu'elle ne veut pas trahir.

Après un règne d'environ dix-huit ans, Hatchepsout disparaîtra dans des circonstances que nous ignorons — trop de textes inscrits sur les bas-reliefs ont été effacés après sa mort pour que l'on puisse en savoir plus — laissant la place au troisième des Thoutmosis, fils bâtard de son époux qui, bien entendu, n'attendait que ce jour pour effacer enfin la mémoire d'Hatchepsout.

Ces multiples inscriptions disparues, retrouvées parfois, ajoutées à toutes celles qui malgré tout sont restées, peuvent témoigner de la grandeur et de la longévité du règne d'Hatchepsout.

CHAPITRE I

Sacrée Pharaon devant son peuple et devant les dieux, Hatchepsout pouvait se consacrer à la sauvegarde de la paix et à l'enrichissement de son pays.

Thoutmosis II, son demi-frère et époux venait de mourir, à peine âgé de trente ans, n'ayant laissé que quelques souvenirs assez fades de son passage sur le trône et un petit bâtard âgé de quelques mois, né de sa concubine Isis.

Le front levé et rehaussé de la double couronne, le buste entièrement recouvert du lourd pectoral d'or et de bronze, la main enserrant le sceptre, symbole de tous les pouvoirs, la barbe rigide taillée en pointe, qu'elle se gardait bien d'oublier, solidement fixée à son fin menton, Hatchepsout respirait. Son règne de reine et de Grande Epouse Royale était révolu.

Jamais encore une femme ne s'était fait sacrer pharaon dans l'histoire de l'Egypte ancienne. Hatchepsout avait osé ! Et, c'est avec détermination et sagesse qu'elle amorçait la conduite et le gouvernement de son pays.

Certes, elle connaissait avec précision l'histoire de ses prédécesseurs qui la reliait aux dieux qu'elle incarnait et aux croyances dans lesquelles ses ancêtres l'immergeaient, ayant eux-mêmes vénéré Amon installé depuis quelques décennies au temple de Karnak qu'ils lui avaient construit.

La XVIIIe dynastie étant assise confortablement,

les caisses du trésor regorgeant d'or et les silos des greniers débordant de blé, Hatchepsout devait avoir l'intelligence et la sagesse de profiter de cette harmonie pour implanter ses idées.

Ce vaste projet s'incrustait de jour en jour dans l'esprit de la pharaonne, prenant ses bases dans les concepts mêmes qu'avaient tenté de développer ses aïeuls trop préoccupés par les guerres pour en assurer la continuité. Ce plan devenait si clair et si précis qu'il s'imposait à elle comme un besoin de respirer, de vivre, d'exister.

La besogne ne ferait pas défaut. Il fallait instaurer une architecture nouvelle, développer un commerce qui ne demandait qu'à devenir prospère, créer un artisanat dont la richesse et l'opulence engendreraient le négoce jusqu'aux frontières, accroître les transports et la navigation sur le Nil en construisant de nouveaux vaisseaux qui par le Nord sillonneraient la Méditerranée et par le Sud atteindraient la Nubie.

Elaborant avec patience et minutie ce projet, Hatchepsout se gardait bien de rêver béatement en se laissant éventer par quelques servantes accomplies. Se prélasser douillettement en son palais frais et ombragé que sycomores et palmiers-dattiers entouraient de part en part, aurait certes freiné son énergie.

Le travail l'attendait au détour de chaque ville, chaque temple anéanti ou détérioré par les Hyksos. Les Hyksos ! Hatchepsout connaissait ce peuple barbare qui, peu à peu, à force de combats et de guerres, s'était vu impitoyablement repoussé par ses ancêtres des frontières de l'Egypte.

Pendant plus d'un siècle, ces envahisseurs sémites venant d'Asie s'étaient sauvagement imposés dans le Delta. Ils contrôlaient alors toute la Basse Egypte en surveillant l'ensemble de la dynastie thébaine et en installant des garnisons aux endroits stratégiques. Puis, remontant le Nil, ils étaient allés jusqu'à passer des alliances avec les Nubiens pour avantager leur propre situation.

Lorsque Ahmosis avait abordé la nouvelle dynastie avec détermination et confiance, une guerre de libération avait été engagée, réclamant une longue période d'énergie et de peine. Avaris, le roi Hyksos, était tombé à l'issue d'un siège tenace et, là encore, il avait fallu au pharaon Ahmosis beaucoup de détermination afin de se maintenir en maître dans son propre pays.

Les Hyksos refoulés, les Nubiens expulsés, la Haute et la Basse Egypte harmonisées, Ahmosis avait entrepris la délicate restauration que son pays réclamait. Mais temples et villes ne pouvaient être reconstruits avant que ne soit stabilisée la position des princes de Thèbes.

Aménophis avait ensuite réouvert les mines et les carrières pour en extraire l'albâtre, le calcaire, l'or et les turquoises. Les échanges commerciaux avec la Libye avaient repris, la navigation sur le Nil s'était développée et le peuple vivait dans une atmosphère plus confiante.

Plus tard, bien que combattant lui aussi la plupart de son temps, Thoutmosis avait réorganisé l'agriculture qui, depuis longtemps, subissait les tristes aléas des guerres. Les famines qui engendraient une très forte mortalité avaient décimé l'Egypte et, dans les champs irrigués par le Nil, avait poussé le divin blé qui nourrissait le peuple.

Sur cette poussée qui avait fait entrevoir aux Egyptiens de meilleurs auspices, ces pharaons avaient pu amorcer un travail de restructuration. Matant encore quelques rebellions nubiennes, ils avaient entrepris de descendre jusqu'à la deuxième cataracte où ils convoitaient l'extraction de l'or, jusqu'alors mal organisée, et plus au sud, le commerce du bétail, des fourrures, du bois d'ébène et autres produits d'Afrique.

Innovateur en tous domaines, le pharaon Aménophis avait fait plus encore, et aujourd'hui Hatchepsout l'en remerciait vivement. Sous son règne, les scribes avaient mis au point un système de recopiage d'œuvres anciennes en créant une corporation d'artistes chargés de décorer les tombes funéraires. Entrait alors davantage le commerce des produits de matières premières comme l'albâtre ou le calcaire en même temps que s'amorçait une culture nouvelle d'écriture et de lecture.

Par ces multiples réformes, le pharaon Aménophis en était venu tout naturellement à soutenir les scribes et les artisans, créant de nouvelles lois afin de mieux les protéger. Mais, pour en revenir aux ancêtres d'Hatchepsout, il faut dire que Thoutmosis 1er, son père, n'avait aucun lien de sang avec son prédécesseur. Néanmoins, ayant su gagner la confiance d'Aménophis qui n'avait pas laissé d'héritier mâle, il avait régné comme troisième pharaon de la XVIIIe dynastie.

Confiance et respect acquis par ses qualités de courage, de diplomatie et d'esprit de justice, par son sens aigu du commerce et des affaires, Grand Général de toutes les armées, ayant secondé Aménophis avec brio, il connaissait mieux que quiconque les affaires de l'Etat lors de son couronnement.

C'est donc tout naturellement qu'Aménophis avait donné sa fille unique Ahmosis, seule détentrice du sang pharaonique, à son fidèle conseiller, lequel devait ouvrir la voie à la lignée des Thoutmosides, sans supposer encore que sa propre fille serait le pur grain de sable qui n'enrayerait en rien l'histoire de son pays.

Si Thoutmosis avait eu affaire à certaines conspirations qui risquaient de mettre en jeu l'équilibre de son pays devenu enfin stable, il avait parfaitement su les contrecarrer et ses expéditions guerrières n'avaient pas été sans apporter l'extension nécessaire à l'Egypte.

Remontant la vallée du Nil et dépassant les territoires qu'avait délimités son prédécesseur en Nubie, il avait fixé une frontière à la hauteur de la troisième cataracte. A présent, une forteresse en délimitait le territoire et les terres avoisinantes. S'étant aventuré ensuite en Palestine et en Syrie, il s'était heurté au royaume du Mitanni qui restait encore un redoutable adversaire.

Homme de combat avant tout, Thoutmosis 1er n'avait guère lésiné sur les expéditions. Il s'était aventuré là où son pays pouvait se développer, s'agrandir, prospérer. Et, si Thèbes restait la ville de prestige, Thoutmosis avait fait de Memphis une base de départ en aménageant un port fluvial tourné vers les pays du Nord.

Mais, que l'armée fût en perpétuel mouvement lors de son règne et qu'elle ne pensât qu'aux incursions en pays voisins n'avait pas pour autant privé les architectes de travail. Tout comme Aménophis l'avait fait, les travaux de restructuration du pays n'avaient pas été négligés.

Sous la conduite d'Inéni, grand architecte royal, le père d'Hatchepsout avait entrepris la construction du temple d'Amon à Karnak, érigé deux obélisques et ordonné la clôture de l'enceinte.

Désormais, il revenait à sa fille de poursuivre son travail d'unification, de grandeur et de prestige du royaume par l'apport de nouveaux temples, de sanctuaires, de monuments funéraires, afin qu'elle soit digne de la descendance si chèrement acquise.

A elle revenait aussi le soin de protéger les artisans et les artistes et plus encore d'aider les scribes littéraires qu'elle ne pouvait négliger si elle désirait faire connaître aux autres peuples le règne qu'elle entamait avec grandeur.

Hatchepsout rehaussa son buste et dressa ses épaules. Elles étaient blanches et menues, frissonnant un peu d'impatience. Tout à l'heure, elles s'enfermeraient dans la lourde carapace de bronze qui cachait si bien ses angoisses.

Son regard se fixa sur l'horizon des sycomores et des palmiers-dattiers qui encombraient le ciel de leurs cimes immobiles et dentelées. Elle eut un sourire presque effacé, s'étonnant que l'audace, la confiance et la peur se fondent si bien en elle.

Sous le court règne du deuxième Thoutmosis, la douce Isis n'avait guère gêné les mouvements grandioses d'Hatchepsout. Elle élevait en paix le fils de feu le pharaon sous l'œil implacable et autoritaire de Moutnéfer.

Installée sur la terrasse ombragée par les immenses palmiers qui la bordaient tout autour, Isis s'était levée tôt ce matin-là, cherchant la fraîcheur d'une journée qui s'annonçait déjà brûlante.

Alors qu'elle jouait de la harpe sous le ciel couleur du lapis-lazuli qu'elle portait à son doigt, Isis regarda d'un œil contrarié Moutnéfer qui lui amenait l'enfant. Pourquoi ressentait-elle toujours cette gêne incontournable quand la vieille femme était près d'elle ?

Un instant, Isis se remémora le peu d'amour qu'elle dispensait autour d'elle depuis qu'Ouadjmosis, le demi-frère d'Hatchepsout, était mort écrasé sous l'énorme bloc de granit que l'on remontait du Nil jusqu'au temple de Karnak où, à l'époque, Isis était danseuse.

Ouadjmosis ! La seule vraie passion d'Isis à qui l'on avait donné, contre son gré, le titre de Seconde Epouse de Pharaon. Elle qui n'aspirait, alors, qu'à vivre au temple sacré à l'ombre d'Ouadjmosis, observant de loin chacun de ses mouvements lorsqu'il était dans son sillage.

Depuis qu'elle était au monde, Isis n'avait fait que subir l'influence de son entourage. Les pressions dont elle faisait l'objet depuis sa naissance s'étaient révélées si néfastes qu'à présent elle avait perdu tout sens critique et toute vision réelle du monde quotidien.

Son oncle, le vieux prêtre Sétoui l'avait étouffée en lui imposant ses désirs et, par la force des choses, Isis avait dansé toute sa jeunesse devant le dieu Amon. Puis, après la pression de Moutnéfer et celle d'Hatchepsout, l'autorité du pharaon était tombée sur elle tel un boulet écrasant les plus menues parcelles d'énergie qui lui restaient encore.

Pharaon étant mort à présent, elle aurait pu jouir d'une relative liberté, mais la présence continuelle de la vieille Moutnéfer l'étouffait et l'obligeait à se retrancher de plus en plus dans ses appartements.

Seconde Epouse du premier Thoutmosis, la vieille femme refusait d'aliéner les privilèges que lui apportait encore la cour de Thèbes, d'autant plus qu'un jour — elle en était assez consciente pour ne pas lâcher un tel morceau de choix — son petit-fils monterait sur le trône.

Forte de ce pouvoir, et sous l'œil malveillant d'Hatchepsout qui ne lui adressait que rarement la parole, Moutnéfer veillait farouchement sur l'enfant, outrepassant plus qu'il ne fallait ses droits en surveillant chaque mouvement de la jeune mère que trop de soumission habitait.

A l'arrivée de Moutnéfer, Isis posa sa petite harpe sur le sol, sourit à son fils, le prit avec délicatesse dans ses bras et, tandis qu'elle s'efforçait de faire bonne contenance à la vieille femme, plus loin dans les appartements du palais, Hatchepsout rêvait à sa future condition de Maître des Deux Terres.

Peu affectée par la mort de celui que le peuple lui avait imposé comme époux pour légitimer son titre suprême, Hatchepsout prenait en main sa destinée, consciente que le règne du second Thoutmosis avait été trop peu marquant — si ce n'était les quelques incursions dans les pays nubiens qu'il avait menées avec mollesse — pour qu'on puisse en parler dans les annales qu'elle faisait rédiger par ses scribes.

Et, certes, pour remplir cette délicate fonction qui appelait l'art de l'écriture auquel il fallait ajouter celui de l'imagination et de l'audace, pas un seul n'était aussi doué que sa fidèle amie, la scribe Séchat qui, en cet instant, devait mettre son enfant au monde.

C'est donc sous un ciel azuréen et dégagé de tous obstacles qu'Hatchepsout oubliait avec aisance l'homme qui, avant d'avoir été son époux, avait été son demi-frère. Certes, un ciel qui lui laissait entrevoir un univers désormais sans limites et sans restrictions, la laissant suffisamment clairvoyante sur l'existence d'un monde où les frontières s'ouvraient inexorablement devant elle.

A présent qu'il lui fallait prendre d'instinct, un peu comme une seconde respiration, les responsabilités qui s'imposaient à elle, Hatchepsout devait se forger une coque invisible dans laquelle elle se replierait dès que la nécessité s'en ferait sentir. En attendant, Hatchepsout comptait les atouts qui s'alignaient en sa faveur.

Elle rectifia de sa main la position du lourd collier de cornaline qui entourait son cou. Un bijou d'une âcre couleur de sang séché irisé d'un brun étrange. Puis, elle souleva la pointe du collier qui descendait jusqu'à sa taille et l'observa quelques instants. Isis avait le même, mais les perles étaient plus petites.

A demi allongée sur le sofa de la terrasse, Hatchepsout eut une pensée brève pour Isis. Autant elle avait exécré Moutnéfer durant le règne de son père, autant elle débordait d'indulgence pour la douce concubine qui n'avait pas eu à subir trop longtemps les assauts amoureux de son royal époux parti rejoindre, à l'âge de trente-deux ans, le royaume de ses ancêtres sans avoir pris le temps de préparer sa demeure éternelle. Isis refusait tout conflit, toute discussion pouvant heurter son équilibre mental et, trop discrète, n'alimentait aucune rumeur à son sujet. Elle était aussi la mère d'un prince qui, pour l'instant, grandissait sous la surveillance aiguë de sa grand-mère.

Pourtant, l'ombre du troisième Thoutmosis devait, au fil des ans, s'allonger démesurément et c'était méconnaître Hatchepsout de penser qu'elle pouvait ne rien faire à cet état de fait.

C'était bien pour clarifier cette situation trop ambiguë qu'Hatchepsout, après avoir mûri son projet, avait su profiter des fêtes d'Opêt pour se faire sacrer pharaon, tenant fermement en mains les éléments essentiels qui résidaient dans sa pure hérédité royale.

Le fait qu'elle soit femme aurait pu enrayer la mécanique sans l'intervention des prêtres d'Amon qu'elle avait eu la sagesse de conserver à la mort de son père. Or, pas un ne s'était écarté d'elle et, pour les satisfaire, Hatchepsout leur avait donné pleins pouvoirs.

Subtil stratagème que de s'attacher tous les ecclésiastiques de Thèbes ! Et, grossis par ceux des provinces avoisinantes, ils restaient si constants dans leur loyauté envers elle qu'Hatchepsout leur avait promis d'aller quérir, un jour, les plus fins parfums d'Afrique pour satisfaire les narines délicates de leurs dieux.

Après les prêtres, venaient ses autres fidèles qui, eux aussi, pesaient un poids considérable dans le plateau de la balance.

L'ami le plus sincère était Senenmout qui cumulait les fonctions d'Architecte Royal et d'Intendant du Palais de Thèbes. Il surveillait farouchement chaque trajet de la reine et posait son œil de lynx, là où d'autres ne voyaient rien, pour déceler la plus infime imperfection qui eût déstabilisé les pas d'Hatchepsout.

Senenmout, le seul qui fût de condition modeste parmi les conseillers de la reine, avait su éveiller son intérêt et sa confiance. A son côté, la pharaonne pouvait dormir tranquille. Chaque tour de roue que son char effectuait, chaque ondulation de sa barque sur le Nil, aiguisait l'œil attentif et vigilant de Senenmout.

Deux autres fidèles lui emboîtaient le pas. L'un s'appelait Néhésy. Il était le Chef de toutes les Polices et Intendant des Armées. L'autre se nommait Pouyemrê. Grand Trésorier d'Egypte, il cumulait aussi les fonctions de joaillier de Thèbes et d'Intendant des Orfèvres. Si le premier ne comptait plus ses morceaux de bravoure envers sa reine, le second la servait avec une loyauté sans égale, mesurant avec prudence l'or qui sortait du pays.

Le plus énigmatique de ses sujets était Djéhouty, Vizir du Sud. C'était aussi le moins malléable qui, pourtant, lui renouvelait la même confiance qu'il avait mise autrefois en son père. Djéhouty commandait les territoires des deuxième et troisième cataractes avec une maîtrise dont il avait appris les subtilités de feu son père.

Après le Grand Prêtre Hapouseneb qui s'activait au Temple d'Amon, restait l'élément le plus insolite et, sans doute, l'un des plus sûrs dans sa fidélité envers Hatchepsout. Séchat, la Scribe, l'Intendante des Artisans et des Potiers qui, femme comme elle, avait su prouver la bonne mesure de ses jugements et de ses activités.

Prenant d'énormes risques sur sa propre vie, elle avait su, fort habilement, mater la dernière rébellion des artisans et sauver le sceau de Thot tombé entre les mains des pillards de tombes du temple de Karnak.

Amies ! Certes, Séchat et Hatchepsout l'étaient. Leurs propres mères partageaient déjà autrefois une profonde affection. A la naissance de Séchat, lorsque la douce Séita s'était éteinte, la fillette en qui coulait le sang noble indispensable, avait vécu au palais, grandi et partagé les jeux, la vie et la scolarité de la princesse.

Hatchepsout l'eût volontiers considérée comme une sœur si le destin n'en avait pas fait un sujet à l'égal de ses confrères. Mais, par son brillant esprit et ses capacités professionnelles, elle était devenue un élément subordonné, un serviteur, un fidèle qui, en aucune circonstance, ne devait déroger à la règle. Dans ce cas, comment conjuguer une émotion fraternelle et le besoin de sujétion qu'elle réclamait sans cesse à son amie ?

Séchat ne pouvait plus reculer. Désormais prisonnière des exigences de la nouvelle pharaonne, elle devrait assumer sans restriction ni limite les fonctions que lui assignerait Hatchepsout. Veuve du guerrier Menkh, disparu lors de la dernière bataille contre le royaume du Mitanni, elle pourrait disposer de son temps et de ses compétences professionnelles dès que l'enfant qu'elle attendait de cet époux décédé serait mis au monde.

Hatchepsout qui, on l'a dit, avait profité des fêtes d'Opêt qui se déroulaient pour se faire sacrer pharaon, ne pouvait oublier les réjouissances passées et l'afflux de la foule qu'avaient engendré les processions, ovations et danses dans les villes et villages jusqu'aux abords du fleuve où le délire avait été à son apogée.

Une femme-pharaon ! Cela ne s'était jamais vu jusqu'à ce jour. Une femme, maître des deux couronnes ! Ah ! Que de mots murmurés entre les lèvres les plus désapprobatrices allaient circuler et que de regards déconcertés se tourneraient vers le palais !

Oui ! Hatchepsout se souvenait. La grande barque royale, balayée par les palmes et les encensoirs, avait somptueusement descendu le Nil pour un long périple en cortège d'apparat. Autour de l'embarcation, les conseillers s'étaient empressés et, sous la dictée de Senenmout, une nuée de scribes avait rédigé des textes relatant les détails les plus précis de la procession.

Debout, les bras levés, le pharaon-femme avait béni la foule au nom des divinités qui lui donnaient tous pouvoirs sur la vie de son peuple. Amon lui offrait la vie, Horus le soleil, Mâat lui laissait le pouvoir de la justice, Hathor celui de distribuer la joie et les faveurs ici-bas, Isis et Osiris la feraient régner sur un monde qui, un jour, basculerait dans l'éternel au-delà.

La tête rasée, portant l'huile sacrée et les offrandes, les prêtres s'étaient tous prosternés, acceptant que leur nouveau pharaon s'intègre aux dieux tout-puissants et personnifie tour à tour faucon, taureau, vautour, ibis, vache et autres animaux sacrés.

Puis, devant le quatrième pylône qui constituait la

façade du temple, après que les danseuses se furent relayées de longues heures pour exécuter les rites du sacre et que les musiciens eurent terminé leurs psaumes, Hatchepsout avait reçu les ornements de Rê, promettant d'abandonner la fragile parure d'épouse du Dieu pour prendre celle du Grand Taureau Puissant.

Si quelques railleries sur l'anatomie physique du nouvel Horus-femelle avaient parcouru la foule, elles avaient vite été réprimées par la police de Néhésy qui patrouillait en permanence à travers les rangs serrés de l'assemblée.

Et la voix d'Hatchepsout avait couvert la foule. Nette, haute, ferme, tombant comme un couperet bien affilé, elle s'était fondue dans un ciel qui en avait lentement absorbé chaque son.

« Qu'on façonne Horus, le Taureau d'Or, à mon image, afin que tous l'entendent. Car je suis son fils, modelé à sa ressemblance, issu de son corps et de son âme. Mon père est en moi et je suis en lui. Son Kâ le souhaitait. Il se réjouit dans sa demeure éternelle. Que cela soit diffusé sur toutes les terres nubiennes et au-delà des frontières. »

Ainsi avait parlé Hatchepsout, la pharaonne, et plus personne n'avait osé contredire les dieux qui par leur seul courroux pouvaient anéantir leur monde.

Hapouseneb avait agité le grand encensoir et les vapeurs aux senteurs de myrrhe et d'eucalyptus avaient enveloppé la reine, l'enrobant de ce voile mystérieux qui l'intégrait aux dieux. Désormais, elle était le Dieu lui-même.

Quand elle eut dicté ses ordres envers ses sujets, les processions s'étaient poursuivies, débutant par un oracle dédié au nouveau roi. Puis, entourée de ses dignitaires, elle s'était installée sur son trône, celui du pharaon, quittant enfin sa parure d'épouse pour incarner les traits de son père.

Afin d'ôter toute équivoque et permettre sa prise totale du pouvoir, Hatchepsout avait dû modifier ses attitudes, sacrifier son aspect initial, changer son comportement dans toute son intégralité. Enfin, cesser publiquement d'agir en femme et d'être femme.

Désormais, elle devrait réserver ses intimités à un public extrêmement restreint composé de quelques servantes, deux ou trois fidèles et son bien-aimé Senenmout le seul qui, parfois, avait le privilège de partager sa couche. Face aux prêtres et aux conseillers, face à l'assemblée entière qui l'observait le souffle court dans un silence profond, elle avait elle-même saisi en un geste lent, prémédité depuis longtemps, d'une main ferme qui ne pouvait plus reculer, la double couronne toute-puissante.

Hatchepsout l'avait tendue un instant aux dieux, les bras levés et le regard fixé au ciel, puis délicatement, l'avait posée sur sa tête. Pesante d'un pouvoir sans limite, la couronne bravait la foule.

Hatchepsout avait osé ! Elle avait eu l'audace et l'insolence de placer elle-même la couronne sur sa propre tête sans attendre qu'on le lui propose. Elle devait, à présent, se conduire comme un pharaon et porter le nemès, la barbe et le fouet. Elle devait revêtir le pectoral pharaonique sans trouver d'autre résistance que la lourdeur du métal qui le composait. Avec la même fermeté, elle s'était attachée la barbe postiche derrière ses oreilles à l'aide des deux liens de cuir. Puis, elle avait aussitôt tendu son fin menton triangulaire, inaugurant avec un brin d'arrogance ce terrible pouvoir qui, désormais, ne devait plus la quitter.

Il lui avait aussi fallu s'attacher la queue de taureau qui symbolisait l'autorité suprême. D'un geste précis qu'elle s'efforça de rendre ni trop heurté ni trop mou, elle l'avait suspendue à sa ceinture par une boucle de métal.

Quant au pectoral, d'autres femmes qu'elle l'avaient déjà porté dans les dynasties anciennes, et d'autres encore le porteraient. Mais le sien — celui du pharaon — était si différent de ceux que portaient certains nobles qu'on ne pouvait les comparer.

Le pectoral du pharaon était lourd et imposant.

Lorsque Pouyemrê le lui avait posé sur son mince buste, elle avait failli crouler sous le poids. Fait de perles et de pièces d'or avec un cadre en métal sur lequel s'incrustaient turquoises et cornalines que des fermoirs à tête de faucon reliaient entre elles, la menue poitrine d'Hatchepsout, sous ce carcan, ne semblait plus respirer.

Face à cette image de la femme devenue homme et pharaon pour le plaisir des dieux, un souffle unique s'était échappé de toutes les bouches arrondies de surprise. Les dignitaires les plus récalcitrants étaient restés ahuris devant un tel aplomb : de toute l'histoire d'Egypte, on n'avait jamais vu une telle audace.

Qu'elle ne puisse plus agir comme une reine ne la gênait nullement. Bien au contraire, cela l'enthousiasmait et, au souvenir de ces journées où chacun avait dû la reconnaître Pharaon, des soubresauts de joie intense parcouraient encore son échine.

Une reine si grande soit-elle, même la Grande Epouse Royale, entraînait toujours dans son sillage quelques sujets hypocrites qui se croyaient obligés de la considérer comme la femme la plus séduisante et la plus spirituelle de tout le royaume.

Dorénavant, en ce qui concernait Hatchepsout, aucun ne pourrait plus confondre intelligence et beauté.

Enfin, maître des Deux Terres, elle pouvait accomplir son grand règne.

CHAPITRE II

Allongée depuis deux jours, Séchat attendait, avec des contractions de plus en plus rapprochées, l'heure où son enfant sortirait de sa chair. Reshot ne la quittait presque plus depuis que la première secousse l'avait foudroyée, anéantie, laissée sans réaction et sans force. Il aurait suffi de peu pour qu'elle vive à sa place l'accouchement prochain de Séchat. A ses côtés, Séchat se sentait en confiance et la laissait décider de chaque chose, diriger ce qu'il convenait de faire ou ne pas faire. La jeune femme laissait glisser son esprit dans un repos total qu'elle n'avait encore jamais connu jusqu'à ce jour.

Bien qu'elle s'efforçât avec difficulté d'oublier les instants d'angoisse dans lesquels Reshot et elle avaient été récemment plongées, il lui revenait en mémoire la mort affreuse de Knoum et la brillante façon avec laquelle Sakmet les avait tirées de ce piège mortel ; son esprit s'apaisait dans la certitude qu'il était, lui aussi, sorti vivant de cette affaire. Sans le savoir, Knoum, avant son effroyable fin, ignorant le double jeu de Sakmet, avait bien fait les choses en ordonnant qu'on supprime les trois pillards sans toucher à sa propre personne[1].

Toutes ces dernières perturbations n'avaient réussi, fort heureusement, qu'à provoquer un avancement de quelques semaines sur la date de son accouchement.

Son père venait de temps à autre s'asseoir sur le bord de son lit. Il lui prenait la main et la regardait avec une crainte au fond des yeux. Séchat savait qu'il revivait les pénibles instants de l'accouchement de sa mère.

— Ne t'inquiète pas, Père. Tout se passera bien. Tu verras. D'ici quelques jours, tu tiendras mon enfant entre tes bras et tu souriras à ta fille devenue l'heureuse mère. N'est-ce pas, Reshot ?

— Bien sûr, Sobek, il ne faut pas t'alarmer. Séchat est forte et résistante et la nature la protège.

Le rire joyeux et détendu des deux jeunes femmes rassura quelque peu Sobek.

— Les accoucheuses sont-elles arrivées ? ques-

1. Lire *Les Thébaines/La Couronne insolente* (tome 1).

tionna-t-il, encore un peu douteux de la bonne marche des opérations à venir.

— Elles sont aux cuisines et font connaissance avec le personnel. Je crains fort que Yahmose leur inculque une leçon de responsabilités dont elles n'ont, d'ailleurs, rien à faire.

— On ne prévient jamais assez, murmura Sobek. Un accident est si vite arrivé. Pourquoi, ma petite fille, n'as-tu pas exigé de médecin ? Nous aurions pu le faire venir de Thèbes.

— Un médecin ne sera pas utile, Père. Je t'assure ! Reshot et les accoucheuses me suffiront. Au moins, ici, nous n'aurons pas à respecter le rituel de l'accouchement égyptien que tu as si longtemps condamné.

— Je suis heureux de te voir en si bonne forme mais je suis encore plus ravi de te savoir à Bouhen. Là, tu te remettras si bien et si vite. Je te laisse, ma petite fille. Je vais voir ton grand-père. Lui aussi s'inquiète.

En dépit de sa tristesse, de sa solitude, Séchat se contraignait non pas à la joie, mais du moins à une sorte de contentement qui prenait sa source dans l'énergie qu'elle enfermait en elle comme un trésor inviolable. Si Menkh lui manquait, c'était davantage en regard de l'enfant qui devait naître puisqu'elle s'était, depuis longtemps, imprégnée de la certitude que, sans lui, elle pouvait accomplir la destinée qu'elle se traçait. Quant aux délicieuses sensations qu'elle éprouvait la nuit contre son époux, il fallait bien dire que son travail préoccupant et ses dernières péripéties les lui avaient fait, en partie, oublier. Ne valait-il pas mieux effacer, peu à peu, l'idée des bras puissants et tendres qui l'enserraient autrefois ?

Reshot lui cala quelques coussins derrière la tête et ramena une fine couverture de lin sur ses épaules.

— La nuit devient fraîche en cette saison du Périt.

— J'ai chaud, tu sais. Je crois que le bébé descend.

— Il est temps de faire venir les accoucheuses. Crois-moi, j'ai besoin d'elles, maintenant.

Dans une crispation qui lui fit rejeter la tête en

arrière, Séchat acquiesça. Les douleurs se faisaient plus violentes et plus rapprochées au point qu'elle désira fortement songer autre chose qu'à son mal. La pensée que son corps ne serait plus déformé, que ses seins redeviendraient menus, sa taille mince et son ventre creux lui vint à l'esprit et lui fit oublier son mal. Curieuse idée, et pourtant si logique en cet instant, que celle qui redonne au corps déformé par la grossesse, des jambes et des cuisses élancées, un corps svelte et souple. Elle sourit et la douleur suivante la fit à peine grimacer.

Après quelques heures de calme et de sérénité, les douleurs reprirent plus fréquemment. Séchat respirait à petits coups rapides et précis. Reshot, à ses côtés, lui passait un linge humide et frais sur le visage. La soirée s'annonçait chaude et lourde.

L'enfant qui s'apprêtait à naître ouvrirait ses yeux dans une vaste pièce décorée de tentures claires aux motifs purement champêtres et fixerait ses premiers regards sur des oiseaux aquatiques qui prenaient leur envol au-dessus d'un fleuve empli de fleurs. Dans une contraction qui se prolongea, Séchat se mit à gémir et bien qu'elle eût décidé de ne pas crier pour ne pas effrayer son père qui, douloureusement, se rappelait les cris de son épouse en couches, elle étouffa une plainte.

Les trois accoucheuses arrivèrent, portant des paquets de linges blancs et réclamèrent un braséro. Du regard, elles constatèrent que la jeune femme était prête. Elles soulevèrent la fine couverture de lin. Séchat, nue jusqu'à la taille, entourait de ses mains son ventre distendu. Reshot épongeait toujours son front trempé de sueur. Elle avait attaché les cheveux de Séchat et les avait enroulés sur un cordon doré, le long de sa nuque pour la libérer de tout geste inutile. Les accoucheuses tâtèrent, d'un geste sûr, son bas-ventre et firent un signe affirmatif. Les contractions arrivaient à un rythme continu et Séchat gémissait en permanence. Lorsque Reshot voulut lui faire boire un jus de fruit frais, la plus forte des accoucheuses répliqua vertement :

— Tu n'as plus rien à faire, maintenant, que d'assister à la naissance. Laisse-nous faire notre travail en paix.

Le regard noir de colère que lui lança Reshot ne laissait aucun doute sur la remarque qu'elle s'apprêtait à faire. Mais elle s'abstint et n'insista pas. Séchat trouva la force de lui sourire et, courageusement, tenta de se dresser. Aussitôt, les accoucheuses prévoyant son geste se placèrent chacune d'un côté et l'aidèrent à se lever. Moins pour se rendre utile que pour s'assurer de la bonne marche du travail, Reshot ne put s'empêcher d'aller chercher les briques pour les disposer sous ses pieds. Dans un mouvement pénible et lent, qui ne pouvait plus différer et qu'il fallait exécuter, Séchat leva son pied gauche et le plaça bien à plat sur la brique. Les accoucheuses la retenaient solidement. Son visage ruisselait de sueur et bien que solidement attachées, quelques mèches de cheveux se collaient par plaques sur son front et ses joues blêmes. Elle leva son pied droit et lui fit prendre le même parcours pour le placer, tout comme le gauche, sur les briques élevées. La position à demi accroupie de la jeune femme et les briques très écartées l'une de l'autre devaient faciliter le passage de l'enfant. Depuis des temps les plus reculés, c'est ainsi que les Egyptiennes accouchaient.

— Reshot, murmura-t-elle, je t'en prie, reste auprès de moi.

Dans une ultime contraction, elle perdit les eaux, puis l'enfant descendit si bas que la minuscule tête, déjà couronnée de cheveux luisants et noirs, apparut dans les mains de l'accoucheuse qui attendait paisiblement sa sortie. Il n'y eut qu'un seul cri, celui de l'enfant, impatient de voir le jour et lorsque Sobek entra dans la grande pièce, il se mit à pleurer en voyant Séchat qui, souriante, tenait sa fille dans ses bras.

*
* *

Séchat ne se distrayait vraiment qu'en présence de la petite Satiah. Menkh, jeune capitaine de la charrerie royale, son époux mort en guerre contre les Hittites, alors qu'il était à l'aube d'une belle et florissante carrière militaire, ne cessait depuis plusieurs jours de l'obséder.

Le vieux Nekbet, son grand-père, celui qui autrefois avait été général de toutes les armées, ami et conseiller du pharaon Aménophis, tentait par de multiples idées de divertir sa petite-fille.

Il l'incitait à se rendre aux fêtes de Bouhen, petit village à la limite de la troisième cataracte. On venait d'y installer un nouveau grenier à blé qui promettait d'engranger une récolte plus importante encore.

Une armée de scribes sillonnait les environs, notant scrupuleusement et méthodiquement chaque quantité de blé qui entrait ou sortait de l'immense construction conique bâtie en briques crues. De larges rampes menaient au sommet non recouvert.

De l'aube au soleil couchant, les scribes arpentaient les cinq étages reliés entre eux par des rampes où l'on faisait monter les ânes chargés des lourds sacs de blé. Leurs yeux aigus et vigilants ne perdaient aucun détail, aucune précision pouvant agrémenter l'austérité de leur rapport quotidien.

Et si Séchat refusait de s'y rendre, les fêtes à Bouhen ne manquaient pas. Celle du grand marché aux légumes en était la représentation la plus colorée. Egyptiens et Nubiens s'y côtoyaient sans acrimonie ni mépris, préoccupés essentiellement par le commerce de leurs produits.

Depuis deux crues du Nil, le marché de Bouhen s'était largement étendu. Empiétant sur de médiocres champs de papyrus qu'on avait rasés pour y installer un commerce plus important de marchandises diverses, il s'étalait d'une boucle du Nil jusqu'aux approches des greniers à blé.

Ce voisinage rendait inconfortable le travail des scribes dont le regard devait être plus vigilant encore lorsque les jours de marché ouvraient leurs portes à une foule agitée, bruyante, forte des traditions ancestrales que toute une paysannerie égyptienne inscrivait au plus profond de son esprit.

En cette saison chaude où l'irrigation du sol s'accordait pleinement aux espoirs du peuple de Bouhen, le début des semailles fêtait l'apparition de Périt, particulièrement bien avancé et la fête n'en avait été que plus longue.

Nubiens et Egyptiens s'étaient mêlés dans une liesse qui durait depuis plusieurs jours, échangeant dans des clameurs aux timbres indescriptibles le produit de leurs champs, le lait et le fromage de leurs chèvres ou mieux encore, le bétail qu'ils étaient autorisés à vendre et dont le rapport échappait, parfois, à l'intendance qui, en ces jours de fête, relâchait un peu sa surveillance.

Mais Séchat qui, habituellement, prenait un plaisir infini à ces manifestations paysannes avait farouchement décliné toute offre d'invitation, revivant trop la récente et douloureuse disparition de Menkh.

Prendre part à la joie d'Hatchepsout qui venait de monter sur le trône du pharaon disparu risquait de gêner l'ascension de Menkh dans les sphères de l'au-delà. Osiris réclamait un temps de réflexion, un temps d'obscurité dont elle seule pouvait déterminer la teneur et la durée. Mieux valait donc ne pas entraver le souhait du dieu des morts par une pensée velléitaire, un désir d'insouciance ou simplement l'envie d'oublier que le dieu avait ordonné le rappel d'un de ses sujets avant même qu'il ait pu goûter les bienfaits d'ici-bas.

Ainsi, Séchat était restée morose durant le temps de ces fêtes et Bouhen n'avait pas vu, cette année-là, fleurir la verve et l'exultation de la jeune femme.

Osiris avait pourtant permis qu'elle assistât au couronnement d'Hatchepsout et, même si elle n'y avait pris aucune joie, elle en avait approuvé le principe de tout cœur.

Reprenant le chemin de Thèbes alors que son enfant ne devait pas tarder à venir au monde, elle s'était remémorée les instants où, fillette, elle tenait des discours enflammés à son amie, encore princesse au palais.

A cette époque, elles sortaient toutes deux de l'école tenue par Parenefer, le Grand Scribe du harem. Elles commentaient leurs devoirs en appréciant leur mutuelle capacité et leur intelligence réciproque. Elles discutaient d'un avenir proche et prometteur qui leur offrait, semblait-il, des espoirs et des enthousiasmes sans interdits.

Séchat ne lui avait-elle pas décrété, un soir, sous les ombrages des grands acacias du palais, lors d'un véhément propos au sujet de leur pays reconquis, qu'elle serait sacrée un jour Pharaon ?

Si le pressentiment de la fillette était arrivé, c'était bien que le souffle de la déesse Hathor, peut-être même celui d'Osiris, lui murmurait cette évidence.

Comment Séchat aurait-elle pu manquer ce jour ? Le sacre d'Hatchepsout ! Pas celui d'une reine, mais celui d'un roi dans toute sa virilité. Le sacre du Taureau Puissant !

Mais, pour l'instant, Séchat oubliait tout, son métier, sa mère qu'elle n'avait pas connue, son père qu'elle aimait tendrement, son enfance au palais. Elle effaçait même de sa mémoire les moments d'intimité en compagnie de Menkh pour mieux se pencher sur la petite tête duveteuse de Satiah qui distribuait, avec une facilité déconcertante, des sourires déjà très enjôleurs.

Bien qu'elle eût refusé de suivre les fêtes de Bouhen, c'est ici qu'elle se sentait libre depuis que Menkh était mort. Le village devenu presque nubien où s'était retiré son grand-père lui apportait l'isolement nécessaire, la faculté d'oubli ou du moins la force pour y parvenir.

Elle connaissait si bien les grands silences des

vastes étendues qui côtoyaient le domaine. Elle voulait s'y glisser, s'y fondre, s'y incruster comme les amarres au bord du fleuve attendant que les barques s'y attachent pour se reposer d'un long voyage.

Etendue à l'ombre d'un tamaris, la jeune femme rêvait. Après le sacre d'Hatchepsout, son dernier périple pour Bouhen s'était effectué comme un cauchemar qu'elle ne voulait plus revivre.

Passé le temple de Louqsor, elle avait ressenti d'infernales contractions dues au mauvais traitement que les pilleurs de tombes lui avaient fait subir. La descente du Nil s'était pourtant faite sans encombre jusqu'à Assouan.

Inquiète, Reshot avait imposé un arrêt au cœur de la ville d'Abou-Simbel, mais l'enfant ne venant toujours pas, elles avaient repris leur chemin en direction de Bouhen.

Le désert qui s'étalait à perte de vue à la limite de la deuxième cataracte, là où, à peine sortis des sables de Nubie, les cours d'eau devenaient plus herbeux ; là où près des oasis l'ombre des palmiers disséminait une fraîche odeur de dattes sucrées et mûres ; là enfin où chameaux, gazelles, bœufs, oryx venaient se désaltérer, avait achevé de convaincre Séchat que c'était à Bouhen qu'elle devait accoucher.

*
* *

Il ne fut pas question de fêter glorieusement l'arrivée du bébé. Séchat imposa son désir de solitude. En dépit des observations de son père, la jeune femme insista pour que sa fille restât dans sa chambre. A son tour, Reshot exigea de faire apporter un lit pour elle afin de veiller sur Satiah. Une nourrice fut engagée pour allaiter l'enfant et une garde pour le surveiller dans la journée.

Le bébé n'apportait aucune complication et poussait comme un jeune fruit vert sur un arbre. Ses petites lèvres roses grimaçaient de plaisir lorsque Sobek ou Nekbet le prenaient dans leurs bras, mais lorsqu'une colère amenait des cris sur son petit visage crispé et rougi, seule Reshot arrivait à le calmer.

Séchat reprit très vite ses interminables promenades dans la campagne de la Haute-Egypte, toujours à l'affût de ce qu'elle pouvait apprendre.

La première saison de l'année, celle où débute l'inondation, s'était révélée exceptionnellement bonne, les agriculteurs semaient, labouraient, irriguaient. Leurs paniers à deux anses, qu'ils portaient sur l'épaule, emplis de beaux grains mûrs et noirs, s'accrochaient ensuite à leur cou et pendaient au-devant de leur buste pour qu'ils puissent y puiser aisément. Séchat avait vu ce tableau tant de fois qu'elle en connaissait chaque phase. Bien qu'elle assistât plus souvent à la saison des vendanges, elle connaissait tout aussi précisément celle des labours.

Non pas que la crue de l'année précédente, ni violente, ni déficiente, ait été juste bienfaisante, puisqu'elle avait permis une excellente moisson, mais celle de la présente annonçait les mêmes présages et risquait d'apporter des bienfaits identiques sinon encore plus abondants et prospères. Le dieu Hapy, dieu du Nil, s'était montré indulgent. Représenté comme un homme bien nourri, aux mamelles pendantes, au ventre rebondi et plissé soutenu par une large ceinture brune, une couronne de plantes aquatiques posée sur la tête, il regorgeait de présents et d'hommages.

La terre sortie de l'eau, à peine durcie par les rayons du soleil, s'apprêtait à recevoir les semences. Les paysans se répandaient dans les champs, s'affairaient, ne s'arrêtant que pour prendre un repos nécessaire ou pour manger une galette d'orge et boire un pichet de bière. Les semis terminés, ils irriguaient pour ne pas laisser la terre s'assoiffer. Du delta jusqu'aux cataractes, les champs d'orge, de blé et de lin se succédaient.

Cette année-là, pour la seconde fois de sa vie, Séchat avait aperçu l'étoile Sopdit, celle qui apparaît à l'Orient un très court instant, juste avant le lever du soleil. Sa brève présence marquait le début de la saison d'Akhit. En principe, les Egyptiens attribuaient à cette étoile, lorsqu'on la remarquait, les bienfaits d'une récolte abondante qui englobait aussi bien les moissons, les vendanges et autres cultures.

Séchat savait que, dans quelques jours, auraient lieu les fêtes d'Opêt. Après leurs semailles, les paysans se voyaient dans l'obligation d'attendre que le riche limon du Nil vienne nourrir leurs terres. Ces fêtes correspondaient à cette période où chacun, dans les campagnes, prenait un repos avant d'entamer le dur labeur des récoltes. Séchat, déterminée à y assister avant son retour pour Thèbes, devait visiter les grands ateliers de tissage, au nord de Bouhen, en direction de Dakkak.

*
* *

Un matin enfin, Séchat s'éveilla, bien décidée à effacer ses craintes, ses déboires et les instants de sa vie qui ne pouvaient qu'obstruer une carrière si bien commencée. Le réveil devait faire place au désenchantement des jours passés et lui servir de tremplin pour mieux sauter vers un avenir qui, peut-être, s'annonçait à nouveau plein d'espoirs.

Oublier tout ! Tout à l'exception de Satiah qui l'émerveillait de jour en jour, étirant sa petite bouche en cœur pour lui décocher des sourires dont elle savait si bien mesurer la teneur, jouant de ses mains potelées pour accrocher celles de sa mère.

Parfois, Satiah lui attrapait joyeusement le nez, le menton, une boucle de cheveux que, d'ailleurs, Séchat ne lui dérobait pas, préférant le doux supplice que lui imposait l'autoritaire volonté de sa fille à la nostalgie de lointaines images.

Oublier ! Sauf sa profession à laquelle elle devait s'accrocher, plus tenace et plus déterminée encore.

Le seul point obscur qui venait déranger cette soudaine décision n'en restait pas moins lourd de conséquences et, précisément, sa fille en était l'enjeu. Comment pouvait-elle faire pour ne pas léser le bien-être affectif de Satiah ? Où trouverait-elle le soutien nécessaire pour lui assurer le développement et le soutien normal auquel elle avait droit ?

Que ferait Séchat lorsque, préoccupée par son travail et sillonnant le Nil ou les routes d'Egypte, elle ne pourrait ni voir ni entendre sa fille ?

Dans son esprit, ses pensées s'agitaient et prenaient une ampleur qui, chaque jour, devenait plus démesurée encore. Fort heureusement, Reshot en était venue atténuer l'importance, décrétant qu'elle s'était trop attachée à l'enfant pour la laisser entre des mains étrangères. Séchat reprendrait donc ses activités professionnelles, laissant Satiah sous la garde vigilante de Reshot.

Son premier travail qui consistait à visiter les grands ateliers de tissage, au nord de Bouhen, en direction de Dakkak, interviendrait dès que possible. Et, si les scribes de Dakkak n'étaient pas suffisamment coopératifs, elle réclamerait à Thèbes une équipe formée à cet effet pour lui venir en aide.

Ensuite, elle clarifierait l'avenir et la structure des immenses plantations de papyrus d'Ouadi-Haifa, car aucun rapport précis n'avait encore été fourni à l'administration sur la marche et l'organisation de ces vastes territoires dont l'Etat restait propriétaire.

Tant qu'elle resterait aux environs de Bouhen, Satiah était en sécurité entre les bras des nourrices que supervisait Reshot.

Quand viendrait le retour de ces deux longues expéditions auxquelles Séchat voulait donner toute l'importance qu'elles requéraient, et après une nouvelle pose à Bouhen pour permettre à l'enfant de terminer son premier sevrage, Séchat rentrerait à Thèbes où d'autres fonctions, plus importantes encore, l'attendaient.

Surgirait alors le temps où de nouvelles décisions s'imposeraient pour Satiah. Séchat pouvait souffler le temps d'une crue du Nil, peut-être deux. Tout dépendrait alors de l'efficacité et de la réussite de son travail.

En attendant, Reshot veillerait sur l'enfant.

*
* *

Le lin poussait haut et dru. Dans quelque temps, les fleurs formées présenteraient leurs petites boules bleues à l'extrémité de leurs longues tiges. Séchat regrettait son retour à Thèbes avant l'éclosion des fleurs. Un tel spectacle lui donnait toujours l'impression qu'elle vivait dans un autre monde. Elle aimait s'enivrer de la grisante odeur de ces pâles bleuets qui foisonnaient à perte de vue. Lorsque la récolte s'avérait bonne, les ramasseurs de lin les arrachaient par poignées. Ils saisissaient la touffe entière à deux mains, en prenant soin de ne pas casser les fibres. Puis, ils la retournaient pour faire tomber la terre et égalisaient les tiges par le bas. Le travail n'en était pas terminé pour autant. Ils étalaient les poignées sur le sol, dans un sens, puis dans l'autre, pour obtenir des bouts fleuris à chaque extrémité. Ensuite, ils liaient les bottes au centre. Parfois, après un bref coup d'œil de connaisseur, ils plaçaient l'une d'elles de côté pour en retirer les graines qui servaient en préparation pharmaceutique.

Lorsque Séchat arriva dans les grands ateliers qui longeaient les vastes espaces de plantation de lin, deux scribes l'attendaient. Ils lui firent visiter l'intérieur et vantèrent l'organisation des ateliers comme la plus moderne et la plus rentable de l'époque. Les chaînes de tissu, tendues horizontalement entre deux supports fixés au sol par des piquets, obligeaient le tisserand à travailler courbé.

— La position n'est-elle pas pénible pour le travailleur ? questionna Séchat.

L'un des scribes, petit homme droit et sec, la regarda en coulisse sans rien objecter. L'autre, plus fort et plus souriant, bien que le plissement de ses lèvres fît penser fortement à un ricanement, ironisa en se pliant devant elle :

— Ne sommes-nous pas tous courbés, Grande Intendante ?

Séchat les regarda froidement, l'un après l'autre.

— J'exige que l'on remonte les piquets qui fixent les supports. Le bois ne manque pas dans cette région, il me semble. Vous me ferez un détail de tout ce que vous consommez en arbres abattus pour la confection de ces piquets.

Voulant rattraper la sottise de son collègue, le petit scribe s'avança et, prudemment, fit observer :

— Chaque travailleur dispose d'un temps d'arrêt toutes les deux heures.

Séchat le fixa de ses yeux durs et, imperturbablement, reprit :

— Parfait. Voyons, plus en détails, ces installations.

Et passant devant l'autre scribe qui venait d'avaler subitement son air narquois pour adopter une attitude plus encline à la réserve, elle poursuivit :

— Je te dispense de marque de vénération inutile, cela friserait l'irrespect.

Avant qu'il ne réplique une autre maladresse, le petit scribe enchaîna d'une voix précipitée :

— Afin d'obtenir des fibres aussi longues que possible, on bat les tiges au moyen de maillets jusqu'à ce que la partie ligneuse se détache et se désagrège. Vois, par toi-même, Grande Séchat, le fil de la trame est glissé à travers la chaîne et serré au moyen de ce bois recourbé.

— C'est effectivement un système très performant. Combien sortez-vous de pièces par jour ?

— Plus d'une centaine.

Séchat s'apprêtait à demander une explication complémentaire, mais elle suspendit sa question pour en vérifier elle-même la véracité.

— Et le tissu ? se borna-t-elle à demander.

— Pour un filage parfait, il nous faut de longues fibres. Pour les obtenir, on ne coupe jamais la tige, on la bat avec des maillets. Le tissu achevé est descendu au moyen de ces deux cordes fixées aux extrémités, comme tu peux le remarquer, Grande Séchat, les deux bâtonnets servent à former le pas, tandis que le tassement du fil de la trame s'opère au moyen de ce peigne. C'est une innovation qui permet d'intensifier le rendement.

— Et selon tes dires, ce rendement se monte à une centaine de pièces par jour !

— Je te l'ai dit, Grande Séchat, plus d'une centaine les jours favorables.

— Que reçoivent les ouvriers ?

— Une ration de nourriture deux fois par mois...

— Quelle est cette ration ?

— Assez bonne pour qu'elle n'ait pas le temps de s'épuiser avant la prochaine distribution.

— C'est-à-dire ?

— Dix sacs de blé, cinq d'orge, une jarre d'huile, deux de bière, du poisson et de la viande séchée en quantité suffisante pour le mois.

— Parfait. J'en interrogerai quelques-uns. Disposent-ils, régulièrement, d'une pièce de lin ?

— Le dixième d'une pièce par saison.

— C'est insuffisant, comment peuvent-ils vêtir leur nombreuse famille ?

— Une quantité plus importante n'entre pas dans la prévision de leur salaire.

— Eh bien, vous l'y ferez entrer.

Après de nombreux arrêts ponctués de questions concernant leur bien-être, les travailleurs, respectueusement, arrêtaient leurs métiers à tisser pour lui répondre. Elle conclut que les choses tournaient bien et qu'une liste d'instructions serait suffisante.

Ici, on avait en partie respecté ses consignes. Le sort de ces ouvriers ne se révélait pas mauvais. D'autres tournées s'annonçaient. Les usines de papyrus, entre autres, promettaient plus de difficultés en raison des surfaces de travail plus importantes.

Demain, elle irait voir celles d'Akshas et de Ouadi-Haifa.

*
* *

Séchat ne rentra pas à Bouhen et repartit directement pour Ouadi-Haifa où elle devait rendre compte du bon entretien des immenses plantations de papyrus bordant le Nil sur un côté et le désert sur l'autre.

Cette mission promettait de lui apporter les satisfactions qu'elle n'avait plus trouvées depuis longtemps. Enfin, elle se retrouvait confrontée aux exigences du travail, partageant l'effort du labeur, la contrainte professionnelle, toute une partie de vie qu'elle venait de redécouvrir à Dakkak, dans les ateliers de tissage.

Mais, tout atelier mis en place, qu'il fût de lin ou de cuir, de bois ou de briques, de verres colorés ou de pots d'argile, l'endroit était créé par l'homme et à Dakkak, tout comme ailleurs, la fabrique avait été construite, montée, élevée par la main de l'artisan qui évaluait les matières, les formes et les couleurs. Le commerçant ne faisait que supputer les bénéfices à venir.

Ici, tout était mystérieux. Plus de bâtisse en briques crues, plus de sol battu, plus d'outils. Les papyrus qui avaient toujours envoûté Séchat lui redonnaient ce goût de vivre qu'elle croyait avoir perdu. Certes, ils entraient dans la fabrication de multiples objets nécessaires à la vie quotidienne, la rendant ainsi plus agréable.

Pour Séchat, ils étaient avant tout à l'origine d'énigmes les plus inattendues, les plus controversées. Ils détenaient tout le mystère des civilisations en route vers bien d'autres secrets encore.

Les papyrus la fascinaient. Sur leur peau granuleuse, passée au polissoir, elle se plaisait, petite fille, à en déchiffrer les hiéroglyphes noirs et rouges qui venaient décorer les feuilles les plus fines que lui prêtait son père.

Qu'aurait pu faire Séchat sans l'existence des papyrus ? Les plus anciens que, fillette encore, elle manipulait avec précaution pour ne pas les froisser ou les détériorer, et dont elle avait pris connaissance, étaient ceux qui relataient les expéditions au Pays du Pount. On en rapportait des parfums, des fourrures, des statuettes en bois d'ébène et d'inestimables trésors.

Ici, tout était mystère inaltérable. A Ouadi-Haifa, les champs de papyrus s'étendaient à perte de vue. Immenses, ils emplissaient les yeux, les barrant d'un horizon de verdure qui n'avait plus de mesure, tel un océan où l'infini subsiste.

Situés dans une zone marécageuse, humide et chaude, accrochés dans les boues du Nil, les papyrus lançaient hardiment leurs tiges à section triangulaire et leurs ombelles chevelues à des hauteurs prodigieuses.

Ahmis et Kémit, deux fidèles serviteurs du vieux Nekbet, accompagnaient Séchat dans les fourrés épais qui dissimulaient une vie intense où animaux et insectes divers se propulsaient avec une aisance toute coutumière.

Ahmis et Kémit connaissaient bien les plantations pour y avoir travaillé jadis, lorsqu'ils étaient encore deux esclaves non affranchis.

Trop heureux de voir sa petite-fille reprendre goût à son travail, Nekbet avait ordonné l'aide des deux hommes, sachant qu'ils seraient de précieux guides et, qu'à coup sûr, ils lui feraient gagner un temps inestimable qu'elle pouvait consacrer à d'autres recherches ou d'autres visites.

A vrai dire, les deux serviteurs évitaient aussi à Séchat les incidents qui devaient surgir inévitablement en un lieu aussi périlleux que la sombre forêt d'Ouadi-Haifa où quelques masures habitées par des familles entières de paysans étaient disséminées çà et là.

A l'aube, alors que le soleil n'était pas encore levé, Séchat avait ressenti comme une impression de grandeur et de majesté à la vue de cette vallée entièrement recouverte des plus beaux papyrus qu'elle eût jamais vus. C'était là l'image vigoureuse, le symbole parfait d'un monde en gestation.

Elle et ses deux hommes de confiance qui, manifestement, voulaient la préserver de tout incident pénible, paraissaient si petits parmi ces gigantesques herbes que plus rien ne semblait être à sa mesure normale.

Aussi, lorsqu'ils aperçurent un hippopotame devant eux, entre deux tiges immensément hautes de papyrus, avançant au rythme de sa pesanteur, ils ne songèrent même pas à un danger réel.

Ce ne fut que lorsque la bête énorme ouvrit grand la mâchoire que Séchat eut vraiment peur. Elle présentait aux yeux ébahis de ces gênants visiteurs un labyrinthe de chairs roses et visqueuses qui enfouissait la montagne remuante d'une langue molle et gélatineuse.

L'hippopotame s'immobilisa, cessant le mouvement oscillatoire de son pas nonchalant. Il referma sa mâchoire avec un bruit qui ressemblait au chuintement que font les peaux de buffles tannées bouillonnant dans les immenses bacs à teinture.

Mais à peine refermée, la gueule du monstre s'ouvrit à nouveau. Ses énormes molaires apparaissaient comme d'effroyables outils tranchants émergeant entre les replis de graisse qui fléchissaient à chacun de ses mouvements.

— N'ayez crainte, maîtresse, dit Ahmis. Il bâille. Il ne nous veut aucun mal.

— Ces bêtes-là ne sont vraiment dangereuses que dans l'eau du Nil où elles se meuvent avec plus de souplesse, assura Kémit à son tour.

Mais, un coup d'œil rapide de Séchat sur ses compagnons lui fit comprendre qu'ils n'en étaient pas vraiment sûrs et qu'ils auraient sans doute préféré se trouver loin de ce mastodonte.

— S'est-il échappé de son milieu habituel ? s'enquit Séchat avec un tremblement dans la voix.

L'hippopotame s'approchait, écrasant de ses pattes informes et trop lourdes le sol jonché d'herbe. Les hautes tiges tremblaient d'innocence sur son passage et la sombre carcasse épaisse de son dos s'agitait mollement comme une énorme montagne qui va soudain s'écrouler.

Sans quitter le monstre des yeux, Séchat et les deux hommes reculèrent lentement, s'efforçant de balayer doucement de leurs mains les tiges qui obstruaient leur passage.

Le mastodonte venait à nouveau de refermer sa mâchoire et sembla, tout à coup, ne plus rien voir d'autre que les tiges de papyrus qu'il enfourna copieusement dans sa puissante gueule.

— Qu'est-ce que je vous disais, maîtresse, exulta Ahmis, ce monstre n'a pas de colère en lui. Il ne cherche que sa nourriture.

— Par tous les dieux ! murmura Séchat, sa nourriture pourrait bien être l'un de nous trois.

Enfin, balayant son passage d'une dévastation impressionnante de papyrus, l'hippopotame s'en retourna comme il était venu.

D'un revers de bras, Ahmis s'épongea le front tandis que Séchat posait l'une de ses mains sur son cœur dont les battements se faisaient sonores et irréguliers. Elle l'y laissa quelques instants, le temps de reprendre ses esprits.

Ahmis retira la main de son front et observa l'horizon piqué d'herbes hautes et drues.

— Où est l'habitation du chef de plantation ? s'enquit Séchat dont le cœur palpitait encore de frayeur.

Elle s'arrêta, le pied enfoncé dans une touffe d'herbe sèche, les narines dilatées prêtes à s'emplir de ces effluves à la fois douceâtres et entêtants.

— Nous y serons quand nous aurons contourné la vallée, assura Kémit d'une voix où perçait encore l'émotion.

Ils dépassèrent avec difficulté une zone de plantes où les tiges raides étaient surmontées d'ombelles qui s'emmêlaient les unes aux autres en massifs obscurs et denses. C'était incontestablement l'une des plus importantes ombellifères de la région.

Au-dessus, tournaient et criaient des oiseaux. Parfois, des canards et des oies sauvages ou d'autres petits quadrupèdes traversaient tranquillement le chemin devant eux, laissant une impression de calme et de repos. Ils ne s'effarouchaient vraiment qu'à la vue d'un serpent. Même l'arrivée de l'affreux hippopotame n'avait pas semblé les perturber. Seul, le dangereux cobra qui, dans les méandres de ses multiples anneaux, s'enroulait autour d'une tige drue, les hypnotisant au passage, leur faisait perdre tout contrôle.

Atteignant l'autre côté de la vallée, ils aperçurent les masures où vivaient les paysans entassés autour des paillasses qui, en tous sens, jonchaient le sol. Les fourneaux sur lesquels ils faisaient cuire le pain, le poisson ou le gibier quand ils en attrapaient, constituaient le seul mobilier.

Le matin se levant dans un ciel où le soleil était déjà juché haut, les premiers travailleurs étaient à leur poste. Ils tranchaient les papyrus un par un, courbés, trébuchant sous le poids des hautes et lourdes bottes qu'ils portaient à l'atelier le plus proche.

Ces papyrus-là étaient si beaux que rien n'était perdu. A l'intérieur des ateliers les femmes travaillaient. Elles séparaient le bas des tiges pour en extraire une sorte de friandise agréable à mâcher. Quand ils passèrent, elles leur en proposèrent une.

Séchat tendit le bras. Une fillette vint lui déposer une mince tige dans le creux de la main. Elle sourit à l'adolescente et porta l'extrémité de la plante à ses lèvres pour en sucer la sève. C'était sucré et âcre à la fois, mais la tendresse de la tige qui venait à peine d'être extraite du sol laissa une impression agréable et fraîche dans la bouche de la jeune femme.

Un peu plus loin, les femmes ôtaient l'écorce de la plante qui servait à faire des câbles, des voiles de bateaux, des sandales, des pagnes pour le petit peuple.

Enfin, contournant la grande bâtisse où s'entassaient les travailleuses, Séchat arriva dans l'atelier où s'effectuait l'ouvrage le plus délicat. Effectué par les ouvriers spécialistes, il consistait à tirer la moelle fibreuse pour confectionner le fin papier blanc qui jaunissait au fil du temps, mais qui ne buvait pas l'encre que l'on y apposait avec la pointe des roseaux effilés.

Séchat observa de longues heures le travail des ouvriers, prenant le soin de les questionner et de les comprendre.

Puis, elle poursuivit sa marche à travers des champs plus clairsemés, plus chauffés aussi par un soleil brûlant qui tombait d'aplomb sur les têtes.

Sous le chargement des bottes liées entre elles, les paysans levaient la tête, mais poursuivaient aussitôt leur travail, comme s'ils craignaient une réprimande qui leur eût coûté la vie.

Ils arrivèrent à la porte d'un autre atelier, au toit grand ouvert et tout en longueur. Les hommes coupaient le cœur de la tige en tronçons minces et longs et juxtaposaient à plat les lamelles ainsi formées, puis les mouillaient et les frappaient durement, les collaient, les coupaient selon le format désiré et, enfin, les enroulaient dans le sens horizontal des fibres.

Alors qu'elle regardait l'homme appliquer ces feuillets durcis les uns contre les autres et les enduire d'une colle qui séchait instantanément, un enfant s'approcha, silencieux ; ses grands yeux noirs observaient avec insistance ceux de Séchat.

Il tenait un rouleau de papyrus dont la finesse était remarquable. Il le tendit à la jeune femme.

— Tu sais lire ? questionna-t-il d'un ton réservé, mais qui ne montrait aucune timidité.

Séchat sourit à l'enfant.

— Bien sûr. Et toi ?

Elle regretta aussitôt sa question. Comment cet

enfant de pauvre paysan pouvait-il savoir lire et écrire ? Avait-il seulement tenu dans sa main un calame pour le plonger dans l'encrier et former le plus simple des hiéroglyphes ?

Il la regarda de ses grands yeux interrogateurs.

— Je ne sais pas, répondit-il, mais j'aimerais lire les signes qui sont inscrits sur les papyrus des scribes.

— Et qu'aimerais-tu encore apprendre ? interrogea doucement la jeune femme.

— J'aimerais me servir d'un roseau effilé comme celui qu'utilise le grand scribe, là-haut.

Du doigt, il désigna la cabane qui était la plus éloignée. Elle était juchée sur un promontoire d'où l'on pouvait observer tous les ateliers.

— Veux-tu m'y emmener ?

L'enfant lui prit la main et lui fit traverser une série de cabanes en boue séchée où ce n'était que papyrus triés, répertoriés, entassés. Des tiges attendaient qu'on les tronçonne, les accouple, les batte puis qu'on les colle afin de confectionner le papier le plus fin d'Egypte.

Ils arrivèrent dans la dernière cabane, celle du promontoire. Un vieil homme y était assis avec, sur ses genoux, une grossière tablette lui servant d'écritoire. Il n'y traçait que des chiffres.

— Qu'écris-tu ? questionna Séchat tenant toujours la main de l'enfant.

Le vieux leva les yeux.

— Le salaire des hommes.

— Et quel est ce salaire ?

— Celui qu'ils méritent pour leur travail. Es-tu l'Intendante des Artisans que l'on m'a annoncée à la fin de la crue dernière ?

Elle hocha affirmativement la tête.

— Si j'ai bien compris, dit-elle en scrutant attentivement ses petits yeux noirs à demi-fermés, c'est toi le trésorier, le comptable, le scribe et le chef de toute cette exploitation.

— En effet.

Il bougea ses genoux. Ils étaient cagneux et le court pagne qui les découvrait avait la rigueur d'un côté empesé excessif. Il posa sa palette à terre, prenant soin de ne pas la heurter sur le sol de terre battue.

— Et bien, fit Séchat en pressentant que les petits yeux plissés de l'homme observaient avec un soin extrême le moindre de ses gestes, pendant que tu me prépares les comptes de cette exploitation, je vais faire un tour avec ce garçonnet.

— Il devrait travailler, Grande Intendante, et non se promener.

— Et quel est son travail ?

— Cet enfant est mon serviteur.

— Je ne suis pas ton serviteur, s'écria le garçon, je suis le serviteur de tout le monde. Chacun m'emploie, me presse, m'exploite et je ne fais rien de ce qui m'intéresse.

— Petit insolent ! suffoqua le scribe en le menaçant de son calame. Tu auras cent coups de bâton.

Il brandit son calame dans la direction de l'enfant qui ne bronchait pas.

— Qui fait ce qui lui plaît, ici ? tonna le vieux, rouge de colère.

— Toi, sans doute, ironisa Séchat.

Elle jeta ses yeux dans le regard oblique du vieil homme.

— Au lieu de battre cet enfant, tu ferais mieux de lui apprendre à lire et écrire. C'est un garçon intelligent.

— Comment le sais-tu ?

Elle se mit à rire.

— Ta réplique montre bien que tu es de mon avis.

— Tu te trompes, Grande Intendante. Ici, les capacités de tous, hommes, femmes et enfants, qu'ils soient filles ou garçons, sont de dépouiller les tiges de papyrus, les accoler, les mouiller, les battre...

— Les coller, les couper, je sais, rétorqua Séchat. J'ai regardé assez longtemps tes hommes travailler pour connaître chaque étape de fabrication, qui va de l'arrachage du papyrus à la réalisation d'un feuillet.

— Ici, grogna le vieux scribe, personne d'autre que moi ne doit savoir lire et écrire.

— Quel vieil égoïste tu fais !

Elle reprit la main du garçonnet et la serra dans la sienne.

— Allons, Grand Scribe, prépare-moi ces comptes. Je reviendrai dès que le soleil sera couché.

— Cet enfant ne doit pas te suivre ! rugit-il encore.

— Pourquoi, parce qu'il est ton esclave ?

— Je ne suis pas un esclave ! s'écria le garçon en lâchant la main de Séchat.

Il se dirigea vers le scribe et lui arracha des mains le calame.

— As-tu peur qu'un jour je prenne ta place ? fit l'enfant en criant à son tour. Alors, sache que si, un jour, j'étais scribe, j'irais apprendre dans la grande ville de Thèbes, et je suivrais les grandes écoles, et je servirais la cause de l'Egypte par mon savoir et mes connaissances et...

Séchat reprit sa main. L'enfant tremblait d'excitation et d'indignation. Deux sentiments similaires qui avaient coutume d'habiter son jeune esprit en ébullition. Une coloration subite animait son fin visage au teint et aux yeux clairs, au petit menton volontaire.

— As-tu tes parents ?

— Je suis orphelin.

— Alors, je t'emmène à Bouhen et nous demanderons à mon grand-père, le Grand Nekbet, de t'enseigner l'art des hiéroglyphes.

*
* *

La petite Satiah, aussi jolie qu'une fleur de lotus qui s'épanouit dans un bassin d'eau claire, savait déjà se montrer gracieuse et souriante. C'eût été un très agréable bébé, si les caprices qu'elle imposait fréquemment à ses proches ne se terminaient pas en terribles colères qui lui fripaient le visage et coupaient, parfois, sa respiration jusqu'à en devenir mauve de dépit.

Séchat, qui profitait de son long séjour à Bouhen pour poursuivre la tournée des ateliers de tissage et de fabrication de papyrus, jouissait de la présence de sa fille lorsqu'elle rentrait de ses longues randonnées.

Ce soir-là, alors que les étoiles brillaient dans un ciel obscurci, elle s'attarda sur le bord du Nil. Seule, ses pensées la ramenaient à Thèbes. A présent que ce haïssable Knoum était mort, trouverait-elle encore, sur sa route, les implacables difficultés l'empêchant de mener au mieux ses projets et ses missions ? D'autres complices s'apprêtaient peut-être à poursuivre leurs méfaits. En serait-elle la cible ? Cela ne suffisait-il pas de trouver, à chaque pas, et parce qu'elle était femme, un obstacle à franchir comme si elle devait toujours tout prouver aux autres, chaque acte, chaque fait, chaque parole ?

Il lui semblait que cette affaire de nécropoles se terminait avec Knoum. Elle frémit pourtant à l'idée que Sakmet n'aille se fourvoyer dans une autre aventure pour la sauver d'un danger. Comment pourrait-il convaincre la justice de son innocence ? Les juges ne pardonnaient pas aux violeurs de tombes et la police égyptienne n'était guère souple pour ce genre de délits. Parfois, les complices arrêtés recevaient une bastonnade sur le dos jusqu'à ce que la peau ensanglantée se détache.

Sc promenant songeuse, sur les rives du Nil, là où quelques bosquets de papyrus formaient des petites haies qui, le jour, ombrageaient la berge ensoleillée, elle porta ses yeux au loin. Il lui sembla percevoir une agitation. C'était un peu comme si l'eau se troublait dans un clapotis d'abord imperceptible, mais qui, à force d'écouter, devenait plus audible. Elle pensa tout d'abord à un oundja qui se désaltérait tranquillement dans le Nil. Mais elle écarta cette hypothèse, connaissant trop ce bruit d'embarcation qui arrivait lentement sur le fleuve.

Les petits bateaux de commerce accostaient souvent le soir à Bouhen pour décharger les denrées nécessaires qui arrivaient des régions voisines. Par contre, le matin, elles en chargeaient d'autres qui prenaient la route de Thèbes ou des villes bordant le Nil. Parfois, l'embarcation se rendait jusque dans le delta, là où les multiples branches du fleuve s'accouplent et où les oiseaux les plus divers se retrouvent avant de repartir pour d'autres horizons lointains.

Un bruit de gaffe enfoncée prudemment dans l'eau, ou peut-être de rames essayant de regagner la rive, arrivait, maintenant, distinctement aux oreilles de la jeune femme.

Certes, il ne devait pas s'agir, à cette heure trop tardive, d'un bateau de commerce, mais plutôt d'un de ces petits canots sans voiles dont seule la nacelle en tige de papyrus, à faible tirant d'eau, convenait parfaitement au transport des pêcheurs qui ne se déplaçaient que sur le bord du fleuve où le marais n'est pas profond.

Séchat perçut un clapotis distinct, mais ce n'était ni le saut d'un mormyre, ni celui d'un claria, petits poissons qui s'agitaient fréquemment à la surface du fleuve. Elle écouta plus attentivement. Ce n'était pas non plus le bruit de la gaffe que l'on enfonce dans l'eau, mais plutôt celui des rames qui font avancer le bateau. Bientôt, une faible lueur clignota et permit de penser qu'on cherchait un endroit pour accoster.

La nuit percée d'étoiles permettait de distinguer la lueur diffuse autour de laquelle s'amenuisait un halo de brume blanche. S'agissait-il d'un pêcheur perdu prêt à s'endormir sur la berge du Nil en attendant que l'aube le remette sur sa voie ?

Séchat attendit. S'écartant un peu du bord, elle fit quelques pas en direction de sa demeure, reculant légèrement. Elle réfléchit qu'elle ne craignait plus rien, mais l'infernale vision de Knoum broyé par le crocodile lui revint. Bien qu'en principe, ses hésitations ne fussent que de courte durée, celle-ci se fit plus obstinée. Son désir de recul s'accentua. La lueur s'avançait. Séchat, prudente, s'apprêtait à courir en direction de sa maison. Avant d'en arriver à cette extrémité, elle força son regard dans la nuit et distingua un bateau de moyenne envergure. La voile baissée, il accostait, non à la gaffe, mais à la rame. Un homme, prestement, en descendit.

— Séchat, héla-t-il, j'ai reconnu ta silhouette. Séchat, ne crains rien. Je suis Djéhouty.

Un soupir de soulagement la traversa de part et d'autre. Comme il était facile, maintenant, de reconnaître la grande silhouette dégagée de son ami Djéhouty ! Un frisson de plaisir la parcourut et elle courut au-devant de l'homme qui s'avançait. La joie de le retrouver, et peut-être aussi un trop-plein de solitude, la firent se jeter dans ses bras.

— Oh ! Djéhouty, que je suis heureuse de te voir. Que viens-tu faire ici, à Bouhen ?

Avec un brusque sursaut de réserve, elle se dégagea rapidement. La nuit empêchait de distinguer leurs traits et ne pouvait qu'apporter une impression étrange à ces retrouvailles nocturnes.

— Viens dans la maison, nous allons parler tranquillement.

Un autre homme sautait sur le rivage.

— Je suis venu avec Houri.

La jeune femme montra un visage souriant au serviteur de Djéhouty qui, elle le savait, lui apportait son amitié et ses services.

— Houri, tu ne connais pourtant guère la navigation, ironisa-t-elle.

— Je la connais pour deux, trancha gaiement Djéhouty. Ignores-tu, Noble Séchat, que dans ma jeunesse, j'ai gagné compétitions et joutes fluviales ?

— Mais, je te bats au tir à l'arc, objecta prudemment Houri.

— C'est vrai, il me bat au tir à l'arc.

— Mon cher Djéhouty, oublierais-tu que Houri est aussi un cavalier émérite ! répliqua Séchat en riant.

Djéhouty s'approcha de son ami et lui tapa dans le dos. Sans, peut-être, en arriver au même degré d'intimité qui la liait à Reshot, les deux hommes partageaient réciproquement une franche amitié et se plaisaient à accomplir, ensemble, les loisirs qui touchaient à la pêche, la chasse ou la course de char.

Tout en discutant joyeusement, ils arrivaient dans la vaste cour qu'offrait tout l'avant de l'habitation.

— Voici les appartements de Nekbet, mon Grand-Père. C'est lui qui a restauré toute cette demeure. Il a fait de cette maison, et de tout son environnement, une véritable œuvre d'art rupestre.

— Je sais, appuya Djéhouty, amusé de remarquer l'emportement enthousiasmé que prenait la jeune femme à parler de Nekbet. Je connais aussi tous les aménagements et les agréments qu'il a apportés aux populations voisines de la Haute-Egypte : agriculture modernisée, greniers à blé hautement développés, création d'ateliers de tissage, de confection de papyrus, et maintenant tout y est rentable, moderne, superbement organisé, grâce à sa pétulante petite-fille, la Grande Séchat.

Contrariée du ton railleur de son ami, la jeune femme riposta :

— Ce n'est pas tout, pour peaufiner l'ensemble, j'y apporte, en plus, le confort des artisans et le maintien d'un bon salaire.

Saisissant involontairement sa main, elle reprit avec allégresse :

— Oh, Djéhouty, je suis en train de réussir la promesse tenue aux artisans. Tu ne peux savoir comme je suis heureuse. Toi qui es le Vizir de toute la Haute-Egypte, te rends-tu compte de ce que cela représente à mes yeux ?

Curieusement, Djéhouty remarqua que la jeune femme parlait chaleureusement de son métier, mais qu'elle n'avait pas encore dit un mot sur sa fille récemment mise au monde.

— Je vois que tu profites de ta convalescence pour travailler.

— J'ai fait des promesses aux artisans, je dois les tenir.

Il s'arrêta et de sa main chercha celle de Séchat. Ses yeux, que la nuit cachait, semblaient fouiller ceux de la jeune intendante.

— Ne t'arrêteras-tu donc jamais dans tes efforts ? murmura-t-il.

— J'ai tenu des promesses, répéta sourdement la jeune femme.

Il gardait sa main menue serrée dans la sienne.

— N'as-tu donc pas envie d'être mère, Séchat, uniquement d'être mère ?

Une nouvelle fois, Séchat se dégagea et presque avec violence objecta :

— Pourquoi une femme ne pourrait-elle pas être mère et Grande Intendante ? Les hommes n'ont pas à discuter sur cet état de fait.

Elle se tut, soupira, puis tournant subitement et intentionnellement la conversation, elle pointa le doigt :

— Sur la gauche, là où nous arrivons, ce sont mes appartements. Je vais te faire visiter mes ateliers de sculpture. Cela devrait t'intéresser.

Reshot, que les bruits de voix avaient alertée, attendait à l'extérieur.

— Djéhouty ! Quelle surprise ! Viens-tu nous annoncer une mauvaise nouvelle ?

— Pas cette fois-ci, Reshot.

Puis, se rappelant que le bébé n'avait pas encore fermé les yeux depuis qu'elle s'était éloignée vers le fleuve, Séchat s'inquiéta :

— Satiah dort-elle ?

— Elle s'est endormie dès ton départ, comme une petite fleur fatiguée de sa journée. C'est une petite fille superbe, ajouta-t-elle en se tournant vers Djéhouty, qui l'observait d'un air amusé.

— Elle te souhaitera la bienvenue demain, précisa la jeune femme.

Pourquoi l'envie de lui parler de Satiah lui parut-elle soudain nécessaire ? Etait-ce la constatation de

Djéhouty qu'elle avait pris pour un reproche ? Elle poursuivit sur un ton anodin qui ne trompa guère son ami :

— Elle utilise déjà un langage irrésistible. Attention, c'est une enjôleuse. Elle sait déjà prendre les hommes dans le filet de ses grâces et de ses sourires.

— Crois-tu que je vais lui plaire ? questionna-t-il moqueusement.

— Un bel athlète comme toi ne peut que la subjuguer, reprit Séchat en riant. Et maintenant, puisque je vous ai tous les deux, je vous garde et nous allons dîner tout en bavardant. Je pense que vous devez avoir faim.

Sans attendre la réponse, elle reprit du ton calme, mais efficace, que Djéhouty lui connaissait :

— Reshot, préviens les domestiques et que l'on apporte la meilleure de nos oies farcies et du vin de nos vignobles. C'est une boisson fraîche, un peu sucrée et faiblement alcoolisée : elle va vous désaltérer comme aucun autre breuvage.

Puis, se tournant vers Houri avec une grâce non feinte :

— Dîne avec nous, Houri. Ton estomac et celui de Djéhouty doivent réclamer leur tribut.

Et, rattrapant Reshot qui se dirigeait vers les cuisines pour donner les ordres afin de préparer le repas, elle lui prit le bras :

— Si tu n'es pas fatiguée et si tu penses que l'enfant dort bien, tu es des nôtres.

— Non, elle peut se réveiller et prendre peur, je préfère rester à ses côtés. De toute façon, j'ai déjà pris mon repas.

— Reshot est la vraie mère de Satiah, soupira Séchat.

Djéhouty s'amusa de la réplique et prit le parti d'en plaisanter :

— Avec une mère qui se prend pour le défenseur de toute l'Egypte, elle devra trouver un appui plus proche que le tien.

Séchat rougit. Ce propos la mit mal à l'aise. Il

s'aperçut de sa maladresse et, contrarié, se tourna vers Houri :

— Va chercher la malle d'osier. Elle est restée dans l'embarcation. C'est un présent que je t'ai rapporté, Séchat.

Sans mot dire, Houri esquissa un sourire discret et disparut, tel un grand chat silencieux.

Resté seul avec Séchat, il s'avança vers elle avec une sorte de gêne qui l'empêchait de cerner l'émotion de la jeune femme. L'air frais s'infiltrait par l'ouverture de la grande pièce et rendait l'atmosphère douce et pénétrante.

— Pardonne-moi, Séchat. Tu sais que je ferai tout ce qui est en mon pouvoir pour que tu réussisses. Je suis, parfois, un homme idiot qui, comme tous les autres, rêve que la femme si intelligente, si capable, si sensée soit-elle, reste à son foyer...

— Conjugal ? Mais, Djéhouty, je n'ai plus d'époux !

— Alors, il faut...

Douce et cinglante à la fois, elle lui coupa la parole.

— Familial ! Mon foyer familial. Certes, je n'ai plus que ma fille, et mon passé compte déjà vingt-cinq ans. Si j'élève Satiah, je passe dix années auprès d'elle, sans la quitter. Mais un jour, elle partira pour une école ou prendra un époux. Que ferai-je, alors, avec mes idées de réformatrice et de femme engagée ? Je n'aurai plus qu'à me laisser aller au désarroi le plus intense.

Elle termina son exposé avec tant d'amertume que Djéhouty se sentit ému. Il la prit dans ses bras et doucement la serra contre lui.

— Ne regretteras-tu pas d'être passée aux côtés de multiples joies ? Celles toutes simples d'une mère de famille.

Le soupir qu'ébaucha la jeune femme la conduisit à un triste murmure :

— Oh ! Djéhouty, pas toi. Je t'en supplie, pas toi.

— Ne suis-je donc pas, à tes yeux, n'importe qui ?

— Non.

Elle cria ce mot comme un appel au secours, mais refusant toute nouvelle suggestion, elle s'approcha de Djéhouty et lui posa un index léger sur les lèvres.

— Ne parlons plus de tout ceci.

Deux servantes apportaient les plats fumants qui dégageaient une odeur d'herbes aromatiques chatouillant agréablement les narines.

Comme Houri ne réapparaissait pas et qu'il devait croire que son maître préférait ne pas le voir revenir de sitôt, ils s'installèrent à la table qui, peu à peu, se garnissait des mets les plus divers.

Après quelques réticences, la conversation fut enjouée, ils discutèrent sur les activités professionnelles qui amenaient Djéhouty dans la région, suite à sa nomination de Grand Vizir.

— Je t'emmènerai visiter les mines d'or sur le territoire de la troisième cataracte, promit-il.

— Celles qui nous appartiennent, entre la frontière de la Nubie et du Soudan ?

— Elles ne nous appartiennent qu'en partie.

Séchat exultait. Cette proposition l'enthousiasmait à un tel point qu'elle ne sut comment montrer sa reconnaissance.

— Jamais encore je n'ai vu de mines d'or. Quels sont les hommes qui y travaillent ? Des Africains ?

— Les Africains connaissent mieux ce travail. La chaleur insoutenable ne peut être supportée que par eux. Ils ont une habitude plus grande à rester sous un soleil intense et dur.

— Ce soleil est-il vraiment écrasant ?

— Pire ! C'est un soleil enfermé entre des montagnes répercutant une intolérable atmosphère de sécheresse qui tuerait nos travailleurs égyptiens peu accoutumés à une telle endurance.

Le repas s'achevait presque lorsque Houri revint. Il portait une petite malle d'osier tressé.

— Merci, Houri, dit-il en prenant la malle. Tu peux te régaler maintenant, l'oie farcie est loin d'être terminée et il reste assez de vin pour que tu t'endormes, ensuite, comme un enfant.

— Et prends tous les fruits que tu désires. Les corbeilles encore pleines te tendent leurs bras.

Séchat conduisit Djéhouty dans la pièce contiguë où de grands canapés recouverts de coussins colorés rendaient apparent le confort indéniable. La pièce était pourtant simplement meublée, d'un goût à la fois simple et sûr. Des meubles campagnards entrecroisaient les sièges et les coffres usés par les ans.

Les murs n'étaient pas recouverts, comme dans les appartements luxueux de Thèbes, de tentures riches et soyeuses, mais d'ustensiles de bronze ou de grès, d'urnes et de potiches peintes d'ocre et de terre de Sienne, mélangées à des bleus lapis-lazuli. Sur l'un des murs, quelques masques africains que lui avait donnés Nekbet décoraient étrangement la pièce.

Djéhouty écarta la paille qui recouvrait le cadeau et, délicatement, sortit une statuette d'onyx noir représentant la déesse des écritures et des bibliothèques qui portait le nom que l'on avait donné à Séchat.

— Oh ! murmura la jeune femme, saisie d'admiration, la déesse Séchat !

Elle prit la statuette que lui tendait Djéhouty. Réalisées dans le plus bel onyx pur, noir et brillant, les formes de la déesse s'étiraient dans un maintien d'une grâce exquise. Dans sa main gauche, elle tenait un papyrus déroulé, dans sa droite, le calame s'élevait droit et fin. Son visage renfermait deux yeux lapis-lazuli délicatement incrustés.

— Regarde, Djéhouty, murmura-t-elle, ce sont les yeux de Satiah.

— Je n'ai pas encore vu les yeux de ta fille, rétorqua le Grand Vizir en souriant.

— Ce sont deux petits lapis-lazuli, affirma Séchat avec conviction.

— Cette statuette te plaît-elle ?

— Elle est superbement sculptée. Je l'emporterai à Thèbes. Merci, Djéhouty. Merci de ta générosité.

— Ne m'accueilles-tu pas somptueusement, toi aussi ?

— Tu oublies que ta visite est également professionnelle. N'allons-nous pas voir les mines d'or ? Quand partons-nous ? Je suggère, si tu l'acceptes que, demain, tu prennes un peu de repos et que nous partions dès l'aube de la prochaine journée,

— Ton plan me paraît acceptable. Je suis à tes ordres, Grande Séchat.

— Alors, qu'il en soit ainsi. Tu m'en vois tellement heureuse ! s'enthousiasma la jeune femme.

— C'est un voyage relativement pénible. Je te sais forte, mais je crains que tu ne sois désagréablement surprise par les fatigues qui surgiront devant toi.

— Sois sans inquiétude, je sais résister à la chaleur.

— La chaleur n'est pas seule en cause, rectifia Djéhouty.

— Quoi d'autre ?

— L'alimentation, le manque d'eau. Il n'y a pas de puits dans ces montagnes. Il faut se contenter des gourdes pleines.

— Cela me suffira, rétorqua Séchat en plissant ses yeux de plaisir.

— Il faut savoir boire goutte à goutte.

— Je boirai goutte à goutte, parcimonieusement. Là, es-tu satisfait ?

— Bien, mais tu dois également envisager un manque de confort considérable.

— Grand et Noble Djéhouty, répliqua cette fois la jeune femme en éclatant de rire, essaies-tu de m'expliquer que c'est là un voyage d'hommes ?

— Exactement !

— Alors, je ferai comme un homme.

La jeune femme reprit la statuette et la caressa du bout des doigts.

— C'est très agréable au toucher.

Elle passait presque amoureusement la main sur le corps de la déesse, la descendant et la remontant, s'arrêtant sur la nuque douce et courbée, avant d'atteindre la tête si finement sculptée.

Elle rêvait à demi en caressant l'onyx sombre et luisant.

Djéhouty s'approcha d'elle, tel un animal mystérieux en quête d'une réponse impossible et la lui retira des mains. La posant délicatement sur le coffre qui lui faisait face, il saisit les épaules de Séchat. Sa tunique blanche et fine les dénudait et laissait apparaître la naissance de deux seins encore un peu lourds de la récente maternité.

De la même façon qu'elle venait de caresser la statue, il lui caressa la nuque et le haut du dos. La sentant frémir, il s'enhardit et poussa la caresse sur ses épaules, ses bras, ses mains, les massant avec une insistance plutôt fébrile, les contournant, les pressant, retenant de ses propres doigts puissants la peau fine et mate de la jeune femme.

Elle crut, un instant, à la chaude présence de l'homme. Paradoxalement, elle ressentait à la fois une impression d'abandon et de bien-être, comme un soulagement intense qui mettait fin à sa solitude, mais qui lui apportait d'autres angoisses.

Elle ouvrit les yeux. Djéhouty la regardait avec une intensité qui la dégrisa. Ses yeux gris habituellement froids avaient pris cette teinte anormalement sombre qui transformait son visage tendu à l'extrême. Avant que Séchat prenne conscience de la poursuite logique et évidente de cet état de fait, la bouche de Djéhouty vint se coller à la sienne. Surprise, la jeune femme resta sans réaction, mais l'insistance de son compagnon la plongea dans un doute qu'elle prit pour une angoisse qu'il fallait enrayer et elle prit le parti de répondre à son baiser.

Puis, lentement, comme on se retire d'un bien-être qui ne vous appartient pas, elle le repoussa sans brusquerie et s'écarta.

— Je ne veux plus que cela se reproduise, jeta-t-elle d'un ton plaintif, empli de reproches, qu'elle adressait sans doute plus à elle-même qu'à son compagnon.

Puis, elle saisit la petite sculpture d'onyx noire.

— J'aime l'albâtre, le grès, l'onyx et même le calcaire rugueux lorsque le sculpteur lui donne forme et présence.

Comme Djéhouty se taisait, elle reprit :

— La sculpture est vraiment l'une des plus extraordinaires choses qui puissent exister. Sans elle, l'homme serait vide de tout, puisque c'est elle qui le représente. Viens. Allons dans les ateliers, je vais te présenter mes collections.

Les yeux de Djéhouty reprirent, instinctivement, leur teinte grise habituelle. S'il sentait que Séchat rompait volontairement le charme de l'intimité, il n'en laissa rien paraître.

— Allons voir ces merveilles, dit-il d'un ton neutre.

— Certaines sont très anciennes, elles datent de la dix-septième dynastie. D'autres ont dû prendre forme sous la seizième. Mon père a tenté de les identifier, mais il reste difficile de les authentifier.

Tout en discutant, ils arrivèrent dans une vaste salle très éclairée. Des ostracas, blocs de calcaire entreposés ça et là, donnaient l'impression d'un travail laissé inachevé.

— Mon père n'y fait plus venir d'artisans. Mais lorsque la vieillesse l'atteindra, il ouvrira à nouveau cet atelier. Tiens, viens et regarde. Par ici se trouvent de très belles collections.

Une suite de pièces plus petites et plus obscures, que n'éclairait aucune ouverture, longeaient l'atelier central. Séchat alluma les lampes à huile disséminées dans de minuscules alcôves afin de distinguer plus nettement les objets qui s'alignaient sur des rayonnages taillés à même la pierre.

Djéhouty observait attentivement chaque pièce. Statues, poteries, urnes, amphores, toutes de lignes assez pures portant des hiéroglyphes et des scènes sculptées s'offraient en abondance.

— C'est en effet, une très riche collection. N'a-t-on jamais tenté de la dérober ?

— Je ne crois pas. Il y a toujours d'excellents

gardes à Bouhen, parmi les serviteurs. Il faudrait délaisser la maison pour tenter les voleurs.

Djéhouty saisit un grand vase de calcaire rouge curieusement sculpté et en approcha la lueur de sa lampe à huile.

— Ce sont des signes de la seizième dynastie, dit-il, élevant le vase à la hauteur de ses yeux. Regarde cette façon de représenter le soleil, l'eau et la nourriture.

— C'est ce que pense aussi Sobek. Tu pourras le lui affirmer. Il sera heureux d'en discuter avec toi. Regarde aussi cette amphore.

Elle pointa son doigt sur le large rebord et d'une voix basse, presque imperceptible, elle récita :

« Viens en ma demeure.
Je ne te vois pas.
Mon cœur aspire à te rejoindre
Et, mes yeux te réclament. »

— C'est un poème tiré d'une lamentation d'Isis à la mort d'Osiris.

Djéhouty saisit le vase de grès et plongea son regard sur l'inscription. Puis, il murmura comme un soulagement venu à expiration.

— Si rien ne peut effacer le souvenir de ton époux, n'en sois pas pour autant inconsolable. Quand on ne voit plus quelqu'un, il ne faut pas désespérément le chercher. Certes, la vie de l'au-delà t'attend, Séchat. Mais celle d'ici-bas, celle de tes instants présents, ne peut être rejetée.

— Je ne la rejette pas.

— En quelque sorte, si.

— Tu te trompes, Djéhouty. Je ne me sens pas prête pour d'autres amours. C'est tout.

Elle jetait sur lui un regard presque éploré que la lueur de la lampe à huile projetait sur Djéhouty comme une flamme avivée de mille contraintes dont elle était férocement prisonnière. A nouveau, elle rompit l'intimité de la discussion, l'écartant de toutes tentations.

— Je vais te faire voir une collection unique, c'est Nekbet qui la tient d'une aïeule. Tes yeux en resteront éblouis.

Elle l'entraîna dans la dernière pièce, la plus obscure. « Mon Dieu, pensa Djéhouty, à quel jeu joue-t-elle ? Cette semi-obscurité qui m'exacerbe, cette intimité entre nous qui va et vient, s'échappe pour revenir à grandes enjambées... »

— Ne crois-tu pas qu'il serait plus sage de reprendre le chemin plus éclairé de tes vastes appartements ? objecta-t-il en avalant péniblement sa salive.

— Oh ! Djéhouty ! Je t'ai fait venir ici uniquement pour te présenter ces pièces-là. Regarde, elles t'attendent, elles te scrutent, elles te réclament, elles t'aiment déjà ! Regarde.

Sur une plate-forme de pierre, creusée dans la paroi, neuf statuettes s'alignaient. Aucune ne se heurtait. Bien au contraire, elles semblaient toutes s'imbriquer les unes dans les autres par leur maintien, leurs idées, leurs prières, leurs désirs. Les déesses Isis, Neptys, Hathor, Maât, Sekhmet, Moût, Séchat, Selkis et Neith emplissaient à elles seules l'atmosphère entière de la pièce. Sculptées dans un albâtre blanc, mat, délicatement striées de fines veinules transparentes qui prenaient des teintes d'ocre pâle, elles présentaient tout un chef-d'œuvre de la sculpture égyptienne. Travaillées d'une façon que Djéhouty n'avait jamais remarquée jusqu'à présent, elles offraient une face polie, brillante, éclatante d'une multitude de veinules étincelantes, et une face mate, grenue, presque rêche qui rétablissait l'équilibre de la pierre.

Fasciné, Djéhouty les regardait. Alors, seulement, il tenta d'oublier le désir qu'il avait de Séchat en acharnant ses yeux sur les déesses immortelles.

CHAPITRE III

— Cet enfant promet d'être fort et vigoureux, constata la vieille Moutnéfer en tournant sa tête vers Isis.

Bien que le ton fût plus avenant que d'ordinaire, la jeune femme n'eut aucune envie de répliquer. La Seconde Epouse de feu Thoutmosis II ne supportait plus les éternelles critiques de Moutnéfer qui, malgré ses cinquante ans passés et la mort de son fils, poursuivait le harem de ses observations acerbes et horripilantes.

— M'as-tu entendue, Isis ? Je disais que cet enfant promettait d'être grand et valeureux.

Isis tourna vers sa compagne sa jolie tête que les servantes avaient coiffée en nattes attachées entre elles par des chaînettes d'argent.

Isis accusait à peine ses trente ans. Son corps était aussi souple qu'un roseau du Nil qui se courbe sous le vent d'une fraîche nuit thébaine et, bien qu'elle ne dansât plus depuis qu'elle avait quitté le temple d'Amon, les mouvements de ses bras étaient restés pleins de grâce et lorsqu'elle marchait, ses pieds frôlaient à peine le sol.

— Isis, je te parle ! fit Moutnéfer, mécontente.

— N'est-il pas prématuré de dire que mon fils sera fort et robuste ? répondit enfin la jeune femme en réprimant une sombre pensée pour Thoutmosis mort avant d'avoir su qu'elle accouchait d'un garçon.

Moutnéfer eut un geste agacé.

— Cet enfant est sain et superbe, beaucoup plus que mon fils ne l'était à cet âge. Il accomplira une grande destinée et sera pleinement reconnu par le peuple.

Non loin d'elle, un bruissement d'étoffe agita l'espace parfumé qui s'auréolait déjà du bleu suave d'un ciel sans défaut.

— Pour l'instant, entendit Moutnéfer dans son

dos, je suis le pharaon d'Egypte et il n'est pas question d'un autre sacre, il me semble.

Avec précipitation, Isis vint se prosterner devant Hatchepsout. L'éventuel héritier dont elle avait enfanté du pharaon, désormais décédé, n'empêchait nullement les marques de déférence dont elle usait envers Hatchepsout. L'ancienne princesse du palais restait toujours son amie, au besoin sa confidente et sa conseillère.

Isis resta quelque temps prosternée devant la pharaonne. Moutnéfer fit la grimace et lui lança un sourire malveillant.

— Une Seconde Epouse ne se prosterne pas devant une Epouse Royale, grinça-t-elle entre ses dents.

Isis se redressa comme si un serpent l'eût piquée.

— Sa Majesté, répliqua-t-elle, n'est plus une Epouse Royale, elle est Pharaon d'Egypte et je lui dois obéissance et respect comme je le devais à votre fils.

Esquissant un sourire bienveillant, Hatchepsout prit la main d'Isis. Tout dans son attitude, ce jour-là, annonçait une humeur excellente.

— Il est vrai que Moutnéfer ne s'est jamais inclinée devant ma mère, fit-elle d'un ton ironique. Allons, Isis, laissons-la à ses observations acrimonieuses, et viens discuter quelques instants. Je me suis accordée ce moment d'intimité pour parler avec toi d'un sujet qui me tient fort à cœur.

Elle balaya de la main la rangée de servantes qui faisait barrage, renvoya Horem, le gros eunuque, qui veillait encore sur les anciennes concubines, mais qui n'avait plus son mot à dire depuis que, faute d'un pharaon mâle, les femmes du harem ne se disputaient plus le lit du pharaon...

Puis, souriant toujours à la belle Isis, elle écarta d'un regard insistant la vieille Moutnéfer qui n'ajouta plus rien et se dirigea précipitamment sur le dallage qui conduisait à ses appartements.

— Allons nous rafraîchir mains et pieds à ta fontaine, Isis. Nous y serons tranquilles. Je sais que Thoutmosis aimait s'y détendre lui aussi.

Isis eut un léger soupir semblable à un frôlement de feuille d'acacia sur sa branche.

— Dis-moi, reprit la reine en passant affectueusement son bras sous celui de l'ex-danseuse, l'as-tu vraiment aimé ?

Isis rougit. Comment lui dire que c'était Ouadjmosis, le demi-frère d'Hatchepsout, né d'une autre concubine, dont elle s'était éperdument éprise ?

Pourquoi d'ailleurs lui ferait-elle comprendre que la mort accidentelle d'Ouadjmosis, devenu prêtre d'Amon, avait précipité sa fuite du temple, se faisant ainsi bannir pour sacrilège par son vieil oncle Sétoui[1] ?

Jamais Hatchepsout, maître des Deux Egyptes, ne pourrait cerner une telle énigme. Que Thoutmosis ait été très épris d'Isis et qu'en échange, il n'ait reçu qu'obéissance et respect, mêlés à quelques maigres bribes d'amour, paraissait bien inconcevable.

Mais, un pharaon ne fait jamais danser sa Seconde Epouse, même si, autrefois, celle-ci vénérait les dieux en tenant la place de Première Danseuse Sacrée. Personne ne pouvait soupçonner qu'Isis était morte avec Ouadjmosis le jour où celui-ci avait malencontreusement glissé sous la coque d'un navire, en pleine crue du Nil.

Non ! Jamais Isis n'aurait pu danser à nouveau sans crier son amour pour Ouadjmosis. Alors, l'inévitable serait arrivé et Pharaon aurait su.

Assise en face d'Hatchepsout, Isis freina son envie de rêver pour partir au-devant de son enfance où, pure de tout sentiment excessif, elle dansait pour Amon, Hathor, Horus et les autres divinités du temple.

— Isis, ma douce compagne d'autrefois, murmura Hatchepsout en soutenant son menton de deux

1. Lire *Les Thébaines/La Couronne insolente* (tome 1).

doigts qu'alourdissaient des bagues de cornaline, l'as-tu vraiment aimé ?

D'un geste lent, Isis se dégagea des doigts de la pharaonne et libéra son menton.

— Tu trembles ! chuchota Hatchepsout.

Isis leva les yeux vers un horizon qui entamait sa courbe solaire. Elle plongea sa main dans l'eau de la fontaine, l'agita en de multiples petits clapotements qui venaient mourir à ses oreilles. Puis, elle détacha son regard de la ligne bleutée qui pointait à la cime des grands sycomores dans un ciel déjà bien éclairé et fixa Hatchepsout.

L'état d'esprit qui l'effleurait à la minute précédente n'avait guère changé. A cet instant, son raisonnement restait identique. Comment lui expliquer son amertume, ses rancœurs engendrées par une désillusion ineffaçable ? Car, c'était sur elle, sa demi-sœur la princesse Hatchepsout, qu'Ouadjmosis portait toujours son regard.

Hatchepsout plongea ses prunelles sombres et veloutées dans les grands yeux clairs d'Isis qui fut la première à baisser le regard.

Que pouvait-elle expliquer à la reine ? Que désorientée jusque dans ses viscères, mutilée des bases sacrées de son enseignement, ne sachant où aller, ni que faire, le harem avait abusé d'elle en la prenant au dépourvu. Qu'elle n'avait jamais aimé le pharaon même si celui-ci avait planté en son sein le germe sacré d'une hérédité que l'Egypte attendait.

— J'ai respecté Pharaon, chuchota-t-elle d'un ton bas, et je lui ai donné un fils, même s'il est parti au royaume des morts avant de le savoir.

— C'est au sujet de ce fils que je veux t'entretenir.

— Majesté...

— Pas de Majesté entre nous, tu veux !

Elle redressa le buste, observa quelque temps les nénuphars qui tremblaient sur l'eau tranquille de la fontaine et jeta posément :

— Ton fils ne régnera pas en co-régence avec moi, Isis. Le savais-tu ?

La jeune femme baissa la tête. Encore une fois, que pouvait-elle dire ou faire contre Hatchepsout ? Celle qui, fillette comme elle, s'était enthousiasmée sur les fabuleuses histoires des divinités égyptiennes dont elles se nourrissaient toutes deux à cette époque.

— N'est-ce pas le temps qui en décidera ? osa-t-elle répondre.

Surprise, Hatchepsout leva son visage sur celui de sa compagne. Il était impartial, neutre, presque vide. Les prunelles claires de sa compagne étaient devenues presque inexpressives.

— Tu as raison, Isis. Le temps décide toujours de tout. Mais, en attendant, je veux que ton fils puisse profiter, dès à présent, d'un entourage qui est à son envergure.

Une fillette vint proposer un plateau où deux coupes de vin frais et quelques gâteaux aux amandes étaient disposés.

— Pose-le ici, fit Isis, et laisse-nous.

La petite avait le buste dénudé. Belle déjà, ses formes paraissaient se délier sous la fraîcheur qui envahissait la terrasse recouverte du sombre feuillage d'un grand figuier.

Elle portait des anneaux d'argent à ses chevilles. Hatchepsout en fut étonnée. Seules, les fillettes de classe élevée attachaient ainsi des anneaux à leurs pieds.

— C'est Akkésa, fit Isis d'un ton tranquille, la demi-sœur de mon fils.

— Est-ce la fille...

— De feu Pharaon Thoutmosis II et de Noumba, la princesse syrienne ramenée par ton père de l'une de ses campagnes guerrières, alors qu'elle n'était elle-même qu'une fillette.

— C'est une enfant qui sera belle, admit la reine avec sincérité. T'entends-tu bien avec elle ?

— J'aime la présence d'Akkésa et elle se plaît en la mienne.

— S'accorde-t-elle aussi avec mes filles ?

— Tes filles sont encore trop jeunes pour être en harmonie avec Akkésa. Mais, je n'ai jamais remarqué au travers des princesses de contrariété envers elle.

— Cette fillette que tu appelles Akkésa est sans doute l'une des futures compagnes de ton fils. Est-ce pour cette raison que tu aimes cette enfant ?

Isis acquiesça de la tête et les perles d'argent qui se mêlaient à ses cheveux bruns brillèrent d'un feu discret.

— Si mon fils pouvait déjà écrire le nom de ses futures concubines, il emplirait une feuille entière de papyrus. Et ta fille aînée Néférourê est à la tête de cette liste.

Elle détacha de l'eau une fleur de lotus et la posa sous ses délicates narines. Puis, elle la tendit d'un geste un peu nonchalant à sa compagne.

— Ces fleurs n'ont presque pas d'odeur. J'ai toujours trouvé que leur arôme était trop suave. Les parfums des encens qui ont bercé mon enfance me manquent parfois.

Elle ramena sa main dans l'eau du bassin et en griffa la surface lisse d'un ongle parfaitement rouge et manucuré.

— Que voulais-tu me dire sur mon fils hormis que, plus tard, tu refusais une co-régence avec lui ?

— C'est au sujet de son proche entourage que je voulais t'entretenir.

Akkésa les regardait de sa prunelle noire, un air mystérieux flottant sur ses jeunes lèvres pulpeuses. A nouveau, Isis eut un geste envers elle, un geste lascif qui enfermait une grande complaisance et, discrète, légère, la fillette disparut sans bruit comme elle était venue.

— Le harem est déjà plein d'enfants.

— Je sais, admit Hatchepsout. Si ce n'est pas une époque brillante pour les concubines, c'en est une pour les bâtards royaux. Les temps ne sont plus les mêmes, Isis, nous devons restructurer le harem.

Isis eut un hochement de tête dont l'impartialité laissa la reine sceptique sur la poursuite de son propos. Elle soupira. Certes, jamais plus elle ne retrouverait la douce complicité qui les unissait lorsqu'elles étaient enfants.

Elle eut un claquement sec de doigts. Qu'importe ! La pharaonne dictait déjà ses ordres.

— Ce sont des jeunes nobles de la région thébaine qu'il nous faut.

— Des enfants mâles ? s'enquit aussitôt Isis.

— Oui, quatre ou cinq ! Même plus. Une dizaine peut-être.

— Mais, les bâtards... s'étonna Isis.

Hatchepsout fit la grimace.

— De tous les mâles, il n'y a que le tien, Isis, qui détienne la noblesse de naissance.

— Le jeune Kamès est né lui aussi d'une princesse syrienne. Et Oudji est le fils du roi d'une influente tribu nubienne !

Hatchepsout la coupa précipitamment :

— Certes, Kamès est le fruit d'un des derniers otages de mon père, tout comme ta protégée. Et Oudji, bien qu'il soit d'origine royale, n'est qu'un pur africain. Ne parlons pas des autres qui sont nés d'une mère de basse extraction. Non, Isis ! Il faut à ton fils une suite de jeunes nobles thébains.

Elle prit sa compagne par les épaules et la serra d'un geste ferme contre elle.

— D'ailleurs, il faudra rénover tout ce harem qui n'a plus lieu d'être puisque aucun pharaon n'y viendra désormais.

— Mais, que dira Moutnéfer ?

— Laisse donc cette vieille concubine qui ne sait plus que faire pour agacer son entourage. Il faut changer ce harem, le transformer, en faire un établissement pour les jeunes recrues que nous irons chercher parmi les plus nobles de Thèbes.

Hatchepsout lâcha les épaules de sa compagne. Elle eut un léger tic qui pressait l'une contre l'autre ses lèvres minces en les frottant par petits coups successifs. Oui, il fallait que l'entourage de cet enfant serve à consolider sa position au sein du royaume.

Et ce n'était que par l'apport d'éléments de la plus haute noblesse qu'elle pouvait réussir son projet.

Combien de familles de hauts dignitaires allait-elle contenter de la sorte ? Peu peut-être, mais les plus influents seraient du nombre. Elle connaissait déjà quelques noms qui, lorsque leur fils serait élevé aux côtés de l'éventuel héritier du trône, calmeraient les plus récalcitrants.

— Nous en ferons de grands généraux. Mon règne qui ne sera que paix, grandeur et sérénité, s'ouvrira sans doute, plus tard avec ton fils, sur de grands desseins de guerres et de combats. L'amitié et la constante présence de ces jeunes nobles lui seront d'une grande utilité.

Curieusement, Isis parut agréablement surprise. Les derniers propos d'Hatchepsout qui semblaient œuvrer favorablement pour le jeune prince lui plaisaient. Mais, était-elle bien consciente qu'en refermant sur le petit Thoutmosis le seul filet dont elle ne tenait pas le bout, il serait celui dans lequel il aurait droit de se débattre ?

Et puisque l'armée égyptienne ne représentait pas pour Hatchepsout l'élément principal avec lequel elle pouvait se battre — sans doute avait-elle senti trop d'opposition lors de son règne — elle pouvait bien abandonner ce dernier à l'enfant bâtard de son époux.

Plus tard, le jeune homme partirait avec ses généraux, ses chars et ses soldats conquérir des pays lointains et la pharaonne de Thèbes poursuivrait son règne au sein d'un pays qu'elle forgerait à son image.

— Nous rétablirons l'école, nous y engagerons des maîtres d'armes, des maîtres-charriers, des maîtres de chasse et de jeux sportifs.

— Ne veux-tu donc qu'une école de combats ?

— Certes non, Isis ! Nous y engagerons aussi des maîtres-scribes pour l'enseignement de l'écriture, de la grammaire, du calcul et des sciences et un grand-prêtre pour l'enseignement religieux.

— Les filles auront-elles droit à cette école ?

— Les plus douées et les plus intelligentes ; nous n'alourdirons pas ces enseignements par des esprits incompétents et malhabiles.

Un cri fit détourner leurs yeux. L'enfant d'Isis s'était éveillé et réclamait sans doute le sein de la nourrice.

La jeune femme le prit dans ses bras afin de calmer ses impatiences et le berça quelques instants. Hatchepsout approcha sa main et, délicatement, caressa la tête duveteuse de l'enfant. Par la naissance issue de son époux et de son frère, le garçonnet devenait son neveu.

Innocent, l'enfant lui sourit. Isis sut gré de ce geste attendri dont la portée n'échappait pourtant guère à son jugement pragmatique.

— Une chose encore Isis, je ne veux pas que Moutnéfer te fasse la moindre observation, ni te dicte les ordres qui concernent la vie de ton fils.

Isis leva le sourcil, étonnée par un tel propos.

— Majesté, je ne suis soumise qu'envers vous.

La reine se mit à sourire, mais ses lèvres s'étiraient en un plissement ambigu qui cachait peut-être un début d'agacement.

— Lorsque j'aurai fait engager les enfants nobles qui seront ses futurs camarades, j'exige que tu me soumettes toutes les décisions qui seront prises pour lui.

A nouveau, la pharaonne observa l'enfant qui s'agitait dans le couffin d'osier que berçait lentement Isis. Les dieux étaient parfois cruels ou inconscients. Avaient-ils seulement le souci de ce qu'était une vie sur terre ? Pourquoi lui avaient-ils refusé un fils ? Les dieux étaient-ils à ce point irresponsables ?

*
* *

Dès qu'elle eut quitté Isis, Hatchepsout eut la certitude que ce n'était pas elle qui pouvait gêner son règne. Néanmoins, restait Moutnéfer, dont l'esprit toujours agressif et la bouche aussi médisante cherchaient encore le moyen d'affaiblir les rayons solaires qui brillaient au-dessus de la reine-pharaonne.

Hatchepsout s'étendit sous les ombrages d'un énorme sycomore qui étendait ses branches jusqu'à la première terrasse de ses appartements privés.

Elle voyait la vaste étendue de ses jardins et les multiples bassins qui venaient décorer, çà et là, les dessins géométriques des parterres fleuris.

Les massifs feuillus sous lesquels les oiseaux venaient picorer une nourriture toujours prête à les satisfaire n'avaient plus de secret pour elle. De leurs petits becs en pointe, ils venaient troubler l'eau claire des bassins, aspergeant les dalles en grès rose qui les entouraient et, d'un léger coup d'aile, repartaient vers d'autres activités, d'autres horizons.

Yaskat pénétra sur la terrasse par l'arrière des appartements. Elle était suivie, parfois, de la vieille Azert, encore verte pour son âge, et plus rarement encore de Kami qui, ratatinée comme une vieille orange, servait aussi fidèlement la fille qu'elle avait servi la mère.

Mais, ce matin-là, Yaskat était seule. Elle contourna la vasque emplie d'une eau bleue parfumée où l'on se rafraîchissait mains et pieds lorsque la température excédait un point supportable et se courba devant la pharaonne.

— Votre Altesse, le grand scribe Senenmout demande à vous voir.

Hatchepsout eut un sourire détendu, serein. Ses doigts se décrispèrent sur le bras d'osier du fauteuil dont elle contourna la douce rugosité pour s'assurer de sa présence.

— C'est bien, Yaskat, mais auparavant, j'aimerais rafraîchir mes pieds, car j'ai discuté tout à l'heure avec Isis sans prendre le temps de le faire et mes chevilles sont lourdes, trop lourdes pour que mon humeur soit excellente.

A vrai dire, cet entretien avec Isis l'avait dérangée, perturbée. Sa douce amie d'enfance était si vulnérable, si dissemblable des autres concubines ! La moindre situation avec Hatchepsout provoquait en elle une attitude presque discordante.

Or, elle ne pouvait qu'assimiler la soumission excessive d'Isis avec l'agressivité quasi-permanente de Moutnéfer qui représentait encore l'image symbolique d'un harem en toute-puissance. Moutnéfer cultivait avec un art sans cesse renouvelé les intrigues, les cabales et les manœuvres douteuses. Et elle était sans cesse dans le sillage d'Isis.

Comment l'ancienne concubine allait-elle influer sur le sort du jeune prince, son petit-fils, alors que le peuple d'Egypte le consacrait déjà, vingt ans à l'avance ?

Hatchepsout eut un frisson. Elle devait s'avouer que, parfois, la peur tenaillait son ventre de femme. Ne ferait-elle donc qu'assurer une régence dont elle avait fui les principes de base dès le départ ? Certes, non !

Même si son ventre n'était pas celui d'un homme, même s'il se dénaturait en portant des attributs fictifs pour symboliser l'autorité dans les conseils d'Etat, Hatchepsout s'accrocherait à sa couronne de pharaon aussi longtemps qu'elle le pourrait.

Alors que l'eau du bassin rafraîchissait ses pieds chauffés par la température excessive de ce jour du premier mois de Chemou, la tête bouclée et brune du petit prince Thoutmosis revint devant ses yeux. Cet enfant — elle le savait — promettait de ressembler à son aïeul Aménophis. Il en avait déjà le regard, et la façon dont il accrochait l'attention semblait être la même.

Dès qu'il serait en âge de marcher, le garçonnet aurait sa cour, ses compagnons, ses favoris, ses serviteurs. Il disposait même, déjà, d'un harem composé de princesses étrangères qui, plus tard, seraient probablement ses femmes. Le jeune Thoutmosis pourrait, ainsi, s'assurer très vite de la teneur de ses futurs plaisirs sensuels.

Très vite aussi, il aurait son armée qui, à chaque crue nouvelle du Nil, se constituerait plus forte encore. Hatchepsout y veillerait avec sagesse et assiduité. D'ailleurs, n'était-elle pas prête à céder à son neveu tout ce qui lui plairait, à l'exception de la couronne ?

Cette pensée en tête, son front s'éclaira d'une subite lueur. Ses chevilles désenflaient un peu. Elle les observa quelques instants. Ses pieds avaient beau être petits, légers, discrets, depuis quelque temps ses chevilles s'alourdissaient dès qu'elle faisait une marche un peu longue. Elle veillerait désormais à réclamer plus souvent sa chaise à porteurs ou sa litière.

— Votre Altesse, reprit Yaskat, que doit-on dire au Grand Senenmout ?

Les yeux de la reine resurgirent brutalement d'où ils venaient un instant de sombrer, en l'occurrence sur la sombre image d'une femme jeune qui vieillissait comme toutes les autres. Son visage n'avait déjà plus la souplesse d'autrefois bien que resté lisse, mat et velouté, rehaussé par ses grands yeux allongés de khôl et dont les paupières étaient fardées de poudre de galène.

Son corps, entretenu en permanence avec le zèle accru de ses servantes, pouvait encore rivaliser avec ceux des jeunes filles de vingt ans. Mais, un jour, Hatchepsout vieillirait sans avoir pu ressentir les soubresauts d'un sentiment et les délices qui font qu'on est aimé pour soi-même. Bien sûr, Senenmout était à sa portée, ambitieux certes, mais fidèle.

— Avant de l'inviter à venir me retrouver, dit-elle à sa suivante en posant une main languissante dans ses cheveux, redresse un peu cette coiffure qui tombe trop sur mes épaules et passe un parfum frais sur mon cou et mes aisselles. La sueur a eu raison de mes états nerveux.

Yaskat frappa dans ses mains et une nuée de petites servantes s'approchèrent comme des abeilles affairées auprès de leur souveraine.

L'une apporta la brosse au manche serti de turquoises, l'autre un peigne à trois dents en corne de buffle et une troisième, plus petite, au type suffisamment négroïde pour douter de ses origines, tenait en mains plusieurs fioles dont le minuscule couvercle représentait des têtes de faucons et de chacals.

Enfin les deux dernières dépliaient avec précaution d'immenses serviettes blanches confectionnées dans le lin le plus fin d'Egypte.

Yaskat achevait à peine de recoiffer sa maîtresse que le sous-intendant du palais vint avertir Hatchepsout que Senenmout attendait à la porte intérieure ouvrant sur sa terrasse privée.

— Qu'on lui serve un rafraîchissement et qu'il attende encore un peu, jeta-t-elle en tournant son regard vers l'homme trapu, aux yeux de guêpe attentive qui attendait les ordres de la reine.

Puis, elle éleva ses bras nus et poursuivit à l'intention de Yaskat :

— Allons, afin que je me détende complètement, laisse tes doigts experts masser mon dos et mes épaules. J'aime recevoir Senenmout dans l'intimité, quand je suis un peu grisée de tes caresses.

Esquissant un sourire satisfait, Yaskat se mit habilement à l'ouvrage. Il ne lui fallut guère de temps pour détendre sa maîtresse qui commençait à soupirer d'aise, lançant de temps à autre un gémissement de bien-être. L'huile parfumée pénétrait son corps en laissant aux alentours une agréable senteur de lilas et de jasmin.

Sur un signe d'Hatchepsout, le gong de bronze résonna et Senenmout apparut. Il n'était pas grand, mais bien proportionné. Ses épaules brunes roulaient sous les manches légères de sa tunique courte. Son torse était large et puissant, ses cuisses fermes et trapues.

Il y avait bien longtemps que l'intendant attaché au service personnel de la reine avait abandonné sa coiffure de petit scribe quelconque et sa tunique en lin grossier attachée sur les hanches par une lanière plus sommaire encore.

Incontestablement, Senenmout était le plus intime

de ses courtisans. Intendant de tous les travaux royaux de Thèbes, il venait chaque jour informer la reine de l'avancement des divers chantiers.

Mais, les tâches du Scribe Royal de la reine ne s'arrêtaient pas là. Il cumulait aussi la charge de Grand Architecte et de Trésorier du palais ajoutée, bien sûr, à celle de conseiller strictement intime d'Hatchepsout. Aussi ne passait-il pas uniquement la voir pour l'entretenir des ouvrages d'exécution.

Si la reine l'appelait pour passer avec lui un moment de délassement, le Grand Intendant arrivait toujours dans la seconde qui suivait l'ordre de sa souveraine. Mais, quand la pharaonne tardait à le demander, Senenmout trouvait toujours un motif suffisamment valable pour s'entretenir aussitôt en privé avec elle.

D'un orgueil aussi démesuré que son ambition, d'une intelligence aussi aiguisée que son instinct, Senenmout cultivait avant tout l'art d'être fidèle à sa reine. Il était bien le seul, d'ailleurs, sur qui Hatchepsout pouvait compter afin qu'aucun mot malencontreux ne sortît hors de ses murs privés. Senenmout restait à tout instant et en toutes occasions muet comme une tombe.

Etait-ce la raison pour laquelle Hatchepsout l'avait choisi pour compagnon intime ?

Senenmout se courba. Ses traits fins et réguliers en faisaient plutôt un bel homme bien que sa forte carrure dénotât l'état d'un ancien soldat ou d'un homme exercé aux combats et que son teint trop sombre et trop mat l'assimilât aux proches cousins nubiens qui sillonnaient tout le sud de l'Egypte.

Senenmout plongea le velours de ses yeux bruns dans les prunelles sombres de la pharaonne.

— Majesté, dit-il en se prosternant davantage, le chantier de Sehel est ouvert depuis plusieurs semaines. Nous y avons trouvé de fort belles pièces. Aimeriez-vous les voir avant que nous les transportions à Karnak ?

— Senment, fit-elle en plissant ses yeux et en

l'invitant à s'asseoir près d'elle. Tu sais bien que je te fais confiance. Raconte-moi. Je veux deux obélisques sortis de la plus belle et de la plus noble des matières.

L'intendant soupira de soulagement. Quand sa reine l'appelait Senment, c'est qu'elle se trouvait dans les meilleures dispositions qui soient.

— Ces obélisques, Votre Altesse, seront les plus hauts, les plus dignes de toutes les époques passées et à venir. L'île de Sehel dispose de gigantesques et majestueux blocs de granit monolithes que jamais personne n'a encore vus.

— Se mêleront-ils au ciel, Senment ?

L'intendant était comblé. Il déplissa ses lèvres en un sourire béat de contentement. Comme il aimait sa reine lorsqu'elle était ainsi, étendue, dolente, rêveuse, que dans sa voix tremblait une émotion certaine et que de sa bouche sortaient des mots de poésie !

Il osa prendre sa main qu'elle ne lui refusa pas.

— Majesté, ces obélisques auront leurs pointes recouvertes d'un or inégalable, le plus pur qui soit et cet or plongera dans le ciel pour se mêler aux rayons du soleil.

Hatchepsout serra la main de son compagnon. Elle était longue, fine, brune. Aucune bague ne venait en distraire la souplesse et la fermeté. Comme elle la pressait entre ses doigts débarrassés eux aussi de tout bijou encombrant, l'émoi qu'il freinait d'ordinaire traversa furieusement sa tête. Alors, il osa franchir l'interdit et les porta presque rageusement à ses lèvres, insistant sur la pesanteur de sa bouche.

Il la laissa courir quelques instants et se dit qu'il avait là, sous ses lèvres torturées et impatientes, la forme divine faite femme pour lui seul. Une apparence de l'au-delà descendue sur la terre des hommes pour le satisfaire, lui, le Grand Maître de l'Egypte !

Mais Yaskat vint rompre le charme de son rêve. Les yeux encore troublés par cette vision de gloire, il lâcha la main de sa souveraine et maugréa quelques mots indistincts, le visage tourné vers la servante.

Yaskat se penchait sur sa maîtresse. « Que Seth, le dieu de toutes les calamités, emporte cette petite peste dans les profondeurs du fleuve pour y être dévorée par les crocodiles ! »

Toutefois, il se ressaisit et redressa son buste dans une attitude plus digne.

— Ces obélisques témoigneront de votre règne, Majesté. Nous les placerons dans l'auguste salle aux colonnes, entre les deux grands pylônes du roi qui sont dorénavant les vôtres, dit-il en foudroyant de son regard de glace les yeux amusés de Yaskat.

— Les hommes les verront-ils dans des millions d'années, Senment ? Et diront-ils, entre eux, ce que j'ai dit et fait ?

Yaskat passa derrière eux, laissant l'effluve d'un parfum frais. Son pas nonchalant n'en finissait plus d'aller et venir là, tout contre eux. Elle s'affairait en silence sur le corps alangui de sa reine, rectifiant une mèche de cheveux, passant le doigt sur son cou moite, la main sur son buste afin d'en redresser la fine toile de lin qui recouvrait ses deux seins haut plantés.

Senenmout perdait son calme.

Dieu de Seth ! Comme il exécrait cette suivante ! Il la regarda de toute sa hauteur, avec un dédain qu'il eût volontiers transformé en acte de sorcellerie. La faire disparaître ! Mais il n'avait pas ce pouvoir-là. Il laissa échapper de sa bouche un souffle rageur et Yaskat s'en amusa, consciente que sa présence à laquelle Hatchepsout tenait fermement le gênait.

Ils étaient deux, lui, le Grand Intendant Suprême et elle, la suivante bien-aimée, à savoir qu'Hatchepsout ne dérogerait jamais du désir immuable qu'elle avait à sentir Yaskat près d'elle, au pied de son lit lorsqu'elle acceptait de partager sa couche avec lui.

Yaskat proposa une boisson fraîche qu'Hatchepsout accepta. Senenmout s'efforça de calmer son courroux et, à nouveau, posa ses yeux sur la silhouette effilée de la servante, imagina quelques scènes osées auxquelles la souveraine s'adonnait avec délices sous les doigts experts de Yaskat, et enfin prit le parti de poursuivre la conversation pour laquelle il avait demandé un entretien.

— Ces blocs, Majesté, n'ont ni joint, ni faille, ni lien. Ils sont purs comme du cristal.

— Il me tarde de les voir élevés en obélisque. Senment, tu es un vrai maître d'art.

Elle éleva le bras dans un geste dolent et eut un sourire d'extase comme si l'espace qui l'entourait lui apportait soudainement tous les plaisirs de la terre.

— Yaskat, va nous chercher cette boisson que tu nous proposes.

Hatchepsout se leva et détacha le pagne qui enserrait ses reins. Elle le jeta sur le dallage du sol et la courte tunique qui recouvrait son buste suivit avec une hâte presque joyeuse le même trajet.

— Allons nous rafraîchir, Senment.

S'approchant sinueusement de son compagnon, elle desserra elle-même le vêtement qui recouvrait son torse et ses hanches étroites.

Quand il fut nu lui aussi, Yaskat entra, tenant entre ses mains un plateau sur lequel des coupes de bière fraîche avaient été posées.

— De la bière ! C'est parfait, Yaskat, s'écria joyeusement Hatchepsout, pendant que Senenmout tentait de cacher avec ses mains l'endroit intime de sa nudité.

Comme Yaskat le regardait d'un air suffisamment moqueur pour qu'il en soit plus gêné encore, il prit le parti de plonger dans le bassin d'eau fraîche où la reine le rejoignit sans attendre.

*
* *

L'île de Sehel n'était pas très éloignée d'Assouan.

Sur le chantier où besognaient ouvriers, esclaves et chefs de travaux, Senenmout et Hapouseneb assistaient aux laborieuses et délicates opérations de transport.

Le soleil ne lésinait guère sur la puissance de ses rayons qu'il dardait au-dessus de tous ces torses dénudés, burinés, brûlés, appesantis par l'effort qui ne leur apportait que nourriture et survie.

Fatigués, assoiffés, les hommes restaient courbés sur leur travail et, quand l'une de leurs mains se trouvait libre, elle essuyait hâtivement un front suintant dont nul autre ne se préoccupait. Chacun tentait de se tirer au mieux d'une journée dont certains ne voyaient pas la fin.

Depuis l'aube, Senenmout était dans une rage extrême. L'un des blocs de granit s'était en partie fendu à cause d'une mauvaise manipulation lors du glissement de la pierre sur le chaland.

Crispés par la mauvaise humeur du Grand Intendant des travaux, tendus et las, eux aussi, par l'excessive chaleur qui dardait sur leurs têtes perruquées, les scribes baissaient le nez sur leurs écritoires, traçant scrupuleusement chaque détail de la besogne qui les concernait et dont ils devaient rendre compte le soir tombé.

Scribes et ouvriers n'étaient pas les seuls à ressentir une mauvaise humeur qui entraînait un déséquilibre de l'harmonie besogneuse du chantier. Excités eux aussi par les cris et vociférations de Senenmout, les chefs de chantier agitaient leurs fouets en permanence, faisant cingler les lanières en fibre de papyrus sur les pauvres dos déjà bien entamés par le soleil meurtrier.

Plus calme, Hapouseneb inspectait chaque parcelle de granit sur lesquelles les futures inscriptions sacrées devraient prochainement s'incruster, afin d'en évaluer la finesse, la rugosité, la teneur.

Il passait ses doigts sur la pierre, en grattait la superficie de son ongle, frappait à petits coups de marteau quelques endroits choisis et, de façon surprenante, la masse énorme que rien ne pouvait ébranler répondait à son souhait. A chacun de ses frottements, elle répercutait un son cristallin, un son divin qu'Amon devait percevoir déjà avec un plaisir extrême.

Mais, seul Hapouseneb, perdu dans les songes qui l'élevaient jusqu'aux dieux, écoutait le bruit du granit s'émouvoir sous sa main, ignorant pour un temps que, plus loin, s'activait la masse travailleuse.

Dès l'aube, pourtant, le Grand Prêtre s'était mêlé au chantier où tailleurs de pierres, chefs d'équipes, ouvriers, esclaves, scribes, comptables et trésoriers affectés à cette opération œuvraient sans relâche, sachant que la journée ne s'achèverait qu'à l'heure où l'horizon deviendrait rouge comme un feu ardent.

De la carrière jusqu'aux abords du Nil, le transport des énormes blocs de granit s'effectuait sur des traîneaux de bois que tiraient environ un millier d'esclaves. Les énormes rondins reliés entre eux, dont les hommes devaient s'assurer qu'aucun tronçon ne quitte le sillage tracé du parcours, roulaient dans un fracas poussiéreux sur le sable caillouteux du chantier.

Fouet en main, des chefs de file faisaient avancer les hommes courbés sous le poids qu'ils tiraient. L'un d'eux parfois trébuchait et s'il ne se reprenait pas assez vite, il entraînait ses voisins les plus proches qui, à leur tour, déséquilibraient le bel ensemble si bien ordonné. Les malheureux, s'ils ne tombaient pas sous les coups de bâton ou de fouet, se mouraient dans le sombre trou d'une prison où, par punition, on les enfermait.

Hapouseneb avait déjà caressé plusieurs fois l'impeccable surface granitée en rêvant aux innombrables sculptures qui, par la suite, viendraient l'enjoliver.

— Ne forcez pas l'allure ! cria-t-il aux chefs de chantier qui, échauffés depuis le matin par les violents rayons solaires, avaient la gorge sèche et rêvaient à la bière fraîche qu'ils pouvaient, de temps à autre, ingurgiter entre deux rugissements.

— Il n'est pas question de rester bloqué sur le

fleuve avant que la nuit tombe, hurla Senenmout à son tour. Si ce bloc n'est pas sur le chaland avant midi, la distribution de pain et de bière sera supprimée pour la journée.

— Nous avons déjà fêlé un bloc, rétorqua Hapouseneb. Précipitons l'allure et le second subira le même sort.

Malgré la fureur de Senenmout, il fallut ralentir le pas. Trop d'incidents étaient intervenus depuis l'aube. Les hommes qui tiraient le gigantesque traîneau étaient trop épuisés pour soutenir plus longtemps une allure rapide et efficace.

Dès que la conduite du chantier se fit plus tranquille, Hapouseneb en profita pour inspecter le travail de ses scribes.

Telles des abeilles butinant les roses des sables que le vent sculptait parfois en d'énormes volutes de pierre, ils allaient et venaient, observaient, écoutaient, écrivaient, le calame de rechange sur l'oreille, la fiole d'encre accrochée à leur ceinture et la palette solidement calée dans leurs mains.

— Tu écriras ceci, dit-il à un scribe qui se tenait un peu en retrait des autres, le visage attentif, les épaules redressées, bras et jambes dénudées : « Avant que l'heure de Rê ne nous frappe de son dernier rayon, le bloc n'avait aucune imperfection. »

Pennfert, le scribe qui dirigeait une trentaine de subordonnés se courba devant son supérieur et acquiesça d'un hochement de tête.

Il portait une perruque coiffée à l'ancienne, carrée, assez volumineuse, qui retombait juste au ras de ses épaules. Son pagne était blanc, court, tissé dans un lin assez fin qui dénotait sa supériorité par rapport aux autres dont la tunique était confectionnée dans une toile de catégorie inférieure.

Dans cette armée de scribes à la hiérarchie compliquée, l'homme auquel s'adressait Hapouseneb était le seul à porter des sandales, signe à nouveau de sa prédominance sur les autres. Il tenait lui aussi un calame et une tablette, mais celle-ci restait vierge de toute écriture. Ce n'était qu'en fin de journée qu'il y traçait les signes condensant les événements primordiaux intervenus de l'aube au crépuscule.

Mais, l'ordonnancement de sa journée se trouvait modifiée par l'ordre inopiné du Grand Prêtre. Certes, cette instruction porterait date. Il fallait donc en mesurer toute l'importance.

— C'est un détail dont j'ai déjà fait mention, fit Néhouset, un des scribes qui, bien que situé en-dessous du chef de file, se trouvait dans une hiérarchie suffisamment élevée pour qu'Hapouseneb lui prête attention.

Hapouseneb marqua un temps d'étonnement.

— As-tu raconté dans les détails comment s'était produite la fêlure du premier bloc ?

Mais Pennfert tranchait déjà le bref entretien entre les deux hommes.

— Nous inscrirons l'origine de cette malchanceuse opération dans toutes ses précisions, Grand Prêtre, assura-t-il en jetant à son subordonné un regard qui le coupa net de toute envie de récidive.

Comme Hapouseneb s'apprêtait à répliquer, observant le jeune scribe qui, glacé par la peur, baissait le visage sur son écritoire, il remarqua que sa tablette était recouverte non de l'écriture rapide hiératique, mais de beaux hiéroglyphes bien dessinés et impeccablement alignés dont les détails imprévus sautaient à son œil averti.

— Quel est ton nom ?

— Néhouset, Grand Prêtre.

— Qu'as-tu inscrit encore sur l'incident du bloc ?

— Tous les détails, Grand Prêtre. La peine avec laquelle le Grand Architecte a tenté de ramener le bloc intact.

Il hésita, puis comme un pauvre homme qui ne sait pas nager et qui se jette dans le Nil, il poursuivit d'un ton humble :

— Et l'amour avec lequel tu as suivi de tes doigts la beauté granuleuse du granit, imaginant déjà y graver les plus beaux signes qui soient.

— Il me semble, Néhouset, que tu en as dessiné de superbes sur ton écritoire.

— Sois sans inquiétude, Grand Prêtre, coupa Pennfert avec une hâte évidente, il vient également d'écrire que le second bloc, jusqu'à présent du moins, se maintenait en parfait état et qu'aucune fêlure, ni joint disgracieux, ni rayure quelconque ne venait en ternir la pureté.

— Alors, souhaitons qu'il arrive intact à Karnak.

Hapouseneb se pencha sur la tablette de Néhouset.

— Apporte-moi ton travail demain à l'aube, avant que Pennfert regroupe ses équipes. Je me rendrai disponible pour toi. Peut-être es-tu fait pour dessiner et non écrire. Si j'ai besoin de scribes, il me faut aussi de bons dessinateurs.

Puis, regardant toujours avec attention Néhouset, il posa sa main sur l'épaule de Pennfert, lui signifiant ainsi que d'ores et déjà il devait s'apprêter à s'en séparer.

— Tu formeras son remplaçant. Je sais que tes équipes renferment de bons éléments.

Enfin, rassuré sur la bonne tenue du travail, le Grand Prêtre d'Amon se dirigea vers les baraquements de bois, afin d'y puiser quelque fraîcheur pour couper la pesanteur de cette longue journée entamant juste sa courbe montante.

A l'exception de Senenmout qui ne quittait pas le chantier de la journée, il y trouva les plus importants dirigeants des travaux, assoiffés comme lui et qui désiraient s'accorder quelque répit avant de poursuivre jusqu'au soir.

Les baraquements s'accolaient à la carrière. Montés dans un bois léger d'acacia, ils s'alignaient pour y abriter les dignitaires qui désiraient passer la nuit sur le chantier. Un peu plus loin, mais toujours accotées à la falaise, des tentes en fibres de papyrus logeaient les chefs d'équipes alors qu'ouvriers et esclaves dormaient à même le sol sableux du chantier.

Non loin d'Assouan, l'île de Sehel abritait l'une des plus belles chaînes rocheuses de granit rose. On disait même que, passé la profondeur du désert et la troisième cataracte, au pays d'Ikaita, là où son Altesse Hatchepsout avait envoyé son ambassadeur Djéhouty prospecter, on trouvait de l'or.

Quand le soleil fut au zénith, l'énorme traîneau arriva sur les berges du Nil. La saison sèche du périt, époque où les eaux du fleuve étaient retirées, facilitait grandement le transport.

Placé sur un long chaland, l'un des obélisques était déjà amarré sur le pont à l'aide de solides cordes, la pointe tournée vers le large et la base vers le sol.

— Ces cordes ne sont pas assez robustes, constata Hapouseneb en inspectant scrupuleusement la fibre de la matière. Ne vont-elles pas entraîner dangereusement les hommes ?

— Que m'importe les hommes, rugit Senenmout, ne vois-tu pas que seuls les blocs m'intéressent ? L'un d'eux s'est déjà fendu. Ceux-là doivent arriver sans fêlures, sans cassures, intacts. Intégralement intacts !

Il essuya son front moite de sueur et rabaissa le ton.

— Ce granit rose est aussi superbe que trompeur. Il est fragile et se fêle au premier choc.

Un homme s'approcha lourdement, aussi pesant qu'un hippopotame, roulant ses épaules tendues, rondes et musclées. Ses courtes jambes trapues balançaient à chaque pas un pagne court et brun retenu sur ses hanches par un lien grossier que nulle boucle ne venait distraire.

— Allons, ne me dis pas que ces monolithes sont d'une telle fragilité qu'ils se fendent au premier choc, protesta-t-il en essuyant de sa main la mousse d'une bière chaude qu'il venait de boire et qui s'était déposée sur ses lèvres.

— Qui es-tu, toi ? questionna Hapouseneb.

— Penkhyt, je remplace Temsen, le chef de chantier qui vient stupidement de se faire écraser la jambe sous cette masse meurtrière.

— Tu ne connais rien de ton métier, rugit à nouveau Senenmout. C'est le troisième bloc que nous utilisons et sache, une fois pour toutes, qu'il n'y en a que quatre pour réaliser la paire d'obélisques commandée par Pharaon, notre reine.

Il fit claquer son fouet dans l'espace en direction des esclaves.

— Si nous en fendons un autre, l'opération sera ratée et vous irez tous pourrir en prison. Toi le premier, ajouta-t-il en pointant le doigt vers le nouvel arrivé.

Il attarda son regard sur la bouche lippue que le nouveau chef de chantier essuyait à nouveau de sa main grasse et molle.

— Et je te conseille de ne pas boire autant de bière et de travailler plus, fit Senenmout en désignant la cruche vide qui gisait aux pieds de l'homme. Garde tes observations pour toi et surveille mieux tes hommes.

Puis, faisant tournoyer dans l'air chargé de pesanteur la souple lanière de son fouet, il s'éloigna vers le chaland encore amarré sur le bord du fleuve.

Avec leurs « han » à l'appui, cri guttural qu'ils poussaient en cadence, les ouvriers et les esclaves s'efforçaient de ne pas déséquilibrer l'ensemble de l'unité en tirant sur les énormes cordages qui retenaient le bloc de granit. L'affaire en était à son point crucial, car c'était à ce moment-là qu'avait éclaté le premier bloc. Senenmout ne tenait plus en place. Le visage rougi, les épaules luisantes, il rugissait plus qu'il ne parlait.

— Base contre cime ! vociféra-t-il. Placez les blocs base contre cime sur le pont du navire !

— C'est juste, fit Hapouseneb, admirant malgré lui l'idée de son compagnon. Ils seront mieux d'aplomb.

Le vaisseau était d'une longueur de plus de cinquante mètres. Il comportait quatre avirons-gouvernails près desquels une armée de marins s'affairait.

Tiré par une trentaine de navires que propulsait environ un millier de rameurs, l'énorme chaland s'ébranla.

Les navires qui traînaient le chaland où les obélisques avaient été placés s'alignaient sur trois rangées, liées entre elles par d'énormes cordages attachés aux mâts.

Senenmout avait placé ses hommes de confiance sur chacun des bateaux. Hapouseneb et lui se tenaient sur le premier de la file. A chaque mouvement désordonné, ils enjambaient les embarcations, les remontant les unes après les autres jusqu'au vaisseau où se tenaient les deux obélisques soigneusement attachés par les énormes cordages.

Le millier de rameurs réquisitionné pour faire avancer le chaland s'accordait dans des gestes parfaits. Les hommes d'équipage surveillaient, la peur aux yeux et l'angoisse au ventre. Les malheureux rameurs avançaient sous les coups de leurs tortionnaires, craignant à chaque instant de lâcher l'aviron qu'ils tenaient entre leurs mains calleuses.

Au tiers de leur course, passé Edfou et El Kab, les embarcations qui filaient à une allure lente, mais régulière et mesurée, purent enfin activer leur vitesse, car les rayons solaires entamaient une courbe descendante apportant aux hommes un semblant de fraîcheur, une atmosphère plus tolérable.

Juché sur le premier vaisseau de file, les jambes écartées, la main en visière sur son front dégagé et bruni, Hapouseneb inspectait l'horizon. Les obélisques oscillaient doucement au rythme balancé du chaland. Senenmout en surveillait chaque oscillation, un sursaut d'angoisse au fond de la gorge chaque fois que le vaisseau tanguait anormalement.

Hapouseneb fixait depuis quelque temps une voile qui se dessinait au loin. Comme une aile de papillon dépliée, la petite embarcation semblait se rapprocher d'eux avec empressement.

On approchait de Louqsor, aux portes de Karnak,

quand la felouque à la voile blanche fut à quelques brassées du chaland.

— C'est une barque d'Amon ! s'écria Senenmout. Que peut-elle bien venir faire ?

Brusquement, Hapouseneb reconnut les décorations qui figuraient à la poupe du bateau. C'étaient les peintures de la barque d'Amenhotep. Elles représentaient les têtes des déesses Hathor et Maât. La proue délicatement ornée était surmontée des cornes d'Hathor sur lesquelles s'enroulaient les symboles des richesses terrestres : blé, vignes, fruits.

Que venait faire sa femme ici, à sa rencontre sur le Nil ? Ce n'était guère dans les habitudes d'Amenhotep de perturber ainsi le travail du Grand Prêtre d'Amon, son époux.

Elle était debout, adossée au mât qu'elle tenait entre ses deux mains. Ses cheveux, sans perruque, étaient dénoués et flottaient librement sur ses épaules que recouvraient les manches d'une longue tunique bleue. Sa silhouette longiline se balançait au rythme de la barque.

Senenmout l'avait aussi reconnue. Surpris, il se tourna vers Hapouseneb. Si ses yeux interrogateurs se gonflaient déjà de méfiance, sentiment qu'il cultivait si naturellement, ceux du Grand Prêtre s'emplissaient d'inquiétude.

— Qu'a-t-il pu arriver ? murmura-t-il. Elle semble seule avec Nantef, le marinier attaché à son service.

La barque d'Amenhotep se rapprochait. La jeune femme lâcha prudemment le mât, quand elle fut à proximité du chaland.

— Rejoins-moi sur le premier vaisseau de la file, cria Hapouseneb.

— C'est impossible ! rugit Senenmout, son embarcation à bord risque de déséquilibrer l'ensemble du convoi.

Hapouseneb acquiesça de la tête. Senenmout avait raison. Un rien pouvait entraîner une instabilité qui eût été fâcheuse pour le précieux chargement.

Il entoura sa bouche de ses mains et cria à son épouse :

— Fais filer la barque à l'arrière. Je t'y attends. Mais, sois prudente.

— C'est insensé, maugréa Senenmout. Cette bécasse va tout faire chavirer.

Il observa le calme parfait d'Hapouseneb et le vit enjamber la rangée des dix embarcations reliées entre elles par les cordages. Puis, d'un bond, il atteignit la dernière avant que le voilier fût à sa hauteur.

Pour accélérer l'allure, Nantef prit les rames. Ses mouvements étaient rapides, sa cadence régulière. Amenhotep s'était rapprochée du bastingage et, quand la barque toucha le vaisseau où se tenait Hapouseneb, Nantef saisit la gaffe afin d'orienter l'avant du bateau vers la coque du navire.

— Ne bouge pas ! cria-t-il à sa femme en regardant par-dessus bord, il m'est plus facile de descendre que toi de monter.

A peine avait-il jeté ces mots qu'il saisissait une échelle de corde, l'attachait à un piton du navire et, aussi souple qu'un félin, descendait les marches instables qui se balancèrent quelque temps dans l'espace.

— Tiens la gaffe quelques secondes, dit Nantef à la jeune femme.

Puis, comme Amenhotep s'agrippait au gouvernail comme un fauve en péril sur la branche d'un arbre, la gaffe que tenait Amenhotep s'enfonça dans les eaux du Nil, provoquant un remous qui agita le fleuve.

Brusquement, la main dégagée de Nantef attrapa au vol l'extrémité de l'échelle de corde et lorsqu'il la jugea suffisamment accrochée à lui, il s'efforça de la maintenir immobile.

Soudain, des cris se firent entendre, poursuivis par une clameur qui se répercuta comme un souffle gigantesque à travers tout l'équipage.

A mi-hauteur de l'échelle, Hapouseneb se figea dans l'espace. Le tumulte grandissait, gonflait, gagnait peu à peu les vaisseaux avoisinants. Puis, la cadence des rameurs s'enraya et les coups de fouet tombant sur les dos et les épaules dénudés ne purent ramener l'équilibre. Au bout du chaland, on entendit les vociférations de Senenmout.

Hapouseneb sentit un frisson glacial lui parcourir le dos. Dieu d'Amon ! Si, par sa venue intempestive, Amenhotep se rendait responsable d'un incident lourd de conséquence, elle serait discréditée et bannie du temple jusqu'à la fin de sa vie.

Le balancement de l'échelle avait déstabilisé le bel ordonnancement de tout l'ensemble de la flottille et les obélisques avaient dû glisser. Il fallait cesser de toute urgence l'oscillation périlleuse qui occasionnait l'incident.

Sans réfléchir davantage, sans même regarder s'il était au-dessus de la barque, il lâcha la corde et plongea dans l'eau sombre du fleuve. Amenhotep poussa un cri de bête blessée. Déjà, l'arête dorsale d'un crocodile se profilait à quelques brassées de la barque.

Ces animaux-là sentaient la plus infime des anomalies intervenant sur un bateau. Ils restaient aux aguets dans le sillage de la moindre embarcation, petite ou grande. Ils pressentaient avec une minutie déconcertante l'instant exact où il fallait ouvrir grand la gueule pour happer ce qui tombait du bastingage.

Nantef saisit rapidement la gaffe des mains de la jeune femme et la planta furieusement dans le fleuve dont les remous devinrent encore plus tumultueux. Le voilier pencha, mais tint bon. Il fit un demi-tour sur lui-même, présentant sa coque juste sous le nez du nageur.

Amenhotep s'était penchée au risque de tomber par-dessus bord. Elle tendait sa main, les doigts écartés, le regard concentré sur le bouillonnement du fleuve qui recouvrait parfois complètement la tête d'Hapouseneb.

Enfin, quelques vagues firent émerger sa tête. Il vit

la main tendue de sa femme et s'y agrippa pendant que Nantef redressait la félouque.

L'ombre du crocodile s'éloignait et, crachant l'eau qu'il venait d'avaler, Hapouseneb s'étendit lourdement dans le fond du bateau.

Ce fut un autre déferlement qui pesa soudain sur lui. Mais, cette vague nouvelle et impétueuse ne l'angoissa guère. Elle eut même l'effet immédiat de le remettre sur pied.

— Par tous les dieux ! Amény, vois ce que tu as failli provoquer. Le glissement des obélisques tout d'abord et le déjeuner bienheureux de ce reptile ensuite.

Amenhotep se jeta impétueusement dans les bras d'Hapouseneb.

— Seul, le second risque m'importait, répliqua le jeune femme en plaquant sa bouche sur celle de son mari. Senenmout aurait trouvé d'autres roches.

— Et qu'aurait dit la reine ?

Elle hocha la tête et soupira, comme si elle prenait soudainement conscience du double danger dont elle avait été l'initiatrice. Se dégageant de l'étreinte qu'elle imposait à son époux, elle se redressa et, cessant de sourire, elle expliqua :

— Hapou ! Ce que j'ai à te dire est grave. Et c'est pour cette raison que je suis venue te rejoindre sans attendre.

Hapouseneb secoua l'eau qui s'était abondamment infiltrée dans ses cheveux, mais son pagne était déjà sec.

— Tu m'inquiètes, qu'y a-t-il ?

— On a volé les urnes d'argile du temple d'Hathor.

Hapouseneb ne répliqua rien tant il était stupéfait.

— Les grandes urnes sacrées ! Celles qui contenaient les plans des nécropoles !

Abasourdi, Hapouseneb réfléchissait. C'était la première fois qu'il subissait un vol au temple depuis qu'il avait été consacré Grand Prêtre d'Amon. Au temps de Sétoui, pillages et brigandages avaient été plutôt rares. Seule, une tentative avait été faite, lors de la dernière inondation du Nil. Mais, l'influence de Sétoui et son pouvoir sans limite avaient vite éteint l'affaire.

— C'est curieux, dit-il enfin, voici deux fois qu'on tente de s'introduire dans les nécropoles de Thèbes.

— Comment les pillards ont-ils su que les vrais plans étaient dissimulés dans ces urnes, alors que depuis la dernière tentative des faux documents avaient été mis à leur place ?

Au-dessus d'eux, la silhouette de Senenmout se profila.

— Pas de nouveaux dégâts ? s'enquit Hapouseneb.

*
* *

Bien qu'il lui tardât d'aller visiter la chapelle du temple d'Hathor pour vérifier les dires d'Amenhotep, Hapouseneb paraissait tranquille et présentait un visage paisible.

S'inquiéter dès à présent ne pouvait pas changer le cours des choses et par ailleurs, laisser Senenmout seul s'occuper du déchargement des deux monstres de pierre exigeait qu'il lui parlât aussitôt du vol, ce qui n'était ni le lieu ni le moment.

Pour l'instant, mieux valait ne pas ébruiter l'affaire afin d'éviter dans la foule une pagaille inévitable, désordre toujours prêt à éclore quand de grands chantiers se tenaient au temple d'Amon.

La masse des gens, composée de notables, artisans, commerçants, prêtres, policiers, se serrait le long de la voie de halage où devait passer l'énorme traîneau sur lequel avaient été posés les obélisques. Dès l'aube, on avait annoncé l'arrivée des blocs de granit à Karnak et la majeure partie des badauds était déjà en place depuis plusieurs heures.

Les marins de Thèbes et les dockers du port avaient tous été recrutés. Forts gaillards habitués aux travaux physiques les plus divers, ils n'espéraient guère passer une journée apaisante. Afin d'effectuer un déchargement sans incident, ils avaient été mêlés, sans attendre qu'on leur expliquât la besogne, aux mille rameurs qui venaient d'Assouan.

— Tirez-les par la base, cria Sakmet, le nouveau capitaine de l'armée maritime de Thèbes, la cime est trop fragile !

Du haut de son promontoire où Hatchepsout veillait au parfait déroulement des opérations, Senenmout observait de son œil de chacal, prêt à sauter sur le sol à la moindre escarmouche, l'agitation du port et la mise en place des obélisques sur les voies d'accès qui menaient à Karnak.

Ce jeune capitaine lui plaisait assez. Ambitieux comme il le fallait, un peu vautour lui aussi, il frayait avec le peuple, fréquentant les cabarets, les auberges, le port et les places publiques pour en retirer ce dont il avait besoin.

Senenmout eut à l'égard de Sakmet un sourire de fauve. Cet homme-là aimait l'aventure, le frisson, le hasard, mais il savait ne pas dépasser ce qu'il convenait de faire pour grimper dans les sphères de la puissance.

A l'idée que ce jeune capitaine ne cherchait pas à attirer les grâces de Sa Majesté le Pharaon Hatchepsout, le sourire de Senenmout se transforma en un plissement béat qu'à l'ordinaire il n'avait pas coutume de dévoiler en public.

Sakmet ne cherchait ni à voir ni à s'entretenir avec la reine pour la simple raison qu'il n'avait pas été présenté. Un autre aurait cherché et trouvé mille fois le moyen de s'aplatir sur le sol devant elle et c'eût été bien.

Sakmet, lui, ne pensait qu'à commander, ordonner, diriger. Voir les visages attentifs, les gestes empressés, les épaules résignées, les yeux humbles défiler devant son autorité lui procurait le seul plaisir qu'il pût prendre sur cette terre. Ce fait, qui serait passé pour puéril ou insuffisant aux yeux d'un autre dignitaire était pour Senenmout un atout en sa faveur.

— Ralentissez, ho ! ho ! Ralentissez immédiatement ! rugissait Sakmet. La pente est sèche, qu'on la graisse pour faciliter le glissement des rondins.

On déversa le liquide huileux sur la pente de halage et l'énorme traîneau reprit son oscillement scabreux en direction de Karnak.

Les rondins crissaient sous le chargement du granit et il suffisait d'une imperfection de terrain, d'un caillou ou de n'importe quelle autre rugosité pour les disjoindre et entraîner une catastrophe. Mais, leur solidité avait été mise à l'épreuve et ils étaient suffisamment reliés entre eux pour que chacun d'eux remplisse jusqu'au bout son devoir.

A grandes enjambées, Sakmet marchait aux côtés des monstres de pierre, suant, soufflant, remarquant à peine la foule pressée sur les bas-côtés de la voie. Il criait sans arrêt un ordre, rectifiait le mouvement malencontreux qu'esquissait un esclave ou un marin, glissait un regard inquiet sur le bout de la voie qui n'en finissait pas de traîner en longueur. Dieu de Seth ! Ces mastodontes de pierre ne seraient-ils donc jamais en place ?

Il déboula littéralement sur un chef de file, petit homme trapu aux jambes torses qui, de son fouet, agitait l'air pour se donner la contenance d'un maître d'œuvre incontesté.

— Prends la file de gauche, vociféra Sakmet, et intensifie celle de droite ! Ne vois-tu pas, abruti, qu'il y a un balancement anormal qui risque de tout déstabiliser ?

Hatchepsout se tourna vers Senenmout, satisfaite que tout s'achevât dans un succès indéniable. Puis, gracieusement, elle se pencha vers lui et vit qu'il n'avait d'intérêt que pour ces deux monstres de granit dont chaque parcelle lançait un feu divin sous le soleil brûlant de Thèbes.

— Senment, chuchota-t-elle, veux-tu donc à ce point diriger la mise en place de ces blocs ? N'as-tu pas eu assez de gloire à rapporter ces pures merveilles intactes ?

Il prit un souffle lent et calculé, comme s'il voulait dérober à l'air quelque chose de vital.

— Je te félicite, Senen. Tu as fait un excellent travail.

Il rejeta la gorgée d'air aspirée et grogna quelques mots. A l'instant où leurs regards se croisèrent, Hatchepsout sut qu'il lui reprochait silencieusement d'avoir réclamé sa présence à ses côtés au lieu d'assurer lui-même l'élévation des obélisques en place définitive.

Elle lui décocha un sourire fluide, aussi transparent que la tunique qui recouvrait son corps chauffé par le soleil.

— N'en es-tu pas content ?

— Majesté, voyez, il n'y a que moi qui suis inactif, jeta-t-il d'un ton impersonnel.

— Le regrettes-tu ?

— Cela me désole, Majesté. Ne remarquez-vous pas le déséquilibre des deux files ? Il serait dommage que par un manque d'attention tous nos efforts s'anéantissent.

Hatchepsout observa la piste de halage et le gigantesque traîneau où reposaient les monolithes de granit. Ses lèvres s'arrondirent en une exclamation étouffée. Elle fit un vaste geste de la main, désignant le chantier qui venait lentement et périlleusement à elle.

— Alors, va Senen et brille encore.

D'un pas souple de félin, l'œil jaune de plaisir, il sauta sur le sol et en un quart de seconde fut aux côtés de Sakmet.

— Parfait ton idée de renforcer la file de droite, fit-il en tapant cordialement sur l'épaule du jeune homme. Je t'ai vu de là-haut donner des ordres qui me paraissent fort judicieux. Tes câbles me semblent solides et si les blocs restent immobilisés de cette manière, la chance est avec nous.

Néhésy, à la tête de sa police montée, tentait de refouler les curieux trop pressants qui obstruaient la voie. Son char et celui de ses hommes traçaient le chemin pour faciliter le passage du lourd véhicule. Un soldat, parfois, bousculait un homme inconscient qui s'avançait trop près des chevaux. Des cris, des acclamations, des vivats fusaient de toutes parts.

— Eh, toi ! Le gamin, rugit un policier à cheval, rentre dans le rang. Ne vois-tu pas que les chars vont t'écraser ?

— Je veux toucher les obélisques, répondit l'enfant obstiné qui devait avoir une dizaine d'années.

— C'est interdit. Si tu t'approches, je te fais bastonner. Cent coups sur ton dos et tu n'auras plus qu'à signer ta mort.

Le garçonnet hésita, puis s'enhardit.

— Jamais je ne pourrai entrer au temple pour les regarder.

Déjà, le char du soldat le repoussait violemment sur le bas-côté. Déséquilibré, l'enfant chuta et tomba les pieds en l'air, les bras battant l'espace.

Sakmet n'aimait pas ce genre d'incident, mais la vue d'un enfant défavorisé qui, par un acte ou un geste impuissant, voire une parole trop hardie, voulait sortir de sa condition modeste l'émouvait plus qu'autre chose. Sans doute pensait-il à sa propre jeunesse qui ne lui laissait que des relents d'amertume.

— Relève-toi, va te joindre à la file qui suit ce convoi et dis que tu as mon accord pour venir voir l'élévation des obélisques.

Il défit la boucle de sa ceinture qui, aussi bien par cette chaleur écrasante, enserrait trop fortement ses reins ruisselants de sueur.

— Tiens, fit-il d'un ton rugueux mais affable, tu la tendras à celui qui te bouchera la route en lui assurant que j'avais trop chaud et que je te l'ai confiée. Comme il ne te croira pas, il viendra me trouver et je confirmerai tes dires.

Un instant, l'enfant resta médusé, puis il saisit la boucle de la ceinture et courut s'aligner parmi ceux qui avaient droit d'entrer au temple.

De l'autre côté de la file, sur la face opposée de la

voie qui menait à Karnak, Hapouseneb considérait avec une apparente sérénité la foule en liesse, persuadé que les pillards de la nécropole de Thèbes y étaient dissimulés.

Bien que ses tempes battissent à un rythme peu ordinaire, Amenhotep refusait de paraître plus anxieuse que son époux. Elle avait rejoint Houty, son père, homme riche et influent, constructeur des bateaux de la marine royale, pour regarder passer les monstres de granit qui, maintenant, s'avançaient vers le dallage de marbre qui menait au temple.

Ils s'étaient tous deux rapprochés des deux rangées de prêtres qui balançaient en cadence les encensoirs, diffusant dans l'air chargé d'une chaleur excessive leur parfum de résineux aromatiques.

Peintres, potiers, orfèvres et sculpteurs se tenaient derrière les prêtres et ne rêvaient qu'à l'instant où ils pourraient, de leurs doigts habiles et connaisseurs, apprécier le grain noble du granit avec lequel ils auraient affaire.

Les lourds rondins de bois tirés par les esclaves roulaient avec un bruit mat sur le sol dallé des terrasses, en direction des larges allées que bordaient les statues de pierre.

Tout à l'heure, ils traverseraient la grande salle hypostyle, resurgiraient au centre du temple pour s'arrêter devant le cinquième pylône et là, prêtres et pharaon, en harmonie avec l'assemblée, pourraient tous contempler, le souffle en suspens, les deux socles emplis de sable que l'on viderait lentement en faisant basculer les obélisques jusqu'à ce qu'ils prennent leur place définitive.

Alors que le traîneau arrivait à la fin de sa course infernale, près de la rampe de briques crues construite le long du pylône, Hapouseneb aperçut la silhouette d'Amenhotep se faufiler derrière les prêtres qui psalmodiaient leurs chants en agitant leurs encensoirs d'huiles parfumées.

Prenant soin que personne ne s'en aperçoive, il la rejoignit à pas de velours.

— Viens, chuchota Amenhotep en lui prenant la main.

Dans la foule en tumulte et le fracas de l'excitation générale, ils réussirent à se faufiler en direction des nécropoles.

Leurs pas précipités les amenèrent en un temps record à l'intérieur de la petite chapelle consacrée à la déesse Hathor. Aucun doute, Amenhotep n'avait pas rêvé, les deux grandes urnes d'argile avaient disparu.

— Tu vois, fit-elle en regardant Hapouseneb d'un air contrarié, qu'allons-nous faire à présent ?

— Prévenir la police. Néhésy va mener cette enquête avec la plus grande discrétion.

Amenhotep remua négativement la tête.

— Je crains fort, mon pauvre amour, que Néhésy ne se saisisse de cette affaire pour se faire apprécier davantage de la reine. Peut-être même en profitera-t-il pour te desservir un tant soit peu.

— Le crois-tu vraiment ?

— J'en suis sûre, appuya la jeune femme convaincue.

— Hélas ! Je ne vois pourtant pas d'autre solution.

— Si, répondit Amenhotep en regardant autour d'elle comme si la solution adéquate allait subitement lui apparaître.

Elle pressa la main de son mari dans la sienne et la laissa retomber pour aller inspecter à nouveau l'endroit qui recelait, il y avait quelque temps encore, les urnes d'argile enfermant les plans des nécropoles.

En fait, elle avait beau tourner distraitement sa tête de droite à gauche, la solution était déjà en elle.

Mais, pragmatique, Hapouseneb laissa tomber d'un ton calme, presque résigné :

— Voler les urnes sacrées est un délit puni de mort. Ignorer ça, Amény, serait tout simplement devenir complice.

Amenhotep ne répondit pas. Elle s'approcha de l'autel où, de toutes parts, débordaient les offrandes. Puis, elle se courba jusqu'au sol, pria quelques instants, les mains posées à plat sur le dallage frais que striaient des marbrures vert et or, et se releva en observant la déesse Hathor qui la fixait de ses grands yeux obliques et noirs.

Les multiples offrandes qui recouvraient l'autel emplissaient les yeux de leurs fascinants reflets. En ces jours de liesse qu'apportait l'événement de la pose des obélisques, tous les nobles de Thèbes et des environs avaient déposé leurs dons.

Colliers d'or, de cornaline et de lapis-lazuli, bracelets et boucles de turquoise, anneaux d'argent, de nacre et d'ivoire, accumulés dans les immenses jarres d'albâtre, ruisselaient dans un luxe incomparable. Et, sur la table de l'autel, s'étalaient les fourrures, les riches cuirs aux couleurs fauves, les étoffes les plus fines, les plumes d'oiseaux rares. Il y avait même quelques pectoraux ciselés et ornés de pierres précieuses déposés au pied de l'autel.

Rien n'était trop somptueux pour le plaisir des dieux. Dans quelque temps, tout serait répertorié, calculé, jaugé par les scribes du temple. Puis, l'or et l'argent seraient fondus, les bijoux dessertis, les fourrures, parfums et objets de luxe vendus, échangés, conservés, pour étendre l'incommensurable trésor du temple d'Amon.

Amenhotep monta les quelques marches de l'autel où les prêtres déposaient, serrées les unes contre les autres, les lampes à huile qui brûlaient en permanence en diffusant une lumière crémeuse et apaisante.

Sculptée dans un albâtre translucide, aussi fin que la peau d'une belle Egyptienne, la déesse Hathor l'observait toujours, un sourire énigmatique sur les lèvres. Ses grandes et larges oreilles, empruntées à la vache sacrée, semblaient remuer imperceptiblement comme pour approuver sa subite décision.

D'un pas souple qui déhanchait gracieusement son corps, Amenhotep redescendit les marches de l'autel pour se rapprocher d'Hapouseneb qui, une main sous le menton, réfléchissait à une tout autre solution que celle qu'échafaudait sa jeune femme.

D'un geste distrait, Amenhotep caressa la paroi blanchie de la chapelle cernée de hiéroglyphes retraçant la vie des divinités de Karnak. Depuis qu'elle en avait l'accès quotidien, elle les avait tant lus et relus qu'elle en connaissait chaque détail, chaque précision ; elle aurait pu en réciter le texte dans la foulée de ses prières.

— Peut-on attendre quelques jours avant de prévenir Néhésy ? s'enquit-elle prudemment.

La question aurait pu paraître saugrenue si la réponse qu'Amenhotep attendait était affirmative. Mais, elle demandait réflexion, et son mari hésitait. La supposition douteuse de la jeune femme sur la sincérité de Néhésy faisait-elle à ce point son chemin ?

De tous les amis d'Hapouseneb, Néhésy arrivait loin derrière celui qu'Amenhotep affectionnait le plus. Préférant de beaucoup Pouyemrê qui la tenait dans une estime amicale ou encore Djéhouty, assez sensé pour reconnaître que la beauté d'un corps féminin pouvait s'accorder à la sagacité de l'esprit qui l'habitait, la jeune femme s'efforçait de privilégier ses propres relations.

Comment pouvait-elle oublier le temps où Néhésy la dotait de tous les défauts féminins parce qu'elle s'acharnait à séduire le seul homme avec qui elle voulait partager sa couche conjugale ? Elle, la harpiste du temple ! Disposée, pensait-il, à sauter sur n'importe quel mâle, fût-il prêtre ou soldat[1].

Certes, avant qu'elle n'épousât le prêtre d'Amon, la jeune femme s'était montrée plus charmeuse que le bon ton de sa classe sociale le permettait. Mais, qui pouvait assurer que sa détermination à plaire était tournée vers un autre qu'Hapouseneb ?

Même Senenmout la regardait comme un élément perturbateur au sein du temple. Il fallait voir son

1. Lire *Les Thébaines/La Couronne insolente* (tome 1).

visage contrarié depuis qu'il l'avait vue apparaître sur sa barque, au-devant du chargement des blocs.

Consciente qu'elle dérangeait la bonne harmonie du temple par sa silhouette hardie, ronde et pulpeuse qui ne correspondait guère à l'image d'une épouse de Grand Prêtre, Amenhotep ne cherchait nullement à changer son allure et si, pour la plupart, ils avaient tous regardé cette union d'un œil désapprobateur, elle ne pouvait s'empêcher de sourire. Personne ne pouvait comprendre combien l'entente réciproque entre elle et Hapouseneb pouvait être harmonieuse.

Qu'aurait-on pu trouver à redire ? La jeune fille sortait d'un des milieux spirituels les plus hautement qualifiés, celui des musiciennes du dieu Amon où, durant quatre crues du Nil, elle avait tenu le rôle d'une harpiste envoûtant un auditoire mélomane à la recherche de sons purs, divins, sans failles.

Amenhotep avait un autre atout, celui d'être la fille unique d'un des hommes les plus influents et les plus riches d'Egypte puisque son père construisait les vaisseaux de la marine royale et ceux qu'il vendait aux pays étrangers, principalement aux Peuples de la Mer. Il était aussi depuis longtemps un des plus gros donateurs d'offrandes au temple d'Amon.

— Je crois avoir une idée, dit-elle enfin à son époux qui caressait toujours d'un geste distrait le bout de son menton imberbe.

Il la regarda d'un œil indécis, la laissant néanmoins poursuivre.

— En ma qualité d'épouse de Grand Prêtre, je suis l'une des rares femmes à pouvoir pénétrer dans les nécropoles, fit-elle en observant la réaction étonnée d'Hapouseneb. Il me serait facile de passer le barrage des soldats et celui des gardiens. Après j'observerai.

— Et quel prétexte donneras-tu aux vigiles pour qu'ils te laissent pénétrer là où tu veux aller ?

— Ma harpe !

Il la fixa avec hésitation, ne sachant où elle voulait en venir.

— Ta harpe !

Elle eut un petit sourire. Quand ses lèvres s'ouvraient à demi sur une idée qu'elle n'expliquait qu'ensuite, Hapouseneb savait qu'il devait l'écouter.

— Un, dit-elle en relevant haut son pouce, je suis musicienne et c'est un atout essentiel. Deux, ajouta-t-elle en tendant l'index, je suis l'épouse du Grand Prêtre d'Amon et, là encore, c'est un argument de taille.

Il eut un geste impatient.

— Où veux-tu en venir ?

Le sourire qui flottait sur les lèvres de la jeune femme passa de cette impression douce et onctueuse, presque énigmatique à un rictus hermétique. Elle ne répondit pas de suite. « Dieu que les hommes sont naïfs ! » pensa-t-elle.

Elle se dirigea vers l'entrée de la chapelle qui ne laissait pénétrer qu'un rai de lumière tombant abrupt sur le dallage du sol.

Puis, posant un doigt sur sa bouche, elle revint et murmura :

— J'ai décidé de consacrer au dieu des morts Osiris, le tout-puissant des demeures éternelles, une retraite en solitaire.

Hapouseneb s'approcha de son épouse et l'enserra dans ses bras vigoureux.

— Tu ne feras rien de tout cela.

— Si, je le ferai, dit-elle en se dégageant. Hapou ! regarde, la déesse Hathor est consentante et Osiris me dicte comment je dois m'y prendre. Je vais lui dédier mes airs de harpe les plus beaux, les plus ensorcelants. Ceux qu'il n'a jamais entendus pour la simple raison que, jamais encore, je ne les ai offerts.

Il la reprit dans ses bras, resserrant son étreinte.

— Que veux-tu dire ? Tu m'inquiètes.

— Ne puis-je vénérer Osiris ?

— Si, bien sûr.

— Alors, fit-elle en posant sa bouche sur celle de son mari, je crois que je tiens une idée qui peut faire son chemin.

— Je refuse, Amény. Tu es seule et c'est trop dangereux. Ces pilleurs de tombes sont des hommes sans scrupules, des criminels, des exclus de l'au-delà.

Voyant son front buté et ses yeux s'obscurcir, il précisa :

— Je viendrai avec toi.

— Si c'est une retraite musicale, Hapou, la présence d'un homme peut tout faire écrouler. Les gardiens se méfieront.

— Pas si c'est moi.

— Si c'est toi, ce sont les pilleurs qui seront suspicieux.

— Peut-être. Alors, dans ce cas, je préfère de suite en référer à Néhésy.

Amenhotep fit la grimace. Comment pouvait-elle convaincre son mari ? Elle fit quelques pas nerveux, la tête levée, le doigt pointé vers son front et, soudain, s'écria :

— Je vais demander à Aména de m'aider.

— Aména, l'épouse de Djéhouty, le sculpteur ?

— Tu la connais. Nous avons fait nos études de musiciennes ensemble. Nous étions toujours côte à côte dans les processions et autres manifestations du temple.

— En quoi peut-elle t'aider ? Es-tu sûre de cette fille ?

— Hapou ! jeta Amenhotep d'un ton contrarié. Aména était mon amie. Nous avons mangé, dormi, rêvé ensemble. La vie nous a séparées, tout simplement.

Fougueuse, impulsive, ravie de cette soudaine idée, elle entoura de ses bras délicats la taille puissante que rehaussait le buste athlétique qui s'offrait à elle.

— Et que ferez-vous assise chacune sur votre pierre tombale à l'entrée des nécropoles ?

— Je t'en prie, laisse-moi, j'ai mon idée. Je suis certaine qu'elle nous mènera vers des pistes concrètes.

Elle lui offrit sa bouche pulpeuse.

— Je veux t'aider, Hapou.

CHAPITRE IV

Deux jours plus tard, quand l'aube pointa dans le ciel ses premières lueurs, Séchat et ses compagnons partaient en direction du désert qui les menait aux montagnes d'Ikaïta, là où se trouvaient les mines d'or.

Houri et deux autres serviteurs qui transportaient les vivres et les gourdes d'eau fraîche les accompagnaient. Une embarcation devait remonter le Nil jusqu'à la deuxième cataracte et passé Amara, les chevaux devaient prendre la relève.

Presque tout l'or de l'Egypte se trouvait déjà extrait. Durant les premières dynasties, lorsque les Egyptiens n'avaient pas encore étendu leurs territoires très au-delà des frontières voisines, ils extrayaient leur or des mines de Coptos qui se trouvaient alors dans les montagnes de Bekhen.

Séchat imaginait un travail pénible effectué exclusivement par des esclaves voués à une mort lente, car les points d'eau ne se trouvaient pas, comme à présent, au carrefour des grands déserts, non loin des montagnes aurifères. Mais l'or de Coptos ne brillait plus depuis longtemps sur les parois de la montagne.

L'or devait s'extraire, désormais, là où la nature favorisait beaucoup moins bien les choses. Au pays d'Ikaïta, à l'est de la troisième cataracte, entre la Nubie et le Soudan, aucun point d'eau ne permettait de se désaltérer. Durant le règne d'Aménophis, des puits avaient été creusés, permettant un arrêt bienfaiteur à tout passager. Beaucoup d'entre eux, bien que creusés à plus de cent vingt coudées, furent abandonnés avant que l'eau n'y soit apparue.

Il n'en restait pas moins que le travail des mineurs à Coptos, comme à Ikaïta, se révélait extrêmement pénible. Les travailleurs chauffaient la roche pour la rendre cassante, puis l'attaquaient avec des pointes de métal en suivant la direction du filon aurifère. Les fragments détachés et portés à l'entrée de la galerie étaient écrasés et lavés jusqu'à ce que la poudre soit nette et brillante. Cette poudre donnait de l'or très pur que les Egyptiens mêlaient souvent à de l'argent ou du cuivre.

Jamais encore Séchat n'avait suivi une expédition aussi ardue. Elle ne se plaignit, cependant, pas un seul instant, marchant, mangeant, buvant, dormant au rythme des autres. La chaleur, bien que les outres largement pourvues d'eau ne l'aient jamais laissée assoiffée, éprouvait tout de même ses forces encore à peine rétablies de son récent accouchement. Dès que les outres se vidaient, on cherchait le prochain point d'eau.

Houri et Djéhouty se révélaient très résistants à la haute chaleur. L'un et l'autre comblaient Séchat de multiples prévenances qu'elle ne réclamait pourtant pas, mais qu'ils s'obligeaient à lui fournir. Apprenant à connaître les deux hommes, elle les discernait assez semblables sur le plan de la fidélité amicale. En eux, elle sentait une force unificatrice.

On marchait la nuit pour profiter de la fraîcheur, pourtant si minime. Le jour, on plantait des piquets dans le sable du désert, à proximité d'une roche et l'on tendait une toile de lin pour provoquer un peu d'ombre. Les deux hommes dormaient toujours côte à côte. Séchat, un peu plus éloignée, regardait cette vaste étendue de sable pâle et aveuglant, gardant son large turban qui lui couvrait la tête et l'abaissant sur les paupières afin que ses yeux ne soient qu'à demi-ouverts. Djéhouty lui avait appris cette ruse pour éviter l'éblouissement total.

Les serviteurs eux-mêmes, pleins de zèle et de compétence, essayaient de rendre son voyage le plus agréable possible, mais atteints, eux aussi, par la chaleur écrasante, ils tombaient souvent dans une sorte de léthargie dès que le soleil montait au zénith.

Ce que craignait la jeune femme, qui n'avait encore jamais dormi dans le désert, était bien plus le frôlement d'un scorpion sur sa peau que l'angoissant silence du désert.

*
* *

Le khamsin avait soufflé toute la nuit, empêchant les chevaux d'avancer. S'arrêter et planter les tentes en cet instant critique eût été une folie, car le sable soulevé par le vent ensevelissait tout ce qui s'immobilisait. Sous la pression de la tempête, racines, pierres, rochers à hauteur d'homme s'enveloppaient à vue d'œil, ne laissant que de minces monticules qui, eux-mêmes, disparaissaient sous d'immenses dunes en formation.

Les premiers assauts de la bourrasque avaient surpris la jeune femme, l'obligeant à resserrer étroitement autour de son visage le turban d'étoffe blanche que lui avait remis Djéhouty pour ne pas avaler la poudre de sable sèche et chaude qui s'infiltrait partout.

Les quatre hommes et Séchat étaient descendus de leur monture et la tenaient par le col, avançant prudemment les uns derrière les autres et prenant soin de mettre le pas là où celui qui précédait l'avait mis.

Houri marchait en début de file, tâtant avec précaution le sol de son javelot pour s'assurer qu'il n'y avait ni trou ni sables mouvants comme on pouvait fréquemment en trouver dans cette partie du désert africain lorsqu'une tempête assaillait les parages.

Au petit jour, le khamsin avait cessé. Le silence soyeux, ne répercutant aucun souffle ni murmure, annonçait l'accalmie faite de ces instants où l'on accomplissait les gestes par crainte et non par obligation. Chaque mouvement, dans ces cas-là, se faisait dans l'inquiétude.

— Plantons les tentes, dit Djéhouty en regardant l'horizon dont la ligne lointaine, bleuie par l'aube naissante, s'était dégagée, nous dormirons quelques heures et, reposés, nous reprendrons la route.

La marche nocturne avait été si épuisante que les chevilles de Séchat lui paraissaient douloureuses. Elle essuya d'une main amollie son cou embué de sueur. L'aube à peine disparue, le ciel reprit sa couleur azurée, voilée de la transparence brumeuse qu'apportait un soleil déjà chauffé à blanc.

Le petit groupe était à peine arrêté, les pieds plantés dans une vague de sable moelleux que, soudain, Séchat poussa un cri. Un hennissement douloureux suivit.

Les hommes tournèrent la tête vers la jeune femme qui, pétrifiée, n'osait bouger. Penhor, son cheval, brandit brusquement en avant ses pattes antérieures et poussa une nouvelle plainte, plus longue et plus lugubre. Le cobra surgit au-dessus de l'un de ses sabots, remonta le long de sa patte gauche et redressa sa tête agressive tandis que sa langue fourchue sifflait dans l'air chaud du désert.

Houri fut le premier à réagir. Il fallait aussitôt trancher la tête du reptile. Mais les hurlements de Séchat et de son cheval excitaient le cobra et celui-ci avait déjà lancé son venin dans le jarret de Penhor.

Tout alla si vite qu'à peine vit-on le reptile s'enfoncer dans le sable dont il prit la couleur pour mieux s'y fondre. Un peu plus loin, une onde mouvante s'agita sous le sable, puis s'immobilisa.

Penhor cessa sa plainte, tomba sur ses quatre pattes raidies par la mort qui s'emparait de lui et, dans une effroyable torsion que Séchat regarda avec horreur, une bave mousseuse à la bouche, ses yeux se révulsèrent et il succomba sans plus attendre.

Le choc avait fortement ébranlé la jeune femme. Des larmes s'accumulaient au bord de ses paupières et risquaient de couler lentement. Elle caressa l'encolure de son cheval que la mort avait couché sur le flanc gauche. Un bref souvenir lui revenait en mémoire. Nekbet lui avait donné Penhor le jour où Moshée, une belle jument arabe, avait mis au monde son poulain. Penhor était un de ces petits chevaux solides, résistants, pleins d'énergie, nés pour marcher dans le désert.

— Allons, Séchat, fit Djéhouty. Il faut repartir et s'arrêter plus loin. Houri ne pourra pas tuer ce reptile et si nous restons dans les parages, il peut nous surprendre à tout instant dans le sommeil.

Séchat quitta Penhor et essuya ses yeux humides.

— Pardonne ma faiblesse, Djéhouty, j'ai toujours de la peine quand je perds un animal qui m'est cher.

Djéhouty hocha la tête. Certes, il comprenait Séchat, mais l'heure n'était ni aux regrets ni aux lamentations. Le désert tout comme le fleuve comportait ses dangers. Il fallait donc les maîtriser pour ne pas tomber dans les pièges qu'il tendait aux inexpérimentés.

Se tournant vers les deux serviteurs qui, depuis l'arrivée du reptile, n'en menaient pas large, il ordonna :

— Creusez un trou et enterrez ce cheval.

Séchat ne broncha pas, mais remercia Djéhouty du regard. Les hyènes et les chacals qui devaient rôder non loin de là et les vautours qui tournoyaient déjà au-dessus de leurs têtes, ne viendraient pas dévorer Penhor.

Elle contourna lentement son cheval, lui retira les rênes, le mors, la selle et le bandeau qui protégeait du sable les yeux de l'animal et regarda tristement les deux hommes qui creusaient sa tombe.

Dépourvus d'outils, les deux serviteurs ne purent creuser qu'un trou symbolique, mais l'animal fut recouvert par les sables et les vautours s'étaient écartés, laissant le ciel dégagé de leur vol puissant et lourd.

Il fallut repartir, marcher à nouveau, oublier la douleur dans les muscles des jambes, l'épuisement, la soif et, quand la dune suivante amorça ses premières rondeurs, ils décidèrent de planter les tentes.

Séchat ne put fermer l'œil tant elle restait attentive au pesant silence qui l'absorbait. Ce n'était ni celui des bords du Nil qu'elle connaissait depuis son enfance et auquel elle pouvait se laisser aller sans crainte, ni celui des nuits thébaines qui souffle la magie de ses lueurs sur les multiples terrasses des villas. Ce silence-là était fait des plus profonds secrets du désert, de magie indéfinissable, d'anxiété à peine retenue par une exaltation qu'elle cernait mal.

Mais, ce jour-là, elle s'étonna de voir ses craintes rester omniprésentes. Le désert était aussi cruel que le Nil. Les dieux s'y fourvoyaient avec plaisir, offrant clémence ou châtiment selon leur volonté. Seuls, leurs désirs importaient et Séchat leva ses yeux interrogateurs sur la voûte céleste qu'elle ne connaissait pas.

Séchat sut qu'elle ne pourrait s'endormir, tant elle craignait voir surgir un autre reptile ou un scorpion ! Houri n'avait-il pas dit que le khamsin détruisait tous les abris des bêtes du désert et que préoccupées par de nouvelles cachettes, elles allaient en tous sens, bien qu'on ne les vît pas.

Un chacal pouvait aussi émerger du sable sournoisement, ou pire encore la redoutable hyène aux yeux rouges et fous dont elle ignorait la portée du danger.

Elle s'agita, se retourna, écouta et n'entendit aucun bruit dans les deux autres tentes montées à côté de la sienne. Alors, elle décida de se laisser bercer par la douce image rassurante de Satiah. Les yeux bleus de l'enfant emplirent soudain tout son être et elle remercia la déesse Hathor de s'assoupir enfin sur cette vision tendre et apaisante.

Quelques heures plus tard, alors que le jour s'était complètement levé et que le vent avait cessé toute attaque, Séchat qui n'avait que peu dormi sortit de sa tente et observa le paysage que la tempête avait transformé.

Tout n'était que creux et monticules, sillons et trous menaçants, dunes et larges aplats qui rappelaient les bords du Nil en saison sèche et, çà et là, surgissaient les roses d'ocre sauvage qu'avait sculptées le sable en folie.

— Veux-tu boire ? dit Houri.

Il se leva à son tour, précédant Djéhouty qui donnait l'ordre de plier les tentes.

Elle le remercia et acquiesça d'un bref signe de

tête. Houri était presque aussi prévenant que Djéhouty et, si elle n'avait été troublée par le chagrin de la perte de son doux cheval, elle aurait elle-même tendu sa gourde d'eau fraîche aux deux hommes.

Mais, la fatigue l'anéantissait et elle se laissa docilement faire. Houri lui tendit la gourde, elle l'approcha de ses lèvres et but quelques gorgées qui semblèrent raviver ses forces.

Houri était un bel athlète, au buste basané, musclé, abondamment fourni d'un poil noir, frisé, serré comme sa chevelure qu'il avait épaisse, carrée et ramenée derrière sa nuque puissante.

Plus grand que Djéhouty dont il restait l'ami, le serviteur et le conseiller, Houri avait encore sa vieille mère qui, autrefois, avait servi de nourrice aux deux enfants. Frères de lait, compagnons de jeunesse, les deux adolescents ne s'étaient pratiquement jamais quittés.

Djéhouty partageait un mélancolique point commun avec Séchat. Il n'avait pas connu sa mère, morte à sa naissance. Mais la similitude des deux destins s'arrêtait là, car Djéhouty avait été également privé d'un père qui, promu au grade d'ambassadeur des pays du Sud, n'avait fait que de courtes et rares apparitions dans sa somptueuse résidence de Thèbes.

Séchat prit plaisir à passer sa langue sur ses lèvres rafraîchies par l'eau de la gourde. Elle n'osa en boire plus de trois gorgées et la tendit à Djéhouty.

— Je n'ai pas bu beaucoup, car elle est presque vide.

Un des serviteurs s'approcha, le corps enveloppé dans une large robe grise que le dépôt du sable avait décolorée.

— L'oasis est-elle loin ? s'enquit-il avec inquiétude.

Djéhouty fit la grimace.

— Ce khamsin que nous n'attendions pas nous a retardés, fit-il contrarié. Nous sommes à deux ou trois jours de l'oasis.

Il porta sa main en visière, observa les alentours

striés, creusés jusqu'à l'horizon où s'élevait un soleil blanc et dur.

— Je sais qu'il y a un puits non loin de là. Mais, la tempête de sable a perturbé la structure du chemin et sans doute est-il recouvert par les sables.

Il saisit les rênes de son cheval et fit quelques pas en avant, observant cette fois le sol qu'il tâtait de son javelot.

— Il y avait une pierre en angle reconnaissable par sa cime élevée qui en cachait l'orifice. Peut-être la trouverons-nous dans la journée.

Puis, il se retourna vers Séchat.

— Monte, fit-il en lui tendant la main.

Sans aucune protestation, elle grimpa sur la monture de Djéhouty. S'assurant de la bonne tenue de la jeune femme, il sauta derrière elle à son tour et, refoulant les émotions qui jaillissaient en lui, il l'enferma rapidement entre ses bras protecteurs.

La tempête imprévue avait tout déréglé. Leur trajet, leur programme, leurs horaires. Habituellement, on chevauchait ou on marchait la nuit pour profiter de la fraîcheur, si faible fût-elle. Le jour, on plantait des piquets dans le sable, à proximité d'une roche et l'on tendait une toile pour provoquer un peu d'ombre. C'est en cet endroit précis que l'on se retrouvait lorsqu'on ne dormait pas.

Les chevaux avançaient lentement, ayant trop peu bu pour s'accorder une énergie nouvelle. Le sable était si pâle et les rayons du soleil y tombaient si crûment qu'il n'avait plus de couleur et devenait aveuglant. Dans les creux et les sillons, sur chaque renflement du sable, au sommet des dunes les plus hautes s'écrasait une chaleur qui ne connaissait plus ses limites. Inexorable et meurtrière, elle avançait démesurément comme un assassin devant sa victime.

Les mules des serviteurs qui portaient le chargement des tentes, la nourriture et les provisions d'eau, suivaient les deux chevaux.

Un large bandeau sur les paupières pour éviter la

brûlure du soleil, Séchat ne disait mot. Djéhouty la serrait contre lui. Comment pouvait-il ne pas bénir la mort de Penhor qui lui permettait enfin d'étreindre contre lui la jeune femme sans que rien ne paraisse anormal.

— As-tu soif ? murmura-t-il dans son cou en l'effleurant de ses lèvres.

Séchat sentit le souffle chaud de sa bouche contre sa peau.

— Ma gourde est vide. Je ne peux vider la tienne.

C'est à peine si sa réponse lui parvint tant les mots étaient obstrués par l'étouffement de l'atmosphère.

Il détacha de sa ceinture l'outre à moitié vide et la passa à Séchat. Elle but un peu, goutte à goutte, se délecta de cette fraîcheur qui venait apaiser ses lèvres craquelées et la lui retendit.

— Djéhouty, tes serviteurs ont peut-être soif eux aussi.

On s'arrêta quelques instants et, lorsque les hommes eurent bu chacun leur gorgée d'eau, l'outre se trouva vide. Alors, on reprit la route sur le sable de plus en plus chaud.

Quand le soleil fut au zénith, le ciel était devenu incolore. Les chevaux et les mules refusèrent d'avancer.

— S'arrêter à cette heure, sans eau, signerait notre mort, fit Djéhouty incapable de donner d'autres arguments pour apaiser les esprits. Descendons de notre monture et conduisons les bêtes. Elles reprendront courage. Il faut avancer à tout prix. Ce puits ne doit plus être loin, à présent.

La gorge sèche, les yeux irrités, ils poursuivirent la route de plus en plus péniblement, posant le pied lourdement sur le sable brûlant.

Soudain, Houri tendit le bras.

— Là, regarde, Djéhouty, c'est la pierre qui recouvre le trou d'eau. Je la reconnais. Son dôme est pointu et l'un de ses versants est poli alors que l'autre est grenu.

Il lâcha la bride de son cheval et courut vers la

roche qui, effectivement, avait la forme d'un cône et présentait deux côtés dissemblables par l'aspect de sa matière.

Assoiffés, les yeux brûlés, les bras mous et les pieds traînants, les deux serviteurs lâchèrent leurs mules et se précipitèrent derrière Houri.

Séchat avançait en silence. Ses lèvres fendues avaient perdu depuis longtemps toute leur souplesse. Ses yeux rougis piquaient, brûlaient, ses pieds enflaient, sa tête bourdonnait de mille bruits qui n'existaient pas. Mais, stoïque, elle ne se plaignit pas.

Djéhouty lui prit la taille.

— Comment te sens-tu ?

— Bien, fit-elle dans un pauvre sourire.

— Veux-tu monter ?

— Je marcherai comme vous, se rebiffa la jeune femme. J'ai voulu venir, je ne serai pour personne une charge supplémentaire.

Il resserra la pression de sa main autour de sa taille puis, comme la tentation était trop forte, il se pencha sur ses lèvres et y posa les siennes, dures et séchées, elles aussi.

Elle accepta ce pauvre baiser assoiffé comme un réconfort, un appel, une promesse si dérisoire fût-elle dans cette impossible tourmente.

Devant eux, Houri venait de soulever la pierre. Djéhouty et Séchat entendirent un juron suivi d'un sifflement de javelot dans l'air. Houri coupait l'espace de rage, le taillant en morceaux invisibles. Puis, lorsqu'il fut rassasié de ses gestes de colère, il revint à son cheval.

— La roche ne cache aucun trou d'eau, avoua-t-il d'un ton épuisé.

— Maudit soit le dieu Sobek ! jura Djéhouty à son tour. Pourquoi le vent a-t-il tant perturbé l'ordonnancement des choses ? A notre dernier passage, cette pierre recouvrait le puits.

— Eh bien, fit tranquillement Séchat, elle ne le recouvre plus.

Sa réplique inattendue détendit les hommes.

— Notre Grande Intendante a parfaitement raison, répliqua Djéhouty d'un ton qu'il s'efforça de rendre joyeux et, puisque nous devons rayer ce puits de notre mémoire, nous marcherons jusqu'à l'épuisement en direction de l'oasis.

Houri s'était déjà repris. Le calme apparent de son compagnon apaisait toujours ses esprits lorsqu'ils étaient nerveux, irrités. Il repoussa la pierre du pied qui, d'ailleurs, ne bougea pas d'un pouce tant elle était lourde et reprit les rênes de son cheval.

— Je prends la tête de file, dit-il à Djéhouty. Reste derrière avec Séchat et soutiens-la, elle n'en peut plus.

Si la jeune femme avançait stoïquement, ses forces diminuaient. Ses pieds devenaient de plus en plus douloureux et ses mollets s'ankylosaient. Des lueurs arrivaient devant ses yeux qui à force de cligner se fermaient. Djéhouty la tenait fermement, mais il faut dire que le moral de la petite troupe déclinait de pas en pas.

La nuit leur apporta une faible fraîcheur qui leur redonna une mince parcelle d'énergie. A la pensée d'une goutte d'eau fraîche, leurs pauvres gorges asséchées devenaient plus arides encore.

— Voilà presque un jour et une nuit que nous marchons. Nous ne devrions plus être éloignés de l'oasis. Un jour ou deux encore et nous devrions y arriver.

Mais, la journée suivante fut mortelle. Les chevaux et les mules s'épuisaient et les hommes titubaient lamentablement sans plus savoir où ils posaient les pieds.

A l'aube du second jour, l'un des serviteurs s'affala sur le sable. L'autre tenta de le relever, mais n'y réussit pas et il fallut l'aide de Djéhouty et de Houri pour le remettre sur pied. Un peu plus tard, l'une des mules s'affaissa, entraînant le chargement qu'elle portait avec elle.

— Cette mule est épuisée, fit Houri en haussant l'épaule, comme le sera tout à l'heure sa compagne et comme le seront aussi nos chevaux.

Il se baissa, ramassa les gourdes vides et poussa le reste du pied.

— Ce chargement devient inutile. Laissons les tentes et les approvisionnements de nourriture. A quoi bon manger, quand c'est de l'eau qu'il nous faut pour survivre.

Le propos de Houri sembla judicieux et les quatre hommes délestèrent aussitôt les bêtes de tout chargement superflu. On ne garda que quelques toiles pour se protéger le visage du soleil et les gourdes vides que l'on espérait encore emplir avant de sombrer dans l'assoupissement qui pouvait être fatal.

Allégés, les mules et les chevaux reprirent un peu d'entrain, mais c'était encore trop leur demander que d'avancer dans d'aussi piètres circonstances. D'ailleurs, les hommes et leur compagne tombèrent eux aussi dans une léthargie inquiétante.

Djéhouty trébuchait, se relevait, mais tenait toujours Séchat par la taille. Courbée, elle avait recouvert entièrement ses yeux et n'y voyait plus. Peu importe ! Djéhouty l'entraînait vers des dieux dont elle ne connaissait plus les noms.

Le vent avait repris son souffle, non plus violent, mais sournois, traître. Le sable se soulevait par petites tornades, ensevelissant à nouveau tout ce qui restait immobile. Les racines, les pierres, disparaissaient à une vitesse vertigineuse. Le vent les poussait, les cinglait, les mordait violemment.

Bien que leurs bouches fussent camouflées par l'épais bandeau qui les recouvrait, le sable arrivait insidieusement à s'infiltrer et leurs dents craquaient sous les grains que leurs gorges asséchées n'arrivaient pas à expulser.

Le vent souleva une mule et la fit retomber sur les pattes arrière. Apeuré, l'un des chevaux se mit à hennir. Puis, sans plus rien regarder d'autre que ce maudit sable qui l'empêchait d'avancer, se coucha sur le flanc.

C'était le cheval de Houri.

— Regardez, cria Séchat. L'oasis !

Elle s'écarta de Djéhouty et se mit à courir droit devant elle. Ses yeux s'étaient ouverts, ses jambes avaient repris leur élasticité et, malgré une chute, elle se releva avec suffisamment d'énergie pour reprendre sa course. Djéhouty la rattrapa. Ils tombèrent et roulèrent sur le sable.

— Non. Séchat ! cria-t-il. C'est un mirage. Il n'y a pas plus de palmier que d'eau, ni d'ombre que de verdure. C'est un mirage.

Et, furieusement, il jeta sa gourde vide loin de lui. A demi-inanimée, Séchat ne réagit plus. Etendue sur le sable, elle ouvrit sa bouche comme pour saisir l'invisible goutte. Impuissant, Djéhouty se coucha sur elle et la pressa contre lui. Houri était lui-même trop abattu pour analyser les états d'âme de son compagnon et les deux serviteurs s'étaient allongés, la tête enfouie dans leur ample robe.

Houri ne tint guère plus longtemps et sombra dans un profond coma.

*

* *

L'oued n'était pas très étendu, mais il dispersait l'ombrage de ses quelques palmiers et permettait aux voyageurs de se réapprovisionner en eau fraîche.

Reposée, la caravane venait de plier les tentes, emplir les gourdes à ras bord, fouetter les chameaux et s'apprêtait à reprendre la route.

Comme un long ruban coloré qui ondule le long du sable désertique, elle s'acheminait lentement, au rythme cadencé des chameaux qui, à pas lent, avançaient les uns derrière les autres.

Rahim, le premier de la file était un superbe athlète qui, perché sur son animal, observait tranquillement l'immensité du désert comme s'il s'attendait à chaque instant qu'un événement inattendu s'y déroule.

Qu'une vaguelette à peine formée surgît du sable et aussitôt il déterminait la force et la violence du khamsin qui s'apprêtait à se lever. Suivait aussitôt la décision qu'il fallait prendre, un repli, un détour, une attente.

Juché sur son chameau dont la cadence dictait celle de tout le convoi, Rahim observait de ses yeux de fennec les alentours silencieux du désert. Qu'une racine perçât dans le sable au détour d'une route et Rahim savait quel gibier il allait soulever. Qu'un rocher apparût là où il ne l'attendait pas et il savait que le vent avait déplacé le bon ordonnancement des lieux.

Son instinct l'avertissait dès l'approche du puits enfoui récemment dans le sable, du trou où s'agitaient en profondeur les sables mouvants ou du lion qui rôdait près d'une antilope égarée.

Rahim aspirait l'air du désert comme d'autres respiraient la mer, les champs, le ciel.

Qu'un aigle ou un faucon survolât l'immensité du ciel et aussitôt il en mesurait l'importance. A cet instant précis, il vit poindre, à la ligne de l'horizon, un oiseau qui semblait indécis. Il le poursuivit du regard. C'était un faucon à bec jaune. Seuls, ces grands oiseaux de proie pouvaient s'immobiliser ainsi en plein vol, scrutant le sol de leurs yeux perçants.

Rahim tapota de sa badine les flancs de son chameau afin que celui-ci accélérât un peu l'allure. La colonne qui le suivait fit de même et, en quelques secondes, la caravane avait pris de la vitesse.

Le vol du faucon, lui, avait pris de la hauteur. A présent, il planait. Mais, à peine avait-il filé dans un sens, qu'il rebroussait chemin et filait dans l'autre. Rahim sut d'instinct que des voyageurs étaient en péril, à moins que ce ne soit un fauve sur le point de périr.

La petite caravane chevauchait à vive allure. Puis, Rahim vit qu'encore une fois son pressentiment ne l'avait pas trompé. Au loin des voyageurs étaient étendus sur le sable, probablement inanimés, peut-être même morts. Il se tourna promptement vers ses deux plus proches compagnons et fit un signe en élevant l'une de ses mains qui se dégagea de l'ample manche de sa tunique.

Rahim et ses compagnons virent alors les quatre silhouettes recroquevillées. Non loin d'eux, chevaux et mules étaient inertes. Pas un mouvement ne venait perturber le silence qui les enveloppait.

Il leva les bras au ciel, laissant la chaleur du soleil s'engouffrer dans l'amplitude des manches de sa large tunique et cria quelques mots aux bédouins qui le suivaient. Puis, tenant fermement sa badine et frappant d'un petit coup sec les flancs de son chameau, il attendit que l'animal pliât ses hautes pattes sur le sable pour sauter aussitôt à terre.

Ce fut d'abord Séchat qu'il aperçut. En se penchant sur elle, il mesura l'état de son inertie et comprit qu'elle et ses compagnons étaient encore secourables.

S'accroupissant près d'elle, il décrocha de sa ceinture son outre en peau de chèvre et l'approcha des lèvres informes de la jeune femme pendant que les autres bédouins tentaient de réanimer Djéhouty, Houri et les deux serviteurs.

Il fallut que Rahim verse presque le contenu de l'outre entière sur le visage de Séchat avant qu'elle entrouvre les yeux. Sa bouche était emplie de sable et elle dut cracher plusieurs fois avant de pouvoir absorber quelques gorgées d'eau.

Quand elle vit ce visage basané, trop brun pour lui rappeler l'un des siens, mais trop parfait aussi pour qu'elle en oubliât l'image, la violence du soleil lui fit refermer à nouveau les yeux mais elle ressentit l'amorce d'une force intérieure.

Elle resta un instant les paupières baissées, puis se sentit assez forte pour les soulever. Ce visage à la peau sombre entouré d'un grand turban bleu qui ne laissait voir que la fente des yeux fouetta ses sens et dissipa son assoupissement.

Elle inclina la tête, la releva dans un geste de défi et tourna les yeux vers ce qui avait été son propre convoi.

L'une des mules et le cheval de Houri étaient morts de soif. Ils gisaient à quelques pas de Séchat. L'autre mule offrait une image aussi peu réjouissante. Les pattes brisées par la chute qu'avait dû provoquer la violence du vent, elle s'était couchée sur le flanc, se laissant ensevelir par le sable dont elle était presque recouverte.

Il ne restait plus que le cheval de Djéhouty qui, couché lui aussi, acceptait de boire l'eau que lui tendaient deux bédouins. Les yeux de la pauvre bête semblaient encore abattus, mais elle secouait peu à peu sa crinière en regardant du côté de son maître.

Djéhouty et Houri commençaient à bouger et bien que refoulant encore les mots qui les eussent à nouveau anéantis, ils émergeaient du néant et se contentaient de boire. Les bédouins ne manquaient pas d'eau et lorsqu'ils en eurent fait couler suffisamment dans leurs gosiers brûlés par le soleil, ils reprirent leurs esprits.

Les deux serviteurs furent les derniers à surgir de l'assoupissement dans lequel ils étaient tombés.

— Merci, mon frère, articula Djéhouty avec un regard reconnaissant. Je te dois la vie, celle de mon ami, de ma compagne et de mes deux serviteurs.

— C'est vrai, vous êtes sains et saufs, acquiesça le bédouin.

— Que puis-je faire pour toi ? Nous avons tout abandonné pour poursuivre notre route. Que puis-je te donner ?

— Rien d'autre que ton amitié, mon frère, reprit Rahim en observant Djéhouty

— Mon amitié ! s'étonna Djéhouty, mais elle t'est offerte de grand cœur, bien entendu.

— Mais, reprit-il, tu n'étais pas obligé d'arrêter ta caravane entière pour nous porter secours.

— Si ! Mon frère, notre loi l'exige. Nous devons aider tout voyageur en péril. Le désert meurtrier ne nous protégerait plus si nous agissions autrement.

Il rattacha sa gourde à la ceinture qui reliait les pans de son ample tunique bleue. Le turban qui enserrait son visage était de la même étoffe, un fin lainage souple mais un peu rugueux, d'une couleur semblable à celle du ciel lorsque les rayons solaires commencent une courbe descendante.

Rahim était beau. Il avait un visage aux traits si parfaitement modelés, si fins que s'il n'avait eu la peau aussi sombre, on l'eût pris pour un de ces dieux marins des Peuples de la Mer qui sillonnaient les océans du nord.

Dressé sur son chameau, il paraissait plus beau encore, car l'allure de son maintien et la fierté de sa tenue ajoutaient de la prestance à toute sa personne à qui trente années de vie apportaient l'expérience et la sagesse nécessaires pour diriger son peuple.

Lorsqu'il acceptait des compliments qui le flattaient, Rahim relevait haut la tête et frappait à petits coups successifs l'encolure de son chameau. La bête savait, alors, que son maître était heureux.

— Alors, je saurai te retrouver et j'offrirai des présents à ton peuple.

Rahim fit un geste évasif de la main.

— Où te rends-tu, mon frère ?

— Dans les montagnes d'Ikaïta.

— Alors, tu leur tournes le dos.

— C'est le khamsin qui nous a désorientés. Voilà trois jours qu'il souffle sans s'arrêter.

— Le khamsin est sournois. Il trompe, désoriente, déstabilise. Celui qui le connaît mal, confia Rahim avec un sourire moqueur, devient son otage si ce n'est sa capture. Seul, notre peuple sait le maîtriser.

Djéhouty hocha la tête.

— Vois-tu, mon ami, poursuivit Rahim plein d'importance, hier, au seuil de notre tente, avant notre départ, nous avons observé le vol des faucons dans le ciel et nous avons su que le khamsin soufflerait encore un jour.

— Ne voyagez-vous donc jamais quand il souffle ?

— Si, lorsque nous jugeons sa violence de faible importance.

— Et comment le sais-tu ?

— A la course des animaux sauvages. Si celle-ci est folle et précipitée, c'est que le khamsin sera meurtrier, si la course est normale, le vent sera clément.

Rahim jeta ses yeux en direction de Séchat, puis de ses compagnons et vit qu'ils étaient en mesure de poursuivre leur route.

— Nous allons t'accompagner jusqu'à l'oued qui n'est plus très loin d'ici. Cela nous permettra de remplir à nouveau nos gourdes vides. Comment te nommes-tu ?

— Djéhouty. Et toi ?

— Rahim.

Il désigna du doigt Séchat.

— C'est ta femme ?

La question impromptue surprit Djéhouty. Il lui semblait que tout à l'heure il l'avait présentée comme une compagne. Il comprit que l'interrogation réclamait une précision complémentaire.

Ah ! Si Djéhouty avait pu lui dire que Séchat était la seule femme qu'autrefois il aurait voulu épouser, et que celle-ci aurait pu accepter en un temps où il n'était pas encore marié ! Veuve, sa solitude aurait pu s'accorder avec ce qu'il lui offrait de loyal et sincère.

Il eut un sourire léger, fluide comme le filet d'eau qui s'échappait tout à l'heure de la gourde de Rahim.

— Non, Séchat n'est pas ma femme. C'est une Grande Scribe. Elle est Intendante des Artisans et travaille pour une mission avec moi dans les mines dont je t'ai parlé.

Le bédouin paraissait étonné, mais ne fit aucun commentaire.

Comme Djéhouty n'avait pas l'air de vouloir s'étendre davantage sur la personne de Séchat, Rahim eut le bon goût de ne pas insister. D'ailleurs, son compagnon dépliait un document devant lui. C'était une petite carte couverte de signes sombres qui, elle aussi, avait subi les aléas du vent, car du sable y était accumulé et en collait les bords.

— Montre-moi l'endroit où nous sommes, jeta Rahim intrigué.

— Où nous sommes ! Je ne sais plus, rétorqua Djéhouty en se grattant le menton d'un doigt hésitant. Je suis perdu puisque tu dis que nous tournons le dos à l'endroit où nous allons.

De l'ongle, il désigna un point noir que surmontait un trait épais tracé en rouge.

— Par contre, je sais où nous allons. C'est là. Cette marque désigne le village d'Ikaïta et ce trait montre les montagnes derrière lesquelles nous devons nous rendre.

— Alors, nous sommes là, fit Rahim en pointant fièrement son doigt sur un trait coupé en son milieu par un cercle à peine distinct.

Djéhouty émit un sifflement.

— Où as-tu appris à lire les cartes ?

— Nulle part.

Il se mit à rire, découvrant une rangée de dents impeccablement blanches.

— Alors, tu es très malin, car ce doit être exact. Ce cercle indique le puits que nous n'avons pas trouvé. Nos corps inanimés étaient juste orientés dans le sens opposé, mais nous devions être dans la bonne direction.

Il avala une large rasade d'air chaud.

— Mais, trêve de badinage, mon frère ! ajouta-t-il en serrant l'épaule de son nouvel ami, que cette cordiale rencontre ne nous écarte pas de notre but. Nous avons perdu beaucoup de temps.

— Alors, nous t'accompagnerons jusqu'à l'oasis. De là, tu reconnaîtras ton chemin pour te rendre à Ikaïta.

Il rabattit son ample tunique sur le côté et d'un geste plein de sollicitude invita Séchat par ces paroles :

— Je t'offre le siège de mon chameau jusqu'à l'oued. N'aie crainte, si tu n'es jamais montée sur cet animal, j'éviterai que tu glisses.

Puis il fit signe aux bédouins qui suivaient.

— Faites monter mes amis sur les vôtres et partons. Dès le crépuscule, nous serons à l'ombre sous la palmeraie de l'oasis.

Il fit claquer sa badine et se tourna vers Djéhouty.

— Ton cheval nous suivra. Sans monture, il devrait se remettre d'aplomb.

Ainsi fut dit, ainsi fut fait. Malgré sa contrariété de voir Séchat se balancer de droite à gauche sur l'inconfortable chameau, serrée contre le torse du bédouin, comme elle l'avait été contre le sien précédemment, il ne put s'empêcher d'admettre que Rahim agissait en chef responsable.

— Abaisse sur ton front le turban qui couvre ta tête et ne laisse entrevoir que tes yeux, ordonna Rahim à la jeune femme qui dut obtempérer aussitôt.

Certes, Séchat le savait. Djéhouty lui avait appris cette astuce de bédouin pour éviter l'éblouissement total. Dodelinant de la tête, tant le mouvement oscillatoire du chameau l'empêchait de se tenir droite, elle s'efforça de porter son regard ailleurs que devant elle.

Elle vit que Djéhouty et Houri avaient été pris en charge par deux hommes pleins de zèle dans la conduite du chameau. Ils paraissaient si peu percevoir le balancement de l'animal qu'elle soupçonna son conducteur de conduire un peu durement son chameau pour mieux la retenir lorsqu'elle glissait dangereusement sur le côté.

Habitués à l'inconfort que procurait le dos de leurs mules, les deux serviteurs semblaient avoir vécu sur celui d'un chameau. Ils paraissaient ravis de cette opportunité qui leur apportait un temps de complet repos. Aussi, après cette résurrection inattendue, souriaient-ils béatement à l'idée de se trouver bientôt à l'ombre des palmiers.

L'air se chargeait de fraîcheur et la caravane aborda soudain une dune inconnue que le vent avait dû former. Striée de vagues, elle présentait un verso en pente vertigineuse et lorsqu'ils furent sur son sommet, il fallut descendre de monture pour alléger les animaux dans la descente.

— Je ne connaissais pas cette dune, s'étonna Djéhouty dont le conducteur suivait de près Rahim.

— Ce n'est pas étonnant, c'est le vent qui l'a élevée. Cette dune, mon ami, dit-il en riant, t'aurait trompé mille fois. Tiens, regarde ces sillons. Ce n'est pas le sable qui les a formés. Ils annoncent le passage d'animaux sauvages.

— Comment le sais-tu ?

— Il y a des signes qui ne trompent pas. Le sable parle aux nomades. Tiens, écoute, maintenant.

Un son assourdi venait à ses oreilles.

— C'est peut-être un grand lion d'Afrique, suggéra Séchat en tendant attentivement l'oreille pour mieux percevoir le bruit sourd.

— C'est exact, fit Rahim. Comment le sais-tu ?

— C'est un bruit que j'ai souvent entendu à Bouhen. Il y vient parfois des lions de Nubie et lorsque l'un d'eux se perd sur les berges du Nil, il cherche sa route avec ce claquement de patte bien particulier qu'il frappe sur le sol.

— Celui-ci ne vient pas se perdre dans les filets de l'homme. C'est lui le chasseur. Il poursuit impitoyablement les antilopes. Elles sont vingt, trente, cinquante, peut-être cent ou deux cents même. Elles ont dû s'arrêter pour boire et, surprises par l'arrivée du fauve, s'enfuient à perdre haleine. Dans quelques instants, nous les verrons passer devant nous.

Abordant le bas de la descente, il fit un ample geste qui balayait l'espace d'un bras haut levé pour commander aux autres de remonter en selle.

Le bruit de la cavalcade se fit entendre plus distinctement. Il se répercutait à l'infini en un galop régulier, non pesant. Les minutes qui suivirent apportèrent un nuage de poussière au travers duquel on pouvait distinguer une mouvance.

Bientôt, le voile s'épaissit et, de l'opacité qui s'étendait peu à peu, s'échappa un animal bondissant.

— C'est une antilope ! s'écria Séchat.

L'exultation la fit glisser sur la droite du chameau, mais la main solide de Rahim la retint solidement.

— Tournons nos montures dans l'autre sens, s'écria Rahim. Il vaut mieux ne pas se trouver à contre-courant.

L'antilope volait sur le sable, elle passa devant la caravane tel un éclair, suivie de quelques autres qui la talonnaient de près. Puis, le nuage sombre vint à eux et ils virent des centaines d'antilopes qui filaient apeurées, serrées les unes contre les autres.

— Si le lion nous dépasse, c'est qu'il n'a encore rien attrapé.

Quand la dernière dépassa le convoi, Houri hurla à pleins poumons.

— Le grand lion d'Afrique, dieu d'Horus ! Si je pouvais le combattre !

— Vous êtes de grands chasseurs, vous les Egyptiens, déclara Rahim d'un ton brumeux et mélancolique. Peu vous importe votre vie d'ici-bas et, si le lion a raison de vous, vos dieux vous attendent là où nous, bédouins, ne pourrons jamais aller.

Mais, Houri poursuivait :

— Le voilà.

Séchat frissonna et pointa son regard en direction des antilopes.

— Regardez, s'agita-t-elle, on dirait que le nuage disparaît à l'ouest.

Un bruit lourd, régulier, lent, tenace, approchait. L'animal sauvage avait dû surprendre les fragiles bêtes à l'ombre de l'oasis. Il arrivait, majestueux, puissant dans sa course effrénée, muscles saillants, crinière frémissante à chaque envolée.

— Ne bougez surtout pas ! rugit Rahim. Ce n'est pas à nous qu'il en veut. Il nous sent, mais ne nous verra qu'à peine.

Le lion fut distrait un instant par la caravane qu'il dépassait. Pour cette raison sans doute, il ne fit aucune prise. Mais, comme tous les grands fauves qui poursuivent un gibier, le lion savait attendre son heure.

La caravane reprit son allure normale. Au loin se dessinait la cime des palmiers, la fraîcheur de l'oasis s'annonçait prometteuse.

Au bout du cinquième jour, après s'être reposés dans l'oued et promis de revoir le bédouin Rahim, on vit poindre les montagnes d'Ikaïta.

Quelques roches brunes disséminées çà et là en annonçaient les contreforts. Elles étouffaient les maigres touffes d'herbe et le peu d'arbustes desséchés qui venaient faiblement ombrager cette étendue désertique.

Au loin, le village les attendait. Djéhouty le savait assez accueillant pour penser qu'il ne se heurterait à aucune difficulté. En bien des circonstances, les Africains avaient besoin des Egyptiens et, s'ils leur cédaient volontiers l'or de leurs montagnes, dont ils ne pouvaient rien faire, en échange ils réclamaient ce qu'ils désiraient pour vivre de façon décente.

Un barrage serré de femmes et d'enfants les regardèrent s'avancer. A l'exception du chef, un petit homme trapu, carré, aux jambes courtes et arquées, au visage ratatiné comme une vieille figue trop mûre, les hommes se trouvaient tous sur le chantier aurifère.

Libres, les mineurs africains avaient un statut privilégié, opposé à celui des esclaves égyptiens qui ne ressortaient jamais de ces sinistres endroits. Par leur travail, les habitants d'Ikaïta apportaient leur contribution à la richesse de l'Egypte, par le leur, les esclaves payaient leurs trahisons, leurs vols, leurs crimes.

Aussi, la différence de leurs besognes résidait tout simplement dans le fait que pas un Africain n'entrait dans la mine. Leur travail était au-dehors. Ils cassaient, triaient, assemblaient, mais ils n'extrayaient pas.

Le salaire que payait l'Egypte aux Ikaïtois leur arrivait régulièrement par convoi qui contenait en quantité suffisante arcs, javelots, couteaux et poignards pour les armes, bijoux de couleurs, vanneries diverses, articles en corne de buffle et en peau de serpent pour le luxe et enfin, blé, bière, vin, fruits et poissons séchés pour la nourriture.

Les Ikaïtois avaient su traiter intelligemment avec ce grand pays qu'ils refusaient de voir en ennemi, conscients d'une part, que son armée pouvait les anéantir en quelques jours et d'autre part, qu'une collaboration leur apportait l'assurance d'une vie agréable et sécurisante.

Mieux que quiconque, ils connaissaient les trous, les cavernes, les filons, les points d'eau, les rochers meurtriers qui, secrètement, enfermaient l'or si convoité du pharaon et de son peuple. Ils savaient comment travailler, extraire, rentabiliser, ils savaient même comment éviter les éboulements. Leur savoir et leurs conseils étaient aussi précieux que l'or lui-même.

Parés de leur nudité intégrale, les enfants gardaient un air à mi-chemin de la joie et de l'étonnement, prêts cependant à rire de la moindre distraction. Leurs cheveux se hérissaient en curieuses pointes durcies au-dessus de leurs têtes et leurs bouches charnues se mouvaient sous un nez aux narines fortement écartées.

Les femmes, la tête surmontée d'une chevelure épaisse et crépue, ne portaient qu'un pagne recouvrant leurs hanches rebondies. Elles accrochaient à leurs oreilles un os allongé qui pendait jusqu'aux épaules et elles entouraient leurs bras et leurs chevilles d'anneaux en cuir de buffle peints de multiples couleurs.

A l'arrivée du petit groupe, elles avaient toutes stoppé leurs occupations, trop heureuses d'entrevoir une diversion qui venait allumer le quotidien de leur vie routinière.

Devant elles, sur ses petites jambes torses, l'œil brillant d'une prudence toujours en éveil bien qu'il connût déjà la tranquille assurance de Djéhouty, le chef attendait.

Une bande d'étoffe rêche qui, autrefois, avait dû

être blanche, couvrait juste l'intimité la plus stricte de son corps. Elle était attachée à la taille par un nœud qui retombait dans le bas dos, laissant à nu ses fesses dures et rondes tant la lanière était fine.

Le petit homme noir, aux lèvres lippues, au nez fortement écrasé, ne devait pas être jeune, car ses cheveux crépus et abondants étaient entièrement gris. Il tenait un javelot dont la pointe était piquée en terre. C'était le signe de bienvenue, geste qui confirmait l'invitation qu'il s'apprêtait à rendre à son invité et à ses compagnons.

Les femmes et les enfants n'avaient pas bougé. Quelques mères tenaient leurs bébés attachés dans le dos. Séchat regarda leurs visages, puis observa quelques instants celui des enfants. Certains, parmi les plus jeunes, avaient un profil fortement métissé.

Elle s'approcha d'une fillette au visage clair dont les traits n'étaient pas négroïdes. Seule, sa chevelure crépue dénotait son ascendance nubienne. Il était évident qu'un géniteur égyptien avait dû s'attarder sur la couche de la mère qui, fière de son rejeton, se tenait aux côtés de l'enfant.

Séchat caressa du doigt la joue de la fillette. Puis, la regardant avec malice, ôta de son poignet un cercle d'argent et le tendit à l'enfant qui le saisit promptement.

Un silence appuya cet acte généreux et, pour ne pas mécontenter la femme du chef, à la peau du visage maculée de traces blanches, qui se tenait légèrement en retrait de ses compagnes, elle lui tendit aussi un bracelet.

La femme eut un large sourire, découvrant une rangée de dents jaunes et déchaussées. Elle pointa le doigt sur le buste de Séchat, puis l'ôta et le dirigea aussitôt sur celui de Djéhouty en prononçant quelques mots dans son dialecte.

Séchat n'ayant rien compris lui sourit niaisement. Alors, la femme recommença son geste, appuyant plus fortement sur la poitrine de ses deux invités. Mais, voyant que Séchat riait bêtement sans saisir ce qu'elle voulait lui dire, son doigt pointé refit à nouveau le chemin du buste puissant de Djéhouty à celui plus gracile de Séchat. Visiblement, elle attendait une réponse.

Le chef s'approcha de la jeune femme. Ses grosses lèvres tombantes étaient entrouvertes, découvrant une bouche édentée. Entre les rides de son visage séculaire, filait le passé de son village, lourd de femmes et de chasses, de gloires et d'échecs, un passé qu'il céderait un jour proche à l'un de ses nombreux fils qui devaient se compter par dizaines.

— Femme à chef dit que toi est femme à Djéhouty, annonça-t-il.

Séchat s'apprêtait à répondre par la négative quand Djéhouty s'interposa.

— Il ne faut pas le détromper, murmura-t-il à l'intention de sa compagne, sinon tu risques de voir tes nuits distraites par un Nubien qui envahira ta couche et c'est le chef, lui-même, qui le désignera.

— Mais, objecta Séchat...

— Si tu n'es pas accompagnée d'un mari, poursuivit Djéhouty d'un ton bas, le chef te prêtera un Ikaïtois pour la nuit. C'est pour lui une marque de politesse que tu dois accepter.

— Alors, murmura Séchat à son tour, il me semble que je doive décider, en quelques secondes, qui sera le compagnon de mes prochaines nuits.

Djéhouty lança un regard amusé à la jeune femme.

— Alors que nous étions encore à Bouhen, amorça-t-il avec un contentement qu'il ne pouvait dissimuler, je t'ai prévenue que ce voyage comportait des risques et il semble que nous les accumulions les uns après les autres.

Comme elle hésitait à répondre, ce qui d'ailleurs le surprit, il se tourna vers le chef.

— Séchat, fit-il en désignant la jeune femme. A moi.

Puis, il pointa l'index de sa main sur son buste et le frappa plusieurs fois.

Les femmes se mirent à rire bruyamment. Elles

secouaient leurs bras pour agiter les bracelets d'os ou de corne qui les entouraient et remuaient en cadence leurs hanches arrondies par les maternités successives.

Le vieux chef se dirigea vers un groupe de jeunes filles qui, hardiment, le regardait s'avancer. Elles avaient ce corps élastique et souple qu'ont toutes les filles nubiles assez mûres pour se marier. Soudain, il tira l'une d'elles du groupe. Sans doute la plus jolie et la plus fine.

— Fille à moi, dit-il, est à lui.

Puis, il désigna Houri. La fille se balança sur une jambe, puis sur l'autre. Souriante, mais perplexe. Elle était petite, mais belle et bien proportionnée. Ses seins nus, haut plantés, étaient si menus qu'ils apparaissaient comme deux figues à peine mûres s'accrochant encore à l'arbre d'où elles devaient être cueillies.

Ses hanches étroites, son ventre plat, ses cuisses fermes, se dissimulaient sous un pagne long aux couleurs vives.

Houri la regarda et lui sourit généreusement. C'était un bien beau cadeau que le vieux chef lui faisait là. Il saisit la main de la jeune fille, conscient qu'elle était sans doute destinée à Djéhouty s'il n'avait osé prétexter que Séchat était son épouse.

*
* *

Le premier soir, quand les hommes rentrèrent de la carrière, le chef nubien convia ses hôtes au repas traditionnel de bienvenue. Après la nourriture imposée de raisins secs et de poissons séchés, ils apprécièrent les plats que les femmes leur servirent. Viandes et céréales aromatisées d'épices au fumet bizarre furent pour eux un régal non simulé.

Séchat était la seule femme assise parmi les hommes, autour du grand feu allumé.

La présence de Djéhouty à son côté la rassurait car plus d'un regard l'observait en silence. Il y avait là de grands gaillards au torse dénudé, griffé de peinture blanche et jaune. Le regard à la pupille noire, sertie d'un blanc d'œil presque phosphorescent en cette nuit particulièrement étoilée, la dévisageait avec cette curiosité qu'ont les hommes lorsqu'ils voient une femme qui ne semble pas être à sa place.

Les femmes servaient les hommes. La jeune Nubienne, désignée pour le service exclusif de Houri, ne s'éloignait pas du jeune homme, lui glissant entre les doigts les brochettes de viande qu'il mangeait aussitôt. Elle lui roulait des boulettes de blé cuit, emplissait son écuelle d'une boisson fraîche à base de plantes et s'assurait qu'il ne manquait de rien.

Vinrent ensuite de longs palabres où gestes à l'appui, grimaces cordiales échangées, propos polis avancés dans un dialecte hétéroclite, firent la bonne humeur de cette soirée.

Un peu plus éloignée que le grand feu qui commençait à s'éteindre et dont les braises rougeoyantes apportaient des lueurs étranges sur les visages repus, la hutte la plus proche était grande ouverte. Debout, dans l'encoignure, Séchat vit la fillette que l'Egypte avait marquée de son empreinte.

Elle se leva et se dirigea vers elle. La petite recula dans la pièce unique où la mère s'affairait à ranimer la flamme d'une lampe à huile.

Séchat entra. L'obscurité saisit la jeune femme et elle dut attendre quelques instants avant que ses yeux s'habituent à la faible lueur de la lampe.

La fillette s'approcha d'elle. Elle était si hardie qu'elle osa toucher de ses doigts encore potelés les bracelets qui cliquetaient aux poignets de Séchat.

— Où est le tien ? dit-elle en désignant ses propres anneaux d'argent et en pointant ensuite son index sur le poignet de l'enfant.

La mère se mit à parler dans son dialecte, puis elle se dirigea vers une cavité peu profonde que le mur de terre séchée dissimulait dans un angle. Elle en tira l'anneau, sembla se concentrer et articula lentement :

— Après ! Plus tard.

Et elle désigna sa fille.

Séchat devait-elle comprendre que ce mince bijou servirait à la mère pour mieux marier sa fille ?

Tenant à la main la lampe dont elle avait enfin réussi à raviver la flamme, la Nubienne la dirigea vers elle et Séchat reconnut un pur objet d'art égyptien. La lampe était surmontée d'une tête de déesse en albâtre et le pied représentait une patte de chat sertie de petites pierres bleues. Devait-elle comprendre, là encore, que le géniteur bien intentionné avait fait don d'un bel objet en paiement d'une nuit inoubliable ?

La mère paraissait plus intimidée que la fille. Babillant dans son dialecte, la petite ne quittait plus Séchat, mettant son pied là où la jeune femme posait le sien, regardant là où Séchat dirigeait ses yeux. Quand elle toucha du bout des doigts le fin tissu de sa tunique, sa mère fit preuve d'un peu d'autorité en lui tapotant la main. Puis, s'assurant que la lampe était éteinte, elle entraîna Séchat à l'extérieur.

Au-dehors, hommes et femmes formaient un grand cercle. Au centre, un homme tapait sur la peau tendue d'un instrument et deux autres agitaient des sortes de grelots que rythmait le tam-tam. Les danseurs commençaient à s'agiter dans des soubresauts heurtés et interminables. Ondulant des hanches dans un mouvement circulaire où le ventre suivait sans difficulté, les femmes vinrent les rejoindre.

L'envoûtement de la soirée africaine commençait. Il se passa sans doute bien des heures avant que le vieux chef, poursuivant son travail d'hôte accompli, accompagnât Djéhouty et Séchat au seuil de la petite hutte en terre séchée qui leur était réservée.

Ils se retrouvèrent un peu ahuris devant l'unique couche faite d'un grossier papyrus que recouvrait une peau de buffle. Une torche était posée sur le sol, diffusant une lueur suffisante pour que Djéhouty aperçoive le visage un peu tendu de sa compagne.

Elle fut pourtant la première à rompre le malaise qui s'instaurait entre eux.

— Ne te fais aucun reproche, Djéhouty. Tu me l'as rappelé tout à l'heure. Ne m'avais-tu pas prévenue que cette périlleuse mission m'apporterait autant de satisfactions que de problèmes ?

Djéhouty fit le tour de la hutte et saisit la lampe, éclairant le minuscule espace qui leur était imparti.

— Que ces quelques nuits ne soient pas un problème pour toi. Regarde ! Je peux dormir à terre et te laisser la couche.

Il ajouta plus amer :

— Et le vieux chef n'en saura rien.

Séchat s'approcha de lui et se fit un peu plus sinueuse qu'il n'eût fallu pour abonder dans le sens de son compagnon.

— Qui te dit que cette nuit se pose en difficulté ? Ne s'agit-il pas plutôt d'un simple imprévu que nous devons prendre comme un aléa distractif ?

Il reposa la lampe sur le sol de terre battue. Deux pas les séparaient et Séchat vint à lui.

— Pensais-tu vraiment, reprit-elle, que j'allais accepter les caresses d'un Africain inconnu pour répondre à la politesse qu'exige le chef de cette tribu ? Me connais-tu aussi mal ?

Elle se laissa mollement faire lorsqu'il la prit dans ses bras.

— Je préfère mille fois les tiennes, Djéhouty.

Un frisson de béatitude le parcourut. Les dieux venaient enfin à lui. Saurait-il dire à sa compagne que ce moment béni valait tous les sacrifices de la terre ?

— Seth a dû se substituer à Amon pour me faire épouser Aména, murmura-t-il en enfouissant sa tête dans l'épaule secourable de Séchat. Pourquoi as-tu refusé mon amour quand je n'étais pas encore lié[1] ?

— Djéhouty ! Aimons-nous pour ces quelques nuits seulement. La magie africaine m'a saisie tout

1. Lire *Les Thébaines/La Couronne insolente* (tome 1).

entière. Oublions Aména et le respect que tu lui dois. Qu'elle ne soit pas une ombre entre nous tant que nous serons l'un à l'autre.

Il la serra et appuya ses lèvres contre les siennes. Mais le regret de Djéhouty était trop profondément en lui pour qu'il le laisse se ternir par quelques mots dérisoires.

— Ah ! Si seulement tu avais consenti à partager ton cœur avec moi, le jour où tu fus reine de Thèbes, lorsque inconsciente tu as si bien repoussé la révolte des artisans.

— Inconsciente !

Il ferma sa bouche d'un nouveau baiser.

— Il fallait que tu le sois pour repousser ma passion.

Il soupira et la pressa contre lui jusqu'à lui briser le souffle.

— A présent, dit-il, je suis marié et ne puis plus rien t'offrir.

— Aména t'aime. Djéhouty, c'est la femme qu'il te faut. Moi, je suis faite pour accomplir autre chose que de vivre au quotidien, enfermée dans une maison, si grande et si belle soit-elle.

Elle l'entraîna sur la couche et l'obligea à s'étendre.

— Ne te reproche rien, Djéhouty. Puisque ces nuits africaines nous rapprochent l'un de l'autre et puisque la coutume de ce village nous fait mari et femme, profitons sans arrière-pensée de cet amour étrange qui nous unit. Aimons-nous, Djéhouty. Après, chacun reprendra sa vie comme il se doit.

Elle lui tendit sa bouche. Ses lèvres étaient entrouvertes, palpitantes, chaudes, réveillées à de bien vieux souvenirs enfouis au plus profond d'elle-même. Sa tête battait à l'unisson de ses tempes, de son âme, de son cœur. Tout en elle remuait étrangement, comme si elle renaissait à la vie, à la joie, au bonheur total dont elle ne mesurait plus l'ampleur depuis trop longtemps.

Il la saisit avec toute l'ardeur qui le tenaillait depuis tant d'années.

Quand il découvrit son corps, il fut surpris de le voir aussi beau, aussi pur. Combien de nuits avait-il rêvé à cet instant magique ! Que le cruel dieu Seth l'emporte aussitôt dans les eaux du Nil s'il n'avait pas, en cet instant, le désir violent de la garder la vie entière.

De ses lèvres attentives, il parcourut le cou de Séchat, s'enivra sur la gorge mate et soyeuse qui palpitait comme un oiseau qui demande à ce qu'on ouvre la porte de sa cage. Quand sa bouche s'accorda au velours de son sein qu'enfermait le bouton de lotus superbement éclos, un cri les fit se redresser.

Houri apparut aussitôt sur le seuil. Que faisait-il là, en plein milieu de ces ébats amoureux qui n'avaient encore éveillé qu'une partie de son corps ?

Et, bien qu'Houri fût impassible, un bras tenant la torche, l'autre collé au corps, la bouche ouverte et l'œil rond, ils s'écartèrent à regret.

Un instant, Séchat resta offerte et nue à son regard. Djéhouty ouvrit la bouche, mais aucun mot n'en sortit. Alors, Séchat saisit la peau de buffle pour s'en couvrir le corps.

— C'est un lion qui rôde, fit Houri gêné.

Il abaissa la torche et poursuivit :

— Je suis désolé de vous avoir dérangés. Une femme a pris peur et les Nubiennes craignent qu'elle accouche avant terme. Les enfants s'affolent et les hommes sont sortis.

Les cris d'une femme résonnaient, aigus, prolongés, séparés par des intermittences trop courtes pour qu'on en oublie la teneur.

Djéhouty s'était brusquement levé. Séchat laissa tomber la peau de buffle, révélant à nouveau la perfection de son corps dénudé pour se vêtir de sa tunique.

Dégrisés, ils sortirent accompagnés de Houri. Le sommeil de plus d'un Ikaïtois s'était sans doute brusquement interrompu car tous étaient sortis de leur hutte, arc et flèches en main.

Une ombre passa près d'eux. Un souffle faisait

monter l'angoisse. Une chaleur faunesque emplissait tout l'espace, demeurant figée dans tous les esprits. Le lion ne devait pas être loin.

— Ces flèches ne sont pas suffisantes pour atteindre le fauve, dit Houri en soupesant du regard les armes que tendaient déjà les Ikaïtois.

— Ils n'ont rien d'autre, coupa Djéhouty.

Houri hocha la tête. Le doute du risque l'empoignait déjà comme s'il était le seul enjeu de cette chasse impromptue.

— Elles sont trop courtes pour l'atteindre en plein cœur. Allons chercher les javelots, jeta-t-il convaincu. C'est à quelques mètres du lion qu'il faut le combattre.

— Djéhouty, murmura Séchat qui arrivait derrière lui en silence, sois prudent.

— Ne crains rien, fit Djéhouty en posant rapidement ses lèvres sur les siennes, Houri et moi avons tué plus d'un fauve dans le désert. Celui-ci ne doit guère être différent de ceux que nous avons abattus.

On entendit le lion rugir. Sans doute avait-il faim, car plus rien ne semblait l'arrêter. Il avançait près des huttes. Les femmes s'y étaient enfermées avec leurs enfants.

— Ne reste pas là, dit Djéhouty à Séchat en voyant Houri revenir avec les deux javelots. Rentre avec ces femmes.

Mais Séchat ignora l'avertissement. Elle n'avait peut-être jamais tué de lion, mais elle en avait vu plus d'un à dix pas d'elle. Elle recula et resta dans le sillage de Djéhouty.

Les Africains se concertaient. Ils avaient rarement combattu un tel fauve. Les lions s'approchaient peu de ce type de carrière dont les orifices presque fermés ne laissaient qu'à peine pénétrer l'homme. Encore fallait-il qu'il courbât le dos ou rampât à genoux pour y entrer plus profondément.

Quand les Nubiens virent que leurs deux hôtes s'apprêtaient à combattre le fauve, ils reculèrent.

Les cris de la femme prête à accoucher semblaient

exciter l'animal. Il se mit à rugir, approchant lentement.

Houri le vit. C'était un fauve énorme, la crinière en bataille, les yeux luisants rabattus sur tout ce qui bougeait. Son pelage dans la nuit semblait noir, mais la queue et la crinière prenaient des teintes de braise à demi-éteinte.

— Eclairez le fauve de vos torches ! cria Djéhouty aux Nubiens.

L'un d'eux comprit l'ordre et le répercuta auprès des autres qui brandirent aussitôt les lampes sur la bête. L'un des fils du chef banda son arc, visa et décocha sa flèche. Un de ses frères l'imita et les deux sagaies ricochèrent sur le flanc de l'animal sans le blesser.

— Cessez de tirer, hurla Houri, cela excite inutilement l'animal !

Le seul Ikaïtois qui comprenait les ordres harangua les deux frères qui, contrariés, s'approchaient audacieusement, arc bandé et muscles gonflés. Mais, voyant que le fauve, plus irrité encore, s'avançait à son tour, la gueule ouverte et la mâchoire brillante sous les lueurs rouges des torches, ils reculèrent vivement.

Le lion devenait nerveux. Il s'agitait, tournait sur lui-même, avait même cessé de rugir, trop concentré sur sa propre défense pour perdre un souffle ou une respiration inutile.

Houri tournait aussi, examinant l'animal qui ne le quittait pas des yeux. A chaque pas, il piquait son javelot en terre, montrant à l'animal qu'il ne voulait pas encore l'attaquer.

Lorsque Djéhouty levait à bout de bras son javelot dont la pointe acérée brillait comme si l'une des étoiles du ciel s'était décrochée pour venir l'en habiller, le lion se retournait brusquement contre lui et faisait mine de sauter. Mais, là encore ce n'était qu'une feinte. Chacun cherchait à déstabiliser et à déconcentrer l'autre.

Soudain, le fauve recula et recula encore, si bien

que les Ikaïtois crurent qu'il renonçait. Cédait-il ? Battait-il en retraite ?

— C'est une ruse ! cria Houri. Ne t'y trompe pas. Il cherche à nous abuser. Je vais faire la même chose en m'avançant vers lui. S'il revient, essaye de viser le cœur.

Séchat n'était pas loin. Elle frissonnait de peur. Soudain, une présence à son côté la fit se retourner. Elle vit la mère de la petite métisse qui s'approchait. Lui prenant la main, elle murmura :

— Guerrier tué lion. Mort.

— Qui est mort ? fit Séchat doucement en serrant la main de la Nubienne. Le lion ou le guerrier ?

— Guerrier.

Elle frissonna et regarda Djéhouty qui cherchait à perforer le cœur du fauve. Comme elle regrettait de ne pas avoir pressenti une plus belle histoire d'amour entre cette femme et l'Egyptien qui n'avait pas eu raison du lion ! Elle ressentit violemment le besoin de garder cette main dans la sienne.

Son corps tremblait maintenant. Houri tournait lentement autour de l'animal qui paraissait de plus en plus énorme. Ce devait être un vieux mâle rompu à toutes les astuces.

Les deux fils du chef avaient rengainé leur colère et, courageusement, dans le sillage de Houri, guettaient avec une attention soutenue l'animal.

Un peu plus loin, alignés en demi-cercle, les autres maintenaient les torches très hautes pour mieux éclairer les deux hommes en lutte avec le fauve.

Djéhouty lança son javelot. Séchat étouffa un cri sourd quand la Nubienne soudain lâcha sa main. Le bras replié sur les yeux, une exclamation étouffée enrayée au fond de sa gorge, elle s'enfuyait, pressée à présent de retrouver les siens tassés de peur au fond des huttes.

Le cœur de Séchat battait à tout rompre. Il n'était pas dans les habitudes de la jeune femme de se voiler les yeux pour ignorer la portée d'un incident. Elle tremblait, mais elle avança d'un pas.

Elle vit que le lion restait immobile. Le javelot de Djéhouty ne l'avait atteint que près d'une omoplate. Sans doute, fallait-il faire vite avant que le fauve saute sur l'homme qui n'avait pu que le blesser.

Les sagaies fusèrent aussitôt en direction de l'animal, mais ce fut Houri qui, profitant de la déconcentration du fauve durant cette pluie inattendue de flèches, lui décocha le coup fatal. La pointe acérée de son javelot perça le centre de son cœur.

*

* *

La fin de la nuit fut suffisamment réparatrice pour que chacun se remette de sa peur. Le fauve mort laissait les Nubiens sécurisés pour de longs mois.

Quand Séchat et Djéhouty se retrouvèrent à nouveau seuls, l'élan brisé par l'arrivée de Houri se rescella aussitôt. La jeune femme avait trop redouté la mort de son compagnon pour se poser des questions qui eussent à nouveau contrarié leurs amours.

Elle se laissa sans rien dire étendre sur la couche, son corps lisse frémissant sous celui de Djéhouty. Déconcentré, fatigué, au bord du vertige, il la prit en silence et Séchat répondit par de fragiles vacillations. Il fallut qu'un court sommeil vint les reposer d'une tension trop exacerbée pour qu'ils reprennent leurs ébats en y portant un soin tout aussi passionné, mais tellement plus attentif.

L'aube les retrouva épuisés.

La journée s'annonçait exceptionnellement chaude et la visite des mines d'or s'avérait tout aussi pénible. Mais, qu'importe ! Il n'était pas question d'abandonner ni de renâcler. Séchat ne resterait pas en compagnie des femmes ikaïtoises qui le lui avaient demandé. Elle suivrait ses compagnons comme elle l'avait fait depuis son départ de Bouhen.

Accompagnés des Nubiens, ils partirent dès l'aube. De temps à autre, elle jetait des regards appuyés sur Djéhouty qui lui prenait la main dès qu'une pierre venait distraire le chemin et la faisait trébucher.

Les carrières étaient juste derrière le village. L'or de Nubie, très recherché par les Egyptiens, était un minerai rouge et s'extrayait avec difficulté. Il avait fallu des décennies de labeur épuisant pour arriver à mettre au point une méthode sûre et efficace.

C'est au pied de la carrière que les Nubiens travaillaient, laissant la dure besogne aux nombreux esclaves que dirigeait une poignée de soldats égyptiens. Ils étaient aidés de quelques contremaîtres et de deux ou trois scribes ayant eux-mêmes commis des forfaitures qui les avaient relégués en ce si triste endroit.

Les Ikaïtois avaient la charge de broyer les blocs de quartz brut que les esclaves venaient d'extraire. Ils les concassaient en petits morceaux pour en ôter les particules d'or. Ceux qui étaient vierges de toute trace aurifère étaient rejetés au pied de la carrière.

Ce travail-là n'était pénible que par la dureté du soleil qui tapait au-dessus des têtes. Mais, habitués depuis des siècles à l'atmosphère écrasante de la montagne en cette partie du désert, les Africains n'y prenaient plus garde. Aussi travaillaient-ils à la mine comme d'autres labouraient et ensemençaient leurs champs.

Un peu plus tard, le chef de file les mena vers un rocher plus haut dont la cime était recouverte d'une crête de pierre rougeâtre. D'un sillon poreux coulait un mince filet d'eau. Les hommes y lavaient les particules d'or extraites du rocher, laissant se répandre à leur pied une eau brunâtre chargée des impuretés du minerai.

Certains blocs ne contenaient que de la poussière d'or qu'il fallait recueillir en lavant minutieusement le quartz, puis la faire sécher avant de la déposer dans des canopes en grès.

Quand arriva le moment d'entrer sous la carrière, le soleil n'était pas encore à son apogée et le rocher n'avait pas encore pris sa dimension surchauffée qui le rendait incolore. Près de l'orifice étroit qui servait d'entrée, les six Nubiens qui servaient de guides s'arrêtèrent. Faisant signe à Djéhouty qu'ils n'y entraient jamais, ils s'accroupirent, montrant ainsi leur résolution ferme de les y attendre.

— Reste avec eux, Séchat, insista Djéhouty. Cet endroit est malsain. Il n'est pas fait pour toi.

— Crois-tu que je sois venue jusque-là pour ignorer le plus fascinant de cette mission ? répliqua Séchat en clignant de l'œil.

Comme il paraissait contrarié, elle lui lança d'un ton joyeux :

— Et puis, j'ai envie d'être avec toi.

Cet argument parut le satisfaire et comme Houri s'était déjà engagé dans l'ouverture de la sombre carrière, Djéhouty encercla de son bras la taille de sa compagne puis la fit passer devant lui.

— Ne quitte pas Houri des yeux, conseilla-t-il, et reste entre nous deux. C'est la moindre des sécurités que nous puissions prendre pour toi.

Entre ses compagnons, Séchat déambula dans les étroits couloirs de la galerie jusqu'à ce qu'un homme, dos courbé, une torche à la main, vînt à leur rencontre.

— Je suis Néhy, le chef de cette exploitation, dit-il dans un souffle hachuré. Je vais vous conduire dans la troisième galerie. Les deux premières n'ont plus d'or depuis longtemps.

Il remarqua Séchat, mais ne fit aucun commentaire.

— Tâtez les parois en avançant, dit-il simplement. Vous sentirez des courbes qu'il faut suivre jusqu'à la première galerie.

L'air était suffocant et Séchat s'aperçut vite que mieux valait ne pas parler, car à chaque ouverture de la bouche une poussière chaude et sèche y pénétrait. D'ailleurs, le chef d'exploitation qui précédait Houri ne faisait plus aucun commentaire.

Ils arrivèrent rapidement à la première galerie où l'on put se redresser. Les parois étaient rêches, on y avait retiré tous les blocs contenant de l'or. D'un regard circulaire, Djéhouty inspecta l'ensemble et fit signe de poursuivre jusqu'à la seconde galerie où il fallut se baisser davantage.

Les trois hommes et Séchat avançaient lentement. Bien que courbés, leurs têtes frôlaient le plafond bas. L'air devenait irrespirable et l'obscurité de plus en plus intense. La deuxième galerie où chacun put à nouveau se redresser était de dimension très exiguë, mais elle devait, à l'origine, contenir une quantité d'or importante, car les trous laissés par l'extraction se comptaient par dizaines.

Dès qu'ils eurent abordé la galerie suivante, on entendit des raclements dans la roche. Les travailleurs ne devaient plus être loin. Il fallut s'agenouiller et ramper pour y accéder.

Elle était éclairée par les feux qu'on brûlait sur la roche pour la rendre plus friable, car il n'était plus question d'extraire des blocs, faute de place pour travailler.

Dans la cavité où l'on pouvait à peine se redresser, une vingtaine d'hommes étaient tassés contre la paroi, la grattant avec un racloir pour en recueillir les particules à demi fondues qui tombaient.

— La dernière salle d'extraction est impraticable, jeta le contremaître en posant sa main sur la bouche. Nous n'y entrerons pas. Seuls les condamnés à mort y travaillent.

Il braqua sa torche vers le visage de Séchat et esquissa un sourire pernicieux lorsqu'il s'aperçut qu'elle peinait à respirer. Mais, voyant que ses compagnons se trouvaient dans une situation identique, elle ne s'en émut pas et rendit à l'homme un sourire tout aussi malveillant.

Dans un silence total, ils refirent le chemin inverse. Houri commençait à tousser et Djéhouty sentait l'intérieur de son nez le brûler. Quant à Séchat, la peau de ses tendres genoux s'écorchait à force de ramper au sol pour s'échapper de ces infernales galeries.

A peine virent-ils le jet de lumière annonçant l'orifice qu'ils se propulsèrent comme trois bouchons qui sautent du fût, poussés par la pression d'une bière trop fermentée.

Ils s'épongèrent aussitôt le front, le cou et aspirèrent une large brassée d'air dont la chaleur excessive leur parut un réconfort à côté de celle qu'ils avaient aspirée tout à l'heure.

Séchat fut la première à se reprendre. Elle se tourna vers le contremaître. L'homme avait un visage aigu et des yeux anormalement allongés. Peut-être les avait-il trop plissés à force de les fermer dans les galeries qu'il arpentait toute la journée ?

— La quatrième galerie est pratiquement impénétrable, dit-elle à l'homme. Pourquoi n'envoyez-vous que les condamnés à mort ? Est-ce parce qu'ils n'en reviennent pas ?

— Si, quelquefois.

— Ceux-là sont-ils graciés, au moins ?

Ce fut Djéhouty qui répondit.

— Oui, sauf les criminels ou les violeurs de tombes.

— Les hommes qui y sont actuellement en sont-ils ?

Le contremaître attendit quelques instants avant de répondre :

— Ce sont tous des condamnés à mort.

Pourquoi posait-elle une question dont elle connaissait la réponse alors que Djéhouty s'impatientait pour en poser une autre qui, d'ailleurs, ne tarda pas à passer le barrage de ses lèvres.

— Le rendement de cette carrière a-t-il changé depuis mon dernier passage ? s'enquit-il.

— C'est le même depuis son ouverture. Je pense que le rendement ne sera pas plus faible tant que nous pourrons atteindre les galeries suivantes.

— Et après ?

L'homme haussa les épaules, signalant qu'il n'avait pas reçu d'ordres pour entreprendre autre chose.

— Parfait, fit enfin Djéhouty. Tout me semble en ordre. Je ferai un rapport favorable sur votre travail et sur la rentabilité de cette mine. Plus tard, nous ouvrirons une autre carrière de l'autre côté de la montagne.

L'homme parut s'inquiéter. La fente de ses yeux s'ouvrit enfin, livrant un regard curieusement clair.

— Ne crains rien. Puisque ton travail est satisfaisant, tu seras remplacé et réaffecté soit dans les carrières de Coptos, soit dans celles d'Assouan où tu pourras te refaire une santé.

Après avoir posé leur bouche sous le filet d'eau fraîche qui coulait de la roche, leurs gorges s'humidifièrent et leurs poitrines se dilatèrent. Sortis de cet enfer, l'air chaud de l'extérieur où filtrait un soleil de plomb leur paraissait une oasis de fraîcheur.

Dès la rentrée au village, les Ikaïtois fêtèrent le départ de leurs invités comme ils avaient fêté leur arrivée. Comment pouvaient-ils agir autrement alors qu'ils les avaient si vaillamment défendus du plus terrible fléau qui puisse leur arriver ?

De longs moments d'intimité attendaient encore Djéhouty et Séchat avant le retour à Bouhen.

CHAPITRE V

Améné eut un regard en arrière. Elle observa la grande demeure de Djéhouty qu'elle laissait quelque temps aux soins attentifs et permanents de Mahia.

De pressentiment, elle ne pouvait en avoir puisque Amenhotep ne lui avait soufflé mot de la sombre affaire qu'elle devait éclaircir dans un temps, certes beaucoup trop court.

La jeune femme se posait des questions. Son amie s'ennuyait-elle à ce point pour qu'elle réclamât si soudainement la réconfortante amitié d'Améné ? « Un besoin urgent », avait-elle précisé au domestique spécialement dépêché pour ramener sa réponse.

Améné goûtait la paisible proximité du temple qui

lui apportait la joie dont elle s'était tant plu à apprécier les bienfaits et les avantages. Chaque heure passée dans les grands jardins fleuris ou sur les terrasses ombragées de palmiers qui bordaient le Nil la régénérait.

Aména comprenait de moins en moins cette exigence soudaine de son amie à la voir. Le temple ne lui plaisait-il plus ? Pourtant, Amenhotep répétait si souvent que peu importait le lieu où elle vivait, pourvu que cela fût avec Hapouseneb.

La jeune femme jeta les yeux autour d'elle, les attarda sur la porte de la grande pièce où Djéhouty avait l'habitude de se retirer, le soir, avec Houri pour discuter des affaires de l'Egypte. Silencieuse et discrète, Aména ne posait aucune question.

Aucun souffle d'air ne venait perturber l'atmosphère de cette grande maison qu'elle commençait à aimer comme la sienne. Elle regarda résolument dans la direction des jardins et, cette fois, hâta son pas pour rejoindre Mahia qui l'attendait à la porte extérieure.

Elle était penchée sur un arbuste qui, cette année-là, offrait sa première nuée vaporeuse et rosâtre de fleurs printanières. Elle avait saisi entre ses doigts exercés un menu branchage et en extirpait un insecte gêneur.

Arrivée à sa hauteur, la jeune femme lui sourit. Elle passa un bras affectueux sur les hanches de la vieille femme et le ramena autour de sa taille devenue trop épaisse pour qu'elle puisse en faire le tour.

— Cette floraison est bien tardive, fit la jeune femme en inspectant les délicates corolles au ton pastel. Mais dieu d'Amon ! Qu'elles sont belles !

Mahia ne répondit pas. Ce départ d'Aména la tourmentait plus qu'elle ne l'aurait cru. Elle plongea son regard dans les yeux clairs de la jeune femme et sentit qu'elle se préoccupait bien plus de ce départ inopiné que de la floraison de l'arbuste.

Mahia, la mère de Houri ! Par le lait qu'elle avait donné à Djéhouty, elle avait été aussi la sienne.

Mahia qui, depuis quarante ans, donnait un amour passionné à cette maison. Mahia, qui avait tant craint qu'arrivât le jour où l'épouse de Djéhouty la répudie ou la relègue au fond des communs, comme une vulgaire servante de basse classe.

Cette gentille et douce cousine qui, depuis son adolescence, venait chaque année visiter Djéhouty, était restée un beau matin de la saison du Périt. Depuis ce jour, l'esprit tourmenté de Mahia s'était un peu apaisé.

Un peu ! Car sa raison se brouillait quand elle franchissait des barrages interdits. D'abord parce qu'elle aurait aimé voir Houri avec une aussi gentille conjointe qu'Aména. Ensuite, parce qu'elle pensait que la passive jeune femme n'était pas l'épouse qu'il fallait au brillant dignitaire Djéhouty.

Aména prit la branche de groseillier entre ses doigts.

— Tu vois, Mahia, ces minuscules fleurs sont comme les travaux qu'Hatchepsout confie à Djéhouty, elles vont grandir et prospérer. Bientôt, elles seront si imposantes qu'ici nous ne verrons plus qu'elles.

— Ces expéditions en Basse Nubie ne me plaisent guère, souffla Mahia. Je n'aime pas savoir mes garçons dans cet immense pays qui n'offre rien de bon.

— Allons ! Mahia. Ne t'inquiète pas. Ce n'est pas la première fois qu'ils marchent ainsi dans le désert. Tu devrais t'y habituer.

Comme la vieille femme la regarda sans rien dire, elle poursuivit :

— Préférerais-tu donc qu'il s'enferme sur un de ces grands vaisseaux qui affrontent la pleine mer et d'où son père n'est jamais revenu ?

Lorsque, enfant, Aména venait chez son cousin et que, les bras ouverts, Mahia l'accueillait avec la générosité de son cœur, elle se souvenait l'avoir toujours vue préoccupée du bien-être de Djéhouty autant que de celui de son fils.

Peu de temps après son mariage. Aména avait

senti que dans cette grande maison, Mahia était la seule maîtresse. Des rumeurs, comme il en court toujours dans les maisons munies d'un grand personnel, n'avaient fait que heurter ses oreilles. La curiosité avait beau ne pas l'habiter, la force des choses n'avait fait qu'ouvrir son sens de l'observation.

Mais, en fait, ce n'étaient que des propos qu'elle avait vite oubliés.

Aména pensait et voyait les choses avec une réalité toute logique, car elle n'aimait pas s'encombrer l'esprit comme d'autres femmes qu'elle connaissait et qui voulaient toujours fendre un cheveu en quatre.

Elle se disait donc que si le père de Djéhouty ne s'était jamais remarié, et s'il avait si souvent attiré Mahia dans son lit, c'est qu'ils en tiraient tous deux des satisfactions affectives dont elle n'avait jamais parlé à personne. Sa nature dévouée envers les deux enfants qu'elle avait élevés étant suffisamment vaste ; elle aurait pu se passer d'attentions amoureuses.

D'ailleurs, personne n'avait vraiment connu le père de Houri et, là encore, on avait chuchoté aux oreilles d'Aména que les deux garçons étaient demi-frères. Mahia n'avait jamais suivi le chemin des portes du mariage, sans doute parce qu'elle était servante. Mais, qu'importe ! Aména aimait sincèrement Mahia et Houri lui portait presque plus d'attention que son propre cousin.

Djéhouty ! Aména se demandait parfois pourquoi il l'avait épousée. Certes, son cousin l'entourait d'une grande affection, comme il l'avait toujours fait envers elle, mais elle ne sentait pas en lui l'ultime degré passionnel qu'elle était prête à partager. Ce sentiment-là ne semblait pas l'effleurer.

La jeune femme ne connaissait l'amour que par les propres sentiments qu'elle lui donnait. Son âme, son être, son corps, tout ce qu'Aména possédait, elle lui laissait aussi généreusement qu'elle offrait à son public les notes mélodieuses qui sortaient de sa petite flûte. Pourtant, elle sentait que Djéhouty semblait souvent ailleurs.

Mais, Aména n'était pas compliquée. Elle enfouissait facilement tout ce qu'elle ne comprenait pas. Docile, soumise, elle préférait voir des visages avenants, rieurs, contourner les difficultés par l'indulgence et la bonne humeur, rayer les intrigues et les problèmes en cultivant le bénéfice du doute. A son avis, c'était mieux que d'entretenir des sentiments jaloux, acerbes et aigris.

Au bas de la terrasse, elle vit que Penth l'attendait, debout sur l'avancée du char, rênes et fouet en mains.

— Aména ! reprocha doucement la vieille femme, tu aurais dû emmener Ménen.

— Ne t'inquiète pas, je n'ai besoin de personne.

Comment expliquer à Mahia que son amie lui avait recommandé d'être seule ?

— Dès que je serai au temple, je te renverrai Penth.

— Aména, intervint encore Mahia, tu m'as toi-même avoué qu'au temple, ton amie avait très peu de personnel.

— Et qu'au temple, reprit gaiement la jeune femme, ce sont les dieux qu'on sert et non les hommes. Allons, Mahia, ne sois pas soucieuse à ce point.

La vieille femme hocha la tête.

— A présent, je n'aime plus rester seule. Djéhouty et Houri ne seront pas de retour avant trois ou quatre mois, et il faut que, toi aussi, tu partes en leur absence...

— Ce n'est que pour deux ou trois jours.

La vieille femme n'osa répliquer davantage, mais, inquiète, la regarda partir.

Penth conduisait hardiment sa monture. Aucun détour, aucune courbe ni rugosité du terrain ne lui était étranger. Le chemin lui paraissait si familier qu'ils filaient à vue d'œil, dépassant les mulets chargés de ballots d'avoine ou les bœufs tirant des charrettes emplies à ras bord de petit bétail destiné à être vendu au marché.

Rapides, nerveux, les chevaux galopaient, laissant derrière eux une volée de poussière blanche.

Il conduisit ainsi jusqu'à l'entrée du port de Thèbes. Son amie lui ayant donné rendez-vous chez ses parents, qu'elle connaissait pour les avoir vus fréquemment au temps de son adolescence, Aména reconnut sans peine le quartier.

Le port de Thèbes grouillait d'une agitation intense de bruits et de couleurs. De la route, on voyait les felouques à voile blanche descendre ou monter le fleuve. Les barques amarrées attendaient que les mariniers les détachent pour emporter les denrées à livrer.

Sur le port, des soldats patrouillaient en permanence. Ils portaient une courte tunique sur des jambes nues, musclées et brunes. Javelot en main et buste recouvert d'un gorgerin en cuir d'hippopotame, ils surveillaient le va-et-vient des mariniers qui s'interpellaient dans un vacarme haut en couleur.

Alors que sur le quai du port, traînaient toujours deux ou trois scribes en quête d'un rapport à faire, les commerçants pointaient leurs gros visages épanouis, la main à leur ceinture, tenant une bourse où tintaient quelques débens de cuivre.

Dans les ruelles étroites des environs, s'étalaient les tavernes ; pour l'instant portes fermées et volets clos, elles attendaient une heure plus propice pour ouvrir aux clients qui ne s'y pressaient vraiment que la nuit. A cette heure où l'aube pointait les premiers rayons solaires, on s'approvisionnait en vins, bière et alcools.

Sur le pont des bateaux, les mariniers chargeaient et déchargeaient les marchandises : ballots de céréales, cageots de fruits et de légumes, bottes de roseaux et de papyrus, fûts de vin et de bière, cages d'osier où piaillaient les poules et autres volailles et, accrochées aux amarres du quai, nacelles où frétillaient encore les poissons fraîchement pêchés.

Tout se mêlait dans un enchevêtrement organisé. Les chalands passaient, voiles gonflées, emportés par le petit vent de l'aube. Le gouvernail n'était mis en marche qu'au zénith, lorsque le soleil dardait ses rayons les plus forts. Ils étaient tant chargés qu'ils enfonçaient leur cale dans l'eau du Nil, encore basse en cette saison du Périt.

Les parents d'Amenhotep vivaient de l'autre côté de l'embarcadère, derrière les chantiers navals où les bateaux en construction ou en réparation étaient amarrés, alignés dans un ordre parfait.

Riche armateur de Thèbes et navigateur acharné, le père d'Amenhotep ne comptait plus ses voyages fluviaux et maritimes.

Ses bateaux, tous de grandes constructions, comportaient de longues coques munies à l'avant d'un éperon et à l'arrière d'une énorme ombelle qui se relevait comme la queue agressive d'un scorpion. De gigantesques câbles soutenus par des pieux fourchus reliaient les extrémités de la coque. Les mâts étaient maintenus par de solides tendeurs et se dressaient au centre.

Ces grosses et puissantes embarcations servaient surtout aux longs voyages que les ambassadeurs d'Egypte effectuaient hors du pays. Elles permettaient une navigation en haute mer que craignait toujours l'Egyptien, plus habitué à celle d'un fleuve qu'il ne redoutait plus tant il le connaissait.

Par Amenhotep, Aména avait appris que la pharaonne Hatchepsout s'intéressait vivement à ces imposantes constructions navales. Elle avait même suggéré à son époux, le grand Hapouseneb, prêtre d'Amon, qu'il parlât à son beau-père de ce rêve auquel elle pensait depuis son enfance.

Mais, aller jusqu'au Pays du Pount nécessitait une flotte sûre, puissante, efficace, qui ne craignît ni les dangers du delta ni les flots impétueux de la grande mer et, sur cette éventualité, la reine Hatchepsout méditait.

Penth contourna l'embarcadère et les vastes bâtiments de construction. A l'arrière, une vaste demeure, cachée par de multiples terrasses en gradin, se cachait derrière un mur de verdure fait de hauts sycomores et de vieux acacias qui devaient être séculaires.

Avant d'accéder aux terrasses, il fallait traverser le grand parc aux vasques fleuries où coulait en cascade une eau toujours fraîche. Améná n'avait jamais vu tant d'arbres aux essences aussi variées :

Acacias, figuiers, tamaris, chèvrefeuilles, grenadiers, sycomores, dattiers, pullulaient dans un savant emmêlement de couleurs et de parfums.

En réalité, on eût dit une forêt somptueuse où le promeneur pouvait se perdre, mais l'emplacement de chaque arbre avait été judicieusement calculé et il y avait toujours un chemin, un dallage, un tracé qui permettait de s'y retrouver.

Améná connaissait la maison pour y être venue chaque fois que son amie l'invitait lorsqu'elles pouvaient s'échapper du temple où elles faisaient leurs études de musiciennes.

Ce jour-là, Amenhotep l'attendait avec impatience sur la première terrasse où l'odeur des jasmins se mêlait à celle d'un gros tilleul centenaire qui étalait ses branchages au-dessus d'un bassin.

Elles s'embrassèrent en poussant des petits cris de plaisir.

— Trois saisons, Améná ! Trois saisons entières que nous nous sommes quittées.

Amenhotep saisit son amie par le bras.

— Dieu du ciel ! Améná, reprit-elle expansive, nous aurions pu au moins nous apercevoir sur le marché du port. Je sais que tu y vas, parfois, avec Mahia.

Au seuil de la terrasse, Améná vit la silhouette d'une femme grande et forte. Une ample robe, couleur cobalt, descendait jusqu'à ses chevilles entourées d'une multitude d'anneaux d'argent. Le port de sa tête était majestueux. Coiffée d'une perruque volumineuse, arborant sur la poitrine un gorgerin de turquoises, elle avait une allure de reine. Ses yeux passés au khôl étaient peints en amande et sa bouche rouge offrait un sourire généreux.

Aux bras et aux oreilles, elle portait des bijoux de cornaline, une pierre que la femme du Grand Thouty affectionnait tout particulièrement.

Elle regarda d'un air avenant les deux jeunes femmes s'approcher et ne put s'empêcher de penser combien elles étaient encore jeunes.

— Nous allons faire un tour, mère. Nous reviendrons dans un instant.

Dès qu'Aména eut salué la maîtresse de maison, Amenhotep entraîna son amie vers le bassin où des lotus ouvraient leurs corolles pastel aux rayons du soleil. L'atmosphère encore fraîche traduisait la sérénité matinale qui annonçait ces grandes journées pesantes et chaudes.

Amenhotep contourna le bassin d'un pas distrait. Aména la sentit aussitôt inquiète, tendue. La gaieté qu'elle avait montrée tout à l'heure devant sa mère n'était sans doute que pour donner le change.

Quand elle lui parla du vol des urnes sacrées de la chapelle d'Hathor, Aména ne resta qu'à demi étonnée. Les viols de tombes étaient si fréquents que les conversations qui tournaient autour des brigands restaient assez coutumières. Mais, lorsque son amie lui fit comprendre que, pour ne pas compromettre l'avenir d'Hapouseneb trop fragile encore, elle voulait à elle seule débrouiller cette sombre affaire, Aména commença à trembler.

*
* *

Penth, malgré son naturel suspicieux, n'avait rien dit à Aména lorsque, d'un sourire, celle-ci l'avait remercié et prié de retourner à sa demeure.

Ni Houri, son maître, et moins encore Djéhouty, n'auraient apprécié qu'il la conduisît en un lieu, quel qu'il soit, sans qu'il l'attendît pour la reconduire à bon port.

Recommandations qui dans son esprit se renforçaient, d'autant plus que des bruits menaçants circulaient à Thèbes. On disait que malfaiteurs, voleurs et autres brigands sillonnaient les alentours, rôdant au bord du Nil de Coptos à Thèbes.

La police de Néhésy, qui ne pouvait être partout, arpentait surtout les approches du palais et du port ainsi que les points chauds où les étudiants de l'Ecole d'Administration se tenaient.

Dès qu'il eut déposé Aména chez son amie, il était donc retourné voir la vieille Mahia, inquiète de ne pas avoir eu de plus amples renseignements.

Il trouva la vieille femme sur la plus grande des terrasses face à l'est, celle qui donnait sur les vignobles descendant jusqu'aux rives du Nil, là où des chadoufs permettaient l'irrigation constante du sol viticole.

— Bien lui en prend, décréta la vieille femme en pointant son doigt sur le buste de Penth. On dit que ces brigands rôdent autour de Thèbes. Je suis tout de même plus en sécurité quand je sais que tu n'es pas loin d'elle. Allons, va et garde-la bien.

Alors, silencieux, tel un chat sauvage à l'affût de quelques anomalies à détecter, Penth était reparti et restait dans l'ombre d'Aména, sans se faire voir ni entendre.

Tandis que les jeunes femmes avaient réintégré le centre du temple et se promenaient l'air apparemment tranquille dans les larges allées sacrées, l'une portant sa petite harpe, l'autre tenant sa flûte, Penth contournait l'enceinte, allant et revenant cent fois, longeant l'ombre des murs et se tassant silencieusement contre les pierres.

L'œil en alerte, l'ouïe réceptive à chaque bruit, que ce soit le souffle du vent ou le bruissement d'une feuille, il observait, inspectait jusqu'aux traces des insectes sur le sol pour voir si des marques de pas ne s'y mêlaient pas.

En fait, Penth aimait surveiller, chercher, trouver des réponses à des questions compliquées. N'avait-il pas la certitude qu'il aurait pu se faire une place dorée dans la police secrète du grand Néhésy ? Et s'il n'y était pas, c'est que le destin en avait décidé autrement.

Un soir que la crue du Nil débordait sur les terres avoisinantes, il s'était retrouvé devant ses filets tendus pleins de poissons frétillants, à côté d'un homme qui regardait piteusement sa maigre pêche. Houri et lui avaient discuté et le lendemain, Penth s'était retrouvé engagé comme serviteur chez Djéhouty.

A vrai dire, avoir suivi Houri, ce jour-là, était sans doute plus intelligent, car la chance lui avait souri. Disposant de toute la confiance de son maître, Penth était considéré, respecté par le reste du personnel, touchait de bons gages et ne pouvait s'en plaindre.

S'engager dans la police alors qu'il était pauvre, dépourvu de tout, l'aurait probablement amené vers une impasse où il aurait été le balayeur. Penth savait que pour être considéré dans la police, il fallait avoir un minimum de garanties sociales.

Dans sa surveillance intensive, Penth scrutait le moindre rayon de soleil qui venait mordre la pierre. Déjà, il connaissait chaque région d'ombre et de lumière et, par la plus petite porte qui menait aux nécropoles, il avait observé que la fraîcheur y était plus douce et s'y maintenait presque en permanence.

Aussi fut-il surpris lorsque, arrivé aux abords de cette zone ombragée, il vit deux hommes, non loin de la porte de pierre qui menait aux nécropoles ouest du temple, escalader le parapet dont le sommet était moins haut qu'ailleurs.

Il s'étonna que le garde en faction, relevé toutes les quatre heures, ne les ait ni vus ni entendus. Intrigué, flairant déjà l'anomalie qu'il attendait depuis longtemps, Penth s'approcha à pas de loup, se dissimulant contre le mur crayeux. Son pagne blanc se fondait merveilleusement bien aux pierres blanchies de soleil.

C'est alors qu'il vit le garde étendu sur le dos, somnolant bruyamment. Ses bras étaient en croix, ses jambes à demi écartées et, de sa bouche ouverte, il sortait des ronflements caverneux.

Cette histoire cadrant fort bien avec ses aspirations, loin de lui était l'idée de s'en dessaisir. Néanmoins, il pensa qu'elle risquait d'être plus préoccupante que ce qu'il en attendait ; de plus sans avoir l'instinct d'un policier, ces deux hommes apparaissaient nettement comme des pilleurs de tombes.

Le ciel, démesurément bleu, tombait abruptement sur le temple. Absorbé par le soleil intense, il griffait chaque angle de pierre, écrasait sans pitié les pointes argentées des obélisques qui, au loin, disparaissaient sous l'acharnement d'une telle pesanteur.

La quatrième et la cinquième salles hypostyles diffusaient une ombre que les énormes piliers enserraient autour d'eux du mieux qu'ils pouvaient. Passé les pylônes, on entrait dans le centre du temple. Penth rebroussa chemin pour ne pas se trouver face à face avec les deux jeunes femmes, bien qu'il fût à peu près sûr qu'elles se trouvaient du côté des nécropoles.

Il prit la grande allée pavée qui menait au fleuve. Au loin, le Nil prenait une couleur incertaine qui ne s'harmonisait qu'avec l'étouffement de l'atmosphère ambiante. Poursuivre en cette direction ne lui apprendrait rien.

Il bifurqua sur sa gauche, passa près d'un grand bélier de pierre, traversa la grande porte d'Amon et suivit les jardins immensément fleuris jusqu'à la place qui annonçait les abords de la ville de Karnak.

A cet instant, Penth sut que les deux jeunes femmes étaient bien parties en direction des nécropoles et que le chemin qu'il suivait était exactement celui qu'elles avaient pris pour y arriver. L'intention qu'elles manifestaient d'être agréables aux dieux en leur jouant de la musique sacrée lui apparaissait de plus en plus étrange. Cette retraite musicale n'était que feinte.

Pourquoi étaient-elles là ? L'avaient-elles devancé dans sa suspicion instinctive ?

Il fit marche arrière, retourna vers son point de départ et s'approcha du garde assoupi. Il dormait et ronflait de plus en plus bruyamment. Un instant, il pensa que les voleurs devaient avoir des accointances avec celui qui fournissait aux gardes la cruche de bière ou le pot d'eau fraîche. Les gardes avaient le droit de boire lorsqu'ils faisaient le guet à l'heure du zénith.

Il observa quelque temps le torse de l'homme qui se soulevait en soubresauts agités. Sa bouche grande ouverte happait les rayons du soleil et laissait échapper des gargouillements gras et bruyants.

Cet homme-là était endormi pour longtemps et, certes, les deux voleurs pouvaient prendre leur temps pour accomplir leur méfait.

Penth se gratta la tête et, des yeux, fit le tour de l'enceinte. Que pouvait-il faire ? Prévenir les deux jeunes femmes n'était certes pas la solution idéale. Cette éventualité l'obligerait à révéler qu'il les surveillait depuis le départ. Il chercha donc une autre issue pour mieux se tirer d'affaire.

Maintenant, il savait qu'Amenhotep et Aména étaient entrées par la porte sud et, qu'après avoir salué le garde pour signaler leur présence, elles s'étaient dirigées vers les salles du culte qui longeaient les nécropoles.

Penth décida donc de quitter la porte nord pour atteindre celle du sud et lorsqu'il l'atteignit, il ne fut guère surpris de constater que les voleurs avaient réservé le même sort au garde qui en surveillait les alentours.

L'homme ronflait lui aussi, mais il était sur le ventre et Penth ne put voir son visage enfoncé dans le sol poussiéreux. De nouveau, il gratta sa tête hirsute et se mit à réfléchir plus intensément qu'il ne l'avait fait jusqu'ici.

Il ignorait, bien sûr, pour n'avoir jamais fréquenté les lieux, que les salles du culte se trouvaient près des puits les moins profonds qui menaient aux chambres sépulcrales. Comblés de pierres, ils étaient surélevés par les stèles funéraires devant lesquelles s'étendaient les tables d'offrandes.

Penth décida d'attendre, prêt à bondir au moindre bruit suspect. Qu'eût-il fait s'il avait su que les deux jeunes femmes avaient, elles aussi, vu les deux hommes franchir le mur et se glisser vers les stèles funéraires à l'ouest du cimetière ?

— Tu aurais dû laisser ta flûte, chuchota Amenhotep à sa compagne. Elle t'encombre.

— Un pressentiment me dit que j'ai bien fait de la prendre.

Amenhotep sourit.

— Même si ton pressentiment m'avait effleurée, je ne me vois guère traînant ma lourde harpe à chaque pas.

Un bruit les fit s'arrêter. Le portique en briques contre lequel elles étaient appuyées résonna.

— Je t'assure qu'ils sont là, dans le couloir qui mène aux puits les moins profonds. Si personne n'intervient, ils les auront déblayés avant que la nuit tombe.

— Ils vont peut-être ressortir.

— Je ne pense pas, répliqua Amenhotep. Hapouseneb dit que les plans dérobés dans les urnes de la chapelle d'Hathor les ont suffisamment renseignés.

— Sur quoi ?

— Sur quoi ! Mais, sur ce qu'ils veulent savoir.

— Ecoute ! reprocha Aména, toi, tu baignes dans cette affaire parce que tu t'y trouves mêlée plus que moi.

Amenhotep prit la taille de son amie.

— Tu as raison, fit-elle conciliante, je suis une sotte à ne pas tout t'expliquer.

Elle s'arrêta et chuchota :

— Parlons plus bas, ces pierres ont des oreilles. Que seuls les dieux nous entendent. Voilà ! Les voleurs ont appris, en dérobant les plans, que le puits menant à la tombe de Sétoui recèle des canopes parmi les plus riches de la nécropole.

— Qu'ont-elles de particulier ?

— Les couvercles sont de pures merveilles d'or.

Améra soupira.

— Et l'or s'extrait de plus en plus difficilement, fit-elle en prolongeant son soupir. Est-ce pour cette raison que la reine fait creuser des carrières aurifères dans le sud de la Nubie, là où Djéhouty est parti ?

— Sans doute, reprit Amenhotep en tendant l'oreille.

— Entends-tu quelque chose, murmura sa compagne.

Mais, ce ne fut pas le bruit qu'elles attendaient qui, tout à coup, élargit leurs prunelles. Aména ouvrit la bouche pour crier. Brusquement, de sa main, Amenhotep la lui referma.

Le cri bloqué dans la gorge de l'une et la main tremblante de l'autre sur les lèvres compressées de sa compagne, elles regardaient toutes deux, les yeux pleins d'effroi, le serpent sinueux qui se déroulait devant elles.

Pétrifiées, elles attendaient immobiles, cherchant la solution sans comprendre. Patient, le reptile prenait son temps. Les écailles somptueuses de ses anneaux brillaient étrangement. On eût dit qu'il s'était paré des plus beaux joyaux de la couronne pharaonique pour mieux fasciner les jeunes femmes.

Amenhotep dirigea son regard vers la flûte que tenait nerveusement Aména entre ses doigts crispés. La jeune femme comprit aussitôt. Mais comment pouvait-elle garder une totale maîtrise pour jouer un air qui pouvait fort bien ne pas plaire au serpent ?

Des yeux, Amenhotep insista. Lentement, Aména bougea son bras. Le reptile roulait ses gros anneaux bruns et verts sur lui-même. Sa tête relevée, il décida de changer le rythme de sa mesure passive. Il émit un sifflement, sa langue rouge provocante et pointue sortit brusquement. Puis, dans une ondulation sans fin, il se déplaça sur la gauche et stoppa la sinuosité de ses mouvements.

Aména releva le bras. La sueur coulait sur son front, son cou, entre ses deux seins menus qui frémissaient eux aussi de peur. Elle tenait la petite flûte à hauteur de sa bouche. Le cobra restait immobile, mais sa langue, à présent, allait et venait avec une rapidité sans cesse renouvelée.

Si Améena était pâle, sa compagne ne paraissait pas plus à l'aise. Une moiteur intense recouvrait tout son corps et la roche transpercée de soleil contre laquelle elle était accotée ne semblait guère plus translucide que son pauvre visage.

Cependant, tout était entre les mains agiles et les lèvres expertes d'Aména. « Dieu d'Osiris ! pensa-t-elle en fermant les yeux, ne la laisse pas s'évanouir. »

La main d'Aména tremblait, mais, le regard fixé sur le serpent, elle réussit à porter la flûte à sa bouche. Quand la première note jaillit, douce, pure, cristalline, le reptile s'immobilisa.

Tout d'abord surpris, sa tête se dressa ; séduit ensuite, il perça de ses yeux de feu le regard d'Aména.

— Je t'en prie, chuchota enfin Amenhotep, joue-lui quelque chose qui lui plaise.

Les notes se poursuivaient et le serpent ondulait, presque avec grâce. Il avait cessé le jeu crispant que sa langue avait tout à l'heure entrepris. A l'extrémité de ses anneaux, il avait aminci le cercle de base et commençait à monter lentement en verticale.

La musique semblait lui plaire.

Toujours angoissées, mais cependant moins pétrifiées, les deux jeunes femmes s'accroupirent avec une lenteur excessive. Quand elles furent au niveau du reptile, Aména poursuivit la mélodie de son air et sa compagne se tint muette.

Les yeux rouges du reptile fixaient Aména qui, maintenant, sortait de sa flûte un air léger, aérien, dont la cadence plus rythmée restait douce et voluptueuse.

Tendu comme une corde à la verticale, le cobra ondulait de la tête. Le lent balancement qu'il effectuait, de gauche à droite, donna l'idée à la musicienne de scander les notes au rythme du mouvement que semblait imposer le reptile.

— Ecoute-moi, murmura Amenhotep. Tant que durera la fascination de la musique sur ce serpent, nous pouvons opérer.

Des yeux, Aména lui fit comprendre qu'elle écoutait ses paroles.

— Nous allons nous lever, puis reculer et le faire entrer dans le puits. Il faudrait boucher l'ouverture dès qu'il sera à l'intérieur.

— C'est impossible sans mon aide, entendirent-elles dans leur dos. Ne bougez pas, vous risqueriez de changer la bonne humeur du reptile. Déjà, son attention semble dispersée par ma tierce personne. Il se méfie de moi.

Ce fut Amenhotep qui, la première, vit la silhouette de Penth. Aména n'en reconnut que la voix. Soulagée, elle reprit sa flûte avec plus de hardiesse et poursuivit sa musique jusqu'à ce que le cobra s'accoutume de la présence du nouveau venu.

Lorsqu'ils furent enfoncés dans le couloir de la nécropole où les malfaiteurs étaient enfermés, ils virent avec soulagement que le reptile avançait docile, conquis, les yeux fixés sur la flûte d'Aména.

Penth avait pris soin de dépasser les jeunes femmes pour se trouver en premier de file.

Les murs étaient encore éclairés par l'ouverture qui donnait sur l'extérieur. Mais, dans quelques instants, lorsqu'ils auraient tous reculé dans les profondeurs de la tombe qui menait à la salle mortuaire, ils risquaient fort de ne plus rien voir. Seule, alors, la torche des voleurs les guiderait.

— A présent, chuchota Penth, il faut diriger le reptile face à nous. Qu'il puisse mordre le premier malfaiteur qui sautera sur nous.

— C'est risqué, chuchota Amenhotep.

— Gardons des mouvements lents et assurés et que la musique se poursuive. Tant que ce cobra sera fasciné, il sera de notre côté.

Sans aucun doute, la mélodie attira les voleurs comme les mouches vers un pot de miel.

Soudain, une faible lumière leur fit face.

L'un des pilleurs semblait plus petit que l'autre, mais ni Penth ni les jeunes femmes n'en cernèrent vraiment l'allure, tant l'éclairage restait diffus et incertain.

Forçant le regard, Penth n'aperçut vraiment que la lame brillante d'un couteau pointé sur lui. Il sentit que ses gestes étaient sûrs et précis et n'eut pas peur.

L'homme qui tenait l'arme effilée en direction de Penth sembla surpris quand il vit que, derrière lui, avançaient deux jeunes femmes dont l'une jouait de la flûte. Dans son dos, l'autre homme approchait prudemment. Apparemment, ils n'avaient ni l'un ni l'autre aperçu le reptile qui semblait en lévitation tant il était élevé.

Ce fut rapide. La malchance se colla solidement aux voleurs. Penth fit un brusque écart, bousculant Amenhotep dont le corps cogna durement la paroi basse du mur, dévoilant la présence du cobra qui, déjà, repliait ses anneaux sur lui-même pour mieux se détendre ensuite.

L'effet fut immédiat. Les anneaux d'écailles luisantes retombèrent brusquement. Ses yeux devinrent des perles de jais. Le reptile était en position d'attaque. La fourche de sa langue siffla, cracha un premier jet de venin. Son corps s'élança comme un arc qui se détend et se planta dans le cou du voleur qui, mollement, laissa tomber son couteau.

Ivre de peur, son acolyte le bouscula et, se précipitant comme un fou dans l'étroit couloir sombre, disparut sans attendre.

La main sur sa blessure, l'homme au couteau restait médusé. Il écouta, la bouche ouverte, les notes que la flûte d'Aména égrenaient en douceur et, titubant, il tenta de rattraper son compagnon.

— Il n'ira pas loin, murmura Penth, un sourire aux lèvres.

*
* *

Sur le chantier du temple, s'achevaient les décors des grands obélisques d'Hatchepsout. Presque agressifs, ils s'élançaient en plein ciel, plaquant leurs pointes d'électrum contre le bleu dur qui s'y fondait avec violence.

Sur les rebords intérieurs, on voyait distinctement les énormes encoches dans lesquelles les gigantesques aiguilles de granit avaient pivoté pour surgir bien au-dessus du sol avec une perfection étonnante.

Hatchepsout arrivait en char sur le lieu qu'elle avait déjà inspecté tant de fois. Elle riait encore d'avoir réussi à s'esquiver seule du palais, sans aucun serviteur à ses trousses. Aucune contrainte ne la retenait si ce n'était cette assemblée judiciaire à laquelle ses vizirs et conseillers assistaient déjà.

A vrai dire, si on l'attendait au palais, dans la grande salle des audiences, c'est qu'elle tranchait toujours le verdict avant que le Grand Vizir ne donnât son impression. Si l'on débattait ensuite sur les conséquences de cette affaire, alors l'assemblée pouvait réagir en sens contraire.

La veille, Senenmout lui avait précisé que l'affaire n'était que de petite envergure et que l'on pourrait sans doute se passer de sa présence.

S'il s'avérait que ce n'était pas le cas, on saurait bien où la trouver, car Hatchepsout savait que des milliers d'yeux l'avaient entendue, vue, suivie et que d'autres, plus nombreux encore, attendaient qu'elle veuille bien rebrousser chemin.

Arrivée près des grands pylônes, ceux à l'ombre desquels elle s'asseyait toute petite en compagnie de sa mère qui lui contait les multiples histoires des dieux d'Amon, Hatchepsout leva les yeux. Ses obélisques étaient là, grandioses, superbes. Ils frémissaient de plaisir, tout comme elle. Ils dictaient leurs lois, leur destin, leur avenir.

Tout cela lui paraissait si naturel, si logique, qu'elle

n'en mesurait qu'à peine la grandeur. Le soleil tombait abruptement sur sa tête, mais sa perruque épaisse, coiffée en longues bandes relevées sur la nuque atténuait la rudesse des rayons solaires.

Sur leurs socles plats, les obélisques à la pointe d'argent se tenaient en équilibre malgré l'étroitesse de leur base et la hauteur de leur fût. Faire pivoter ces mastodontes de pierre sur la mince arête de leur rainure de pose était une opération extrêmement périlleuse qu'avait superbement maîtrisée le travail de collaboration de Senenmout, des architectes, des contremaîtres et de leurs aides.

Dressés à la verticale, les obélisques n'étaient pas tombés brutalement sur leurs socles au risque de se briser, pas plus qu'ils n'étaient venus se placer de travers au risque, plus scandaleux encore, de choquer les regards des dieux.

Hatchepsout eut un sourire satisfait. Elle aspira une grande bouffée d'air et ferma les yeux un instant. Les dieux lui étaient favorables et la conduisaient sur un chemin de vérité, de puissance. Ses obélisques, élevés entre les quatrième et cinquième pylônes bâtis par son père, en constituaient une preuve de magnificence et de supériorité qu'aucun ne pouvait contester.

Pour parfaire la gloire de son règne, secondée par la compétence de ses artisans, la pharaonne avait exigé que l'on inscrivît à leur base la façon dont avaient été tirés les blocs de granit, huit mois seulement ayant suffi à leur extraction et quelques jours à leur érection en place définitive. Il fallait que le peuple égyptien le sache dans des millions d'années, en des temps où elle siégerait aux côtés d'Osiris et des autres dieux, aux côtés des autres pharaons rendus invincibles et immortels.

Oui ! Hatchepsout pouvait être fière. Elle savait, pour l'avoir entendu dire par son père, que seuls les grands souverains d'Egypte se risquaient à l'élévation de tels monolithes et que parfois même, s'ils en éprouvaient le souhait, la compétence de leurs architectes n'était pas toujours à la hauteur.

Peu de pharaons s'adonnaient à de telles constructions. Les plus grands, autrefois, avaient érigé des pyramides qui laissaient encore leurs secrets peser sur les mortels. D'autres, qui certes n'étaient pas moins grands, mais plus volontiers tournés vers leurs armées, leurs généraux, leurs chevaux et leurs chars, plus enclins à la guerre, n'avaient pas jugé nécessaire de se consacrer à de telles réalisations.

A présent qu'Hatchepsout s'était levée en roi, elle pouvait se considérer comme un monarque à l'envergure des plus puissants.

Adossée contre son char à l'effigie d'Hathor duquel elle était descendue, la reine regardait son œuvre. L'acte de foi était à l'image de la splendeur de son règne.

Pour le prochain jubilé, elle donnerait l'ordre à Séchat d'utiliser ses artisans les plus habiles afin qu'ils inscrivent sur le socle de ses obélisques ce qui, dans son esprit, prenait de plus en plus d'importance. Car, il était dit qu'elle ne finirait pas son règne avant d'y avoir incrusté toutes ses volontés.

Ce texte ! Hatchepsout l'avait déjà en tête depuis le début des travaux et rien ne s'opposait à ce qu'elle en concrétise chaque mot. Ses yeux distraits parcoururent la forêt de pylônes qui barrait son chemin. Au-dessus de sa tête, la voûte de pierre perçait le bleu du ciel, abaissant l'ombre adoucissante jusqu'à elle.

Mentalement, elle répéta les mots qu'elle ressassait chaque nuit dans son esprit : « J'étais assise dans mon palais et je me souvins de celui qui m'avait créée. Alors, mon cœur décida d'ériger pour lui deux obélisques d'électrum dont les sommets se mêleraient aux cieux parmi les grands pylônes qu'a élevés mon père. Que chacun se dise que Ma Majesté est la fille du seigneur des Deux Trônes et que l'on me glorifie. »

Un bruit la fit se retourner. Elle n'eut pas le temps de poursuivre l'idée du récit qu'elle destinait au granit. Un char arrivait à toute volée, bravant les interdits des allées sacrées. Qui pouvait en être le conducteur ?

Hatchepsout n'eut pas à se poser longtemps la question, car elle reconnaissait déjà la silhouette de son fidèle Senenmout. Elle soupira. Même les rêves lui étaient refusés, du moins ceux qu'elle ébauchait en plein jour. Ceux de la nuit, elle les peaufinait si merveilleusement bien — la solitude aidant — qu'elle envisageait bien des crues du Nil avant qu'ils ne se réalisent tous.

Avant de remonter sur son char, Hatchepsout admira une dernière fois le parfait maintien de ses obélisques. Son fidèle intendant arrivait droit devant elle, le visage transpirant et les bras luisants de sueur.

— C'est ton œuvre, Senen ! Admire-la donc avant de repartir, fit-elle dans un sourire tranquille. Ne veux-tu pas que nous prenions quelques minutes pour la regarder ensemble ?

Du char de Senenmout, aussi leste qu'un fauve, un homme sauta sur le sol et se courba devant la reine.

— J'ai amené un conducteur qui prendra votre char, Majesté. Montez avec moi. Nous n'avons plus une minute à perdre. Cette procédure réclame votre présence et l'assemblée n'attend plus que vous.

— Senen ! murmura Hatchepsout en lui prenant la main. Tu m'avais dit que cette affaire n'était pas de première importance.

— C'est une tentative de viol de tombe, Majesté. Je viens seulement d'en apprendre les conséquences.

— S'agit-il des nécropoles du temple ?

— Oui, Majesté.

Elle soupira.

— Laisse mon char entre les mains de ton conducteur et accorde-moi quelques instants.

Comme il restait sans rien dire, les yeux de la reine s'accrochèrent aux siens et se firent de velours. Ils prenaient des nuances aussi soyeuses que les pétales de lotus qui vacillaient dans la vasque parfumée de sa grande chambre.

Senenmout trembla d'émotion. Elle chuchota :

— Senen ! Renvoie ce conducteur avec mon char. Je rentrerai avec toi.

Senenmout restait immobile, le regard noyé dans celui de sa souveraine. Sa gorge le brûla. Cette attente, cette incertitude étaient pires que de rester en plein désert, sans eau, sous un soleil meurtrier. Ciel ! Il n'avait plus de salive. Sa reine se faisait langoureuse, lascive, parce qu'elle avait décidé de s'accorder du répit.

— Rentre avec le char de Sa Majesté, cria-t-il au conducteur, et dis au palais que nous suivons.

Frémissante, Hatchepsout se colla au corps de Senenmout. Il regarda le conducteur qui fouettait les chevaux de la reine et, quand il entendit décroître le roulement du char sur la route, il entoura ses épaules d'un geste craintif. Jamais encore, à l'extérieur de ses appartements privés, il ne s'était accordé une telle familiarité.

— Il faut que nous partions, Altesse, murmura-t-il. Le tribunal nous attend.

Elle se serra davantage, appréciant la puissance du bras qui entourait son buste.

— Il attendra encore un peu. Ne peuvent-ils commencer sans nous ?

Senenmout hésita. Il remonta sa main sur l'épaule dénudée d'Hatchepsout et pressa doucement la peau chaude et mate qu'elle lui offrait impunément.

— Je crains que non.

— Senen ! Embrasse-moi.

Dieu ! Cette impulsion qui le jetait au-devant d'elle comme un vulgaire amant n'allait-elle pas se briser net ? La vigueur de son sang, de son ventre se ferait-elle plus violente qu'il ne l'espérait ? Hatchepsout levait son visage félin vers lui et lui tendait ses lèvres.

Désarmé, vulnérable, il s'accrocha désespérément à sa bouche entrouverte, cherchant le moyen d'oublier cette impardonnable erreur. Elle gémit de plaisir et se frotta contre lui. Enfin, il eut un sursaut de lucidité et s'écarta presque brusquement.

Elle sembla retomber sur un sol dont la dureté et l'intransigeance ne l'épargnaient pas.

— Alors, viens me voir ce soir, Senen. Nous prolongerons cet instant de répit.

Elle redressa le buste et l'agita comme si, subitement, une nuée d'insectes volants l'avait recouvert, grimpa vivement dans le char de son compagnon et, droit devant elle, fixa l'horizon qui les menaçait de leur folle audace.

A son côté, Senenmout fit claquer son fouet. Les deux chevaux bondirent et le char s'ébranla sur la route poussiéreuse qui menait au palais. Hatchepsout avait déjà oublié les chaudes mains qui, tout à l'heure, enserraient ses épaules, comme elle avait oublié, pour un temps du moins, ses chers obélisques pour ne plus penser qu'au procès qui l'attendait.

Ce même matin, alors qu'elle échafaudait minutieusement sa fuite au temple, Néhésy lui avait parlé de trois pilleurs de tombe dont l'un était mort, piqué par un cobra.

Le dossier n'était pas très épais, et Hatchepsout n'avait pas posé d'autres questions, d'autant plus que Senenmout avait confirmé la banalité de l'affaire. En fait, celle-ci s'avérait préoccupante, car il s'agissait de la tombe du Grand Prêtre Sétoui, mort peu de temps après que sa nièce Isis était devenue la seconde épouse du défunt pharaon.

Le tombeau reconnu inviolé avait fait l'objet d'un rapport assez maigre, mais quand la reine prit place sur son trône, elle vit que Néhésy, appuyé par Senenmout et Hapouseneb, ne prenait pas la chose à la légère.

Vizirs, conseillers, hauts fonctionnaires, prêtres du temple, officiers de police et scribes affectés à ce type d'administration étaient là pour juger l'affaire. Assis autour de la grande table en demi-cercle, ils échangeaient des propos qui tombaient comme des couperets.

Penkhit et Temsen se tenaient debout. Dans sa corpulence alourdie par de courtes et grasses jambes, l'un paraissait plus assuré que l'autre. Les policiers les avaient relevés brutalement de leur position prosternée devant la reine. Des éclats de révolte et d'insoumission passaient dans les yeux du plus costaud, alors que son compagnon tremblait de peur et ce n'était ni ses mains qui s'agitaient nerveusement, ni ses dents qui s'entrechoquaient qui prouvaient le contraire.

Amenhotep et Aména se tenaient debout, droites comme des tiges de papyrus et en retrait des inculpés. Elles observaient l'assemblée de leurs yeux étonnés.

Si l'épouse du Grand Prêtre gardait tout son sang-froid, prenant sans doute son assurance dans le regard tranquille qu'Hapouseneb lui jetait fréquemment, Aména restait plus craintive. Elle tenait entre ses doigts menus l'objet qui les avait sauvées l'une et l'autre d'un périlleux exploit.

Pour la première fois qu'elles assistaient à un jugement, elles en étaient le point de mire. Chacun tournait son visage dans leur direction et Aména sentait de plus en plus ses doigts se crisper sur la petite flûte en bois d'acacia qui ne la quittait plus depuis le début de l'audience.

Sa compagne arborait un sourire discret, mesuré, juste ce qu'il fallait pour détromper les plus méfiants et tranquilliser les moins sceptiques. A vrai dire, elles ne savaient trop comment le juge désigné pour cette affaire interpréterait leur témoignage. Hapouseneb leur avait conseillé de jouer un jeu naturel, mais volontaire, excluant toute hésitation mais aussi toute arrogance.

— Que l'on procède à l'interrogatoire, jeta la voix éteinte d'un petit scribe subalterne, et que l'on commence la procédure.

La reine jeta ses yeux sur Amenhotep. « Une bien belle épouse qu'Hapouseneb s'est choisie, pensa-t-elle en appuyant son regard sur celui de la jeune femme. Et, bien qu'elle veuille se donner l'air convaincue, elle ne semble guère à l'aise. Pas plus, d'ailleurs, que son amie la flûtiste. Allons, que cette affaire de procès en finisse et qu'on me laisse souffler un peu, en compagnie de mes filles, avant que la soirée ne commence ! »

Elle cala ses bras sur les accoudoirs d'or massif que le trône lui offrait généreusement et écouta le début du réquisitoire.

— Ces hommes ont avoué leur crime, Majesté ! s'écria Néhésy. L'un d'eux a pénétré la nécropole. Il dit avoir eu l'intention de dérober les canopes du défunt Sétoui, mais précise qu'il n'en a pas eu le temps.

— Par qui est-ce confirmé ? jeta Senenmout à son tour.

Il le savait puisque Néhésy avait déjà interrogé les deux jeunes femmes. Soutenant le regard hardi d'Amenhotep, il esquissa une grimace qui, envers une autre aurait pu être un sourire, mais pouvait-il en cette circonstance montrer qu'il éprouvait une antipathie pour la femme du Grand Prêtre ? Il aurait aimé que cette superbe fille, trop crâneuse à son goût, n'arpentât plus de sa démarche souple et onctueuse les alentours du temple.

De plus, il savait que les musiciennes du dieu Amon étaient entourées de ce halo irréprochable de valeurs morales et que leur parole contre celle de deux bandits doublés de pilleurs de tombes l'emporterait à coup sûr.

La parole d'Amenhotep porterait plus encore, car tous les dignitaires présents, Senenmout compris, avaient fort bien remarqué que Thouty et son épouse figuraient au premier rang de l'assemblée. Comment le plus riche armateur d'Egypte, celui qui devait fournir à la reine une flotte puissante pour ses futures expéditions étrangères, aurait-il pu engendrer une fille douteuse ?

Non ! Que Senenmout tempère son esprit asocial. Jamais il ne réussirait à l'exclure du temple. Il se borna donc à répéter d'une voix haute et forte :

— Par qui est-ce confirmé ?

Hapouseneb se leva.

— Par mon épouse elle-même.

Hatchepsout marqua un temps d'étonnement. Elle leva une main, montrant qu'elle voulait elle-même questionner la jeune femme.

— Que faisais-tu aux nécropoles ?

— J'y accomplissais une retraite musicale en vue de plaire au dieu des morts, répondit Amenhotep sans broncher. Mon amie Aména m'y suivait.

Néhésy s'approcha d'Aména et lui prit le bras.

— Approchez-vous de Sa Majesté. Vous avez aussi à témoigner il me semble. De même que cet homme.

Il désigna Penth du doigt qui se détacha aussitôt du groupe où il se trouvait. Il semblait à son aise et, d'un pas assuré, vint se placer devant la reine en gardant toutefois une attitude réservée. Puis, observant le juge et les policiers, il prit le parti de se prosterner devant Hatchepsout, s'abaissant jusqu'au sol où il attendit que la reine lui parlât.

— Relève-toi, fit celle-ci, et dis-nous plutôt ce que tu as vu.

Penth parla des deux gardes endormis, de la flûte, du serpent, de la nécropole, et des trois hommes dont l'un s'était échappé.

— Celui qui a été mordu par le serpent est tombé aussitôt mort, poursuivit-il en regardant le Grand Vizir qui, devant son équipe de scribes, observait les coupables d'un œil qui les transperçait déjà vivants.

— Qui t'a guidé ?

— J'accompagnais ma maîtresse chez son amie et un pressentiment m'a poussé à la suivre. Je crois que je sentais le danger la frôler.

Il se courba légèrement, montrant la déférence qu'il témoignait envers l'assemblée.

— Un pressentiment comme il vous en arrive quelquefois et que l'on ne peut expliquer, Grand Vizir.

Hatchepsout se détourna de Penth, puis fit un signe à Aména.

— Tu es l'épouse de Djéhouty, il me semble.

— Oui, Votre Altesse. Mon mari est actuellement en mission dans les mines aurifères de Nubie.

— Je sais, fit la reine. C'est moi qui l'y ai envoyé. Et, que le dieu Osiris qui vous a si bien sauvées l'une et l'autre du reptile et des bandits, fasse qu'il nous ramène le plus bel or que l'Egypte ait jamais vu.

Elle observa le regard tranquille d'Aména. « Dieu, que ce beau visage est tranquille et passif, pensa-t-elle. Rien d'étonnant à ce que que Djéhouty, ce fougueux animal, chasse une gazelle aussi agile que Séchat. »

La voix forte de Senenmout la ramena aussitôt à une plus juste réalité.

— Majesté ! jeta-t-il, en se tournant vers les prisonniers, l'acte de ces hommes est prémédité. Ils ont travaillé sur le chantier du temple à l'extraction des obélisques que vous avez commandés. Ils y ont recueilli les indications nécessaires pour accomplir leur forfait, ils ont volé les plans dans les urnes de la chapelle d'Hathor.

De sa bouche lippue, Penkhit amorça une grimace, mais Néhésy enchaîna aussitôt :

— Sous la flagellation, il a trahi le troisième acolyte, Temsen, ici présent, qu'un glissement de roche sur le chantier a rendu infirme. Allons, que dis-tu pour ta défense ?

L'homme interpellé regarda ce qui restait de sa pauvre jambe qu'une attelle retenait raide.

— Je... Je... Je n'ai rien fait, bafouilla-t-il.

Penkhit eut à son égard un sourire méprisant.

— Ce n'est pas l'avis de ton ami, reprit Néhésy en croisant son regard fuyant.

— Ce... Ce... Ce n'est pas mon ami.

— Qui est-ce alors ?

— Je... Je ne suis pas un voleur.

— Bègue et unijambiste, ironisa Senenmout. Qui es-tu si tu n'es pas un voleur ?

— Je... Je suis un ouvrier et je travaille sur... sur tous les chantiers de... de Sa Majesté. Cet homme m'a... m'a donné de l'huile, du blé, de la bière pour... pour moi et ma famille.

— Tu as donc une famille que tu cherches à nourrir ! questionna Hatchepsout. D'ordinaire, les bandits courent les chemins sans se soucier de leur progéniture.

— J'ai... j'ai six en... enfants. Majesté, souffla le blessé.

Hatchepsout lâcha du regard les prisonniers et se retourna vers Aména.

— Connaissais-tu ce don d'endormir les serpents ?

— Non, Votre Altesse.

— C'est un grand talent, soupira-t-elle, et tu devrais le cultiver.

Aména rougit et n'osa rien ajouter. Ce fut Néhésy qui parla :

— Je crois que cette jeune femme n'a qu'une seule envie, celle de retrouver son époux dans la maison qui est sienne.

— Eh bien retire-toi, fit la reine.

Elle se tourna vers Amenhotep et leva sur elle un regard complaisant, marquant son intention de ne pas l'indisposer davantage.

— Toi aussi, tu pourras te retirer lorsque tu auras signifié ta déposition sur la feuille de papyrus que te présenteront les scribes. Ton amie Aména écrira la sienne à côté.

Comme on ne badinait guère, en ce temps-là, lorsque des violeurs de tombes se trouvaient pris dans l'engrenage de la justice, on envoya Penkhit travailler dans les mines d'or, et on choisit la plus mortelle, celle des montagnes d'Ikaïta que visitait Djéhouty dans le sud de la Nubie.

Quand arriva le sort de Temsen, on proposa de le gracier. Mais Senenmout s'interposa violemment.

— Aux yeux des dieux, cet homme est un criminel, il a osé profaner le temple sacré. Que son sort soit identique à l'autre prisonnier !

— Cet ouvrier n'est coupable que de faiblesse.

Seule, sa misère et celle de sa famille est cause de sa mauvaise intention, coupa Hatchepsout.

— Votre Altesse ! insista Senenmout.

— J'ai dit, coupa sèchement la reine. Qu'on gracie cet homme, après lui avoir infligé une bastonnade de cent coups sur le dos et cent coups sur les mains, mais qu'on laisse en paix le pied qui lui reste.

Le ton sans réplique s'adoucit juste pour laisser tomber la conclusion qui la libérait enfin de cette audience :

— Cette affaire a avorté avant que les conséquences ne soient plus graves.

Senenmout croisa son regard immobile. La barbe postiche qu'elle s'attachait au menton restait, elle aussi imperturbable, semblant défier toute concurrence. Le lourd pectoral pharaonique recouvrait son mince buste, sans le ployer, car Hatchepsout s'efforçait de se redresser tout le temps que duraient les audiences.

Aucune tendresse ni faiblesse, aucun manque à son devoir de pharaon ne filtra dans le regard sombre de la reine, bien qu'elle persistât à soutenir celui de Senenmout. Ce fut lui qui, le premier, baissa les yeux.

Où était passé le frisson chaleureux que sa souveraine lui avait tout à l'heure accordé ?

Il fit un signe et les prisonniers disparurent. Ce soir, il saurait bien contraindre Hatchepsout à choisir des mots amoureux, des mots qui le conforteraient, le soutiendraient, le mèneraient à une apothéose qu'il ne pouvait atteindre sans elle.

CHAPITRE VI

L'air du désert soufflait chaud et sec, la petite équipe avançait prudemment, nullement gênée, cette fois, par un khamsin pouvant de nouveau retarder leur parcours.

Lorsqu'ils retrouvèrent le village d'Amara, là où le bateau les attendait, Séchat fut prise d'un désir violent de serrer sa fille dans ses bras. Sur l'embarcation, elle ne desserra guère les lèvres. Djéhouty s'inquiéta de son silence inhabituel, mais ne lui posant aucune question, il commenta son voyage avec Houri.

A l'approche de Bouhen, il sembla soudainement à Séchat qu'avec le vent du Nil se profilait une agitation. Une méfiance instinctive l'envahit. Le désir de silence qui l'avait saisie au départ d'Amara se mua en un mutisme si total que Djéhouty, cette fois, ne put s'empêcher de lui demander :

— Quelque chose ne va pas ?

Sans répondre, la jeune femme regardait le débarcadère de Bouhen qui s'approchait avec une obstination presque démentielle. Aucune surprise ne se lut sur son visage lorsqu'une silhouette, au loin, courut en sa direction. D'autres femmes la suivaient. De suite, Séchat et Djéhouty reconnurent Reshot qui, à grandes enjambées rapides, s'approchait d'eux. Séchat courut vers sa jeune servante.

Arrivées à quelques mètres l'une de l'autre, Reshot s'arrêta net, fixa Séchat dans les yeux, fit avec hésitation les quelques pas qui la séparaient de son amie et murmura très bas :

— Satiah a été enlevée.

Il semblait à Séchat qu'une voix lui parvenait d'obscures ténèbres, une voix qu'elle ne connaissait pas. « Satiah, enlevée ! » La voix, celle de Reshot, se trouvait comme déformée, déguisée, méconnaissable. Séchat sentit ses jambes mollir. D'étranges lumières noires scintillaient devant ses yeux qu'elle tenta de fermer. Mais une curieuse impression l'obligeait à les rouvrir. Des vrilles dansaient devant elle. Ses pieds soudain se dérobèrent. Djéhouty et Reshot la retinrent, molle, les bras pendants le long de son corps. Ils l'allongèrent sur le sol.

D'autres servantes approchaient. Vêtues d'un pagne court, le buste découvert, elles pleuraient et se lamentaient à gros sanglots, les unes en se couvrant les seins d'un châle qui remontait sur leurs épaules, les autres en se frottant violemment le visage.

L'une d'elles, la seule qui portait une ample tunique dissimulant des formes arrondies et une opulente poitrine, se détacha et s'avança. S'arrêtant au niveau de Reshot, elle ouvrit la bouche pour émettre une parole, mais la referma, sans doute par crainte de ce qui allait suivre.

Reshot se leva et arrachant rapidement l'un des voiles qui recouvrait l'une des servantes, elle le tendit à celle qui s'était approchée.

— Va le tremper d'eau fraîche et apporte-le ruisselant.

Djéhouty soulevait la tête de Séchat, qui reprenait conscience. Ses yeux hébétés allaient et venaient sur son proche entourage. Elle ne prononça pas un mot lorsque Reshot, essorant le linge trempé sur son visage, lui murmura :

— Ne t'inquiète pas. Nous la retrouverons, même s'il faut se rendre jusqu'au fayoum.

Séchat gardait ses yeux extraordinairement ouverts. Elle fixait Reshot qui lui passait, maintenant, le linge mouillé sur le front, les joues, la gorge.

— Même si je dois y passer des jours ou des années, je la retrouverai.

Séchat se dégagea des bras de Djéhouty qui la retenait encore. Ses yeux reprirent enfin une expression normale. Elle essaya de se mettre debout, soutenue par ses amis.

— Laissez-moi, dit-elle, en se prenant la tête entre les deux mains, cela va mieux à présent.

Esquissant quelques pas mal assurés, elle regarda le fleuve argenté de teintes nuancées bleues et grises et reporta son regard sur Reshot :

— Comment est-ce arrivé ?

La jeune servante qui portait l'ample tunique se

prosterna devant Séchat. Des larmes coulaient sur son visage et elle reniflait bruyamment.

— Je l'ai laissée juste un temps très court après lui avoir donné le sein.

— Pourquoi l'as-tu laissée ? Ne devais-tu pas l'endormir aussitôt ?

La nourrice inondait de ses pleurs bruyants son visage rouge et gonflé. Reshot la secoua, ce qui la fit sangloter davantage.

— Allons, parle, explique ton incompétence, qu'étais-tu partie faire ? Et où se trouve Néset, la première nourrice ?

— Je ne sais pas, renifla la jeune servante.

— Néset a disparu ? s'écria Séchat, incrédule.

— J'étais juste partie prendre une galette de blé au miel. Cela me détend après la tétée de la petite Satiah. Elle est très gloutonne et me fatigue un peu.

— Connaissais-tu Néset avant que Reshot t'engage ?

— Je ne l'avais jamais vue. Je t'en supplie, Maîtresse, il faut me croire. C'est la vérité. J'avais faim et je suis partie, très peu de temps, pour avaler une galette.

— Où était Néset lorsque tu donnais le sein à Satiah ?

— Elle ôtait la couche de son couffin pour en remettre une propre.

Séchat, que cette inquisition indisposait, reporta douloureusement son regard sur Reshot. Puis, s'adressant à nouveau à la jeune nourrice :

— Tu sais fort bien, pourtant, qu'une seconde nourrice ne doit pas quitter la première. C'est une tradition entre vous.

— Néset m'a ordonné d'aller à l'extérieur de la maison donner le sein à la petite.

— Que t'a-t-elle dit exactement ?

C'était Djéhouty qui posait la question.

Maâthor regarda l'homme qui la questionnait et répondit en reprenant ses larmoiements :

— Elle m'a dit : « Il fait doux et frais, va donner

le sein à la petite Satiah sous le vieux sycomore, le bon air lui fera grand bien. »

— Qu'as-tu répondu ?

— Je lui ai répondu : « La petite a les joues roses et de l'air frais, elle n'en manque pas. »

Puis, levant ses yeux mouillés sur Séchat, elle n'attendit pas qu'on la questionne à nouveau et continua d'elle-même :

— Elle m'a ordonné à nouveau : « Fais ce que je te dis ou bien je dirai à Reshot que tu gardes ton lait pour toi et que tu en donnes insuffisamment au bébé. » Alors, j'ai obéi, j'ai emmené la petite Satiah sous le grand sycomore et je lui ai donné le sein.

— Et ensuite ? s'enquit Séchat.

— Ensuite, lorsque l'enfant s'est endormie, repue de mon lait, je suis partie chercher une galette. Néset devait être dans la chambre du bébé. Je ne l'ai pas vue.

— Après... après... après... répétait nerveusement la jeune mère.

— J'ai pris ma galette, avalé un verre de vin et je suis ressortie pour rejoindre Satiah. Lorsque je suis arrivée, le bébé n'était plus dans la corbeille.

— Qu'as-tu fait ? demanda Djéhouty.

— J'ai crié, j'ai couru, je suis allée dans la maison, j'ai appelé Néset.

— Elle criait tant que je suis accourue en compagnie de la lingère et de la cuisinière, coupa précipitamment Reshot.

— Je leur ai dit que Satiah n'était plus dans sa corbeille, qu'elle avait disparu, reprit Maâthor. Nous n'avons pas retrouvé Néset.

Elle se remit à sangloter, relevant le bas de sa tunique pour essuyer ses yeux.

Séchat saisit brutalement la main de Maâthor et l'empêcha de se frotter le visage.

— Dis-moi, Maâthor, est-ce bien vrai que tu n'avais jamais vu Néset auparavant ?

— Je te le jure, divine Maîtresse. Que l'on me

coupe la langue et que l'on m'arrache les yeux si je ne dis pas la vérité.

Séchat laissa retomber la main de Maâthor, fixa durement son regard brouillé et jeta impertubablement :

— C'est ce que la justice fera si tu as menti.

Puis, se tournant vers son amie, elle reprit d'une voix plus encline à la douceur :

— En ce qui te concerne, Reshot, je n'oublie pas que c'est moi qui ai choisi une nourrice de Bouhen, cette Néset, qui s'est présentée en se qualifiant de première nourrice de province. J'ai accepté de la prendre malgré tes recommandations. Elle me paraissait sérieuse, compétente et de bonne origine. Tu n'es pas responsable.

Se prenant le visage entre les mains, elle murmura pitoyablement :

— Oh ! ma petite Satiah, ma jolie petite Satiah.

Djéhouty qui n'avait pas encore parlé jusqu'à présent, à part les quelques questions posées à Maâthor, expliqua d'une voix qui, bien que persuasive, n'était pas plus rassurante pour autant :

— Je vais aller à Thèbes et ramener la police de Néhésy. Elle la cherchera dans toute la région. Nous la retrouverons.

*
* *

Après la disparition de Satiah, le vieux Nekbet, pris d'une attaque cérébrale, restait sans bouger sur un siège disposé près de la porte de la pièce principale de sa maison. De là, il regardait fixement l'horizon qui s'alignait au-dessus du fleuve. Son fils Sobek l'entourait de tous les soins nécessaires dont il avait besoin. Il essayait de lui cacher sa tristesse, mais auprès de sa fille, il ne pouvait garder une attitude neutre et indifférente. Ces quelques jours l'avaient terriblement affaibli et il commençait à prendre des attitudes de vieil homme que lui donnaient ses épaules qu'il avait toujours eu voûtées depuis le décès de son épouse. Son visage se creusait en larges rides profondes au-dessus de ses sourcils gris et autour de sa bouche dont les coins retombaient amèrement.

Séchat avait repris tous ses esprits. Lucide, consciente que toute inaction de sa part et que tout abandon d'énergie ne lui feraient pas retrouver sa fille, elle s'était à nouveau munie d'une carapace qui, à défaut d'être forte, lui servirait du moins à supporter les épreuves nouvelles.

Reparti en direction de Thèbes avec Houri, Djéhouty devait revenir aussi vite que possible avec la police de Néhésy pendant que Séchat et le personnel de Bouhen, au complet, chercheraient le bébé dans la région.

Tout le village fut fouillé et le marché passé au crible. Inépuisablement, les servantes cherchèrent chacune leur tour, fouillèrent chaque maison, chaque cabane. Séchat sillonna les champs, les bosquets, les alentours du fleuve. Elle se rendit en compagnie de Reshot auprès des greniers à blé pour s'y renseigner.

De son côté, Sobek sillonnait le Nil en felouque avec le vieux Yahmose. Partant dès l'aube, ils s'arrêtaient à chaque embarcadère, ne trouvant aucun indice, ils revenaient au crépuscule fatigués et désemparés.

Nekbet, le vieux général de Thoutmosis s'affaiblissait de plus en plus. La douleur, trop violente et soudaine, avait raison de son grand âge. Lentement, il fermait ses yeux ridés et fatigués, les ouvrait encore plus péniblement en fixant toujours l'horizon lointain.

Un événement majeur vint retarder la venue de la police de Néhésy.

Les fêtes d'Opêt commençaient et Senenmout veillait au bon déroulement des processions et de chaque déplacement de sa reine.

Appuyant cette intention, il n'était pas question pour Néhésy de détacher sa police pour retrouver la fille de Séchat. Mais, sensible à son malheur, Hatchepsout se fit plus compréhensive.

— Que l'on affecte à cette affaire le sous-chef de la police, ses subalternes et les meilleurs policiers de Thèbes, ordonna-t-elle.

— Altesse, rétorqua aussitôt Néhésy, il est préférable que je reste à vos côtés en compagnie de mon sous-intendant.

— Alors, détache les subalternes de Knosis et qu'ils se rendent à Bouhen.

— Altesse, rétorqua à son tour Senenmout qui participait dorénavant à toutes les conversations publiques de la reine, il est imprudent de vous défaire de toute l'élite de la police en un moment où l'Egypte entière risque de basculer, faute d'un homme pharaon.

— Le conseil est fort juste, Altesse, reprit Néhésy. Non seulement vous ne pouvez vous démunir des meilleurs éléments de la police, mais vous devez même les renforcer. C'est essentiel.

Hatchepsout réfléchit, soupira et lança d'une voix lasse :

— Cela m'ennuie pour Séchat. Sa loyauté, son courage et sa fidélité méritent qu'on l'aide à retrouver sa fille.

— Majesté, reprocha Néhésy, Séchat aurait pu garder elle-même sa fille ! Et c'est pour cela justement...

Il s'arrêta net, conscient soudain de son énorme bévue.

Senenmout rompit un silence qui s'annonçait lourd et empli d'équivoque.

— Altesse, il reste suffisamment de policiers subalternes qui feront tout aussi bien l'affaire.

Hatchepsout avait pris son menton entre ses mains devenues soudainement nerveuses, mais trancha sans que sa voix ne subisse la moindre hésitation :

— C'est entendu, je m'en remets à votre jugement,

mais que l'on envoie tout de même suffisamment de chiens pour détecter les pistes.

Lorsque les policiers lâchèrent leurs molosses dans la région de Bouhen, un calme froid et pesant s'abattit sur les alentours. Les énormes bêtes fauves, dressées à la recherche et à l'attaque se comptaient plus nombreuses que les policiers. On leur avait fait sentir des linges de la petite Satiah, mais ils ne furent pas plus efficaces que les hommes et le bébé ne fut pas retrouvé.

*

* *

Séchat avait cherché sa fille dans toute la région. Il fallait maintenant envisager d'autres hypothèses. Les quelques policiers qui sillonnaient encore les environs de Bouhen et des villages avoisinants étaient repartis pour Thèbes, rappelés d'urgence par Néhésy. Qu'était donc devenu son ancien compagnon d'études ? Celui avec lequel elle discutait des soirées entières sur l'avenir de l'Egypte ? Néhésy, en cette tragique circonstance, se révélait le seul à pouvoir l'aider efficacement. Mais, parce que trop proche de la reine, il choisissait le camp le plus fort.

Séchat ne versait aucune larme. A quoi bon perdre de l'énergie lorsqu'il fallait, au contraire, la reporter entière sur les recherches ? Pourtant, elle restait amère de constater qu'aucune aide sérieuse ne venait à elle, hormis son père, Reshot et Djéhouty qui lui avait promis de revenir dès que ses fonctions le rendraient disponible, allant jusqu'à lui proposer d'assumer lui-même les taches professionnelles les plus urgentes qu'elle ne pourrait exécuter.

Elle savait que Satiah retrouvée ou non, son absence resterait longue et que ses fonctions seraient fatalement prises par un autre avec une rapidité dont elle connaissait la portée. Elle laissa aussitôt ses scrupules et ses hésitations et accepta avec gratitude la proposition de Djéhouty. Les missions qu'Hatchepsout lui avait confiées seraient donc effectuées avec autant de compétence et de sérieux qu'elle l'aurait fait elle-même. Cela lui permettait du moins de réfléchir à ses décisions prochaines.

Djéhouty ne la tromperait pas.

Pour un temps dont elle ne connaissait pas la durée, ses sentiments envers lui seraient inévitablement redevables. Comment ferait-elle la différence entre ses affections passionnelles et son devoir de reconnaissance ?

Séchat sentit ses paupières lourdes de larmes contenues. Elle se retint pour ne pas les laisser tomber et s'efforça d'aspirer une longue bouffée d'air pour emplir ses poumons et son cœur d'une autre sensation que celle du désarroi et d'une peur incontrôlée.

Certes, vers quelle destinée allait donc la Grande Intendante ? Celle qui désirait tant les honneurs et la gloire qu'apporte l'efficacité d'un travail dont elle ne pouvait se passer.

Et Satiah ! Où pouvait-elle se placer dans cet imbroglio inattendu ? Et Néset, la nourrice ! Qui dirigeait cette fille sans scrupule qui avait osé lui voler sa fille ?

Elle passa une main fébrile sur son front qui commençait à perler de sueur et poursuivit amèrement ses pensées. Rester forte, certes, mais être femme et assumer un poste de haut fonctionnaire dans cette faune de grands dignitaires, tous plus ambitieux les uns que les autres, restait vraiment trop compliqué. Elle se voyait confrontée aux mêmes pensées que lorsque Menkh était mort. Allait-elle tout abandonner ? Tout, certes, pour l'unique désir de retrouver Satiah son bébé tout rose aux yeux rieurs.

Ses yeux scrutaient l'horizon lointain qu'avait contemplé son grand-père avant de mourir dans le chagrin.

Nekbet, celui qui lui avait tout appris, l'avait forgée, rendue forte et courageuse. Nekbet qui lui avait enseigné tant d'astuces et tant de stratégies pour réussir et emporter les victoires. Elle ne pouvait se résoudre à assimiler le sort de son grand-père, reparti dans une autre vie, à celui de Satiah.

Perdue dans ses pensées, ses questions et ses doutes, elle ne vit pas Reshot approcher. Celle-ci s'agenouilla auprès de son amie et prit ses deux mains qu'elle serra affectueusement.

— Séchat, j'ai pensé à un point très important. Cette Néset ne peut guère être utile à Satiah. Elle n'a pas de lait et ne peut nourrir ta fille.

— Je sais, mais où veux-tu en arriver ?

— Ton chagrin t'empêche de réfléchir. Ecoute-moi.

Elle lâcha les mains de sa compagne et plongea ses yeux pleins d'espoir dans les siens.

— Ecoute-moi, reprit-elle avec conviction. Il faut une nourrice à ta fille. Si Néset n'est plus avec elle, et même si elle l'est encore, il faut chercher là où se trouve une nourrice capable d'allaiter un bébé.

— Tu as sans doute raison ! Mais, n'est-ce pas chercher une goutte d'eau dans le Nil ?

— C'est vrai, admit Reshot, mais c'est un indice suffisant pour orienter nos recherches. Nous allons quitter Bouhen et descendre le Nil, village par village...

— Nous emmènerons Maâthor pour le cas où nous la retrouverions.

— Et ton père ! Acceptera-t-il de nous accompagner ?

— Je ne veux pas que mon père nous accompagne. Il se fatigue maintenant. L'emmener serait précipiter sa mort. Mauvais navigateur et médiocre cavalier, il faut le laisser à ses pensées et à ses rêves. Il souffrira moins seul, je pense.

*
* *

Dès l'aube, les premiers rayons du soleil à peine sortis d'un ciel bleu déjà intense, les trois femmes s'apprêtaient à partir, munies de provisions. Séchat avait emporté une petite bourse de cuir qui enfermait quelques débens pour le cas où elle devrait assumer une forte dépense.

La première halte qu'elles firent fut à Ouadi-Haifa. Séchat avait choisi de suivre les berges du Nil avec un couple de deux grands bœufs, solides, infatigables à la marche et pouvant traîner, derrière eux, une charge assez lourde. Les trois jeunes femmes se mouvaient assez aisément à l'intérieur d'une charrette, inconfortable mais du moins spacieuse où elles pouvaient également s'allonger en cas de fatigue trop grande.

A Ouadi-Haifa, sur le marché qui s'étalait non loin des dernières maisons du village, elles questionnèrent tous ceux qu'elles rencontraient. Lorsque Séchat apercevait une femme portant un bébé sur son dos à la façon des Nubiennes ou contre son ventre, comme le faisaient plus fréquemment les Egyptiennes, elle ne pouvait s'empêcher de réagir violemment. Ses questions devenaient précises, nettes, elle réclamait une réponse limpide et les regards suspicieux envers elle ne la gênaient nullement.

Reshot, de son côté, pénétrait l'intérieur des masures, à la recherche des nourrices allaitant un bébé. Maâthor accompagnait l'une ou l'autre. Sa présence faite de rusticité rassurait les plus récalcitrants ou les plus malhabiles à répondre.

Le marché d'Ouadi-Haifa sillonné, les maisons et les cabanes inspectées, les recherches ne se poursuivirent qu'à Abou-Simbel, village plus conséquent où les jeunes femmes se préparèrent à rester plus longuement.

A Amada, là où les maisons se groupaient en enfilade, il fallut à Séchat une patience infinie pour expliquer ce qui l'amenait à questionner les villageois. Un vieil homme, qu'elles rencontrèrent sur la route, leur signala une masure en bordure d'un chemin que cachaient de hauts papyrus brûlés par le soleil.

La cabane construite en boue séchée ne comportait qu'une grande pièce. Assombrie par le manque d'ouverture, mais d'une fraîcheur agréable, surtout après les longues marches qu'effectuaient les jeunes femmes, elle enfermait toute une famille où grands et petits se mêlaient en braillant. Une femme, déformée par les grossesses successives, donnait le sein à un bébé. Instinctivement, Séchat se précipita sur la femme, écarta l'enfant de son sein lourd empli de lait et pitoyablement s'excusa en secouant la tête.

Elles quittèrent Amada et prirent le chemin d'Assouan. Sur la route, des charpentiers amassaient leurs provisions de bois. Ils sectionnaient les plus grosses branches des sycomores et des palmiers à l'aide d'une herminette, petite hache à lame de bronze. Parfois, ils sciaient directement sur place les branches les plus grosses en les attachant verticalement au pieu enfoncé dans le sol. Un troupeau de chèvres les suivaient, happant avec délice les feuilles qui tombaient.

Séchat et Reshot ne négligeaient rien. Elles s'arrêtèrent et questionnèrent les bûcherons. Mais, ils hochèrent négativement la tête et reprirent leur travail.

Cuir et bois s'accouplent souvent en Egypte. Elles dépassèrent quelques ateliers de cordonnerie.

Les cordonniers y convertissaient en cuir les peaux de bœufs et celles de chèvres. L'atelier dans lequel elles s'arrêtèrent confectionnait des outres en peau de chèvre qui gardaient la spécialité de conserver toute la fraîcheur au liquide. Une forte odeur provenait des grands vases où le cuir était ramolli. Elles traversèrent les chevalets de bois, à trois pieds, où les peaux étaient ensuite tendues pour garder, par la suite, toute leur souplesse. Les réponses qu'elles obtinrent furent, là aussi, complètement négatives.

Epuisées, les jeunes femmes regagnèrent leur refuge et s'endormirent lourdement.

*
* *

Le soleil se levait lorsque les trois jeunes femmes

arrivèrent à Edfou. Maâthor qui avait la charge de la conduite des bœufs paraissait moins fatiguée que ses compagnes.

Edfou, à une centaine de kilomètres au sud de Louqsor, était au temps de l'Ancien Empire une bourgade florissante. On y adorait, autrefois, le prince Isi qui y avait apporté une grande prospérité. Depuis, un temple immense s'y élevait et comptait parmi les monuments égyptiens religieux comme l'un des plus importants.

La bourgade agglomérée à l'est de la nécropole les attira curieusement. Une sensation bizarre s'empara de Séchat. C'était étrange comme les nécropoles attiraient toujours les gens les plus divers, depuis les savants et érudits jusqu'aux vagabonds, voleurs et malfaiteurs. Un instant, Séchat pensa à Knoum et à ses intentions de violer les nécropoles de Thèbes. Depuis la disparition de Satiah, elle ne frissonnait plus à l'idée de sa mort affreuse et peu s'en fallait pour qu'elle se sente capable d'un autre meurtre pour sauver sa fille[1].

Quant à Maâthor, la nourrice, Séchat avait appris à la connaître. C'était une brave fille, plutôt dévouée, mais de faible tempérament qui s'était laissée dévorer par la personnalité de Néset. Emplie de bonne volonté, elle préférait conduire les grands bœufs sur les larges berges du Nil que d'affronter tous ces gens qu'il fallait questionner. Elle tremblait à la moindre alerte et se cachait au fond du char. Pourtant, elle répétait à ses compagnes qu'en cas d'attaque, elle n'hésiterait pas à assommer la nuque de ses agresseurs avec la matraque qu'elle avait dérobée à un policier de Thèbes. A défaut d'exemple, Séchat et Reshot restaient sceptiques sur cette promesse de courage.

Séchat n'étant plus dans les exercices de sa fonction se laissait aller à une attention admirative sur les sites qu'elle rencontrait. Ces paysages qu'elle ne

1. Lire *Les Thébaines/La Couronne insolente* (tome 1).

connaissait pas détendaient ses nerfs irrités. Ce grès nubien, délicatement ocré, rapporté près de la nécropole d'Isi, là où le temple dédié à la déesse Hathor s'élevait, lui reposait l'esprit. Près du village, le Nil coulait de larges et riches berges alluvionnaires, cernées de chaque côté par des terres arides. A l'intérieur de ces terres, de nombreuses oasis verdoyantes réunissaient les troupeaux de chèvres et de bœufs qui venaient tranquillement s'y désaltérer.

Après leur première journée passée à Edfou, elles regagnèrent tristement leur char pour y passer la nuit. Les bœufs et la charrette, camouflés durant la nuit par des bosquets de papyrus, ne devaient pas, en principe, attirer l'attention des maraudeurs nocturnes.

Allongée sur sa natte, silencieuse et lointaine, il arrivait à Séchat de perdre courage. Il fallait, alors, toute la calme assurance de Reshot pour lui remonter le moral. Elle lui certifiait que cette procédure de recherche ne pouvait qu'aboutir. Seul, le temps restait en cause.

— Puisque Djéhouty accomplit ta mission, Séchat, tes titres ne te seront pas usurpés lorsque tu voudras les reprendre, lui répétait-elle presque chaque jour.

— Je sais, Djéhouty est puissant et s'il est l'ami sincère que je crois, il saura me garder mon poste de Grande Intendante.

— Il est plus qu'un ami et tu le sais. Il t'aime d'un amour sincère et profond.

— Parlons d'autre chose, Reshot, veux-tu ? Organisons plutôt notre prochain circuit. Lorsque nous aurons épuisé toutes les maisons d'Edfou, nous arriverons à Louqsor. Je pense que nous y trouverons trop d'animation et de perturbation pour y chercher Satiah. Nous devrons nous écarter de Thèbes, contourner la ville par le désert, côté nord-est, et redescendre le Nil jusqu'au fayoum. Si Satiah n'est toujours pas retrouvée, alors c'est qu'elle est à Thèbes. Nous fouillerons la ville, cette fois, avec l'aide de la police. Les fêtes du sacre d'Hatchepsout seront terminées et je pense qu'alors, elle me procurera toute l'aide dont j'ai besoin.

Grignotant sans appétit une galette agrémentée de raisins secs, elle ajouta tristement :

— Pardonne-moi, Reshot, de t'entraîner dans cette aventure périlleuse.

Sa jeune servante lui caressa tendrement la joue.

— Je me reproche tant de n'avoir pas su être ferme avec toi lorsque tu as exigé d'engager cette Néset pour garder ton bébé.

— Ce qui est fait est fait, soupira Séchat. Ne nous attardons pas sur le passé et sur ce que nous aurions pu faire ou non. Pensons plutôt à notre périple. Thèbes est inaccessible en ces jours de fêtes d'Opêt. Hatchepsout mobilise chaque parcelle de Thèbes.

— Tu le penses vraiment ?

— C'est bien pour cette raison que nous fouillerons la ville plus tard. Nous ne pouvons pas attendre la fin de ces festivités. Il peut se passer tant de choses en l'espace de quelques mois !

Lorsque les deux jeunes femmes s'arrêtèrent de discuter, Maâthor dormait déjà, étendue au fond du char. Plusieurs fois, elles l'avaient vue caresser ses seins gros, lourds et douloureux à cause du lait qui ne s'en écoulait plus. Lorsque le mal devenait trop lancinant, elle pressait de ses doigts le bout de ses mamelons pour en extraire quelques gouttes qu'elle suçait aussitôt.

Après avoir absorbé leurs galettes, des raisins et bu un peu de vin, Séchat, qui préférait s'étendre sur le sol, Reshot à son côté, se laissa bercer par le vent frais de la nuit tombante. Epaisse, sa natte de jonc ne laissait transpercer aucune aspérité du sol. Puis se persuadant qu'elle était fatiguée, elle essaya de s'endormir.

Soudain, Reshot releva brusquement son buste.

— Ecoute, chuchota-t-elle. On dirait qu'un bruit approche.

Chacune avait accroché à sa ceinture un court poignard de défense. Maâthor, qui ne supportait pas la vue ni l'odeur du sang, gardait, auprès d'elle, la solide matraque du policier de Thèbes. Parmi leur nourriture de viande et de poisson séché, de galettes et de pois chiches, dans un grand panier d'osier tressé, elles avaient dissimulé une épée et une petite hache.

Le bruit, en effet, se fit plus distinct. Il s'agissait plutôt d'un bruissement de feuillage accompagné d'un son de pas feutré. Elles se relevèrent toutes les deux et s'approchèrent du char. Maâthor ronflait légèrement, un bras replié sous sa tête. Sa large tunique se relevait et découvrait une partie de ses jambes brunes. Malgré sa poitrine opulente, ce n'était pas une vilaine fille. Ses traits, nets et droits, offraient le plus pur ovale de l'Egyptienne rurale. Elle coiffait ses cheveux noirs, raides et courts, à la manière classique, frange épaisse sur le front et larges bandeaux sur les côtés.

Le bruit se rapprochait. Il fallait réveiller Maâthor. Reshot la secoua fermement. Elle souleva des paupières endormies, émit un ronflement plus fort, puis se tournant sur l'autre côté, s'apprêta à reprendre son sommeil.

— Réveille-toi, souffla Reshot en accentuant ses secousses.

Cette fois, la nourrice ouvrit les yeux et, surprise, releva son buste. Séchat, déjà sur ses gardes, avait sorti son poignard. Reshot l'imita. Les pas approchaient dangereusement, d'une manière sournoise.

— Descends du char, chuchota Séchat à Maâthor et viens avec nous.

Bien éveillée, cette fois, l'interpellée prit vivement sa massue et vint rejoindre ses compagnes.

La lune éclairait, ce soir-là, tout le long de la berge. On distinguait jusqu'aux bosquets de papyrus qui longeaient le fleuve. Elles virent nettement quatre silhouettes qui sortaient de la boucle du fleuve.

Contrairement à ce qui s'était souvent passé lors des agressions sur sa personne, Reshot restait sereine et imperturbable, semblant cette fois mieux maîtriser la situation. Sans doute, sentait-elle le désarroi profond de sa compagne et la perte momentanée d'énergie qui se faisait en elle, persuadée pourtant que, devant l'obstacle, Séchat retrouverait toute sa maîtrise et son courage inébranlables.

Les silhouettes avançaient, penchées en avant. Même si elles avaient voulu paraître invisibles, elles ne pouvaient agir autrement. Les jeunes femmes distinguaient, maintenant, les quatre hommes toujours penchés silencieusement. Bien qu'elles eussent l'avantage d'être les premières alertées, ils venaient de découvrir le char et les bœufs. L'un d'eux se détacha du groupe.

— Eh, les amis, ce sont des femmes ! hurla-t-il.

Aussitôt, les autres se ruèrent en poussant des cris de sauvages.

— Des femmes ! Les gars, on n'a peut-être pas l'or, mais on a des femmes ! C'est pas mieux, ça ?

Celui qui venait de parler se rua sur la première des jeunes femmes qu'il put attraper. Reshot fut sa proie avant qu'elle pût dégager son bras. Il la saisit si fortement qu'aucun mouvement de défense ne put lui être accordé et le poignard qu'elle tenait tomba sur le sol dans un bruit mat et sourd.

— Des femelles armées et qui se battent, voyez-vous ça ! Et bien, battez-vous mes mignonnes !

Avant qu'un homme arrive à l'approcher, Séchat s'était ruée sur l'agresseur de Reshot et tentait de l'écarter. Elle fut vite saisie, à son tour, par un deuxième larron.

Le ravisseur de Reshot l'avait couchée à terre et tentait de soulever sa tunique. La jeune femme ne criait pas, mais elle se débattait avec toute la force dont elle était capable. Séchat ne pouvait rien faire, car deux hommes, maintenant, la bloquaient. L'un saisit ses bras qu'il ramena dans son dos, mais il ne semblait pas avoir vu le court poignard qu'elle tenait dans son poing droit fermé. L'autre lui écartait brutalement les jambes en essayant de s'y glisser.

Le quatrième, seul homme inoccupé, n'avait pas

aperçu Maâthor qui, apeurée, s'était réfugiée rapidement dans le char. Il s'approcha de l'agresseur de Reshot.

— Finis-en avec elle, et refile-la moi ! s'écria-t-il avec une verve égrillarde.

L'homme avait complètement relevé la tunique de Reshot et lui écartait violemment les cuisses. Séchat l'entendit hurler.

— Fais pas de détails ! jura l'autre dans le dos de son compagnon, et passe-la-moi. Je te la refilerai après.

Il se mit à rire grassement lorsqu'il vit l'autre déchirer brutalement la tunique entière.

Les seins et le ventre de Reshot, blanchis par la lune, prenaient des couleurs presque phosphorescentes, ce qui attisa l'envie et la fureur des deux agresseurs.

— Vas-y, je te dis. Enfonce-la.

Le cri que poussa Reshot fut celui d'une bête que l'on éventrait.

Maâthor, que personne n'avait remarquée, avait subitement repris ses esprits et l'angoisse de subir le même sort l'épouvanta à tel point qu'elle se faufila derrière les agresseurs de Reshot. Tous deux, dans la même position obscène, l'un s'apprêtant à se dégager du corps de la jeune femme, l'autre à le pénétrer, ne soupçonnaient en rien la présence de la nourrice. Maâthor se surprit elle-même. Comment, auparavant, aurait-elle pu croire qu'il était aussi facile de fracasser la tête de deux hommes, l'un après l'autre avec une seconde à peine d'écart ? La matraque frappa fort, tout en haut du crâne, avec un bruit sec et précis. Ils tombèrent sur le ventre blanc de Reshot à moitié inanimée.

Le bruit de la courte lutte attira l'attention des deux autres qui tentaient de violer Séchat avec les mêmes rires et les mêmes brutalités. Celui qui lui tenait solidement les bras attachés au dos desserra involontairement l'étreinte.

Bien que morte de peur et ne sachant si Reshot

était en vie, Séchat profita de cette brève seconde pour ramener son bras droit en avant et plonger rapidement son poignard dans le ventre de celui qui tentait de la dévêtir.

Un hurlement s'ensuivit. Libérée, Séchat courut vers Reshot qui, péniblement, avec l'aide de Maâthor, se remettait debout.

— Ils... ils sont... morts ? murmura la nourrice. Je... je les ai... tués.

— Attention, cria Séchat, en voyant s'avancer le quatrième homme.

Celui-ci avait arraché le couteau du ventre de son compagnon et, de colère, le brandissait encore ensanglanté en direction des trois femmes.

Maâthor se baissa pour saisir la matraque tombée à terre.

— Lâche ça ! cria l'homme.

— Tu es seul, hurla Séchat. Tu ne peux plus rien nous faire. Sauve-toi à présent. Nous te laisserons la vie sauve.

L'homme ricana méchamment.

— Pas avant de vous avoir éventrées toutes les trois.

— C'est nous qui allons t'éventrer. Reshot, je t'en conjure, garde tes forces. Essayons de le cerner. Maâthor, reste sur sa gauche. Moi, je file sur sa droite.

— L'une de vous n'a plus d'arme ! cria l'homme.

Les trois femmes reculaient à mesure que l'homme avançait. Insensiblement, elles se rapprochaient du char, en silence. Le lent parcours de l'endroit où elles se tenaient à l'approche de leur chargement se déroula sans aucun commentaire. Elles étaient, maintenant, accostées au rebord de la charrette, tenant en joue leur agresseur.

— Reshot, sors ton poignard, lança furtivement Séchat. Maâthor, tiens bien haut ta massue, ne le quittez pas des yeux.

Puis, s'élançant dans le char, elle chercha fébrilement la longue épée cachée dans les approvisionnements de nourriture et trouva, enfin, l'arme dissimulée entre deux petites jarres de vin.

Lorsqu'elle revint auprès de ses compagnes, elle pointa l'épée en direction de l'homme qui n'avait pas osé bouger.

— Approche, maintenant. Approche et nous t'embrocherons.

L'homme se sentit en position d'infériorité. « Ces femelles sont des furies, pensa-t-il, dans un instant, elles vont m'éventrer. » Il cessa d'avancer, puis, très lentement, en les fixant du regard, tel un loup pris au piège devant un animal plus redoutable que lui, il commença un lent recul. Les trois jeunes femmes ne bougeaient pas. L'homme, à reculons, s'écartait. Il ne fut bientôt qu'une forme indistincte. Un voleur de plus en fuite, prêt à une prochaine forfaiture. Un rôdeur, un malfaiteur, un tueur comme il en courait tant dans le désert d'Egypte.

*
* *

Elles quittèrent rapidement Edfou. Reshot resta plusieurs jours silencieuse. Ce n'était pas qu'elle fût restée vierge à l'âge de ving-huit ans, mais un tel acte sexuel, abusif et violemment exécuté la laissait tout de même assez perturbée. Séchat respecta son mutisme. Elle parlait avec Maâthor qui, se sentant désormais une âme d'héroïne, avait quitté l'air de culpabilité qu'elle traînait depuis leur départ. Elle devint plus avenante, moins craintive et allait jusqu'à donner son avis sur l'organisation de leurs recherches.

Aux approches de Louqsor, les fêtes d'Opêt commençaient. Hatchepsout avait profité de ces longues réjouissances qui débutaient chaque année le troisième mois de la saison du chemou pour mieux se faire connaître du peuple. La foule régnait en maître dans chaque village avoisinant. Le Nil débordait de cris et de couleurs. Les marchands ambulants se rencontraient, se croisaient, s'interpellaient. Les pêcheurs, les chasseurs, les travailleurs, dans l'arrêt de leurs occupations quotidiennes, flânaient d'une manière décontractée et joyeuse. Les enfants en profitaient pour s'esquiver hors de leur milieu familial, chaparder, jouer, se disputer.

— Nous n'arriverons jamais à contourner Louqsor, Karnak et Thèbes, dit Séchat que l'inquiétude commençait à ronger.

— Ne pouvons-nous attendre ici la fin des réjouissances, proposa Reshot. Nous avons parcouru la moitié du chemin. L'autre moitié ne peut-elle attendre ?

— Non, Reshot, rien ne peut attendre. Chaque jour perdu est un risque supplémentaire pour Satiah.

— Alors, que peut-on faire ? Que suggères-tu ? Traverser Thèbes ! Nous serons arrêtées à tout moment par les barrages de la police. Tu ne pourras pas prouver ton identité dans un tel chaos.

— Je sais, Reshot, tu as raison et je connais mieux que toi les performances abusives de la police, lors de ces réjouissances. Ils nous enfermeront jusqu'à la fin des fêtes et ne nous relâcheront qu'ensuite, s'excusant de leur méprise et prétextant tout écartement d'éventuel attentat.

— Que comptes-tu faire ?

— Payer un porteur pour emmener Maâthor prévenir Djéhouty que nous sommes bloquées aux abords de Thèbes.

— Et s'il est absent ?

— Maâthor parlera à Houri. Sachant que son maître l'aurait fait, il nous aidera sans discuter.

— Maâthor ne risque-t-elle pas des problèmes ? Pourquoi ne l'arrêterait-on pas ?

Séchat soupira. Depuis le viol qu'elle avait subi, Reshot réfléchissait moins vite. Sa concentration d'esprit s'était quelque peu bloquée. Mais la vie équilibrait les choses, puisqu'elle-même semblait avoir retrouvé le dynamisme nécessaire et prenait la relève pour poursuivre son but dans les meilleures conditions.

— Maâthor, écoute-moi, dès que l'on te questionnera, tu montreras tes seins gonflés de lait et tu imagineras un lieu où l'on t'attend pour faire téter un enfant. Te crois-tu capable de faire cela ?

— Mais oui, répondit la jeune nourrice, interloquée du rôle qu'elle devait jouer.

A Louqsor, elles s'installèrent dans une cabane délaissée par des paysans partis vers des auspices plus favorables, comme il arrivait, parfois, lorsqu'un agriculteur recevait une promotion. Elles décidèrent d'attendre, là, l'aide que Maâthor leur apporterait.

Eloignée du centre des réjouissances, la cabane n'en était pas pour autant complètement camouflée. Des cris et des bruits leur venaient aux oreilles.

Pour éviter toutes questions qui les auraient mises dans un embarras peut-être difficile à résoudre, elles décidèrent de s'écarter le moins possible de la cabane et de passer pour des agricultrices à la recherche de travail aux yeux de leurs voisins les plus proches qui, fort heureusement, n'étaient que très éloignés. D'ailleurs, leurs tuniques sales et déchirées n'en laissaient pas le moindre doute.

Elles en profitèrent pour prendre un maximum de repos. Reshot dormait beaucoup. Son équilibre revenait parcimonieusement. Lorsqu'elle était éveillée, Séchat entreprenait de longues discussions comme elles en avaient tenu au temps de leur jeunesse. Toutes deux sentaient leurs forces revenir, une sorte de régénérescence dont elles avaient le plus grand besoin. Le soir, lorsque la nuit tombait, Séchat accrochait à sa ceinture le poignard qu'elle ne quittait jamais et s'asseyait sur le bord du fleuve, rêvant à ses souvenirs et à ses désirs entrecoupés du visage rose et rieur de sa fille. La nuit la cernait tout entière et, parfois, elle s'endormait à même le sol dur, oubliant les difficultés que la vie lui imposait.

*
* *

Maâthor était sortie sans trop d'encombres de

situations parfois périlleuses. A Louqsor, le bracelet d'argent que lui avait remis Séchat lui permit de prendre un porteur qui, en fait, n'en était pas un, pour la conduire à Karnak. Tous occupés par le va-et-vient des notables qui arrivaient de toutes les régions avoisinantes, les porteurs ne s'arrêtaient pas auprès de cette femme qui tendait pourtant, au-devant d'elle, le mince cercle d'argent.

— Où vas-tu ? fit le jeune homme qui l'avait prise en charge, après avoir inspecté de près le bracelet que lui avait remis Maâthor.

— Je vais à Karnak chez l'artisan-potier Mennfert. Sa femme vient d'avoir un bébé, mais ne peut l'allaiter.

— Ne peuvent-ils pas trouver une nourrice proche de leur domicile ?

— Je suis une parente de Mennfert. Eloignée, certes, mais une cousine tout de même. Ils préfèrent une nourrice de leur famille plutôt qu'une étrangère. Vous comprenez, ajouta-t-elle avec un air de commisération, c'est leur premier enfant !

Le jeune homme acquiesça, mais dubitatif, poursuivit :

— Allons, allons, ton histoire me paraît un peu curieuse, mais comme je ne suis pas en règle moi-même, je vais te déposer aussi loin qu'il me sera possible.

Il se gratta la tête et, non sans être gêné pour autant, continua :

— Je connais bien la région et je vais te conduire sans embûches.

Consciente que c'était le bracelet d'argent qui avait réussi ce tour de force, Maâthor préféra ne pas répondre.

Jamais de sa vie, la jeune nourrice n'était montée en litière. Elle trouva cela plutôt cahoteux et pensa que son porteur n'était pas un professionnel très expert. Peut-être n'avait-il pas la cadence et le rythme nécessaires pour la conduire sans heurts et dans ce cas, réfléchit-elle, il était fort bien payé.

Lorsque le Grand Temple de Louqsor fut passé et la proximité de l'allée des Sphinx contournée, au sud-est, Karnak offrit au loin son temple de Mout, puis son temple de Khonsou. La jeune paysanne, qui ne connaissait que Bouhen, n'en croyait pas ses yeux. Tout l'accaparait : les bruits, les odeurs, les couleurs, l'agitation intense. Aux approches du Temple d'Aton, la litière fut arrêtée par un service d'ordre.

Deux policiers s'approchèrent.

— Où va ta litière ? questionna l'un d'eux.

— A Karnak, chez Mennfert, le potier. Cette nourrice est demandée pour allaiter son enfant.

Suspicieux, les policiers regardèrent la jeune femme au visage plutôt affable. Maâthor avait baissé légèrement une épaule de sa tunique, découvrant l'un de ses seins opulents.

— File par la ceinture sud-est de la ville, tu gênes les approches du Temple. Le défilé royal passe dans quelques heures.

Le jeune homme, craignant que le policier ne lui demande sa licence de transport, ne se le fit pas dire deux fois. Il se prosterna, fit un écart et repartit dans la direction indiquée. Cela retarda l'arrivée à Karnak, car il fallait contourner le temple d'Amon-Rê qui n'était pas prévu dans le parcours. Il n'y eut, cependant, pas d'autres obstacles et Karnak fut atteint sans difficulté.

Dans ses explications, Séchat avait bien noté un arrêt impératif à la porte du Temple de Montou, le dernier avant l'arrivée de Karnak. Maâthor demanda à son porteur :

— C'est ici, la porte du temple de Montou ?

— C'est ici. Mais je peux te déposer plus loin.

— Non, je ne suis guère éloignée et je vais marcher un peu. Cela me fera du bien.

Ils se quittèrent trop précipitamment au gré du porteur qui n'aurait pas refusé de faire un brin de conversation supplémentaire. Cette fille lui paraissait appétissante, bien en chair, modelée à souhait, et puis, ne disait-on pas que les nourrices étaient des femmes sensuellement très excitantes ?

Maâthor abrégea la séparation et poursuivit consciencieusement son parcours. A Karnark, elle demanda un autre porteur. Séchat lui avait demandé de ne pas faire le trajet entier avec la même personne, pour brouiller les pistes dans le cas où des complications surgiraient. Pas plus qu'à Louqsor, elle ne trouva de litière disponible. Fatiguée de marcher, elle s'arrêta. Ayant camouflé deux autres bracelets entre son ventre et la ceinture de sa tunique, elle en sortit un et le passa à son bras.

Avisant un âne et son maître, elle les arrêta :

— Veux-tu gagner un bracelet d'argent ? dit-elle en lui faisant miroiter son bras dodu.

— Eh ! Eh ! fit l'homme vieux, barbu et sale. Un bijou ! Je n'en ai pas vu depuis fort longtemps. Montre.

— Dis-moi si tu peux m'emmener à la sortie sud de la ville, en prenant par le désert, puisque nous sommes arrêtés continuellement par les barrages de police.

— C'est possible, mais mon âne est vieux et fatigué, tout comme moi. On marche au ralenti, maintenant.

Il ricana et tendit sa main poussiéreuse et noueuse vers le bracelet d'argent.

Maâthor, qui ne ressentait pas une confiance extrême en cet homme, cacha son bras derrière son dos.

— Après, dit-elle, lorsque je serai arrivée.

Rusé, le vieux cligna des yeux :

— A la mi-chemin ma belle. Que dis-tu de la sortie ouest de Karnak ! Nous aurons fait la moitié de la route.

— D'accord.

Il la laissa monter sur l'âne qui, fort heureusement, ne portait aucune charge. Quelques instants, l'homme précéda son âne mais, vite épuisé, il le fit arrêter et grimpa péniblement sur le dos de l'animal devant la jeune femme. L'âne n'avançait pas plus vite, mais son trot régulier permettait de se rapprocher du but fixé.

A mi-chemin, le vieil homme arrêta sa monture et réclama son dû. Maâthor lui tendit le bracelet.

— Tu es régulière. Si tu veux, je peux t'emmener plus loin.

— Pensais-tu donc que j'allais te tromper ?

— Tu es une forte fille et tu aurais eu raison de moi qui suis un pauvre vieux affaibli par l'âge. Où vas-tu exactement ?

Maâthor réfléchit. Ce vieux lui paraissait sincère. Elle lui expliqua qu'elle devait se rendre à la porte nord de Thèbes.

— Je connais ! Tu auras des difficultés. La police quadrille toutes les routes. Tu ne peux ni prendre le Nil, ni trouver de porteur.

— Je le sais.

— Ton bracelet est beau, les ciselures sont fines et jolies. Je vais t'aider. Je connais un ami qui possède lui aussi un âne et pourra te guider. Il fera le relais.

Mais, toujours clignant des yeux, il reprit d'un ton ironique :

— Comment le paieras-tu, tu n'as plus rien !

— Ce n'est pas ton problème, je me débrouillerai.

Le vieux n'insista pas.

CHAPITRE VII

La pharaonne Hatchepsout ordonna le début de la construction de son temple après les fêtes du jubilé, un chaud matin où le souffle des dieux dictait leurs désirs de grandeur au-dessus du palais de Thèbes.

L'assemblée avait lieu, ce jour-là, dans une grande salle à ciel ouvert tant il faisait chaud à l'intérieur de la pièce à colonnes habituelle. Il faut dire que cette assemblée s'était décidée en dernière heure et, qu'au zénith, le soleil était au plus haut de sa courbe montante.

Quatre servantes agitaient de larges ombelles de papyrus pour apporter un peu de fraîcheur et, de leurs pas félins et silencieux, deux autres apportaient des sorbets fruités pour désaltérer les gorges les plus asséchées.

Face à la reine, Djéhouty jetait le gris velours de son regard sur l'œil sombre et arrogant de Senenmout qui relevait son buste recouvert d'un large collier de malachite. Collier qui, d'ailleurs, n'avait d'égal que ceux des pharaons.

Sous la fraîcheur de l'ombelle qu'agitait Yaskat, Hatchepsout souleva sa prunelle qu'un brin d'enjouement avivait. Durant des heures, elle avait patiemment écouté les explications du plan de son temple et en avait retenu l'essentiel.

— Nous ferons comme je vous l'ai précisé, Majesté, assura Senenmout. Mes calculs sont infaillibles. La pierre sera extraite directement de la carrière.

— Ne l'est-elle pas déjà ? coupa Djéhouty qu'une attitude plus réservée rendait également plus méfiant.

Senenmout plissa ses yeux de vautour.

— Que veux-tu dire ?

— Je veux dire que là où tu veux extraire la pierre, le pharaon Mentouhotep a largement commencé le travail.

— Allons, Djéhouty, coupa Hatchepsout. Cela date du Moyen Empire. Il y a bien longtemps que la roche a repris sa place initiale dans la falaise.

— Pire ! Majesté, objecta Senenmout, bien pire hélas ! Le temple de Mentouhotep n'existe plus. Tout a été détruit et bien des crues du Nil se sont passées depuis. Il faut tout reprendre.

Il se tourna vers Djéhouty qui inspectait rapidement d'un regard circulaire les membres de l'assemblée, cherchant visiblement un dignitaire qui l'approuvât dans son propos. Il rencontra le regard oblique de Pouyemrê, mais celui-ci jugeait préférable d'attendre quelques autres objections pour donner son avis.

Tenant dans la main le rouleau de papyrus qui détaillait l'une des sections du plan, il désigna du doigt le dessin des soubassements qui existaient toujours et dont l'emplacement correspondait exactement au souhait d'Hatchepsout.

— Les voici, dit-il, on ne peut les ignorer.

Senenmout fit un signe vers la rangée de scribes qui se tenait derrière lui. L'un d'eux se détacha du groupe et s'approcha pour lui remettre un document.

— Il ne s'agit pas de reconstruire le temple de Mentouhotep, dit-il d'un ton clair et sec, mais d'exécuter un édifice jamais vu, jamais contemplé jusqu'à ce jour.

— C'est notre souhait à tous, répondit Djéhouty.

— Le temple de la pharaonne, poursuivit Senenmout, comportera trois terrasses élevées dans la pierre. Il me semble que les vestiges de Mentouhotep n'en font apparaître qu'une seule.

— Trois terrasses, renchérit aussitôt la reine, trois larges terrasses qui s'ouvriront sur le ciel d'Hathor. Il faudra y créer suffisamment de jardins pour y apporter la grâce et la beauté que je souhaite y voir.

— Tout est prévu ainsi, Majesté.

— Sais-tu Djéhouty, fit-elle en se retournant vers son vizir, que nous y planterons de multiples arbres aux essences divines ? Je les ferai venir du Pount. Et lorsque les chambres des dieux seront creusées dans la roche, nous les parerons des plus belles peintures et les ornerons des sculptures les plus raffinées. C'est à ce moment-là que tu interviendras.

— Majesté, intervint Senenmout sans attendre que le sculpteur relève le défi de la reine, les terrasses qui s'élèveront au-dessus d'Hathor seront les plus grandioses de tout ce que l'Egypte a pu réaliser jusqu'à ce jour.

Hatchepsout eut un soupir de contentement.

Senenmout la comprenait en tout. Avec une facilité déconcertante, il arrivait toujours à convaincre son entourage de ses idées les plus profondes, même si, parfois, certains s'élevaient contre lui.

— Ne veux-tu pas aussi justifier les multiples titres qui t'honorent ? lança Pouyemrê, le trésorier de Thèbes, d'une voix assez sarcastique pour souligner la mesure de ses propos tendancieux.

Hatchepsout se raidit un instant. La prunelle de ses yeux s'obscurcit. Avait-elle flairé trop vite la pleine réussite de son intendant ? D'ordinaire, ses conseillers et ses proches ne se querellaient jamais en sa présence.

— Jusqu'à présent, je n'en vois qu'un seul, grinça Senenmout en agitant son rouleau de papyrus dans sa main nerveuse, celui de Grand Architecte Royal, celui qui mènera ma notoriété jusqu'au ciel d'Hathor.

— Ne tentes-tu pas de mettre tes pas dans ceux du Grand Orfèvre comme tu tentes de les mettre dans ceux du Grand Trésorier ?

Djéhouty, qui avait pris le parti de s'écarter de la discussion trop périlleuse, réclama son scribe personnel, resté dans son sillage, afin qu'il notât les indications qu'il jeta d'un ton bas.

Pouyemrê affrontait maintenant Senenmout. Comme il était néfaste, pour la reine, d'entretenir des heurts entre ses conseillers, elle tenta d'apaiser celui qui paraissait naître et, pensant qu'elle avait dû pousser un peu trop loin les termes de l'ambition complice qu'elle partageait avec Senenmout, elle décida d'amoindrir en quelques mots les excès de langage qu'elle avait elle-même soulevés.

— Ne nous heurtons pas à de brusques paroles et travaillons à ce temple sans précipitation. Les dieux ont toujours eu de la patience. Ils savent attendre. Hathor n'aimerait guère que les choses se fassent dans la hâte et la débâcle.

Remarquant que ses paroles ramenaient un calme apparent entre ses sujets, elle porta l'une de ses mains à la hauteur de la barbe postiche qui enserrait son fin menton. Son père avait pour habitude de caresser celle-ci rêveusement lorsqu'une décision importante s'apprêtait à sortir des lèvres d'un vizir ou d'un conseiller. Thoutmosis, son défunt époux, la grattait souvent d'un doigt nerveux, impatient que ces longues assemblées en finissent pour aller se détendre auprès des femmes de son harem.

Hatchepsout suspendit son geste. Ferait-elle comme son père ? Oui ! Elle saisit délicatement la pointe recourbée de la barbe postiche, durcie par un onguent parfumé, et en caressa l'extrémité sans rien dire.

La pharaonne Hatchepsout s'évertuait à imiter son père en tous points. Et, puisque lui-même avait voulu la placer sur ce trône, elle se devait de rester à son image la plus totale. Or, ne lui avait-il pas appris que rien de bon ne pouvait naître des rancœurs intestines et des jalousies abusives qu'entretenaient souvent les sujets d'une cour ? Hatchepsout savait que chacun devait trouver son compte dans la distribution des responsabilités et des charges qu'un souverain assignait lors des assemblées.

Elle esquissa un léger soupir, juste assez intériorisé pour qu'aucun ne puisse le soupçonner. Senenmout la fixait de ses yeux d'aigle jamais repu. Certes, elle devait ménager plus particulièrement son amant, si elle voulait qu'il poursuive auprès d'elle sa tâche acharnée de protecteur. Mais, pour réussir en tous points, elle devait aussi concilier les uns et les autres.

Elle écarta de la main Yaskat qui, de son ombelle, s'évertuait à éventer son visage. Les grandes plumes de papyrus se balançant dans un rythme lent et régulier lui cachaient le visage entier de Pouyemrê et, il n'était pas question que le regard de son Grand Trésorier lui échappât un instant.

— Chacun, reprit-elle, devra assumer des tâches délicates, accomplir des missions périlleuses, se voir affecter de lourdes charges et chacun s'acquittera de ces fonctions avec la compétence, la virtuosité et le brio que je lui connais.

Elle s'arrêta, satisfaite de ce court dialogue qui ménageait la chèvre et le chou, et fit des yeux le tour des conseillers.

Senenmout se leva. Un jeune serviteur au teint sombre s'empressa de l'éventer tandis que deux jeunes filles se précipitaient vers lui. Il les écarta d'un geste sec montrant sa préférence pour le jeune Nubien qui, un sourire complice aux lèvres, lui distribuait déjà maints efforts d'aisance et de bien-être.

Apaisé par ces quelques éventements qui séchaient la sueur de sa nuque mouillée et de son front humide, il reprit sa place et se tourna vers la reine.

— Majesté, bien des éléments doivent encore être mis en cause. Ils prendront leur importance au fur et à mesure des opérations que nous devons commencer très prochainement.

— Que reste-t-il exactement de ce site rocheux ? questionna l'un des sous-vizirs qui, jusqu'à présent, s'était contenté d'écouter et, que apparemment, la conversation n'avait guère éclairci.

D'un bond de tigre, Senenmout s'interposa.

— Deir-el-Bahari est un lieu incontestable pour réaliser une œuvre grandiose.

— Mais que reste-t-il de cet ancien site ? répéta le dignitaire qui avait la charge de seconder Djéhouty.

— Je te l'ai dit, suffisamment pour construire une œuvre incomparable. J'ai sillonné plus de mille fois les parages et j'en connais chaque pierre, chaque angle, chaque aspect positif. Il reste les fondations et d'énormes blocs de pierres facilement récupérables.

— Mais insuffisantes pour réaliser l'ensemble, jeta Djéhouty.

— A l'arrière, la montagne nous offre toutes celles dont nous aurons besoin.

Enfin, Djéhouty admit la remarque avec condescendance. Il fit un signe à son scribe qui écrivit aussitôt. Senenmout fit de même. Quant à la rangée de sous-scribes qui, assis derrière les notables, se tenaient immobiles, tablette et calame en mains, ils ne levaient le nez que lorsqu'un silence s'établissait entre les membres de l'assemblée.

— Nous tirerons de la montagne toutes les pierres qui nous manquent. Elles sont dures, belles, intactes et nous en aurons plus qu'il n'en faut.

— Trois terrasses superposées ! proféra Pouyemrê d'un ton sarcastique. C'est un projet audacieux. Pourquoi pas quatre ou cinq ! La roche doit le permettre. Ah ! Mon cher Senenmout, ne me dis pas que tu es à deux terrasses près.

Hatchepsout l'observa quelques instants. « Aurait-il l'intention de freiner les dépenses de la construction ou veut-il simplement souligner la splendeur du projet, à moins qu'il ne veuille tout simplement, pour son propre plaisir, affronter Senen ? »

Elle soutint son regard et décida aussitôt d'enrayer le doute qui affluait à son esprit.

— Pouyemrê, il me faut beaucoup d'or. Les carrières de Djéhouty seront indispensables. Il faut creuser plus loin.

— Celles de Nubie arrivent en fin de course, Majesté, jeta Djéhouty d'un ton prudent. Les hommes n'en ressortent pratiquement plus, tant l'effort est inhumain. Je propose que l'on descende plus bas vers la quatrième cataracte.

— As-tu des projets ?

— Oui.

— Alors, nous en reparlerons.

Puis, hésitant quelques secondes, elle posa la question qui, depuis trop longtemps, lui brûlait les lèvres :

— Séchat a-t-elle repris son travail ?

— Vous le savez, Majesté. Elle cherche sa fille.

— Ainsi, elle ne l'a pas retrouvée. Qui va s'occuper de ses équipes d'artisans ? J'ai besoin que l'on rapatrie les meilleurs potiers et les meilleurs peintres de l'Egypte.

Djéhouty soutint sans broncher le regard froid de

la reine qui, pour l'instant, n'était qu'intérêt et calcul.

— Je vais m'en occuper, Majesté. Je les rassemblerai avec les sculpteurs les plus compétents du pays. Cela ne posera aucun problème.

Hatchepsout fit la grimace. Non pas un vulgaire tic gênant et disgracieux, mais l'esquisse d'un sourire suspicieux. La décision de Séchat s'en remettant intégralement à la générosité de Djéhouty la surprenait. Pire, la déstabilisait. C'était, certes là, une réaction qu'elle n'avait pas prévue. Elle préféra, cependant, ne pas dire à voix haute ce qu'elle pensait. Comment l'acharnement professionnel de Séchat, dans les hautes fonctions qui lui avaient été attribuées, ne prenait-il pas le pas sur son amour maternel ?

Une équipe bien formée, doublée d'une meute de ces grands chiens jaunes du désert, devait pouvoir faire le travail. L'enfant volée, sans doute par une bande de brigands à la recherche d'une rançon de poids, ne devait pas se trouver loin.

Conscient des réflexions qui assaillaient brusquement Hatchepsout, Djéhouty reprit d'un ton suffisamment convaincant pour balayer tout scrupule dans son esprit :

— Soyez sans inquiétude, Majesté, les fonctions de Séchat seront remplies exactement dans le sens que vous souhaitez.

La reine leva un sourcil d'étonnement. « Il est évident que cet homme est tombé sous le charme de mon Intendante et, bien qu'il soit marié, ce Djéhouty me semble de plus en plus accroché au pas de Séchat. A vrai dire, je ne sais guère qu'en penser. »

— Fais comme tu le souhaites, conclut-elle. L'essentiel est d'accomplir les tâches qui t'incombent et celles que doit assumer mon Intendante. Si des impératifs, que toutefois je comprends et j'accepte, l'empêchent d'effectuer son travail, alors fais-le pour elle si tel est ton désir.

Sa bouche esquissa un sourire qu'elle s'efforça de

rendre naturel, mais Senenmout qui l'observait y trouva un certain déplaisir. Elle se retourna vivement vers Pouyemrê.

— Je veux que tous les travailleurs reçoivent double ration de nourriture et de boisson. Je veux aussi que les équipes d'hommes soient en nombre suffisant afin qu'ils ne s'épuisent pas inutilement au travail pour mourir ensuite comme des mouches engluées dans le lait.

— Cela va coûter fort cher, Majesté, objecta aussitôt Pouyemrê.

Hatchepsout sursauta. Le sourire qui, tout à l'heure, inquiétait Senenmout se mua en une crispation disgracieuse. La reine fit un geste nerveux de la main, balayant de ses doigts un insecte imaginaire qui aurait osé s'aventurer devant ses yeux.

Yaskat se précipita aussitôt et épongea le front emperlé de sueur que sa maîtresse venait de relever comme un défi dont elle voulait mesurer la portée.

Certes, son trésorier se révélait fidèle, efficace, de bon conseil et, de surcroît, cultivait l'art de faire fructifier ses biens personnels et ceux de l'Egypte. Mais, cette fois, il semblait en prendre à son aise. Réduire les dépenses en ce qui concernait l'élévation de son temple n'entrait pas dans ses projets.

Silencieusement, elle observa quelque temps son architecte. A nouveau, il s'était levé et marchait tranquillement vers Pouyemrê. Mais, comme ce dernier n'ajoutait rien, se considérant sans doute battu d'avance, il coupa net :

— Cela sera fait, Majesté. Nous établirons trois équipes. L'une commencera dès l'aube, l'autre reprendra à l'heure du zénith et la troisième achèvera le cycle jusqu'à la tombée du jour. Nous les ferons tourner de façon à ce que chacune assume régulièrement les mêmes horaires.

Relevant le menton, braquant les yeux sur les notables, Hatchepsout acquiesça.

— J'ai demandé que tous obtiennent une ration

supplémentaire de nourriture et de la boisson en suffisance.

— C'est noté, Majesté, tous, répéta Senenmout, sauf les esclaves.

Hatchepsout opina de la tête.

— Soldats, agriculteurs, artisans qui se partageront les tâches, reprit l'architecte, useront comme ils le souhaitent de pain, de bière, d'oignons, de galettes d'orge et de poisson séché afin de mieux rentabiliser le travail.

Rassuré sur cette injonction que personne ne remit en cause, il rejeta sa tête en arrière. Un geste qu'il accomplissait lorsqu'il était satisfait d'une conclusion qu'il avait bien menée.

Il resta quelque temps figé dans cette attitude de maître d'œuvre qu'aucun membre de cet auditoire, encore moins la reine, ne pouvait entraver. Le pectoral de malachite qui se tendait sur son buste jetait des lueurs vertes presque agressives. Le Nubien s'empressa de l'éventer, poussant son zèle jusqu'à lui détendre les vertèbres de son cou un peu raidi par la tension de cette audience.

Satisfait ! Senenmout paraissait l'être. De cette bataille, il ressortait encore une fois vainqueur. Il savait que les honneurs de cette construction, aux mesures gigantesques, lui reviendraient et que sa reine serait aussi comblée que lui-même.

Hatchepsout n'était-elle pas pharaonne à part entière ? Que pouvait-il faire d'autre, lui, le petit scribe de basse extraction ? Que pouvait-il faire d'autre que de comprendre le tempérament d'Hatchepsout, exalté, ambitieux, presque à la limite du fanatisme, comme le sien.

La construction du temple de Deir-el-Bahari signerait son apothéose. Elle serait réalisée dans les règles de l'art. Tout projet, si dément soit-il, était une consécration qui élèverait Hatchepsout au rang le plus haut.

Dès le départ, Senenmout en avait saisi la portée et relevait le défi. Convaincre tous les conseillers n'avait pas été facile. Rien d'étonnant à ce qu'il se jurât de réussir sur le plan affectif car, lorsqu'il posait sur l'un des plateaux de la balance son dévouement envers sa reine, il savait qu'il était le gagnant. Le reste venait à lui et, enfin, son plan s'échafaudait.

Construire à même le roc !

Le sanctuaire d'Hatchepsout s'étalerait sur une longueur d'un kilomètre et, à partir des terres cultivées de la vallée, une voie axiale bordée d'arbres sacrés s'élèverait jusqu'à des rampes en pans inclinés, flanquées de colonnades qui supporteraient les terrasses.

Tout s'imprimait clairement dans son esprit.

Le temple viendrait buter contre la montagne et s'enfoncerait dans la falaise, majestueuse, invincible, haute de cent vingt mètres. Il imposerait avec démesure ses violentes couleurs ocrées et rouges que surmonterait un ciel outrageusement azuré. Il fermerait un cirque rocheux que nul ne pourrait violer grâce à la cime qui viendrait en surmonter les angles abrupts et indestructibles. La cime de l'Occident.

*
* *

Les premières instructions furent rapidement données et l'on commença aussitôt les travaux. Senenmout, maître de l'ensemble des opérations, restait inflexible à toute entrave mineure pouvant perturber le bon déroulement de l'entreprise.

Il distribuait ses directives sans se départir de son autorité dont il savait abuser.

Ses trois chefs de chantier, un pour chaque équipe, ses dix adjoints qui se propulsaient là où s'élevaient les gigantesques blocs de pierre, ses multiples collaborateurs qui fourmillaient partout où le chantier s'étendait, à perte de vue, se lancèrent hardiment au-devant d'une besogne ardue, délicate, presque impossible à réaliser sous un soleil qui tuait rapidement les plus fragiles.

Senenmout dictait ses ordres avec son sens

brillant de l'organisation et son esprit développé de la synthèse.

A l'exception de Pouyemrê qui comptabilisait avec prudence les dépenses du chantier, Djéhouty qui engageait sculpteurs, potiers et peintres de talent et Néhésy qui surveillait ses gardes, il observait et dirigeait tout, l'œil en permanent éveil et l'ouïe ouverte sur chacun des bruits qui résonnait dans la montagne.

Enrôlés depuis plusieurs semaines, soldats, agriculteurs et artisans se partageaient les tâches rationnellement distribuées. On avait profité de la saison qui précédait la crue pour enrôler des milliers de paysans, désœuvrés et immobilisés avant le temps des semailles.

Ce n'était pas de forts gaillards comme les carriers et les ouvriers professionnels qui, tous, avaient la peau brune, la musculature roulée comme des gourdins bien durs, la carrure et les épaules puissantes.

Beaucoup de paysans étaient rachitiques et petits, mal à l'aise dans leur pagne de grossière étoffe brune, malhabiles aussi à remuer ces lourdes pierres qui écrasaient leurs membres fragiles. Vivant souvent de maigres rendements agricoles, ils survivaient souvent grâce à ces besognes qui venaient quelques fois renforcer les besoins de leur nombreuse famille.

L'Etat les enrôlait pour participer à ces sortes de grands travaux que l'Egypte entreprenait sur l'ordre des pharaons et que l'on commençait toujours lorsque les cultures étaient ramassées, engrangées, prêtes à assurer les besoins des années sèches.

Les rations supplémentaires étaient notées, détaillées, comptabilisées sur les tablettes des scribes. Les paysans pourvus d'une nombreuse famille envoyaient une part de leur nourriture chez eux. Des soldats affectés à cette besogne faisaient en permanence le trajet du chantier aux villages subventionnés par l'Etat.

Soldats et gens d'armes sillonnaient la région. Ils quadrillaient les alentours, surveillaient, observaient, criant aux chefs de chantier et aux responsables des équipes les anomalies qui paraissaient distraire le bon ordre des choses.

Toute la charrerie de Thèbes était appareillée, prête à accomplir les ordres de messagerie que la reine imposait. Hatchepsout venait fréquemment sur les lieux pour inspecter l'avancement des travaux.

Elle voyageait tantôt seule avec un ou deux conducteurs, tantôt avec une petite armée que détachait Néhésy à cet effet, ou encore avec Senenmout, lorsque celui-ci rentrait le soir à Thèbes. Mais, bien souvent, il passait la nuit sur le chantier et dormait sur une paillasse, le dos calé entre deux roches de la montagne.

Parmi les esclaves condamnés aux travaux forcés, on avait exceptionnellement rapatrié ceux qui avaient été envoyés dans les mines. Des petits groupes d'hommes parmi les plus robustes, sales, au crâne rasé, le pied entouré d'une chaîne solide, avaient été affectés aux travaux les plus durs.

Les prisonniers, voleurs et criminels, dont certains avaient subi la sentence du nez et des oreilles coupés, venus des mines de Coptos, de Nubie ou des prisons de Memphis, avaient grossi l'effectif des esclaves.

Répartis par groupes de cinquante, ils s'alignaient le long des larges câbles. Les surveillants se plaçaient aux extrémités pour orienter le halage des roches les plus lourdes. Lorsqu'ils levaient les bras pour signifier que tout était prêt, l'épuisant et interminable travail qui élevait les blocs de pierre commençait.

Dos courbés, échines suintantes, les haleurs criaient des « han » repris en chœur au rythme des mouvements. Les masses horizontales s'ébranlaient pour se mettre en position verticale. Lorsqu'un pan du bloc se soulevait, deux hommes aspergeaient le sol d'un liquide gras qui favorisait le glissement de la pierre.

A chaque « han » les souffles faisaient écho, les

reins se cambraient au risque de se briser, les bras se nouaient et se distordaient, les visages se crispaient en d'affreuses grimaces et, sous le soleil brûlant, seule une gorgée d'eau fraîche absorbée de temps en temps ranimait leur espoir.

Après des heures de travail épuisant, l'énorme bloc de pierre atteignait l'échafaudage. Les cordes se tendaient et la torsion des bâtons jouait au plus subtil. Quand un madrier était glissé sous les socles, les hommes s'arc-boutaient, se redressaient, se tendaient. Beaucoup, parmi les plus fragiles, restaient écrasés lorsqu'un bloc plus petit ou un éclat de pierre tombait.

Des soldats affectés à cet effet les ramassaient. Lorsqu'il s'agissait d'un esclave, les hommes d'armes le laissaient mourir sur le sol ou le jetaient en proie aux vautours qui volaient en permanence dans le haut ciel azuré qu'aucun souffle d'air ne perturbait.

La nuit, les hyènes et les chacals venaient rôder pour emporter les carcasses que laissaient les vautours, si bien qu'aucun squelette humain ne distrayait le regard des travailleurs.

Lorsque l'alignement des pierres paraissait imparfait, Senenmout le rectifiait et s'assurait de la solidité des attaches, puis toujours aussi imperturbable, donnait d'ultimes recommandations et ordonnait l'intervention des terrassiers.

Non loin de lui, alors qu'il inspectait le plus gros bloc, assez récalcitrant pour venir se poser là où il devait se joindre aux autres masses de pierres, un groupe d'esclaves s'évertuait à faire glisser sur la rainure de bois huilée une roche qui venait d'être taillée.

L'un d'eux semblait avoir pris quelque ascendant sur ses compagnons d'infortune. Il ne les commandait pas, mais les dominait par son regard insolent.

Penkhit n'avait plus ni nez ni oreilles. Son teint était blême. Son menton et son cou, autrefois gras, pendaient mous et flasques. Mais, le condamné avait encore suffisamment de ressources pour concocter une évasion assortie d'un coup qu'il mûrissait depuis qu'il travaillait sur le chantier de Deir-el-Bahari.

Il avait, de surcroît, retrouvé son acolyte unijambiste Temsen qui, lors du jugement de l'affaire du vol des plans des nécropoles de Karnak, s'était tiré d'affaire avec une simple bastonnade.

Enrôlé parmi les travailleurs du chantier, le handicap de Temsen avait joué en sa faveur. Il s'était vu affecté à un travail qui lui permettait d'aller et venir parmi les esclaves sans attirer l'attention des surveillants qui, fouet en main, frappaient sans pitié les moins énergiques ou les plus récalcitrants à la besogne.

La gourde d'eau fraîche que Temsen tendait vers la bouche des plus assoiffés permettait aux trois quarts des esclaves de ne pas succomber sous le poids écrasant du soleil. Ce n'est certes pas la mort de ces anciens voleurs qui eût gêné la société égyptienne, bien au contraire, mais sans eux, le travail surhumain qu'ils accomplissaient aurait considérablement perdu de son efficacité.

Ces hommes condamnés étaient indispensables au déroulement et au bon avancement de la construction du temple. Penkhit et Temsen le savaient. D'autres aussi avaient appris qu'une évasion était peut-être possible et qu'il fallait ouvrir l'œil.

La gourde que tendait l'unijambiste aux esclaves ne recelait pas que de l'eau. Elle cachait aussi de quoi scier leurs chaînes.

Temsen regarda Penkhit. Le coup d'œil qu'il reçut lui signifia que tout était prêt et que, dès la nuit tombée, la poignée d'hommes qui avait méthodiquement organisé l'évasion serait en fuite dans le désert.

*
* *

Debout, menton levé et regard vers l'horizon, Hatchepsout conduisait son char. Depuis combien de temps n'avait-elle pas effectué elle-même ces gestes grisants qu'elle finissait par oublier ? Avec délice, elle aspira le souffle d'un vent chaud qui, soudain, venait de se lever en même temps que montait le soleil au zénith.

Tenir les rênes de ses chevaux, fouetter cet air déjà brûlant qui lui venait en plein visage avec sa petite lanière de cuir souple, diriger le char comme elle l'entendait, voilà qui lui apportait en ce matin du premier mois d'akhit une ivresse bien intempestive.

Ce matin-là, l'absence de Senenmout et de Néhésy ne l'avait guère laissée dans l'indécision. L'occasion était trop belle. Elle fit appeler sa garde personnelle composée d'une dizaine de soldats qui avaient pour tâche de surveiller les entrées de ses appartements privés et de quelques hommes d'armes qu'elle recruta en hâte aux abords du palais.

Laissant les suivantes se baigner et s'ébrouer dans les bassins royaux, la petite escorte se mit donc en route, soldats et hommes d'armes suivant de près le sillage de la pharaonne.

Le trajet de Thèbes à Deir-el-Bahari n'était pas très long. Le silence du désert qu'il fallait toutefois traverser jusqu'aux approches du chantier maintenait, à chaque tour de roue, les regards vigilants et les esprits en alerte.

Le vent qui soufflait avait effacé toutes traces visibles à l'œil nu. L'étendue du sable infiniment léger blanchissait sous le soleil et Hatchepsout menait promptement ses chevaux, persuadée qu'elle atteindrait les premiers contreforts du chantier avant que le soleil ne pointe son extrémité étouffante au-dessus de sa tête.

Les gardes personnels de la reine, trop habitués aux longues factions routinières devant les portes du palais, n'aimaient guère le périlleux désert où les forces du mal et les dieux funestes rôdaient en permanence. Toute cette nature hostile s'avançant vers eux, au rythme diabolique que leur faisait prendre Hatchepsout, ne leur disait rien qui vaille.

Il fallait être fou, pensaient-ils, pour calquer ces fougueux nobles de Thèbes qui, à la moindre occasion, s'emballaient comme des fauves lâchés d'une cage dans les sables remuants d'un désert sec et maudit. Ces soldats-là n'étaient que de simples guetteurs, l'œil habile et parfaitement exercé, certes, mais la main maladroite pour se défendre de l'agresseur.

Grisée par la conduite du char et l'obéissance des chevaux, Hatchepsout était loin de penser qu'il était peut-être imprudent de voyager seule avec de tels compagnons.

A vrai dire, que ses gardes personnels ne fussent en rien vaillants et demeurassent hostiles à tout ce qui touchait le désert ne la concernait guère et qu'ils assimilassent à cette vaste étendue, troublante et si joliment ocrée, un dieu traître et vengeur l'atteignait encore moins.

Le terrible et sombre Seth qui s'était joué du dieu Horus et dont elle connaissait l'histoire pour en avoir appris chaque fragment n'était pas, en cet instant d'euphorie, présent dans son esprit. Que Seth jetât la menace de son regard sur le désert ne tracassait pas Hatchepsout puisque c'était bien dans ces contrées peu hospitalières qu'elle avait ordonné de construire son temple. Dieu d'Amon ! Pourquoi avait-elle eu cette idée saugrenue de s'expatrier aussi loin pour y construire sa nécropole, au lieu d'avoir choisi la bonne vieille terre de Karnak, comme ses aïeuls ?

Savait-elle que chaque paysan enrôlé devait vaincre sa peur en ces sables étrangers ? Il fallait être mineur ou carrier de profession pour accepter cette contrainte.

De son fouet, Hatchepsout cingla l'air au-dessus des chevaux dont les crinières s'envolaient comme des nuages filamenteux un jour de crue.

Elle tourna la tête et vit ses gardes qui tentaient péniblement de garder l'allure qu'elle imposait au convoi. Après la cadence infernale du départ, elle sembla calmer ses ardeurs.

Néhésy serait peu fier de la voir arriver avec ses piètres compagnons. Lui qui avait osé former un nouveau contingent d'hommes d'armes. Les policiers du désert ! Tous des baroudeurs, pensaient les gardes du palais. Des aventuriers au cœur sec qui patrouillaient en permanence, sillonnaient les lieux, observaient l'œil fixé à l'est, à l'ouest, armés de bâtons, de javelots, de poignards, d'arcs tendus et de flèches, accompagnés de grands chiens hargneux qui couraient en tous sens, la mâchoire habile à se fermer sur la proie qu'ils attrapaient.

Les policiers du désert ! Certes, la petite troupe qui accompagnait ce matin-là la pharaonne sur son char serti d'or et de pierres précieuses était bien loin de la hardiesse des policiers du désert.

Hatchepsout leva les yeux. Un vautour tourbillonnait dans le ciel en des circonvolutions insensées, disparaissant, réapparaissant. Soudain, il se mit à planer. La tache de ses ailes formait un trait sombre dans l'azur insolent du ciel. Une hachure qui venait distraire cette étendue inaltérable.

Les premiers villages aux maisons de briques crues passés, Hatchepsout rêva quelques instants à l'image du cirque rocheux qui n'apparaissait pas encore à ses yeux. Tout à l'heure, elle verrait au-devant d'elle, dominé par la Cime de l'Occident, le plan de la première terrasse qui s'étalait sur les terres cultivées de la vallée. Elle les borderait, plus tard, d'arbres sacrés qu'elle irait elle-même chercher au Pays du Pount.

Les rampes en pans inclinés dont lui avait longuement parlé Senenmout n'étaient pas encore en place, mais les gigantesques colonnades qui devaient supporter les terrasses avaient toutes été extraites et l'on pouvait, dès à présent, commencer les travaux de décoration.

A nouveau, Hatchepsout releva la tête. Le vautour avait disparu, sans doute caché par la haute pente qu'elle abordait. Elle dominait la région thébaine. La vue s'étendait au-delà de l'horizon, offrant la ville de Karnak et le temple d'Amon, les palmeraies verdoyantes, les sombres oliveraies, le ruban du Nil sinueux et merveilleusement doré.

De longues bandes de sable rougeâtre, qu'un léger khamsin n'avait effleuré qu'en douceur, l'encerclaient. Droite, elle tenait fermement les rênes en mains et son attelage reprit de la vitesse. Que la déesse Hathor la protège !

Le site commençait à se singulariser par ce calme apparent qui, bien souvent, n'est que tromperie. Car tout désert recèle ses fantômes. Un lion flairait une gazelle en fuite, une hyène tournoyait autour du corps desséché d'un bédouin perdu, mort d'épuisement et de soif... Un serpent s'apprêtait peut-être à s'enrouler autour d'un oryx ou d'un renard des sables. Un scorpion guettait, tapi contre une pierre ronde et chaude.

Hatchepsout fouetta ses chevaux. Les crinières volaient et les sabots laissaient sur leur passage des traces profondes. Les hommes activèrent aussi l'allure de leurs attelages. Ils soupiraient de crainte et d'impatience. Enfin, quand les rayons du soleil atteindraient le zénith, ils seraient arrivés.

Elle fit signe aux cinq hommes qui la suivaient de près de passer devant elle. Il n'était pas bon qu'elle arrivât sur les lieux sans être escortée à l'avant et à l'arrière.

Face à eux, les premiers rochers qui annonçaient les abords de Deir-el-Bahari se découvrirent. Ils étaient bas, rouges, abrupts, anguleux et se cassaient en deux pour reprendre plus loin leur place définitive.

Les chevaux arrivaient à l'emplacement où l'angle de ces premiers rochers s'enfonçaient dans le sable. Leurs pointes émergeaient, dessinant dans le ciel des créneaux arrondis.

Hatchepsout eut un long regard admiratif, presque enjôleur, pour ce merveilleux site dont elle s'était approprié la roche pour en faire son temple éternel. Puis, le lâchant du regard pour desserrer la ceinture qui la maintenait à la barre de son char, elle n'eut ni le temps de réagir ni celui de crier.

Un épais nuage de poussière tomba sur le convoi,

des cris les submergèrent, des bras les encerclèrent. Hatchepsout vit les cinq soldats qui la précédaient tomber de leur char et rouler sur le sable.

Quand elle se retourna, deux des hommes qui la suivaient se battaient. Deux autres s'enfuyaient. En un éclair, elle put voir que les bandits enfonçaient une lame longue et brillante dans la gorge de ses hommes et, avant qu'on ne l'empoigne pour la jeter à bas de son attelage, elle vit encore que trois soldats gisaient au sol dans une flaque de sang que buvait rapidement le sable doré du désert.

Deux mains puissantes la bâillonnaient solidement.

Ses yeux s'ouvrirent d'horreur. Son front se perla d'une sueur froide et désagréable. Mourrait-elle avant d'avoir vu l'achèvement de son temple ? Allait-elle succomber d'une façon aussi tragique et sotte à la fois ? Dans ce moment d'affolement, il n'était plus temps de se reprocher l'insouciance et la négligence qui l'avaient conduite sur ce chemin, en la seule compagnie de gardes qui n'étaient pas des hommes d'armes aguerris.

Elle se sentit soulevée, emportée, jetée sur le sol, retournée ventre à terre, bafouée, humiliée. Mais, pour l'instant, rien n'arrivait qui séparât son âme de son corps.

Elle sentit plus qu'elle n'entendit — car le cri des bandits couvrait le hurlement des quelques gardes restés en vie — que les chevaux piaffaient à côté d'elle. Plaquée au sol, le nez dans la poussière, Hatchepsout n'osait bouger.

La gorge et le dos transpercés des gardes qu'elle avait aperçus tout à l'heure lui dictaient une prudente attitude. Pourtant, les mains qui l'enserraient brutalement s'étaient dégagées d'elle.

Les cris cessèrent. Il lui sembla qu'il n'y avait plus de chevaux. Elle attendit, le cœur battant à se rompre. Enfin, on la retourna.

— Ma... Ma... Majesté, perçut-elle dans son oreille.

Hatchepsout crut défaillir. Son âme vivante n'était pas encore allée rejoindre le dieu des morts. Elle regarda le garde qui se penchait sur elle.

— Ma... Majesté. Vous n'êtes pas morte !

La pharaonne se redressa. Cette fois, elle sut qu'il fallait réagir. Autour d'elle, c'était un horrible massacre. Le seul garde qui n'était pas transpercé par la lame d'un couteau était celui qui la soutenait en bégayant de peur.

Le cadavre de ses gardes devait être encore chaud. Dans quelques instants, le vautour qu'elle avait aperçu, tout à l'heure, dans les hauteurs du ciel, aurait alerté toute une tribu d'oiseaux de proie. L'horrible festin n'aurait alors de cesse que lorsque les os dépouillés de chair apparaîtraient, appelant à leur tour les hyènes qui viendraient en broyer les carcasses.

Dans quelque temps, il ne resterait plus rien de ce charnier.

Lentement, la reine se tourna vers l'homme qui lui avait parlé.

— Qui es-tu ? fit-elle au garde rescapé.

— Men... Men... Menkheb.

Hatchepsout releva son buste que les bandits avaient passablement rudoyé. Elle sentit une gêne dans le dos qui l'empêchait de respirer à pleins poumons. Pourtant, elle ne pouvait s'empêcher d'être soulagée tant elle avait craint que le terrible dieu Seth lui ôtât tout espoir de vie ici-bas. Toujours tournée vers l'homme en vie, elle s'enquit d'un ton presque enjoué :

— Bégayes-tu toujours ou est-ce l'émotion qui te fait parler ainsi ?

— C'est... c'est la peur.

— Eh bien ! Regarde-moi. Regarde ta reine qui est aussi ton pharaon. J'ai subi le même sort que toi et je ne bégaye pas.

Certes, Hatchepsout n'en menait pas large. L'air semblait lui manquer de plus en plus et les coups qui heurtaient sa poitrine ne s'atténuaient pas. Il fallait, pourtant, sortir de cette situation qui pouvait s'avérer plus tragique.

— Regarde, Menkheb, fit-elle en désignant le massacre d'un doigt tremblant, on dirait que ces tueurs ont voulu m'épargner. Ils ont laissé juste un char et deux chevaux. Et toi, en prime !

Elle eut un sourire débonnaire en regardant le pauvre homme dont chaque membre s'entrechoquait comme un tambourin en mouvement.

— Allons, remercie le dieu Osiris qui n'a pas voulu de toi. Regarde, je suis en vie et tu seras largement récompensé pour m'avoir ramenée à Deir-el-Bahari.

Surpris, l'homme redressa son buste et parut reprendre un peu de courage, mais son bégaiement ne s'arrangea pas pour autant.

— Ma... Majesté. C'étaient des... des... esclaves.

— Des esclaves !

— Oui... Oui... Ma... Majesté.

— C'est étrange ! Quel scrupule ont-ils eu pour me laisser la vie sauve, alors que s'ils sont pris, leur tête sera tranchée de suite ?

— L'un... l'un d'eux n'a... n'avait qu'une jambe.

Unijambiste ! Cela lui rappelait quelque chose. Mais, sa tête était si bourdonnante qu'elle ne pouvait se concentrer sur une vision passée qu'elle avait oubliée.

— Il a... a... dit aux autres. Vous... vous ne pouvez pas tuer un... un pharaon. Les... Les dieux se... se... vengeront.

Hatchepsout se passa la main sur le front. Il n'était plus en sueur, mais ses jambes restaient toujours aussi molles.

— Je réfléchirai à cela plus tard. Allons, ne tremble plus et si tu as encore quelque énergie, aide-moi à monter sur le char qui nous reste et regagnons le chantier de Deir-el-Bahari avant que ces monstres ne reviennent.

— Bien... Ma... Majesté.

L'homme fut d'un piètre secours et la reine se dirigea elle-même vers le seul attelage qui restait. Les bandits s'étaient enfui avec toutes les montures. Dans la tuerie, aucun cheval n'était mort. Seuls, les hommes jonchaient tragiquement le sol qui, depuis longtemps déjà, avait absorbé tout leur sang.

— Peux-tu conduire ? s'enquit Hatchepsout.

— Je... Je suis un... un garde. Un garde de... de votre Altesse. Je ne... ne suis pas con... conducteur.

— N'étais-tu jamais monté sur un char ?

— Ja... jamais, Majesté.

— Alors, c'est moi qui vais prendre les rênes. Monte.

Elle grimaça de douleur tant son dos la faisait souffrir. Peut-être avait-elle quelques vertèbres ou quelques côtes cassées. Les bandits l'avaient jetée si violemment à terre !

Pour oublier l'image du massacre, elle ne se retourna pas, monta sur le char en étouffant un cri de souffrance et, subitement, eut un déclic.

— L'unijambiste bégayait-il comme toi ?

L'homme parut se concentrer. Il passa une main molle sur son front où coulait une sueur abondante et regarda la reine qui saisissait les rênes avec une expression crispée.

— Oui, Ma... Majesté.

Le violeur de tombes ! L'homme qu'elle avait épargné lors d'une récente audience et qui avait profané la chapelle d'Hathor, au temple d'Amon. Son acolyte, envoyé dans les mines d'or de Nubie, devait travailler sur le chantier.

Son visage se crispa. Encore une fois, elle reconnut que ses conseillers avaient raison et qu'il ne fallait s'attendrir sur aucun cas. Les pilleurs, les violeurs resteraient toujours des bandits qu'il fallait supprimer du peuple de l'Egypte.

Observant avec lassitude la pointe des rochers qui émergeait de Deir-el-Bahari, Hatchepsout fit l'effort d'accélérer l'allure de ses chevaux. Il lui semblait que ses pieds ne touchaient pas le sol du char ou que celui-ci allait se dérober sous le poids de son corps et celui de Menkheb.

Craignant que les brigands ne revinssent sur leurs pas, elle voulut forcer l'allure. Mais, toute énergie était momentanément morte en elle et ce ne fut qu'au rythme d'un petit trot que le char prit la direction du chantier.

Menkheb restait silencieux, se retournant sans arrêt d'un coup de tête agité pour voir si les bandits revenaient. Le mouvement de girouette qu'il ne cessait d'effectuer irritait Hatchepsout, mais elle se dit qu'après tout, cela l'empêchait elle-même de se retourner pour se sécuriser.

Ils roulèrent ainsi, à une petite cadence, jusqu'à ce qu'apparaissent les abords du chantier. Soudain, un char vint au-devant d'eux. Ce pouvait-il que ce fût Néhésy ? Ou Senenmout ?

Elle prit subitement conscience que sa tunique était déchirée de part en part et que sa coiffure, surmontée d'un artifice à l'effigie d'Horus, s'était lamentablement écroulée.

Face à elle, le char arrivait à vive allure. La silhouette qui se dégageait à ses yeux était celle de Senenmout qui, probablement, partait à Thèbes pour entretenir sa reine des derniers travaux en cours.

La chevauchée qui les séparait ne fut pas longue. Il la reçut dans ses bras alors que Menkheb bafouillait :

— Les... les esclaves. Ils les... les ont tous tués.

— Ma reine ! chuchota Senenmout. Ma déesse ! Ma bien-aimée ! Qu'est-il arrivé ? Ici, des pilleurs ont saccagé la chambre d'Hathor et emporté les premiers joyaux.

Avant de s'écrouler sur le buste de son compagnon, Hatchepsout fit aussitôt le rapprochement. Elle ne se trompait pas. L'unijambiste était bien le meneur de ce nouveau pillage et, la voie barrée par l'attelage d'Hatchepsout, ils n'avaient pas craint d'en tuer les conducteurs.

CHAPITRE VIII

Séchat et Reshot commençaient à s'impatienter et se demandaient si Maâthor avait réussi à joindre Djéhouty. Les jeunes femmes commençaient à craindre sérieusement ces fêtes d'Opêt qui, pour une fois, les gênaient considérablement en risquant de faire échouer lamentablement leurs recherches.

Pourtant, leurs craintes s'atténuèrent et leurs nerfs se détendirent. Un bon matin, alors que les premiers rayons du soleil se levaient sur le Nil, le destin joua en leur faveur.

Une barque était attachée à un tronc d'arbre, non loin de la cabane. Elles aperçurent la fragile embarcation entre deux racines de papyrus qui poussaient sur le bord du fleuve encore endormi.

Essoufflées, elles arrivèrent près de la barque et virent Houri en descendre.

— Djéhouty ? questionna Séchat que l'inquiétude commençait à ronger. Où est Djéhouty ?

— Il était absent à l'arrivée de ta nourrice et Aména est partie quelque temps chez son amie Amenhotep. Je suis donc reparti aussitôt.

Au nom d'Aména, la douce épouse de Djéhouty, Séchat eut un sursaut qu'elle maîtrisa aussitôt :

— Y a-t-il de nouvelles complications, s'enquit-elle, pour que tu ne saches pas où est Djéhouty ?

— On dit que la reine s'est fait attaquer sur le chemin qui mène de Thèbes à Deir-el-Bahari.

— Etait-elle donc sans escorte ?

— Elle conduisait seule son attelage, n'ayant que quelques hommes de sa garde personnelle auprès d'elle.

Séchat soupira. Un sentiment infidèle qu'elle réprima aussitôt, mais qu'elle ne parvint pas à effacer traversa son esprit. Elle pensait plus à la sauvegarde de sa fille qu'à celle de la reine.

— Djéhouty était-il sur le chantier ?

— Sans doute.

Ne sachant que penser, Séchat eut un imperceptible mouvement des épaules.

— Mais, que peux-tu faire pour nous ? s'inquiéta-t-elle.

— Vous aider à contourner Thèbes. Vous pourrez ensuite repartir seules.

— Seules !

— Maâthor vous retrouvera à Coptos et vous reprendrez vos recherches jusqu'au fayoum.

— Mais, les fêtes d'Opêt ?

Elle avait presque crié ce mot « d'Opêt » avec une agressivité qui, bien que contenue, en étalait cependant toute l'ampleur.

— Ne crains rien, elles risquent de s'abréger compte tenu de l'agression qu'a subie la reine. D'ailleurs, le chantier avait déjà repris son activité avant qu'elles ne soient achevées.

— Dieu d'Amon, soupira Séchat. Ces fêtes m'empêchent de traverser Thèbes et nous avons dû ruser avec Maâthor. Mais, à présent, Houri, est-ce aussi dangereux ?

— Depuis que tu cherches ta fille. Séchat, tu es déconnectée des réalités quotidiennes.

— Que veux-tu dire ?

Le regard étonné de la jeune femme se posa sur Houri qui poursuivit de sa voix calme :

— Il y aura toujours un événement attaché à la royauté pour te barrer la route et dévier tes pas. Et, si ce n'est plus les fêtes d'Opêt, c'est le chantier du temple et si ce n'est plus le chantier du temple, c'est la surveillance consécutive à cette agression.

— Tu veux m'expliquer, fit Séchat d'un ton las, que la police sillonnera toujours les villes.

— Oui Séchat, et cette police n'est pas pour t'aider. Elle s'est intensifiée sur tous les abords de Thèbes jusqu'à Deir-el-Bahari. On cherche les agresseurs d'Hatchepsout, la pharaonne. Chaque passant est arrêté, questionné, fouillé. Ton histoire ne sera pas crédible et si l'on t'arrête, même ton nom ne sera pas retenu.

Le soupir silencieux de Séchat n'échappa pas à Reshot qui, du coin de l'œil, l'observait sans rien dire.

Houri reprit de sa voix tranquille :

— Il n'y a pas d'autre solution pour vous que de contourner la ville par le désert.

— Les bœufs n'avanceront pas. Ce sont des bêtes de champs habituées aux berges du Nil, non aux sables du désert.

— Ils y parviendront. Ce n'est pas la première fois qu'ils traverseront la région du nord et du fayoum. Il y a quantité d'oueds et d'oasis. Ils s'y reposeront, cela vous permettra de poursuivre vos recherches en profondeur.

Reshot approuva en acquiesçant de la tête et Séchat, convaincue, fit rapidement le tour de la situation.

— Il faudra renouveler nos provisions. Tu en parleras à Maâthor. Il nous reste de l'eau, mais en quantité insuffisante. Nous en aurons besoin dans le désert. Les oasis ne seront pas toujours là où nous les attendons.

— Et nous n'avons plus de fruits secs, reprit Reshot. Que Maâthor nous apporte aussi des pots de miel et, si derrière son âne chargé de toutes ces provisions, elle pouvait attacher une chèvre, son lait achèverait de nous satisfaire.

— Reshot, ta chèvre ne donnera pas de lait, rétorqua tristement Séchat. Il lui faut l'herbe grasse du Nil pour être féconde. En revanche, nous avons besoin d'armes. Donne-lui deux autres poignards et une courte épée.

Sceptique, Houri releva le sourcil.

— Nous les manierons plus facilement et nous les dissimulerons mieux.

— Sois convaincue, Séchat, que je ferai tout mon possible pour te satisfaire. C'est ainsi que Djéhouty aurait voulu que je fasse.

— Merci pour ton aide, murmura la jeune femme.

Elle prit sa main et la serra affectueusement, essayant de se persuader qu'un sentiment généreux de sa part ne pouvait que favoriser la conclusion de ses recherches.

Houri reparti, les deux jeunes femmes se retrouvèrent seules avec leurs angoisses, leurs appréhensions ; leur silence accentuait les pires craintes qui ne cessaient de les assaillir.

Le trajet de Louqsor à Coptos épuisa les bœufs habitués à se désaltérer des heures entières dans les eaux du Nil. Ils avançaient péniblement et leurs têtes baissées se balançaient de droite à gauche avec lassitude.

Les oasis rencontrées sur le chemin s'avéraient pourtant régulières, mais ne suffisaient pas pour étancher leur soif. Dès qu'une pièce d'eau était atteinte, elles y passaient la nuit pour permettre aux bœufs de boire un maximum afin qu'ils puissent reprendre une énergie nouvelle.

Hormis ce renouveau de craintes, elles arrivèrent à Coptos sans encombres. Aux abords de la ville, Séchat trembla de joie, une de ces joies qu'elle n'envisageait presque plus, tant elle s'habituait au découragement.

Assise sur son âne chargé de multiples provisions, Maâthor attendait les jeunes femmes. Elle était entourée par Djéhouty et Houri et, sur ses lèvres charnues, flottait un sourire vainqueur qui ne tenait pas compte de l'aide soudaine des deux hommes pour en diminuer la valeur.

Maâthor était joyeuse d'avoir pleinement réussi sa mission et peu lui importait que Djéhouty et Houri vinssent en atténuer la portée. Elle était là avec le chargement indispensable au petit convoi pour poursuivre sa route. Que les deux hommes apportassent un supplément de nourriture et de munitions n'en était que mieux.

Ils avaient apporté des couvertures pour la nuit, des gourdes d'eau fraîche, du fourrage pour les bœufs, des couteaux, des poignards, des gourdins.

Séchat ne put cacher son émotion et sa joie tant

elle était heureuse. Bonheur, hélas, vite étouffé lorsque Djéhouty lui expliqua avec embarras :

— Je ne puis rester. L'attentat d'Hatchepsout complique les choses. La reine veut tous ses conseillers autour d'elle. Ce n'est que fourmillement de policiers, de soldats, d'hommes d'armes. Les esclaves qui travaillaient à Deir-el-Bahari et qui ont attaqué la reine sont en fuite vers le nord, car ils ne peuvent atteindre le sud.

Reshot se mit à trembler.

— Pourra-t-on poursuivre notre chemin tranquilles, un jour ? soupira-t-elle.

— Ne craignez rien, reprit Djéhouty en posant sa main sur l'épaule de Séchat et en la pressant doucement. Ne craignez rien. Je vous laisse Houri.

Sur l'air désappointé de Séchat, il ajouta :

— Avec lui, vous serez en sécurité. Seules, vous iriez au-devant d'un échec certain. Le fayoum que vous n'atteindrez qu'après toutes les villes du nord est un danger mortel.

Houri aida Reshot à ranger les armes dans le char à bœufs et Maâthor déchargeait l'âne dont l'échine pliait sous le poids du chargement qu'elle avait rapporté.

— Reste sur tes gardes en permanence, poursuivit Djéhouty en serrant sa compagne contre lui.

Puis, approchant son visage du sien, il déposa un baiser sur sa tempe. Déjà, ses yeux s'emplissaient de ce désir violent qui l'étreignait chaque fois qu'il se trouvait avec elle. Mais, le regard de la jeune femme paraissait éteint et ne s'accordait pas au besoin sensuel de son compagnon.

— Le fayoum est un abri pour les voleurs, les tueurs, les repris de justice et tous ceux qui veulent se cacher de la police. Il n'est donc pas improbable que les agresseurs de la reine s'y soient dissimulés.

— Alors, si je comprends bien, jeta Séchat avec amertume, nous aurons à subir deux fortes appréhensions : celle des bandits et celle des hommes d'armes.

Elle étira ses lèvres en un pauvre sourire.

— C'est gentil à toi, Djéhouty, de nous laisser Houri. C'est une grande protection et nous voici rassurées.

Le regard que Séchat dirigea vers sa compagne lui prouva qu'elle n'était pas insensible à la présence de Houri.

— Ce n'est pas tout, répliqua Djéhouty. J'ai vu Néhésy.

— Néhésy ! Va-t-il m'aider ?

Une lueur d'espoir brilla dans les yeux de Séchat. Néhésy ! L'un de ses compagnons d'études ! Le grand Chef de toutes les Polices d'Egypte ! Celui qui l'avait lâchement abandonnée à son départ de Bouhen allait-il pouvoir enfin faire quelque chose pour elle ?

Hélas ! Là encore, sa joie fut vite effacée et les propos qui suivirent la firent retomber au plus bas.

— Lui-même ne peut rien faire, trop absorbé par les ordres d'Hatchepsout. Mais, dès que vous serez à Denderah, il va dépêcher un ou deux policiers pour vous aider.

— Un ou deux ! Mais Djéhouty, c'est une armée qu'il me faudrait !

Djéhouty soupira. D'un pas nerveux, il contourna l'âne soulagé de son chargement, tapota distraitement l'échine grise et soyeuse de l'animal qui secoua ses oreilles de plaisir et revint près de Séchat.

— Néhésy ne peut pas faire plus sans se mettre en tort.

— En tort !

— Oui, envers la reine.

Séchat prit son menton entre ses doigts et le frotta nerveusement. Puis, ramenant sa main sur son buste, à plat contre sa poitrine frémissante, signifia :

— Parce qu'elle exige que soient regroupés autour d'elle tous ses contingents de policiers.

— Moi-même, Séchat, je suis actuellement en tort. Je ne devrais pas être auprès de toi, maintenant.

— Je sais et je n'oublierai pas ton soutien.

Puis, ne voulant pas s'éterniser sur d'interminables

remerciements, elle reprit d'un ton faussement dégagé, cachant une profonde inquiétude.

— Et ma mission ?

— Ne garde pas de regrets en toi et poursuis tes recherches. Je suis allé faire le point sur les lieux de ton travail. N'aie aucune crainte, ta besogne sera effectuée dans toutes les clauses du contrat que tu as passé avec Hatchepsout. Lorsque tu auras retrouvé Satiah...

La seconde qui marqua son arrêt fut aussitôt interrompue par le désespoir de la jeune femme.

— Ou bien lorsque j'aurai appris qu'elle est morte !

Mais l'énorme bouffée d'air qu'elle respira péniblement avala le reste de sa réplique.

— Allons, Séchat, garde ton énergie et ton moral. Tout se passera bien. Tu retrouveras ta fille en même temps que ton poste de scribe et d'intendante. Fais-moi confiance. J'y veille farouchement.

Il la saisit entre ses bras. La pression qu'il exerça sur ses maigres épaules lui fit mal. Elle avait tant maigri depuis son départ de Bouhen que les os saillaient sous sa peau translucide.

— Accorde-moi cependant une seule chose.

— Laquelle ?

Il la serra davantage contre lui. Ses grandes jambes s'encastraient presque dans les siennes et de ses cuisses musclées, il enferma celles plus fragiles de Séchat.

— Celle de m'accompagner lorsque auront lieu les échanges commerciaux pour la décoration de l'intérieur du temple. Ces marchés doivent être menés avec une grande fermeté. Il faut en connaître tous les risques et tous les pièges.

— Où et quand auront-ils lieu ?

— Où ! A Memphis. Mais, quand ! Je ne sais pas encore.

Anéantie, elle le repoussa, consciente de la futilité de leurs gestes.

— Djéhouty, où serai-je à ce moment-là ? Perdue

dans les bras tortueux du delta. Le fayoum m'aura sans doute tendu plus d'un piège et l'un de ses insidieux tentacules m'aura peut-être étouffée ou noyée.

Elle soupira.

— Ou simplement gardée prisonnière. Je ne puis te promettre ma présence.

— Je m'arrangerai pour que les échanges aient lieu juste à ton arrivée dans Memphis. Le policier que Néhésy détachera de son corps d'armes servira de courrier et me renseignera sur chacun des lieux où tu seras.

— Crois-tu que tout fonctionnera aussi bien que tu le dis ? Oh ! Djéhouty, depuis que Satiah n'est plus là, tout marche mal.

Elle se mit à pleurer silencieusement entre les bras de son ami. Quand elle redressa la tête, il sécha ses yeux d'un revers de main.

— Il me faut ton accord. Les échanges commerciaux qui traitent les pierres précieuses me sont étrangers. Je risque de faire de mauvais marchés. Tu es plus compétente que moi en affaires. Tu connais les prix exacts des matières premières, alors que je les ignore.

Elle essuya ses yeux humides.

— Si lors de ces marches, je suis à Memphis, je serai avec toi.

Djéhouty eut un soupir de soulagement.

— Pouyemrê sera-t-il là ? s'enquit-elle.

— En tant que trésorier royal, il ne peut rester étranger à ce genre d'affaires. C'est un énorme marché qui demandera de longs palabres et sur lequel il faudra revenir maintes fois. Te sentiras-tu assez forte pour soutenir les propos qui y seront tenus ?

Elle eut un léger haussement d'épaules.

— Quand arriveront les marchands de métaux précieux ?

— Le dernier mois de la saison du Périt. Cela te va ?

— Cela me va. Je ferai en sorte d'être à Memphis

pour cette date. D'ailleurs, je crois que nous ne resterons pas longtemps à Abydos, ma fille ne peut y être, c'est un lieu trop fréquenté. Quant à Hermopolis, c'est un quartier tournant, trop agité lui aussi pour y cacher Satiah et ses voleurs. Je m'arrangerai pour y accélérer les recherches.

Avant que Djéhouty ne reparte, elle lui jeta un regard éploré, passa une main nerveuse sur son front moite où des mèches brunes venaient désespérément se coller et murmura :

— Merci, Djéhouty.

*
* *

A Denderah, ils s'arrêtèrent aux approches du vieux temple qui datait du pharaon Pépi 1er. Dédiée à Horus, la construction avait des similitudes avec celle d'Edfou. Le policier de Thèbes devait les rejoindre à cet endroit. Anxieuses, les trois jeunes femmes attendaient pendant que Houri marchait de long en large aux abords du temple qu'éclairait une lumière basse et naissante. Mais la journée et les suivantes se passèrent sans que le policier ne se montrât et force leur fut d'attendre.

Depuis que le serviteur de Djéhouty était à leurs côtés, elles dormaient d'un sommeil plus paisible. Reshot, elle-même, semblait oublier le cauchemar de son viol au contact de Houri. Un soir qu'il effectuait des recherches aux alentours des villages avoisinants, Séchat l'entendit murmurer à son oreille :

— Réveille-toi !

La jeune femme, que le sommeil n'avait pas encore entraînée dans des songes trop profonds, s'éveilla.

— Qu'y a-t-il Houri, aurais-tu trouvé une piste ?

— Juste un renseignement.

Séchat se redressa, droite et attentive.

— Parle vite.

— Il s'agit d'un astrologue à l'autre bout de la ville. Ayant poussé jusqu'au village de Kénâ, où je n'ai d'ailleurs trouvé aucun indice, je ne retrouvais plus le chemin de la Porte du Sud. La dernière maison en bout de village abrite un vieil astrologue. Il vit avec sa fille qui est nourrice. Me liant de sympathie avec ce vieillard fort sage, j'ai conversé avec la fille. Elle m'a appris qu'elle allait de village en village pour nourrir les nourrissons dont les mères n'avaient pas assez de lait.

Séchat se mit à trembler.

— Dieu, serait-il possible que nous ayons un indice sérieux qui guiderait nos recherches ?

Puis, se levant complètement, elle esquissa un pas.

— Dès demain à l'aube, nous partirons. Reshot et Maâthor resteront pour attendre le policier.

Elle enserra son visage entre ses mains.

— Oh ! Houri, si nous pouvions suivre un indice ! Nous n'allons que vers le brouillard et l'incertitude depuis notre départ de Bouhen. Je suis fatiguée de n'aboutir à rien.

Elle courut réveiller Reshot qui, pour se préserver de la fraîcheur, cette nuit-là, dormait aux côtés de Maâthor, dans le fond du char.

Cette nouvelle, plus excitante que tout ce qu'elles avaient pu apprendre depuis leur départ, et surtout d'une couleur plus optimiste, les fit veiller très tard.

Au petit matin, Reshot dormait. Séchat lui ayant fourni toutes les consignes à suivre pendant son absence ne prit pas la peine de l'éveiller. Houri l'attendait près de sa monture. Dès qu'il tira sur les rênes, le cheval prit un petit galop en direction du nord de Denderah.

Promptement, la ville fut laissée derrière eux et, grâce au galop rapide et régulier du cheval, ils approchèrent de Kénâ dans un nuage de poussière blanchie par une aube encore précoce. Excellent cavalier, Houri menait bien sa monture et Séchat prenait plaisir à suivre ce train d'enfer pour atteindre le village.

Cette partie du paysage qu'elle connaissait mal l'étonna par la verdure, très différente de ce qu'elle voyait habituellement. De l'autre côté du Nil, les dunes lybiques commençaient à apparaître. Le calcaire raviné et croulant de la montagne laissait un sable rouge agréable à regarder. Ici, aucune terre riche et noire comme celle du sud de Thèbes qui descendait jusqu'à Bouhen. Des oueds conduisaient aux montagnes extrêmes où le soleil se levait dans un ciel plus clair que celui qu'elle connaissait. Ici, le désert lui apparaissait plus mystérieux. Elle pressentait en ces carrefours qui appelaient l'industrie et le commerce quelque chose vibrer, comme un appel sourd et lointain qui réclamait sa présence. Elle remarqua que, dans ces régions, les puits plus nombreux et plus profonds permettaient aux voyageurs et aux passagers de boire comme ils le désiraient. On remplissait les gourdes à volonté. La diversité et la régularité des caravanes qui passaient étonnaient encore Séchat. Les bédouins achetaient autant d'ânes, de gourdes et de pain qu'ils souhaitaient. On sentait l'ambiance agitée du fayoum. Djéhouty avait raison. Ce devait être un lieu où trois femmes seules ne pouvaient sortir sans dommages.

Instinctivement, elle se rapprocha de Houri, rassurée de sa présence. Les premières maisons de boue séchée apparaissaient. Seules quelques habitations avaient été construites en briques. Ils longèrent le village au petit trot, s'éloignant assez pour ne pas attirer l'attention plus qu'il ne fallait.

La dernière maison, construite elle aussi en boue séchée, semblait plus grande. Devant l'ouverture, quelques chèvres mâchaient une herbe jaune en les regardant s'approcher. Houri arrêta sa monture.

— Il est préférable que tu y ailles seule.

La jeune femme acquiesça et se dirigea vers l'ouverture de la maison.

L'obscurité qui y régnait apportait une agréable fraîcheur, l'écart de température entre la chaleur du désert et cet intérieur de masure lui plut agréablement.

Devant une longue table où papyrus, cartes du ciel, godets en céramiques s'alignaient et se superposaient, un vieillard à la nuque rasée réfléchissait.

— Pardonne-moi d'entrer sans y être invitée. Es-tu un astrologue comme on me l'a fait savoir ?

Le vieil homme la dévisagea longuement, sans marquer de surprise. Puis, il hocha affirmativement la tête tout en continuant d'observer la jeune femme.

— Que me veux-tu ?

— Ce n'est pas toi que je veux voir, mais ta fille.

— Que peut-elle faire pour toi ?

— Est-elle bien nourrice ?

— C'est, en effet, son métier.

— J'ai besoin de lui parler...

— As-tu un enfant que tu ne peux allaiter ?

Séchat mesura sa réponse. Il fallait troubler ce vieillard, le toucher, le motiver. Elle s'agenouilla devant lui et le regarda d'un air implorant.

— J'ai eu un enfant. Une petite fille qui se prénomme Satiah. Elle m'a été dérobée alors que sa nourrice venait de l'allaiter. Je la recherche depuis de longs mois, sillonnant les villages. Je viens de Bouhen, bien en-dessous de Thèbes. Depuis mon départ, je n'ai rien obtenu, rien trouvé, rien vu qui m'aide. Or, j'ai appris de la bouche de mon serviteur que ta fille était nourrice et qu'elle allait de village en village aider les mères qui manquaient de lait. Voilà, vieil homme, toute mon histoire.

Séchat dont les pleurs n'avaient pas effleuré les yeux de toute la saison du Périt les sentit se brouiller. Des larmes sourdaient à ses paupières devenues étrangement chaudes. Se forçant à les garder relevées pour ne pas les faire retomber, elle fixait le vieil astrologue. Sans doute, remarqua-t-il ses yeux trop brillants et trop humides.

— Non, ce n'est pas là toute ton histoire. Tu en caches une autre.

— Laquelle ?

— Celle qui engendre tes difficultés et le rapt de ta petite fille.

— C'est vrai, murmura la jeune femme.

Elle prit la main du vieil astrologue et la regarda avec une obstination têtue. Longue, brune et décharnée, elle apportait tout un monde d'émotions dans l'esprit de la jeune femme. Puis, reportant à nouveau ses yeux humides sur lui, elle fit remarquer :

— Vous ressemblez à mon grand-père. Il est mort de tristesse à la disparition de ma fille. Pour moi, la seconde douleur a enterré la première. Lorsque j'aurai retrouvé Satiah je pleurerai mon grand-père.

Le vieil homme retira sa main avec lenteur comme si le poids des ans venait s'y attacher lourdement.

— Tes attitudes et tes expressions sont nobles, mais tu travailles en faveur des déshérités.

Surprise, Séchat ne le quittait pas du regard, attendant d'autres paroles, d'autres mots, d'autres réconforts.

— Tu es un haut dignitaire, n'est-ce pas ? Je te vois entourée de personnages célèbres. Je vois les pharaons autour de toi. Qui es-tu ?

— Je suis Séchat, la Grande Intendante des Artisans.

— Tu vois, ma voyance ne faiblit pas, malgré mon grand âge.

Instinctivement, Séchat avait repris entre ses mains blanches et fines les vieilles mains brunes et ridées de l'astrologue.

— Parle-moi, je t'en prie. Ma vie ne compte plus, du moins pour l'instant. J'ai besoin de savoir ce qui est arrivé à ma fille. Est-elle en vie ? Dois-je encore la rechercher ? Je t'en prie. Essaie de me guider.

— Tous, autour de toi, te croient forte, invulnérable et résistante. Mais ce n'est pas tout à fait juste. Tu enfermes bien des faiblesses.

— J'ai peur et je crains le pire pour ma fille. Veux-tu m'aider ?

— Allons, allons, reprit l'astrologue. Je ne suis plus très rapide, à présent. Je ne professe plus. Je me contente de regarder le ciel et les étoiles. J'apprends beaucoup de cette manière. Maintenant, je garde pour moi mon savoir et mes expériences.

— Ne veux-tu pas me secourir ?

— Je n'ai pas dit cela. Mais avant de t'apporter

mon appui, veux-tu boire quelque chose de frais ? La course dans le désert a dû te donner soif. Ensuite, nous pourrions attendre ma fille, elle doit rentrer dans la soirée.

— Mais, je ne suis pas venue seule.

— Ton serviteur ! Oui. Et bien pourrait-il revenir demain ? Ma fille et moi t'hébergerons cette nuit. Du moins, si tu as confiance.

— J'ai confiance.

En acceptant la proposition du vieil astrologue, Séchat fut convaincue, ce jour-là, que quelque chose devait bouger.

Après le départ de Houri, l'astrologue et Séchat discutaient comme de vieilles connaissances, s'enhardissant dans des explications qui reformaient un monde trop perfide, trop mesquin où pourtant toutes possibilités d'être heureux étaient à même de surgir. Ce vieil homme plaisait à la jeune femme. Décidée à lui offrir toute sa confiance, elle lui confia les orientations de sa vie. L'astrologue l'écoutait et lui répondait par un étrange langage.

— Je vois les choses à travers les heures et les étoiles. Lorsque tu m'es apparue, nous étions au seizième jour du mois de Paophi. L'heure exacte était celle de « l'étoile de l'eau ». Ta fille est donc partie en direction du Nil. Ne cherche pas dans le désert. Cette heure détermine le coude et la main droite de l'homme. Il y a lancement d'armes autour de toi. Des morts s'ensuivent.

Séchat frémit en pensant aux agresseurs morts par sa propre main et par celle de Maâthor. Eberluée, elle regardait le vieil homme et celui-ci continuait :

— Lorsque tu atteindras, sans le savoir, l'endroit où elle se trouve, nous serons au premier du mois d'Hathor, les étoiles se seront déplacées et quand la huitième heure de cette journée sera atteinte, l'heure de « l'étoile d'Orion » brillera. Cette étoile correspond à l'œil, il faudra observer tout ce qui t'entoure. Observer, regarder et comprendre. Là se trouve la solution.

— Mais, comment saurai-je que le moment est venu d'observer intensément ?

— Lorsque tu seras à l'embranchement du Nil et de la mer, là où l'eau n'est plus qu'un vaste territoire incontournable, fais marche arrière, posément, sans hâte, juste assez pour retrouver les flots tranquilles du Nil et ne quitte plus le delta avant d'avoir retrouvé ta fille.

Tard, dans la soirée, alors qu'ils observaient le ciel obscur éclairé d'étoiles et que l'astrologue lui expliquait le dessin et la position des astres, ils entendirent le claquement des sabots d'un âne qui s'approchait.

— C'est ma fille, dit le vieil homme en se levant.

Puis, il se dirigea en direction de la monture qui venait à lui en cahotant. Une femme en descendit. Surprise de voir Séchat, elle interrogea son père du regard.

Il fallut très peu de temps pour que les deux femmes échangeassent des banalités d'usage. Mais Séchat, pressée d'en venir au fait, ne savait comment présenter les choses. L'astrologue vint, heureusement, à son secours et lui expliqua la cause de son arrivée.

La fille de l'astrologue possédait un curieux faciès. Des rides profondément dessinées sillonnaient son front. Qu'elles soient identiques à celles qui creusaient le vieux visage de son père pouvait surprendre si l'on en jugeait par l'âge encore jeune de la femme. Son corps ne présentait pas d'embonpoint extrême, il s'imposait par une stature impressionnante. Seule, l'opulente poitrine pouvait révéler ses offices de nourrice.

— A quelle date exacte cet enfant a-t-il disparu ? questionna-t-elle.

— Le deuxième jour du mois de Mechir. C'était la veille de mon retour d'une visite aux mines d'or enclavées dans la troisième cataracte.

— Alors, cela peut coïncider avec la période de la

fin du mois de Mechir, deux hommes et une femme sont venus. Ils avaient un bébé...

Séchat crut défaillir. Son teint devint si blême que la femme s'arrêta de parler.

— Cela ne va pas bien ? Veux-tu quelque chose à boire ?

Déjà le vieil homme lui présentait un pot de grès qu'il approchait de ses lèvres.

— Tiens, bois, cela te remettra pendant que Tihy, ma fille, poursuivra son récit.

— Ils avaient un bébé...

— Une fille ?

— Oui, c'était une petite fille. Jolie, souriante, mais très coléreuse. Elle pleurait de rage lorsqu'elle ne buvait pas assez vite.

— C'était Satiah. Oh ! déesse Hathor, je t'en prie, permets que je la retrouve.

— La femme disait être sa mère et l'un des hommes, son père. Quant au troisième personnage, il s'est présenté comme l'oncle. Son âge était plus avancé. Cet homme était plus avenant que l'autre. Ils se rendaient dans le nord pour toucher un petit héritage d'un parent.

— Dans le nord ! Ont-ils parlé d'une ville précise ?

— Non. Mais la femme a dit en partant : « Nous avons encore une longue route et nous espérons trouver une autre nourrice après Abydos. »

— Donc, il est inutile de s'arrêter à Abydos, cela nous fera gagner du temps. Nous prendrons directement la route d'Hermopolis.

— La petite jouissait d'une excellente santé. Je pense que tu dois désirer entendre la description de ces gens.

Séchat approuva de la tête. Elle se remettait lentement de cette situation aussi imprévue qu'optimiste.

— La femme était grande, de peau très blanche. Ses cheveux noirs retombaient au niveau des épaules. Ses yeux sombres semblaient durs. Chose curieuse, j'ai dit à mon père, le premier soir : « Cette femme ne me semble guère maternelle, on dirait que cet enfant n'est pas d'elle. »

Le cœur de Séchat tapait à grands coups dans son corps et sa tête lui fit si mal qu'elle la saisit entre ses deux mains, essayant d'arrêter les battements qui, violemment, frappaient son crâne.

— Mes paroles te mettent à dure épreuve.

Séchat ne put répondre. Elle eut la sensation que ses jambes se dérobaient.

— Je vais m'allonger, dit-elle. Poursuis, je t'en prie.

— L'homme qui se disait le père était assez jeune, grand. Ni vilain, ni beau. Il était aussi maigre et barbu que l'autre était gros et chauve.

— Gros et chauve ! répéta Séchat.

— Il y a beaucoup d'hommes gros et chauves, mais celui-ci était caractéristique.

— Donne-moi d'autres détails.

— Si gros, qu'il portait au moins un triple menton. Sa peau était si blanche qu'elle paraissait glabre et translucide.

Séchat se redressa comme si une vipère l'eût piquée. Un homme gros, chauve, à la peau glabre, au triple menton et de surcroît avenant... Sa mémoire ne fit qu'un tour et elle revit l'homme qui, invité le soir de son mariage, lui avait offert la coupe empoisonnée[1].

*
* *

Les indices précieux du vieil astrologue leur firent passer Hermopolis sans s'y attarder.

A Memphis, là où le Nil coule à l'est contre les montagnes et à l'ouest contre un riche plateau herbeux, les deux Egypte s'affrontaient. Puis, l'une, la Haute Egypte cédait le pas à l'autre, la Basse Egypte où deux mille ans plus tôt, le pharaon Ménes bâtissait le fort du Mur Blanc.

Ancien et Moyen Empire y avaient vu leur destinée,

1. Lire *Les Thibaines/La Couronne insolente* (tome 1).

vivant des riches plaines du delta avant que les rois choisissent leur siège à Thèbes.

Chasses et pêches s'y révélaient si abondantes que mieux valait, à cette époque, ne pas tenter de s'exposer ailleurs. Mieux valait aussi y construire leurs pyramides dont les traditions de la dix-huitième dynastie découlaient.

Memphis devenait après Thèbes la ville la plus importante. Capitale du commerce et de l'industrie, elle figurait comme la plaque tournante de toute l'Egypte. On y fabriquait le matériel de guerre et les navires de la flotte. Le trafic de toutes les branches du Nil convergeait vers son port, si bien que Thèbes y avait une sorte d'agence où les affaires s'y traitaient.

Memphis, à l'embouchure du delta, grouillait d'animation avec ses kébénites blancs. Ville de contacts, elle brassait toute une vie étrangère. Au carrefour du passage de la mer Rouge et de la Méditerranée, entre la Libye et la Syrie, Memphis devenait une vraie ville stratégique.

Afin de traiter l'affaire des pierres précieuses, comme elle l'avait promis à Djéhouty, celui-ci vint la chercher au dernier jour du mois du Périt, alors que l'aube accrochait ses premiers rayons sur un Nil qui commençait à grouiller dans des bruits et des cris révélant l'animation commerciale de la journée à venir.

Elle lui renouvela des remerciements dont la sincérité se mêlait à une espèce de gratitude qu'elle aurait voulu exclure de toute forme d'affection abusive. Mais, comment dissocier leurs quelques nuits d'amour et ce sentiment étrange, diffus, qu'elle se refusait à montrer.

Devant les portes du grand bâtiment des Affaires Commerciales, il ne put s'empêcher de la serrer dans ses bras, se contentant de respirer ses cheveux noirs et défaits dont la brillance et le velouté avaient disparu depuis ces longs mois de course folle après sa fille.

Il remarqua qu'elle portait une tunique qu'Améná avait laissée pour elle à Maâthor. Le vêtement était blanc, sobre et plissé et Séchat le portait avec élégance. Qu'aurait dit ou pensé la douce Améná si, en un éclair de temps, elle avait vu sa robe s'agiter entre les bras de son époux ? Mais, Séchat était loin de ces considérations qui eussent été pesantes en d'autres circonstances.

A l'intérieur du grand bâtiment des Affaires Commerciales, Pouyemrê les attendait. Sa haute silhouette se distinguait des autres personnages. Il avait toujours son allure stable, tranquille, assurée et ses manières d'homme élégant. Il est vrai que Pouyemrê descendait d'une des plus anciennes et plus nobles familles de Thèbes.

En un bref retour de sa mémoire, Séchat revit le jour où le jeune homme — qu'il était à l'époque — lui avait passé autour du cou un collier qu'il avait façonné lui-même de ses mains. Un curieux collier fait de médaillons de bronze reliés par des perles de lapis-lazuli. Pouyemrê, en ce temps-là, voulait être un orfèvre, un artisan, un chercheur. Et la vie en avait décidé autrement. Pouyemrê était devenu comme tous ses camarades, un administrateur, un technocrate, un conseiller fidèle d'Hatchepsout.

Séchat l'embrassa sans façon et, lorsqu'il lui demanda si ses recherches avançaient, elle écarta la discussion de la main.

— Ne parlons pas de ceci, Pouyemrê. Je ne suis là que pour traiter au mieux les affaires de la reine.

Le vizir de la Basse Egypte les accueillit avec tous les honneurs dus à leur rang. Une telle contrainte la bloquait psychologiquement car, plus que jamais, elle désirait poursuivre ses recherches, mais elle s'efforça de maintenir son esprit au niveau de l'enjeu qui s'imposait.

Le problème à débattre se révélait d'envergure. Ce fut l'espoir qui la sauva de cette pénible journée. Un espoir neuf, vierge de tout tabou, de toutes contraintes. Elle réussit à se concentrer, mieux encore à se plaire parmi ces hommes qui effectuaient leur mission avec fidélité et savoir-faire. Elle sut donc oublier, pour un temps, le chagrin qui s'accumulait en elle depuis si longtemps.

A la porte de la salle où devait s'effectuer les échanges, un homme à la chevelure grise, portant une tunique longue et rayée de vives couleurs, bouscula Séchat. Il était mince, de grande stature et son visage basané et anguleux que sillonnaient les rides n'arrivait pas à le vieillir.

Il se courba devant la jeune femme et s'excusa de sa maladresse. Un sourire vint détendre sa bouche épaisse, un peu sinueuse, et ses yeux se plissèrent sous un regard aimable.

Séchat le salua, montrant que l'incident n'était pas grave et, suivie de Djéhouty et de Pouyemrê, pénétra dans la salle.

Les marchands syriens, chargés de la vente des métaux précieux, feignaient l'indifférence lorsque les trois Egyptiens arrivèrent. Surpris sans doute de voir une femme apparaître, ils eurent un imperceptible haut-le-corps, mais ne firent aucun commentaire.

Immense, la salle était meublée de larges tables basses, de sièges confortables et spacieux disséminés sur d'épais tapis chauds et colorés, lesquels recouvraient un dallage de marbre gris aux dessins entrelacés.

Les trois Egyptiens s'installèrent face aux marchands syriens. Aussitôt, Djéhouty passa quelques rouleaux de papyrus à Séchat sur lesquels elle avait inscrit des calculs. Elle le remercia pour la délicatesse qu'il avait eue à lui apporter les notes qu'elle avait inscrites bien auparavant et sans lesquelles elle eût risqué de commettre des erreurs.

Marchands et clients se regardaient. Après une suite sans fin d'inclinaisons polies de tête dans lesquelles chacun mettait un soupçon de méfiance, ils ouvrirent les débats.

Pouyemrê prononça la quantité de métaux précieux qu'il désirait acquérir pour le pharaon Hatchepsout, Maître des Deux Egypte et Séchat déroula ses papyrus.

— Commencerons-nous par les turquoises ? fit Pouyemrê en observant les visages fermes des marchands syriens.

Ils inclinèrent tous la tête.

— Mille bœufs Oundjou et mille bœufs Herysa.

L'un des marchands regarda les autres, fit quelques signes avec les doigts de sa main et se retourna vers Séchat.

— Et cinq cents bœufs du pays du Kouch, prononça-t-il en clignant des yeux. On dit qu'ils ont une force et une résistance extraordinaires.

— C'est vrai, approuva la jeune femme. Mais, nous ne vous en céderons que deux cents.

— Deux cent cinquante.

— Soit. Deux cent cinquante, plus cent vaches à lait pour deux mesures de turquoises supplémentaires.

— Une seule.

Séchat se leva et arpenta lentement l'espace qui séparait son siège de celui du marchand.

— Les vaches à lait sont prévues pour les quartz et les onyx, précisa-t-elle en fixant le regard rusé du Syrien. C'est donc une faveur que nous vous accordons là.

Après hésitation des marchands, Séchat dut ajouter cent autres bœufs Oundjou, mais le marchand retira une poignée de quartz rose. A regret, Séchat proposa cinquante autres bœufs Herysa. Les marchands acceptèrent et le marché fut conclu.

Les cornalines, les améthystes et les jaspes pour lesquels Séchat proposa dix mille plants de sycomores et quinze mille plants de perséas n'obtinrent aucune réaction des marchands avant qu'elle ne supprimât les cornalines.

Djéhouty s'approcha de la jeune femme.

— Aucun problème pour les plants de sycomores. L'Egypte en a des quantités à revendre et les Syriens en raffolent.

Mais l'un des marchands, apparemment le plus habile, reprenait déjà :

— Nous voulons cinq mille pieds de jujubiers et mille plants de balanites pour les cornalines.

Séchat fit la grimace. Levant ses deux mains aux doigts écartés à hauteur de son visage et prenant une aspiration qui devait laisser les autres dans l'attente, elle sembla réfléchir un instant et enfin répliqua :

— Mille seulement, mais je vous propose des sycomores en plus.

— Combien ?

— Trois mille.

Les marchands remuèrent la tête de gauche à droite.

— Quatre, jetèrent-ils.

— Soit, quatre mille, approuva Séchat, mais vous ajoutez les grenats que nous n'avons pas encore mentionnés.

— Alors, parlons-en, fit le plus petit des Syriens en remuant sa barbe taillée en pointe sous un menton qui avançait et qui semblait vouloir rejoindre la pointe de son nez busqué.

— Nos balanites sont des bois durs et résistants, très appréciés dans le matériel agricole, précisa Séchat. Si nous vous en cédons mille de plus il nous faut vos plus beaux grenats.

— Alors, nous exigeons deux mille plants de balanites et mille pieds de tamaris.

Ce fut Pouyemrê qui, dans l'oreille de Séchat, murmura quelques mots :

— C'est assez favorable pour nous. Passons aux agates, avant qu'ils ne reviennent sur leur décision.

Séchat avait repris sa place assise. Un des marchands sortit de son ample tunique bariolée une petite gourde et la porta à ses lèvres. Après en avoir bu quelques gorgées, il la tendit à son plus proche voisin.

Quand vint le sort des agates, Séchat proposa dix mille sacs de graines de lin, à venir sur les prochaines cultures. Dubitatifs, les Syriens se regardèrent et discutèrent entre eux. L'un se leva et refusa. Séchat dut ajouter cinq mille tiges de lin liées en bottes. Celui qui contestait persista dans son refus. Les deux autres lui parlèrent à l'oreille et il accepta.

D'autres métaux précieux furent négociés et ce ne fut que lorsque les rayons du soleil se levèrent droits dans le ciel que les marchés furent entièrement conclus.

*
* *

Le soir du même jour, Djéhouty et Séchat se retrouvèrent dans une taverne de Memphis.

Un peu éloignée du centre de l'agitation, en bordure du fleuve, l'auberge était calme et recevait une clientèle assez sélectionnée qui, discrète, préférait ne pas se confronter à la foule nocturne et effervescente de la ville.

Après avoir pris un repas qui fut le bienvenu, Séchat sentit renaître ses angoisses. Alors, elle s'efforça de se détendre, conta à Djéhouty sa démarche auprès de l'astrologue qui l'avait mise sur une voie peut-être intéressante et décida de se laisser aller à l'apaisement total dont elle avait besoin pour profiter de ces instants éphémères.

L'auberge avait quelques chambres situées derrière les communs et les écuries. Attablés devant un dernier pot de bière, Séchat et Djéhouty regardaient les derniers clients s'en aller.

Trois officiers de la Charrerie Royale qui terminaient un copieux repas leur souhaitèrent la bonne nuit. Ils avaient gardé leur pectoral de cuir et, de la main, ils caressaient de temps à autre l'arme attachée à leur ceinture.

Mais, en ce lieu parfaitement recommandable, Séchat les sentit inoffensifs, décidés à profiter de ces quelques heures de détente plutôt que de provoquer une querelle comme c'était si souvent le cas dans les auberges de plus basse condition.

Deux commerçants, fort élégamment vêtus, réclamèrent la note du tenancier. L'un d'eux, qui avait un peu abusé de vin, trébucha sur le rebord de la table et renversa le pot de grès déjà vide depuis longtemps. L'homme légèrement pris de boisson devait être un habitué du lieu. Il s'excusa dans les règles de l'art et l'aubergiste ne lui fit aucun reproche.

Un peu plus loin, un homme arborant une épaisse chevelure grise et une tunique longue, bariolée, faite dans une riche étoffe, leur fit un signe avant de sortir. Séchat reconnut le commerçant qui l'avait involontairement bousculée à l'entrée de la salle des Affaires Commerciales. C'était sans doute un riche marchand syrien venu traiter lui aussi un marché à Memphis.

Quand le tenancier de la taverne leur tendit une torche pour s'éclairer le long du chemin qui conduisait aux chambres, Djéhouty le remercia et lui souhaita le bonsoir.

Le Nil étendait son long ruban sombre qui, ce soir, prenait des couleurs de malachite à peine extraite de sa coque rocheuse. Le fleuve que la nuit n'éclairait qu'en de subtiles touches dorées était si calme qu'aux alentours tout paraissait ouaté.

De son bras gauche, Djéhouty entourait les épaules de Séchat et de sa main droite, il tenait la torche qui éclairait leurs pas silencieux. Ils marchaient sans rien dire le long du fleuve obscur.

Depuis longtemps les oiseaux aquatiques s'étaient cachés dans les roseaux. Quelques fourrés de papyrus devaient dissimuler des nids remplis d'oisillons, de genettes, de sarcelles et de petits canards sauvages.

Au-dessus du fleuve, des libellules s'élevaient en nuages, seuls insectes avec les papillons de nuit qui commençaient à folâtrer et se mêler dans un désordre savant et muet.

Pas un souffle d'air ne perturbait les grandes ombelles de papyrus qui, d'ordinaire, s'agitaient en une vie intense qui n'avait son plein élan qu'au grand jour.

Un petit canot attendait sur la berge. Le gros piquet de bois qui servait d'amarre et auquel il était attaché se dissimulait dans les herbes sinueuses.

La barque, elle aussi, s'enfonçait à demi dans les hautes tiges des fourrés, prête à filer dès l'aube, le long d'un fleuve encore endormi, pour y entasser mulets, perches, anguilles, carpes et tanches qui faisaient la joie du tenancier de l'auberge.

Séchat respirait à pleins poumons. Cette promenade nocturne lui faisait le plus grand bien. Elle décida d'en saisir tous les bienfaits et de les enfermer en elle pour les ressortir lorsque son désespoir resurgirait.

Demain, dès que la course du soleil monterait dans le ciel, elle rejoindrait Reshot et, quittant Memphis, la ville du dieu Ptah et des anciens pharaons, elle prendrait avec Maâthor et Houri la route périlleuse du delta.

Ils s'assirent quelques instants près d'un bosquet de papyrus et écoutèrent distraitement un clapotis dans l'eau. C'était une oie sauvage, grasse et blanche, au bec orangé, à la plume luisante presque phosphorescente sous le jet cru de la lune qui commençait à apparaître, dictant sa loi jusqu'à ce que l'aube arrive.

L'oie avait dû s'échapper de son repaire camouflé dans les roseaux. Djéhouty leva sa torche pour mieux l'éclairer. Séchat la vit boire sur le bord du Nil qu'ourlait une frange blanche et, quand elle se fut désaltérée, elle retourna en clopinant vers son repaire et le calme reprit ses droits.

Au loin, Memphis s'étendait derrière le fort du Mur Blanc et contrôlait avec cette fermeté, déjà acquise depuis des décennies, l'ensemble des deux terres : la Haute et la Basse Egypte. Ptah y avait sa renommée. Son temple le prouvait. Sous les lueurs de la lune, on voyait le haut de ses colonnes émerger, côtoyant les vastes résidences qui se multipliaient dans le centre de la ville et aux alentours.

Djéhouty et Séchat semblaient fascinés par un tel

spectacle et le temps passa sans que l'un ou l'autre ne dît mot.

Quand ils se retrouvèrent sur la moelleuse couche étendue sur le sol de la chambre que l'aubergiste leur avait préparée Séchat décida de se laisser aller au soulagement que lui procurait ce grand corps rassurant.

Trop lasse pour discuter encore, elle s'y blottit tel un oiseau en péril au-dessus d'un marécage grouillant de multiples dangers et s'endormit aussitôt.

CHAPITRE IX

Au pied de la falaise, l'œuvre de Senenmout commençait à prendre forme, s'enfonçant pour une éternité dans ce cadre ardu dont le prestige augmentait chaque jour davantage.

Les remparts verticaux qui formaient le paysage adoptaient avec harmonie le parti de l'horizontalité. Senenmout avait vu, là, une indiscutable originalité qu'il était impératif de saisir. Aussi, sans prendre le temps d'une interminable réflexion qui eût retardé la construction, il avait brusquement avancé ses projets, au risque d'effectuer une erreur de calcul.

Mais, depuis trop longtemps, Senenmout inscrivait, notait, dessinait, calculait, pour accomplir la faute fatale qui eût tout fait basculer dans le plus triste des néants.

La construction ne ressemblait à aucune autre.

Les premiers piliers étaient assez bas, carrés, sans base ni chapiteau. Déjà sur la face nord, on découvrait les colonnes à seize pans, peu hautes elles aussi, évoquant visuellement des cannelures au travers desquelles l'ombre des dieux veilleraient.

Les deux premières terrasses étaient reliées entre

elles par une rampe médiane qui mettait en valeur l'horizontalité parfaite de l'ensemble. Bien que le bloc fût imposant, grandiose, emplissant l'œil de sa superbe volumétrie, Senenmout semblait bannir tout gigantisme de sa création, laissant à la montagne la possibilité d'atténuer les hauteurs du temple.

Au nord, la première chapelle était, selon le désir d'Hatchepsout, consacrée au dieu Anubis. Le dieu suprême y figurait en majesté avec son masque de faucon aux côtés d'une reine qu'elle avait ordonné de peindre dans ses habits de femme.

Mais, de peintures la représentant, il y en avait bien d'autres et la pharaonne ne se lassait pas d'en réclamer. Il lui fallait à présent des sculptures, des têtes, des bustes et des personnages en pied.

C'est ainsi que depuis le début de la saison, une équipe de sculpteurs travaillait sur une statue de la reine. Elle figurait en majesté, assise sur son trône, pleine de grâce et de puissance.

Djéhouty avait suggéré de la tailler dans un marbre compact, luisant, poli, veiné de noir, alors qu'une trentaine de statues rituelles, de plus petite mesure, que commençaient à tailler trois autres équipes de sculpteurs, étaient extraites d'un granit rose venant de Nubie.

Plus enfoncée dans les dédales du temple, la chambre d'Hathor était fermée en permanence. Elle qui, hélas, avait déjà fait l'objet de la convoitise des voleurs, devait attendre que l'on y rapporte les joyaux dérobés par les impies.

On avait arrêté des clans de bandits suspectés, mais aucun ne semblait être véritablement à l'origine du forfait. En attendant que la police de Néhésy en sache davantage, les prisonniers croupissaient dans les prisons de Thèbes. Certains, même, avaient avoué sous la torture des méfaits qu'ils n'avaient pas commis. Et, après qu'ils avaient succombé sous les derniers coups de leur supplice, on s'apercevait que les actes ne coïncidaient pas avec la réalité des faits.

Peu importe, les bandits payaient pour d'autres crimes qu'ils avaient commis et permettaient à la police de Néhésy de déceler les réseaux d'espions et de brigands qui sillonnaient le pays.

Depuis l'agression de la pharaonne qui avait clos les fêtes d'Opêt, celle-ci ne rentrait plus à Thèbes. Sa décision de rester à Deir-el-Bahari avait pour avantage d'éviter des pertes de temps en trajets inutiles qu'eussent été obligés d'effectuer ses proches conseillers.

A ce choix, un double intérêt venait se greffer, celui de précipiter les choses. Hatchepsout avait trop le désir de voir se concrétiser la construction de son temple pour en retarder l'avancement par ses fantaisies ou ses humeurs.

Et, par tous les dieux et toutes les déesses qu'elle vénérait avec amour, voir son temple s'élever devenait sa plus chère intention.

Les sculptures de quelques bas-reliefs étaient déjà en place. Djéhouty avait travaillé avec méthode et régularité. Toutes ses ébauches prenaient forme et, si certaines n'étaient encore que dans les esprits des peintres et des sculpteurs, elles n'allaient pas tarder à voir le jour.

Sous l'œil attentif des chefs de travaux, les parois des salles se recouvraient du blanc revêtement qui, bientôt, s'embellirait des peintures.

Djéhouty en surveillait chaque jour l'avancement, dirigeait ses dessinateurs — que l'on appelait scribes des contours — qui traçaient sur la surface lisse de la paroi un carroyage à l'encre rouge. Ce repère servait ensuite de proportion pour les figures qui devaient venir s'y imprimer.

Djéhouty en corrigeait parfois une ligne, un angle, un trait, mais laissait en général la responsabilité de l'ensemble à ses dessinateurs qui, en fait, fourmillaient d'inspiration.

Sur cette mise à carreau, l'artisan peintre devait effectuer le dessin préliminaire que l'on corrigeait ensuite au trait noir, fixant alors le tracé définitif.

Certes, il n'y avait pas de jour où Djéhouty ne pensait à Séchat. Car ce travail était le sien et ces équipes étaient celles qu'elle avait formées. Presque tous ces hommes, qui travaillaient sur les parois blanchies des salles consacrées aux dieux, elle les connaissait pour les avoir embauchés.

Djéhouty fit un signe affirmatif aux dessinateurs. Chaque jour, il les pressait davantage, augmentant leurs heures de travail, mais allongeant aussi le montant de leurs primes, ce qui, bien sûr, n'allait pas sans la meilleure volonté qui soit.

Satisfaite, la pharaonne pourrait, bientôt, se consacrer à ses voyages pour en rapporter les encens et les parfums qui avaient le pouvoir de plaire et de séduire les dieux.

Dans la chambre d'Anubis, Djéhouty se recula pour mieux juger du résultat peint sur le panneau qui se déroulait devant ses yeux.

— Ta palette est extraordinairement riche, dit-il à l'homme qui, lui aussi, s'était reculé pour étudier l'effet de ses couleurs.

— Tout y est, reprit le peintre satisfait. Le vert de la résurrection d'Osiris, le bleu des dieux et de la nuit, le jaune et l'or de l'immortalité.

Djéhouty acquiesça.

— Tu as utilisé à bon escient la couleur solaire, fit-il en frôlant un cercle d'or de son index pointé sur la paroi. Et tes rouges qui symbolisent le feu et les forces de l'énergie sont, eux aussi, assez suggestifs pour que cela puisse plaire à notre reine.

Oui ! Tout cela paraissait parfait. Djéhouty savait qu'il n'était pas forcément évident qu'un peintre travaillât avec les meilleures couleurs. Tout découlait du choix des produits de base et, là encore, Séchat savait faire son travail dans les règles de l'art.

Elle menait le commerce de ses pigments de couleurs tout comme elle avait dirigé le marché des pierres précieuses à Memphis, avec la même exigence et la même maîtrise.

A peu de frais, Séchat tirait des montagnes

nubiennes les oxydes de fer qui traduisaient si bien les ocres dont ses peintres avaient besoin et elle traitait dans la région du Nord ses marchés de silicate de cuivre qui, mêlé au jaune, donnait des bleus et des verts extraordinairement lumineux.

Le blanc, extrait du sulfate de calcium, et le noir tiré du charbon de bois, étaient directement travaillés à Thèbes.

— Tu as bien besogné, Temsou et, lorsque ton chef, la Grande Séchat, sera de retour, elle t'en saura gré.

Sur ce compliment appuyé et sincère, il poussa plus loin son investigation dans les profondeurs du temple et arriva dans les salles où les graveurs travaillaient les soubassements de pierre.

Avec un ciseau de bronze, ils peaufinaient un dessin qui détourait les figures en les faisant ressortir sur un fond qu'ils avaient évidé. Ils travaillaient le creux et le relief avec une dextérité peu commune.

Là encore, pleinement satisfait, Djéhouty les encouragea, suivit un dédale de pièces carrelées de marbre et sortit par une petite porte latérale qui menait vers l'une des terrasses.

De loin, il aperçut le grand bassin serti dans un jaspe aux veines vertes donnant à l'eau une teinte extraordinairement lumineuse.

Des fleurs de lotus en frôlaient délicatement la surface et des roseaux sauvages, que l'on avait plantés sur les bords pour apporter l'ombre indispensable aux baigneuses, s'ajoutaient à ce doux paradis.

Non loin de cet étang artificiel, on avait élevé une tente pour Hatchepsout, près de laquelle veillaient en permanence ses gardes personnels. Ils faisaient le guet dans un va-et-vient continuel, louchant de temps à autre sur la nudité des jeunes suivantes qui, de leurs corps souples et déliés, s'ébrouaient comme de jeunes gazelles dans l'eau fraîche offerte par l'oasis du désert.

Jouxtant la tente où vivait Hatchepsout, une immense volière venait distraire ses suivantes. La multitude d'oiseaux que l'on avait apportés, ceux dont le bec rouge ou orangé paraissait insolite, ceux dont le plumage irisé semblait attendre que l'on y posât délicatement la main, s'intégraient si bien au paysage qu'il eût été impossible d'imaginer cet ensemble sans eux.

Ces volatiles étranges, ramenés du delta, de Nubie ou du pays de Koush, pépiaient, voltigeaient, s'ébrouaient avec suffisamment de volubilité pour conquérir le cœur attendri de toutes ces jeunes filles pertinentes et loquaces qui, de leurs jeux interminables, distrayaient les instants nostalgiques de la reine.

Parfois, plus engourdie, plus léthargique encore, l'une d'elles se laissait tomber avec langueur sur le rebord du bassin et, les yeux rêveurs, dirigés vers la pointe de l'horizon que verdissaient palmiers et oliviers, songeait à d'autres exploits que ceux auxquels elle se consacrait à présent.

Pour amuser toute cette petite troupe venue s'installer avec la reine sur les bords du chantier, des chasseurs étaient partis dans la montagne à la recherche de tanières abritant les lions du désert.

Au bout de quelques jours, ils étaient revenus vainqueurs de cette périlleuse mission et, bien qu'un des hommes laissât pendre une épaule déchirée et qu'un autre traînât une jambe plus lacérée encore, ils ramenèrent trois fauves, un couple plein d'ardeur avec leur bébé lionceau.

L'enfermement en cage ne convenait guère au mâle et il devint si brutal et agressif qu'il fallut l'abattre quelque temps plus tard.

La femelle et son petit réagissant de façon plus passive, les femmes du harem s'amusèrent à les apprivoiser. Evidemment, seul le lionceau se plia de bonne grâce aux jeux nouveaux qu'on lui proposait, ses grosses pattes velues toujours prêtes à battre l'air et la gueule ouverte, rugissante, à l'affût de la moindre friandise qui passait au travers du grillage.

Quant à sa mère, sans doute inconsolable de

l'autonomie que l'homme lui avait ôtée, elle ne put se contenter des quelques divertissements qui se substituaient, tout à coup, à cette liberté dont elle ne pouvait se passer. Quand son lionceau prit du poids et de l'âge, la pauvre bête ne mangea plus, s'étiola et mourut.

*
* *

En ce matin où la chaleur n'avait pas encore atteint les hauteurs de la voûte céleste, la pharaonne prenait plaisir à se fondre dans l'eau bleue du lac, repoussant de la main les lotus qui, gracieusement, venaient distraire ses yeux.

— Altesse, jeta Yaskat qui, assise sur le rebord de l'étang entre deux touffes de roseaux où se cachaient quelques petits oiseaux aquatiques, la regardait tranquillement, pourquoi n'avez-vous pas voulu que les gardes vous accompagnent ?

— Allons, Yaskat, tu ne vas pas trembler comme ce pauvre Menkheb qui, depuis l'agression de ces odieux impies, ne peut plus mettre un mot entier devant l'autre.

— Il a eu très peur, Majesté.

— Et moi, ai-je eu peur ?

Yaskat coula un regard étonné vers sa maîtresse.

— Un pharaon ne craint rien, Majesté.

— Ta réponse me conforte, Yaskat. En effet, un pharaon ne doit rien redouter. Il ne doit ni s'effrayer ni trembler.

Hatchepsout se mit à rire. Puis, elle sortit de l'eau et s'ébroua. Yaskat se leva précipitamment pour lui tendre le drap de lin qui devait éponger son corps.

— C'est la vie de l'au-delà qu'un pharaon doit craindre, poursuivit Hatchepsout en se laissant essuyer par sa suivante. Et c'est pourquoi, je suis beaucoup plus contrariée de la profanation de la chambre d'Hathor que de ma propre agression. Il est curieux de voir comment ces impies s'en prennent, depuis que je suis pharaon, à la déesse Hathor.

— Majesté, ne croyez-vous pas qu'ils en veulent plus aux joyaux dérobés qu'à la déesse elle-même ?

Yaskat massait doucement le corps de la reine avec la douce étoffe, allant et venant sur les épaules, le dos, les reins.

— Non, ils pouvaient aussi bien s'en prendre à la chapelle d'Anubis, déjà pourvue elle aussi des trésors qui lui sont destinés.

— Mais, protesta le bon sens de Yaskat, la chapelle d'Anubis est trop proche des gardes et des soldats, alors que celle d'Hathor est située au bout du temple.

— Ton jugement me paraît très plausible. Et, pourtant, je reste convaincue que je ne remplis pas entièrement mon devoir envers la déesse Hathor.

Yaskat posa la serviette sur le sol, découvrant le corps nu de la reine. Ses trente ans dévoilaient une silhouette encore mince que de longues jambes venaient délier avec une grâce où la maturité prenait le pas sur la jeunesse. Ses seins ronds et pleins ne tombaient pas, ses cuisses restaient fermes, ses hanches étroites s'habillaient fort bien du pagne pharaonique qu'elle était obligée de porter lors de ses assemblées.

— C'est pour cette raison, décréta la reine, que je veux précipiter mon départ pour le Pays du Pount.

— Ce terrible voyage qui affronte la grande mer ! s'exclama la suivante en frémissant.

— Allons, Yaskat, n'aie donc pas peur avant d'embarquer.

Un bruit de pas les fit se retourner, un glissement léger sur le dallage marbré qui s'entrecoupa d'un raclement de gorge discret.

Elles se retournèrent vivement. Néhésy était derrière elles. Hatchepsout sourit et lui tendit la main, nullement gênée de sa nudité. Voilà qui ne plairait guère à Senenmout s'il voyait son rival entrer ainsi chez la reine sans prendre la peine de se faire annoncer. Mais, depuis que la cour était installée aux portes de Deir-el-Bahari, plus rien ne suivait le bon rituel des choses et Hatchepsout semblait y prendre plaisir.

— Majesté, faut-il donc offrir à ce point tant de grâces à la déesse Hathor ? fit Néhésy en se courbant généreusement devant elle.

— Voici un compliment qui m'enchante, mon cher et fidèle serviteur, fit Hatchepsout en pressant chaleureusement sa main dans celle de Néhésy. Tu le sais, cela devient de plus en plus inévitable. J'ai hâte, crois-moi, que ce temple soit suffisamment élevé pour signer mon départ.

La haute silhouette de Néhésy se releva. Sa nuque brune où tombaient ses cheveux noirs fortement bouclés, presque crépus, car il avait une ascendance nubienne, rehaussait son visage aux traits fins, légèrement négroïdes.

— Je ne pense pas, Majesté, fit-il d'un ton convaincant, que ces bandits en voulaient à la déesse. A mon avis, s'ils avaient pu dérober les trésors dans la chapelle d'Anubis et dans celle d'Horus, ils l'auraient fait sans plus réfléchir. Ces chiens de Seth n'ont aucune loi, aucun scrupule. Peu importe le dieu qu'ils profanent.

Yaskat eut un sourire béat de contentement. Non seulement le Grand Néhésy portait le même jugement qu'elle, mais le criait haut devant sa reine.

S'il n'y avait eu au bout du désir d'Hatchepsout la crainte de ce voyage en haute mer qu'elle essayait sans cesse d'avancer, Yaskat eut crié volontiers le contraire. Elle aimait tant l'odeur des encens et des parfums nouveaux, qu'elle aurait préféré insinuer aux oreilles de sa reine que les dieux et les déesses réclamaient de nouveaux arômes pour leur nez délicat.

Hatchepsout se tourna vers son conseiller.

— As-tu avancé dans les recherches que tu poursuis sur mes agresseurs ? s'enquit la reine en prenant la pointe de sa chevelure qu'elle tordit pour en extraire l'eau qui s'y était accumulée.

— Il est impensable que les pilleurs se soient

enfuis vers le sud, il leur était impossible de retraverser le chantier sans se faire remarquer. C'est dans le nord du pays qu'il faut poursuivre nos recherches.

— Pourtant, le garde rescapé affirme que les impies ont revêtu les casques et les tuniques de mes hommes.

— Certes, Majesté, répondit Néhésy en regardant le filet d'eau glisser sur les épaules et la poitrine d'Hatchepsout. Mais je persiste à croire qu'ils n'ont pu retraverser le chantier et mon armée les poursuivra jusqu'à ce que nous les retrouvions, dussé-je y employer ma vie.

Puis il se baissa, prit la serviette abandonnée sur le sol et l'approcha de la reine.

Yaskat ne broncha pas quand elle vit Néhésy frotter lentement et précautionneusement le corps d'Hatchepsout. Ses mains semblaient délicates et moelleuses. Il les attardait avec délice sur la peau satinée du corps qui, dans un instant, n'offrirait plus pour lui qu'un souvenir.

« Par tous les dieux d'Egypte ! Pourquoi la reine avait-elle choisi pour amant cet architecte de basse envergure plutôt que lui, Néhésy, formé à tous les bataillons d'armée, à tous les corps de régiment et de police, éduqué par les plus grands généraux de Thoutmosis ? Faudrait-il qu'enfin, lui, le célibataire acharné, accepte de prendre l'épouse avec laquelle il refusait toujours de s'associer ? Se verrait-il, un jour prochain, dans l'obligation de calquer sa vie sur celle de Djéhouty, le Grand Vizir du Sud, prendre femme et en aimer une autre ? »

Depuis longtemps le corps d'Hatchepsout était sec, mais elle se laissa caresser par Néhésy dont les gestes devenaient trop ardents. Lent parcours sensuel du fin tissu sur sa peau délicate et parfumée. Douce exploration, habile, osée, quémandeuse qu'il fallait interrompre sous peine de complications ultérieures.

Elle le fut par un bruit sec derrière eux, comme si l'espace avait eu soudainement mille antennes détectant l'irrégularité de l'instant.

Une voix courroucée cassa l'atmosphère :

— Majesté, le rocher qui soutient la dernière terrasse a écrasé la pierre de l'autel solaire. Il faut tout reprendre.

Alors que Senenmout l'observait d'un œil chargé d'animosité, Néhésy suspendit son geste en plein vol et lui rendit de plein fouet l'hostilité de son regard.

Hatchepsout eut un sourire ambigu. Cette muette algarade l'amusait. La nudité de la reine fut soudain offerte aux yeux des deux hommes. Rageusement, Senenmout saisit la serviette encore humide des mains de Néhésy et en couvrit le buste d'Hatchepsout.

— Ne nous alarmons pas, décréta la reine d'un ton superbement serein, nous allons reprendre le travail. Cette pierre n'est pas irremplaçable. Nous en détacherons une autre du rocher. La montagne en recèle des quantités.

Puis, elle fit un demi-tour vers Néhésy, brisant le charme des instants précédents par ses dernières instructions.

— Nous reparlerons de l'avancement de tes recherches une autre fois. En attendant, renforce ta police montée, multiplie tes gardes et tes soldats dans le nord du pays, et dans le sud, s'il le faut. Que la contrée soit suffisamment quadrillée par tes hommes pour qu'aucun étranger ne puisse pénétrer les environs.

Néhésy s'inclina et sortit.

— Allons, Senen, dit la reine d'un regard adouci. Je n'aime guère te voir aussi jaloux. N'oublie pas que mes conseillers sont aussi mes favoris.

Il eut un haut-le-corps.

— Ne tiens-tu pas la première place ?

Elle n'attendit pas la réponse qui, d'ailleurs, ne devait pas venir et reprit :

— Il faut que cet autel solaire soit élevé avant la fin de la saison prochaine. La crue va descendre et les paysans réintégreront leurs domaines et leurs champs. Le travail ralentira.

— Nous tiendrons les délais, Majesté, jeta l'architecte.

— Mieux, j'aimerais que nous les avancions. Toi aussi, renforce tes équipes : toute la matière première est là. Grâce au bon travail de Djéhouty et de Pouyemrê, nous avons les pierres précieuses et toutes les fresques à peindre sont en cours.

Elle saisit la main de Senenmout.

— Ne peut-on avancer ces finitions ?

L'intendant sentit sa rancune fondre et sourit à la reine.

Cette saison-là, il était écrit que la reine pouvait achever la construction de son temple.

La crue débordait de toutes parts et n'en finissait plus d'inonder les terres les plus éloignées, retenant les ouvriers qui attendaient que les eaux du Nil se retirent pour retourner travailler à leurs champs.

De tout son règne, Hatchepsout n'avait jamais vu de telles inondations. Les digues sautaient, les barrages qui retenaient l'eau s'écroulaient sous son poids et les hommes ne pouvaient plus la diriger en fonction des besoins et, s'il devenait impossible de curer les canaux pour en faciliter l'écoulement, il n'était pas plus concevable de sauver les constructions les plus légères englouties comme des fétus de paille dans les flots tumultueux du Nil.

Une crue aussi violente risquait d'anéantir la récolte prochaine. Bientôt, l'eau s'éleva, atteignant un tel niveau et une telle force qu'elle avala les maisons de boue séchée les plus reculées et s'en prit bientôt à celles qui, plus solides, construites en briques crues appartenaient aux paysans les plus riches.

L'eau se déversait avec fureur sur tout ce qu'elle rencontrait, avalant les arbres et les bosquets de papyrus, détruisant les chadoufs, n'acceptant dans son élément déchaîné que les barques des paysans qui tentaient de sauver l'impossible. Encore que les plus légères ne résistaient pas au carnage fluvial, disparaissant rapidement dans les lames dévorantes du Nil pour ne plus réapparaître.

Rare avait été une crue aussi déchaînée. Il n'était pas question, dans un temps présent, de redélimiter les domaines complètement engloutis. Les gardes des canaux et les scribes affectés au plan et au bornage des terrains paniquaient devant l'ampleur du désastre.

De la troisième cataracte jusqu'au delta, les temples célébrèrent des offrandes. On jeta dans le Nil des statuettes à l'effigie du dieu Hapy, dieu du Nil, pour l'implorer de cesser le grand fléau qui emportait son peuple.

Les Egyptiens qui n'aimaient guère sacrifier leurs animaux jetèrent des troupeaux entiers de chèvres dans les eaux mugissantes afin d'apaiser les dieux en colère. Mais, la crue ne faiblissait pas. Au contraire, elle montait inexorablement, ne se souciant guère de l'angoisse des hommes et forçant tout ce qui se trouvait sur son passage.

Les paysans qui n'avaient pas été enrôlés pour travailler à Deir-el-Bahari périssaient avec leur famille, noyés dans ce torrent inattendu et les quelques rescapés qui, accrochés à la cime d'un arbre oublié ou perchés sur une haute construction de pierre qu'ils avaient réussi à atteindre, ne donnaient plus de nom à ce géant dévastateur exterminant leur village.

Hapy, le dieu du Nil, à l'abri de tout besoin, bien nourri, gros et gras, aux mamelles pendantes, le ventre plissé de graisse et soutenu par une étroite ceinture, secouait négativement sa tête surmontée d'une couronne de plantes aquatiques et refusait d'écouter la plainte de son peuple.

Il fallut attendre plusieurs mois avant que les eaux descendent. Hatchepsout qui, dans son nouveau palais de Deir-el-Bahari, attendait elle aussi la fin du cataclysme, ordonna que l'on écrive sur le bas-relief des colonnes de son temple, que les travaux s'achevaient avec l'inondation de l'an sept de son règne. Il serait dit, dans les siècles à venir, que la pharaonne avait assisté à l'un des plus grands malheurs de son peuple.

Enfin, le cycle infernal se referma et tout rentra dans l'ordre. A l'exception des vies humaines ensevelies dans les eaux cruelles, à l'exception aussi d'une récolte qui, cette année-là, ne put monter à son terme, les choses reprirent leur cours et la pharaonne Hatchepsout vit son temple s'ériger dans toute sa splendeur.

Fondues dans l'ocre rouge de la montagne, les terrasses s'étageaient en douceur, bordées par la verdure des palmeraies et la fraîcheur des fontaines, cerclées par l'azur du ciel et, jusqu'au fond du lit des roches, emplies de cette magnificence qu'avait su lui donner l'architecte Senenmout.

Mais il était dit qu'après ce tumulte de la crue qui signait l'an sept de son règne, Hatchepsout vivrait un autre désespoir. Appelée à Thèbes où ses filles résidaient, elle regardait avec désolation le visage de Néférourê, pâle et amaigri comme il ne l'avait jamais été.

Elle fit venir aussitôt les trois médecins du palais en leur ordonnant de ne quitter sous aucun prétexte le chevet de sa fille. Mérytrê venait fréquemment voir sa sœur et tentait de la divertir par son langage d'enfant — elle n'avait que six ans — mais l'insouciance des propos qu'elle tenait à Néférourê ne semblait guère amuser la malade.

Depuis plus d'un an, Hatchepsout n'avait pas vu le petit Thoutmosis. Incontestablement, il se développait en force et en puissance, le regard clair et direct, le front haut et fier et, lorsqu'il fut devant la reine, elle ne put s'empêcher de regretter que ce ne fût pas, là, son enfant.

Déjà, le garçonnet, fort habile, les pieds campés solidement sur le sol, la main leste et l'esprit vif, bataillait avec ses camarades élevés avec lui au palais. Il y avait à cette époque, plus d'enfants au harem que de concubines, fait marquant si l'on en jugeait par les siècles passés où Secondes Epouses et concubines ne se comptaient plus tant elles étaient nombreuses.

Cela découlait, bien entendu, du règne prolongé de la reine qui transformait peu à peu le harem en un lieu d'école pour les jeunes nobles de Thèbes.

Elle y avait développé les classes de culture générale pour ses propres filles, ouvertes aussi à toutes celles qui provenaient des meilleures familles thébaines. Elle avait élargi et étendu les cours d'enseignement militaire pour les garçons, favorisant l'entraînement physique dans la conduite des chars, le tir à l'arc et la chasse en terrain périlleux que nécessitait, par exemple, le lancement du javelot.

Si, dans le harem de Thèbes, les anciennes concubines de feu Thoutmosis étaient rares, c'est qu'elles partaient toutes les unes après les autres, réintégrant leurs domaines respectifs où, compte tenu de leurs biens et richesses accumulés au fil des ans, leurs familles les acceptaient à bras ouverts.

A l'exception d'Isis, la mère du jeune bâtard royal, qui se repliait avec sagesse en ses jardins frais et parfumés, restaient donc au harem quelques princesses étrangères et la vieille Moutnéfer qui veillait farouchement sur son petit-fils.

Mais qu'Hatchepsout eût accompli une telle transformation au sein de son palais découlait aussi de la poussée sans cesse accrue des hauts dignitaires de Thèbes qui, dès la naissance du bâtard, avaient tenu à voir leurs rejetons grandir aux côtés du prince. Dans l'ombre, s'appuyant sans doute sur la complicité de quelques espions silencieux et discrets, ils surveillaient le jour où le jeune Thoutmosis s'élèverait en roi.

Tout en observant le visage de sa fille aînée qui s'étiolait de jour en jour et le profil un peu malingre de sa cadette, Hatchepsout ne pouvait qu'admirer le garçon bien bâti, plein de ressort et d'énergie brutale.

L'enfant n'avait guère hérité de l'aspect extérieur de son père. Il en avait encore moins saisi celui de sa mère. Thoutmosis n'était ni timoré ni faible. Le sombre regard qu'il portait sur son entourage ne s'abaissait jamais. Il s'imprégnait déjà d'une volonté peu commune et, lorsque c'était Hatchepsout qui en subissait le farouche éclat, il lui fallait insister jusqu'à ce que l'enfant capitule.

Hardi, spontané, il n'avait en rien la soumission et la douceur passive de sa mère. En revanche, il montrait un fort tempérament, sans doute issu de son grand-père et peut-être même de son aïeul Aménophis. « Quel dommage, pensait parfois Hatchepsout, que ce ne soit pas là mon propre fils ! »

Et, pourvue de cet état d'esprit qui, cependant, ne l'effleurait que quelques secondes, il lui arrivait d'avoir un regard tendre envers ce petit garçon qui daignait parfois lui sourire en lui montrant son arc et ses flèches. Alors, elle s'approchait du fin visage mat au menton volontaire et déposait un baiser léger sur le front qui se tendait vers elle.

Ce genre d'effusion n'était certes pas fréquent. Il l'eût sans doute été en d'autres circonstances. Mais, la reine pharaon ne devait pas fléchir sous peine de voir son règne s'achever. Trop consciente des conséquences de ce genre de faiblesse, elle préférait arborer une attitude sévère, à la limite de l'austérité qui déstabilisait, à coup sûr, le jeune garçon.

Mais, en ce jour sombre, Hatchepsout ne réfléchissait pas sur le destin du prince. Le sort de Néférourê la tourmentait. Sa fille aînée, si pétillante, si franche et expansive, ouverte à tous les apprentissages, à toutes les formes de cultures qu'elle ingurgitait comme si elle avalait un sirop de figue fraîche, sa fille aînée qu'elle avait tant assimilée à sa propre image et que, secrètement, elle rêvait de voir, un jour lointain, monter sur le trône, dépérissait à vue d'œil.

Alitée depuis plusieurs jours, aucun médecin n'ayant trouvé le remède qui aurait pu soulager sa fièvre et son abattement, la princesse n'ouvrait plus que rarement les yeux.

Ses lourdes paupières se soulevaient quand elle sentait sa mère auprès d'elle. Alors, un triste sourire achevait de fatiguer son visage et elle retombait dans un état comateux dont personne ne pouvait la sortir.

Ce matin-là, Hatchepsout entra dans la chambre de sa fille. Un homme était à son chevet. Une trentaine d'années mûrissaient son visage qui n'avait pas la couleur mate et basanée des Egyptiens d'origine.

Le front haut se dégageait sous une chevelure claire, à peine bouclée, mais coupée court et dévoilant les tempes. Sous des sourcils clairs eux aussi, ses yeux avaient la teinte du Nil lorsque la crue s'apprête à déverser ses eaux tumultueuses, une couleur dorée pailletée d'éclats de malachite.

La reine eut un sursaut.

— Qui es-tu ? s'enquit-elle en avançant vers l'homme qui se courba aussitôt.

— Mon nom est Neb-Amon et je suis médecin.

Elle jeta les yeux sur le visage de Néférourê et vit son visage blanc et immobile. Un rictus d'agacement parcourut ses lèvres et elle serra ses poings, sans doute d'impuissance.

— Où sont Penith, Mekyet et Seddy, les médecins de ma cour ?

— Ils sont partis à la Maison de Vie et doivent revenir d'un instant à l'autre, Majesté.

— Et que fais-tu là ?

— Je suis nouvellement attaché au service de l'embaumeur Mektour. Mais, l'assistant-momificateur du grand Ptah que j'ai eu l'honneur de servir durant mes premières années de médecine m'a demandé de voir cette enfant.

— Et que dis-tu ?

— Qu'il faut faire tomber cette mauvaise fièvre et que toutes les incantations que l'on a faites jusqu'à présent autour d'elle ne servent à rien.

— Serais-tu un impie ?

Le jeune médecin sursauta.

— Nullement, Majesté. Mais je guéris ! Surtout les pauvres, ceux qui ont besoin de se relever pour travailler aussitôt.

— Et comment guéris-tu ?

— Avec des herbes, des potions, des remèdes, non des chants et des prières.

Il posa sa main sur le front de Néférourê qui ouvrit lentement ses paupières. L'enfant sourit à sa mère.

— Vais-je guérir, mère ?

— Certainement, approuva Hatchepsout en embrassant sa fille. Nous offririons les plus belles gazelles à la déesse Hathor et le plus puissant des taureaux au dieu Hapy.

La fillette retomba aussitôt dans une lourde somnolence dont on ne put la relever.

— Il est dommage que je ne puisse pas soigner votre fille, Majesté. Car je ferais le contraire de ce que font mes condisciples.

Hatchepsout lâcha doucement la main de sa fille qu'elle venait de serrer tendrement entre les siennes.

— Que veux-tu insinuer ? Quelle médecine refuses-tu ?

— La leur, Majesté.

— Qui prouve que la tienne est la plus efficace ?

Le médecin eut un sourire.

— Je soigne un enfant de Thèbes qui présente les mêmes symptômes. C'est le fils d'un artisan-potier.

— D'un artisan-potier !

— Les pauvres ont les mêmes maladies que les riches, Majesté.

— Allons ! Médecin, jeta Hatchepsout d'un ton légèrement irrité. Crois-tu que je l'ignore ?

— La différence, reprit le praticien, c'est que la classe supérieure de notre peuple se rétablit dix fois plus vite et dix fois mieux. Le repos, la saine alimentation et l'hygiène sont hélas trois éléments importants qui manquent souvent aux plus défavorisés.

— Ne soignes-tu donc que la basse classe de l'Egypte ?

— En partie, oui.

Il s'inclina à nouveau.

— Je souhaite que votre enfant guérisse, Majesté.

Puis, il s'en alla d'un pas silencieux.

— Médecin, le rappela-t-elle brusquement. Tu dis que tu assistes présentement l'embaumeur Mektour. En quoi la momification te concerne puisque tu ne soignes que les pauvres ?

— Il est vrai, Majesté, que dans notre pays, seuls les nobles et les riches ont droit à une vie dans l'au-delà. Mais, croyez que je m'efforce de donner une sépulture décente à tous ceux que j'accompagne à la tombe.

Il s'inclina à nouveau et se retira.

Hatchepsout frappa dans ses mains. Deux nourrices et les servantes accoururent.

— Qui a laissé pénétrer cet homme ?

— Le grand Mektour l'a envoyé, Majesté. Nous ne pouvions lui refuser la porte.

Hatchepsout regarda sa fille. Elle gémissait doucement.

— Vous avez eu raison, dit-elle en soupirant. Quatre avis valent mieux que trois. Si ce médecin revient, ne le chassez pas. Alors, peut-être lui ferai-je confiance.

Elle s'assit sur le rebord du lit, auprès de Néférourê qui tentait de garder ses yeux ouverts malgré le poids que la lassitude y laissait.

Les nourrices restaient prostrées auprès de la princesse et les servantes s'agitaient comme des mouches.

— Au lieu de remuer ainsi, jeta la reine agacée, trouvez-moi les médecins. Je veux qu'à partir de maintenant, ils assistent ma fille nuit et jour et qu'ils ne la quittent plus d'une seconde.

Elle décida de s'installer auprès de la malade et fit étendre une couche auprès d'elle.

— Si demain, à l'aube, cette fièvre n'est pas tombée, je ferai venir ce Neb-Amon.

La nuit fut triste, longue et austère. Malgré la présence assidue des médecins et les incantations des prêtres qui entouraient la princesse, aucune amélioration ne vint soulager le pauvre corps affaibli de la fillette.

Venus du temple d'Amon en pleine nuit, les religieux aux crânes rasés avaient passé leur longue tunique jaune d'or qui enserrait leur silhouette filiforme. En psalmodiant des prières, ils agitaient des encensoirs qui imprégnaient l'atmosphère d'une odeur entêtante d'eucalyptus et de jasmin.

Mais, la fièvre de l'enfant montait désespérément et la fillette respirait en de lourds soubresauts qui n'auguraient rien de bon.

Quand leurs psaumes et leurs incantations furent terminés, ils s'écartèrent du lit de la princesse et, se tapissant silencieusement au fond de la pièce, ils s'accroupirent en tailleur et attendirent les mains posées à plat sur leurs cuisses immobiles.

A tour de rôle, les trois médecins offraient aux lèvres desséchées de la fillette un liquide pâteux, sirupeux, qui tombait désespérément sur son fin menton blanc. Les nourrices et les servantes commençaient à se lamenter.

— Qu'on fasse venir ce médecin ! cria la reine, en leur jetant un regard sombre. Qu'on le fasse venir de suite. Et s'il est actuellement chez cet enfant qui présente les mêmes symptômes que ma fille, eh bien qu'il choisisse entre sauver le fils d'un potier ou la fille du pharaon.

Comme si ces paroles devaient décider brusquement du choix du médecin, ce fut l'arrêt immédiat de tous les bruits ambiants et sinistres qui se répercutaient dans la chambre. Lamentations, incantations, chants et prières stoppèrent. Ce fut un calme complet. Les médecins abandonnèrent les lèvres serrées de la fillette.

La clepsydre annonçait presque la première heure du jour. Quand Neb-Amon arriva, la petite Néférourê avait cessé de vivre.

CHAPITRE X

La violente solitude que ressentit Séchat au départ de Djéhouty, reparti en compagnie de Pouyemrê, lui arracha à nouveau tout espoir. Elle s'acharna à faire revenir l'enthousiasme qui l'avait envahie lors de son passage chez le vieil astrologue. Mais, soudain, elle perçut en elle une sorte d'abandon, comme un oubli de tout, un recul, une fuite qu'elle assimilait à une abdication. Après tant de temps passé sur les traces de sa fille, pourquoi, soudain, la retrouverait-on ? Quelles étaient donc ses chances ? Serait-elle condamnée à survivre sans Satiah ? Le cœur rempli d'amertume, elle décida d'aller puiser quelques forces le long du port de Memphis.

Elle longea les ateliers de menuiserie où l'on fabriquait les immenses pièces de bois qui servaient à la navigation. On y utilisait l'acacia, le caroubier, le genévrier et d'autres bois locaux. Avec des scies à main, les ouvriers débitaient les troncs d'arbres en planches épaisses et les charpentiers, de leurs solides haches spéciales, y taillaient les poutres. Tous les assemblages étaient faits avec des chevilles de bois. Pour donner aux poutres et aux bordages d'un bateau la courbure voulue, les menuisiers recouraient à un procédé bien connu. Lorsque la coque était à moitié ébauchée, le charpentier enfonçait au centre un piquet terminé en fourche à son extrémité supérieure. Dans cette fourche, il faisait passer un solide cordage et il le tordait jusqu'à ce que la courbure voulue ait été donnée au bordage du bateau.

Longtemps Séchat regarda les charpentiers s'activer au travail. Elle sentait, peu à peu, ses forces et son courage lui revenir. Elle prit la direction des berges du fleuve.

Alors qu'elle regardait l'horizon dont les couleurs s'amplifiaient et regorgeaient de teintes obscures, une barque qui glissait, non loin d'elle, sembla venir dans sa direction. Elle l'observa quelque temps, puis, certaine qu'elle venait bien à elle, la jeune femme recula de quelques pas, restant sur ses gardes.

L'embarcation s'arrêta. L'homme qui la conduisait l'attacha au débarcadère, puis, élançant ses bras au-dessus de sa tête, se mit à brasser l'air de grands coups rapides. Visiblement, il l'appelait ou lui faisait signe d'attendre. Ce n'était pas là une attitude agressive, ni même une sournoise attaque en préparation. Elle décida de rester, sans bouger, mais ne répondit pas aux gestes d'appel.

L'homme, s'assurant que la barque était bien attachée, sauta du bateau et courut dans sa direction. Petit, musclé, le torse nu et puissant, avec de courtes jambes qui semblaient bien tenir au sol, il ne prit pas la peine de se courber devant elle, mais l'apostropha sans détail :

— Es-tu bien Séchat ?

La jeune femme hésita. Si elle répondait de façon négative, elle risquait de ne pas savoir ce que l'homme désirait. Elle réfléchit que mieux valait lui révéler la vérité.

— Oui, je suis Séchat.

— Veux-tu me suivre, je t'emmène retrouver quelqu'un de ta connaissance.

— Qui est-ce ?

— Il ne m'a pas dit son nom.

— C'est un piège et je ne te suivrai pas.

L'homme fit mine de se retourner.

— Comme tu veux. De toute façon, je suis payé, alors que tu me suives ou non, ça m'est égal.

Comme Séchat voyait l'homme s'apprêter à remonter dans son bateau, elle lui cria :

— Attends que l'on discute. Tu comprendras que je ne peux te faire confiance aussi vite. Si je te suis, peux-tu du moins me révéler l'endroit où tu m'emmènes ?

— A Hermopolis. Nous avons deux heures de navigation.

— C'est bien, je monte avec toi.

Le voyage fut court et se fit sans encombres, car

l'homme était un marinier expert, connaissant le fleuve dans tous ses méandres.

Arrivés à l'embarcadère, il l'enjoignit à le suivre. Ils marchèrent quelque temps et arrivèrent près d'une petite maison de torchis, à l'entrée de la ville.

— Une femme habite ici. Tu dois y attendre l'homme en question. Quant à moi, je dois revenir demain à l'aube pour te ramener à Memphis.

Séchat soupira. Le déroulement ne paraissait pas trop obscur et bien qu'elle craignît, avec angoisse, une nouvelle agression, elle prit courage en pensant qu'il ne pouvait s'agir que de sa fille.

L'homme repartit sans ajouter un mot de plus. Séchat fit quelques pas en direction de l'ouverture de la maison. La porte n'était pas fermée et laissait pénétrer la fraîcheur de la nuit tombante. La première pièce était vide. Elle s'apprêtait à pénétrer dans la salle contiguë lorsqu'une femme, grande, entre deux âges, s'avança.

— Est-ce toi la femme qui doit attendre chez moi ?

— Oui, mais je ne sais pas chez qui je suis et qui je dois attendre. C'est un peu vague, il me semble.

— L'homme que tu dois rencontrer s'appelle Sakmet. C'est le chef de l'un de mes fils.

— Sakmet ! Que fait cet homme au juste ?

— Je te l'ai dit, c'est le chef de l'un de mes fils qui travaille au recensement des poteries du nord.

« Sakmet, murmura Séchat abasourdie. C'est bien lui. Que me veut-il ? » Elle remarqua que ses jambes fléchissaient souvent lorsqu'elle apprenait une nouvelle dont la portée était décisive.

— Puis-je m'asseoir ou m'étendre ? demanda-t-elle.

— Tiens. Prends place ici.

Puis, détaillant la jeune femme, elle ajouta :

— Tu me sembles quelqu'un d'influent. Veux-tu prendre un léger repas ?

— Je n'ai pas faim, mais je te remercie. Par contre,

j'aimerais boire quelque chose de frais. Ce que tu as, cela n'a aucune importance.

Elle lui servit de la bière fraîche et mousseuse qui ramena les esprits nets et lucides de la jeune femme.

— Je vais te laisser, j'ai reçu l'ordre de ne pas rester. De toute façon, je devais aller voir ma belle-fille. Je ne rentrerai que demain. Tu peux passer la nuit ici.

Après le départ de la femme, Séchat garda la petite lampe à huile allumée et attendit.

Presque à l'aube, alors qu'elle s'était endormie, allongée sur une natte dans la première pièce, la porte s'ouvrit sans bruit, mais la lumière qui s'obstinait sur son visage l'éveilla brusquement.

Elle se redressa et s'aperçut que sa lampe s'était éteinte. L'homme éclairait la pièce de la sienne. Lorsqu'il se retourna, Séchat distingua les traits de Sakmet.

Elle le regardait à la fois abasourdie, inquiète et déconcertée.

— Sakmet ! Pour la troisième fois nos chemins se croisent. Pourquoi cette entrevue ici ?

Le jeune homme semblait ne pas savoir comment débuter l'entretien. Une gêne soudaine étreignait sa gorge et sa bouche se faisait sèche. Pourtant, l'air se rafraîchissait considérablement et commençait à piquer légèrement la peau. Il éleva la lampe à huile au-dessus du visage de Séchat, l'observa quelques instants en silence, puis, prenant une longue inspiration, il lâcha plus négligemment qu'il ne voulait le laisser transparaître :

— J'ai appris la mort de Knoum. On a retrouvé ses vêtements et le corps de deux de ses hommes noyés et enfermés dans la cale de son embarcation[1].

Séchat sentit la sueur perler sur son front et des crispations envahir ses doigts, mais elle n'ajouta aucun commentaire. Sakmet la dévisageait sans rudesse.

1. Lire *Les Thébaines/La Couronne insolente* (tome 1).

— Un rapport de police note l'étonnement de tous sur la séquestration des deux noyés. Il reste évident que Knoum fut la proie des crocodiles.

Séchat ferma les yeux et contrôla les tremblements nerveux de ses mains. Posé sur elle, le regard de Sakmet se faisait insistant.

— C'était mon ennemi le plus farouche. Dorénavant, nous sommes toi et moi débarrassés de lui, ajouta-t-il en posant la lampe à huile sur le sol aux pieds de la jeune femme.

La lumière diffusait un doux halo là où elle s'était allongée. Soudain, consciente de sa position lascive, elle se redressa et s'accroupit en scribe.

— Pourquoi m'as-tu fait venir ? questionna-t-elle enfin d'une voix basse et anxieuse.

— J'ai des informations à te transmettre.

D'un bond, Séchat se leva et s'écria :

— Sur Satiah ?

— Oui, sur ta fille. Connais-tu une certaine Néset ?

L'atroce vision de Knoum basculant dans l'eau du Nil et se faisant happer par le crocodile s'éloigna instantanément de sa mémoire. En quelques secondes, elle concentra ses esprits sur les dernières recherches qui l'amenaient dans le fayoum.

— Néset était la première nourrice de ma fille. Elle commandait Maâthor qui allaitait Satiah.

Séchat se leva, saisit la lampe à huile et l'approcha du visage de Sakmet.

— C'est elle qui a volé ma fille.

— Néset ! Oui. Je me suis laissé séduire par cette fille. Du moins, se l'imagine-t-elle.

Assommée par cette déclaration aussi subite que déconcertante, la jeune femme ouvrit des yeux aux prunelles dilatées. S'apprêtant à poser une question, elle sembla ne pas la trouver et resta la bouche entrouverte, attendant une explication complémentaire.

— Les premières discussions que nous avons eues ne m'ont laissé aucun soupçon. Par la suite...

Il s'approcha d'elle, hésita, et, précautionneusement, entoura ses épaules de son bras gauche. Séchat ne broncha pas, mais se raidit imperceptiblement.

— Ne me connais-tu donc pas encore ? Ne sais-tu pas que mes talents d'espion sont infaillibles ?

— Comme tu as changé depuis notre rencontre près des greniers à blé de Bouhen ! Tu semblais si désemparé, à cette époque.

— Et toi, Séchat, n'étais-tu pas, alors, pleine d'espoir ?

Elle ne répliqua rien, se contentant de baisser la tête. Il resserra son étreinte, collant son épaule contre la sienne.

— J'ai connu cette fille par l'intermédiaire d'Ouser, expliqua Sakmet.

— Ouser ! Je me doutais qu'il jouait un rôle dans cette affaire.

Elle laissa retomber sa tête sur l'épaule du jeune homme et pleura doucement. Toutes forces semblaient l'avoir abandonnée. L'énergie qui la caractérisait encore tout à l'heure s'estompait peu à peu, faisant place à une torpeur, une paralysie psychique qui inquiétèrent Sakmet. Il se dégagea avec douceur et la secoua légèrement. Sa tête dodelinait de droite à gauche, incapable de se tenir droite. Sakmet la remua un peu plus violemment. Les yeux fermés, la tête vide, la jeune femme murmura :

— Je ne peux rien contre Ouser.

— Séchat, vociféra son compagnon, ce n'est guère le moment de fléchir.

Alors, presque brutalement, elle l'engagea à poursuivre.

— Comme tu dois t'en douter, mon travail de recenseur d'albâtre m'a mis en présence, un jour, d'Ouser. Il ignore que nous nous connaissons. J'ai donc pu œuvrer en toute liberté. Cette fille était à ses côtés. Très vite, elle s'est arrangée pour me voir seul et m'a expliqué qu'elle voulait le quitter, mais ne savait comment s'y prendre.

Il la regarda brièvement et reporta ses yeux sur la

lueur de la lampe avant de poursuivre d'une voix que la gêne n'entravait pas.

— Je te passe les détails du premier soir. Lors de notre seconde entrevue, elle me parla plus librement, me révélant qu'elle regrettait une vilaine affaire montée avec Ouser.

— T'a-t-elle parlé des gens qu'elle mettait en péril ?

— Non. Elle craignait simplement pour elle-même. Elle m'expliqua que la cause de son angoisse résidait dans le fait qu'il s'agissait d'un vol d'enfant et que la mère recherchait sa fille avec obstination et organisation. Bien sûr, ayant appris l'enlèvement de Satiah et la détermination enragée que tu mettais à la rechercher, mes oreilles furent subitement à l'écoute et mes esprits en marche vers des informations précises, réelles et détaillées. Alors, j'ai questionné. D'abord, elle s'est méfiée...

Séchat l'écoutait et la reprise de ses esprits se décuplait, à présent, au maximum.

— Elle s'est méfiée, reprit Sakmet. J'ai simulé beaucoup d'amour et beaucoup d'adresse. Entre deux soupirs, elle m'a révélé avoir remis le bébé à une nourrice qui habitait avec un vieux fou. Dans cet antre, l'enfant est resté plusieurs jours. Accompagnée de deux comparses, elle l'a repris et m'a assuré qu'ensuite elle devait le passer à des bergers vivant dans le fayoum et que là s'arrêtait sa mission.

— Des bergers dans le fayoum, soupira la jeune femme. Enfin, des éléments qui se complètent en paraissant plausibles. Je la retrouverai ma fille, même au prix de passer ma vie dans ces maudits marais.

— Les derniers détails que j'ai pu obtenir révèlent que l'enfant doit être à l'extrême nord-est du delta, près de Tanis. Néset n'a pas remis directement le bébé aux paysans en question. Une femme qu'elle ne connaissait pas, chargée de prendre l'enfant, devait le remettre à ces bergers.

Lorsqu'il cessa de parler, Séchat sentit ses nerfs trop longtemps tendus se décontracter.

*
* *

A Tanis, sur l'un des embranchements de la fourche du delta, ils dépassèrent un troupeau de bœufs semblables aux grands urus qui peuplaient la vallée et les abords du delta. Plus de cent cinquante bêtes avançaient serrées les unes contre les autres, d'un pas tranquille et lourd, pesant comme du plomb sur le sable brûlant du désert. Leurs cornes acérées semblaient défier la puissance de leur imposante stature.

Accostant les meneurs du troupeau qui, docilement, précédaient le convoi, ils haranguèrent le dernier de la file. Ballotté par le balancement de la charrette dans laquelle il s'endormait à demi, l'homme ne releva pas l'interrogation.

— Eh ! Toi, reprit Houri, as-tu remarqué des troupeaux de chèvres dans la région ?

L'homme se releva, cligna des yeux puis, tournant nonchalamment la tête, il hocha le menton vers celui qui le suivait.

Houri renouvela sa question d'une voix plus forte ne laissant, ainsi aucun des meneurs ignorer l'objet de sa requête.

— Avez-vous dépassé un troupeau de chèvres entre Hermopolis et Tanis ?

Les hommes se concertèrent du regard, mais ne répondirent pas.

— Où menez-vous votre troupeau ? questionna Séchat, à son tour.

Cette fois, le meneur qui se trouvait en tête leva les yeux en direction du nord.

— A Tanis ? reprit Séchat, décidée à en savoir plus.

Toujours aussi nonchalamment l'homme acquiesça et bien que son signe fût évasif, n'engageant guère une conversation plus suivie, Houri exposa d'une voix distincte :

— Nous recherchons un troupeau de chèvres dont l'un des meneurs aurait femme et enfant. Peux-tu nous aider ?

L'homme tourna obstinément sa tête de droite à gauche.

— Tu ne sais rien ?

Houri s'approcha des autres gardiens de bœufs qui ne manifestaient aucune envie de parler.

— Cela m'a tout l'air d'être la cargaison de bœufs qui rémunère les pierres précieuses du marché que je viens de traiter à Memphis pour le compte d'Hatchepsout, reprit Séchat, en essayant de calculer la quantité de bêtes dont la file ininterrompue se mouvait pesamment.

De chaque côté du convoi, les surveillants, tous à moitié endormis, se tassaient sur leurs ânes lourdement chargés.

— Eh, fit Houri, en chevauchant près d'un surveillant assoupi, comment procédez-vous lorsque l'un de vos bœufs s'écarte du convoi ? Vous me paraissez bien paresseux.

— Nous n'obtiendrons aucun renseignement de ces gens.

— Peu importe, je suis persuadé qu'ils n'ont rien à nous apprendre.

Dépités, Houri et Séchat s'écartèrent, laissant les hommes à leur apathie. Ils rejoignirent Reshot et Maâthor qui, restées en arrière du convoi, tentaient elles aussi de questionner les meneurs, sans plus de succès que leurs compagnons.

La chaleur commençait à tomber et le jour s'amenuisait, striant le ciel de larges traînées rosâtres qu'un bleu tenace engloutissait par intervalles.

— La nuit va nous surprendre dans peu de temps, objecta Reshot qui, visiblement, s'inquiétait de l'image inaccoutumée et insolite de ce pays qu'elle ne connaissait guère. Ne pourrions-nous pas nous étendre et laisser l'aube arriver ?

— La région n'est pas assez sûre, répliqua Houri. Nous ne sommes pas sur les bords tranquilles du Nil, ici. L'approche imminente du fayoum révèle bien des surprises nocturnes désagréables. Il serait plus prudent de poursuivre notre route durant toute la nuit. Nous trouverons, à l'aube, un village où nous pourrons nous reposer.

— Tu as raison.

Elle se retourna vers Reshot :

— Si tu es fatiguée, allonge-toi dans la charrette. Tu nous relaieras au petit matin. Maâthor et moi surveillerons la route.

Depuis l'absence de sa nuit passée chez l'astrologue et sa fille, Séchat remarquait les regards de connivence que se jetaient furtivement Reshot et Houri. S'étaient-ils rapprochés l'un de l'autre par quelques confidences nocturnes ? Bien que Reshot ne lui eût fait nul aveu, elle respecta le silence de sa compagne.

Tranquillement, ils poursuivirent leur chemin de longues heures. Les roues du char laissaient un sillon creux derrière leur passage que le vent balayait aussitôt. Les deux jeunes femmes sentaient un souffle frais s'engouffrer sous leur tunique. Elles ramenèrent les pans de leurs manches autour de leurs bustes et, les yeux fixes sur l'horizon qui s'éclairait, regardèrent les premières bâtisses de briques crues se dessiner derrière un gigantesque mont de sable rouge.

*

* *

Deux jours et deux nuits défilèrent avec une lenteur déconcertante qui ôtait tout espoir à Séchat.

Le khamsin se levait toujours de façon sournoise. Effleurant tout d'abord le sable du désert d'un souffle léger et faisant doucement friser sa surface en dessinant de fines rides blanches, il s'élevait en une bouffée qui les gonflait en vagues et bientôt tout déferlerait en rafales telle une respiration saccadée qui annonce une destruction inévitable.

— Tiens, prends la couverture en laine, dit Maâthor en présentant à Séchat un linge épais, chaud et de couleur écrue. Reshot s'est endormie. Elle n'a pas l'air d'avoir froid.

Séchat tourna les yeux vers son amie qui, calée au fond du char, semblait ignorer les rafales de vent qui secouaient le chargement tout entier. Elle saisit l'étoffe moelleuse et s'en couvrit le corps.

— N'as-tu pas plus chaud, ainsi ? questionna la jeune servante.

Emue des constantes attentions que lui portait Maâthor, sans doute pour faire oublier son impardonnable inconséquence qui les amenait dans cette poursuite effrénée, Séchat lui sourit.

— Je suis très bien.

Maâthor ne répliqua rien et concentra son esprit sur le bruit qui, depuis quelques secondes, arrivait à son oreille attentive.

Un galop lointain s'approchait. A son tour, Séchat le discerna distinctement. Elle s'efforça de rapprocher rapidement le char du cheval que Houri dirigeait avec pondération et régularité. Lorsque le galop se fit plus proche et plus précis, Houri l'entendit lui aussi. Il stoppa sa monture et attendit les trois jeunes femmes installées dans le char que les deux bœufs tiraient régulièrement.

— C'est inutile d'aller plus vite, le galop s'approchera de toute manière et nous rattrapera.

Il passa aussitôt la main gauche sur sa ceinture et l'appuya sur le poignard qui s'y trouvait attaché.

— Prenez vos armes et soyez prêtes à vous défendre. Nous avons l'avantage de l'attente calculée. De plus, ce cavalier ne peut pas nous avoir entendus.

Reshot, que le balancement subitement arrêté de la charrette avait éveillée, se leva prestement et vint aux côtés de ses compagnes.

La nuit, à son apogée, ne s'éclairait que de quelques étoiles et si Séchat avait eu, ce soir-là, l'esprit quiet et dispos, elle eût sans peine reconnu l'étoile d'Orion que précédait l'étoile de l'Eau, juste au-dessus de son œil gauche. Celle qui la rapprochait insensiblement de la découverte de Satiah.

— Abritez-vous dans le char, souffla Houri.

— Non, nous savons nous défendre, objecta Reshot.

Et pour accentuer cette affirmation, elle sauta du char et s'accota au rebord. Séchat vint l'y rejoindre, suivie de Maâthor qui, sans perdre de temps, venait d'attraper sa matraque.

Très vite, le galop se rapprocha pour s'arrêter à quelques pas des voyageurs. Les jeunes femmes sentirent l'haleine chaude de deux chevaux près de leurs visages. Houri se mit en retrait, prêt à s'élancer à la moindre attaque.

— On s'échappe ! On se cache ! On a peur ! entendirent-elles tonitruer tout près d'elles.

Deux hommes sautaient à terre. D'une main, ils tenaient la bride de leur monture et de l'autre la ceinture de leur tunique qu'ils portaient longue jusqu'aux pieds.

Houri dévala sur eux sans qu'ils s'y attendent. Surpris, ils furent immédiatement déséquilibrés et cherchèrent à reprendre une posture plus stable. Le poing de Houri atteignit le visage de celui qui se relevait le plus vite. De nouveau projeté à terre, il lâcha la bride de son cheval. L'autre s'écarta brusquement et saisit violemment l'encolure du cheval de Houri, l'obligeant à se cabrer et à ruer sur son maître. Immobilisé une fraction de seconde, il en profita pour l'envoyer à terre.

Houri vit l'espace d'un instant les deux hommes s'acharner au-dessus de son buste. Il pensa qu'ils avaient l'avantage sur lui mais cela ne dura que le temps d'une respiration, car d'une ruade agile et bien calculée, il réussit superbement à se dégager et à les envoyer tous deux sur le sable. Sans doute devait-il ce coup magistral à l'art du combat qu'il avait appris aux côtés de Djéhouty.

Les jeunes femmes ne bougeaient pas, prêtes pourtant à l'attaque dès la moindre défaillance de Houri. Mais si celui-ci gardait l'avantage de la situation, l'inverse se produisit presque aussi vite. Houri se retrouva allongé sur le sol, pieds et bras maintenus solidement. Lorsqu'ils roulèrent sur le côté, ce fut le char qui les arrêta. Séchat et Reshot n'avaient pas encore bougé, mais Maâthor se détacha brusquement du groupe et, s'élançant vers les deux agresseurs qui commençaient à assommer Houri, elle assena un grand coup de matraque sur le crâne de celui qui lui tournait le dos et qui, accroupi sur Houri, lui envoyait de violents coups de poing sur le visage.

L'autre, surpris, lâcha aussitôt sa victime, mais s'aperçut très vite de son erreur. Déjà, Houri l'encerclait de ses bras puissants et criait :

— Vite, un poignard !

Plantée devant lui, moins rassurée qu'elle désirait le paraître, Reshot dirigeait l'arme vers lui. Séchat, tout aussi inquiète que sa compagne, vint pourtant lui prêter main-forte et se plaça sur sa gauche, un peu plus en retrait. Le poignard à lame effilée qu'elle avait choisi pour se défendre comportait un manche court, épais, en bois lisse qu'elle tenait bien en main.

De force égale, l'agresseur avait réussi à se dégager des bras de Houri. Reshot n'avait pas encore réagi lorsque Séchat hurla :

— Ne bouge pas où je t'enfonce la lame de cette épée dans le dos.

L'homme s'immobilisa, les bras collés au corps. Houri sembla vouloir lui laisser la vie sauve, lorsque d'une brusque détente, l'homme se retourna, s'accroupit, virevolta sur lui-même. Son agilité extraordinaire surprit Houri et les jeunes femmes. Personne ne le vit sortir son arme et la lancer avec une adresse surprenante. Elle se planta dans le bras de Séchat qui laissa aussitôt tomber son couteau. Le cri qu'elle jeta atteignit Reshot en plein cœur. Elle s'élança sur l'homme qui, debout, attendait. Houri la repoussa si brusquement qu'elle tomba sur le sol. Puis, sortant son poignard, il le lança sur son agresseur. L'arme atteignit le bas-ventre. L'homme porta ses mains à son estomac et tituba. Houri se baissa, ramassa le poignard de Séchat et, s'approchant de l'homme qui commençait à gémir, le lui planta sous le bras gauche, à hauteur du cœur.

— C'était lui ou nous, jeta-t-il froidement.

— Ne restons pas dans les parages. Il faut s'éloigner rapidement. Maâthor, prends les rênes pendant que je m'occupe du bras de Séchat.

La plaie était profonde et saignait abondamment. Reshot ligatura le bras juste au-dessus de l'hémorragie et banda fortement la blessure.

— Lorsque le sang aura séché, nous y appliquerons une pommade cicatrisante. Je sais que Maâthor a emporté ce qu'il faut comme remèdes.

La nuit fut longue. Houri reprit son poste de guide au-devant des jeunes femmes. L'allure qu'il donnait à son cheval était plus vive et les deux bœufs qui tiraient la charrette peinaient à le suivre. Sans cesse, les jeunes femmes craignaient une nouvelle attaque. Au fur et à mesure que l'on approchait du fayoum, la région se faisait moins sûre. Il fallut bientôt choisir une fourche du delta. Laquelle suivre ? Seule, Séchat pouvait décider. Elle s'en remit à la prédiction du vieil astrologue et prit la direction de l'étoile d'Orion. « L'eau » et « l'œil ». Ces deux mots résonnaient encore dans sa mémoire.

Plus au nord-ouest, à la boucle de la fourche du delta qu'ils avaient décidé de prendre, la terre devint plus grasse. Des troupeaux de chèvres paissaient sur de vastes étendues et le sol bien irrigué se teintait d'un vert moins sombre que celui des terres du sud. Sous le soleil blanc et cru, ce vert devenait presque clair. Un air marin arrivait aux narines curieusement dilatées des jeunes femmes. Jamais encore, elles n'avaient ressenti cet étrange souffle doux et envahissant que l'approche de la Méditerranée rendait à la fois tiède et salé. Les couleurs se métamorphosaient en des teintes pastel. Le ciel, vaste et d'un bleu serein, se criblait de vols d'oiseaux étranges. Des colonies entières de migrateurs poursuivaient leurs voies en direction d'autres horizons. Le delta, immense et majestueux, s'étendait à l'infini. Elle pensa à Sakmet qui devait se nourrir à l'excès de cette vision étrange, ni fluviale ni maritime.

Maâthor se refusait à regarder cette étendue d'eau qui la paralysait de frayeur. Autant elle avait aimé et admiré les rues de Thèbes, les palais, les jardins délicatement fleuris et parfumés, autant elle détestait cet endroit diabolique où tant d'eau l'asphyxiait.

Animée par la farouche envie de retrouver la fille de Séchat, Reshot se serait pourtant fort bien passée de ce paysage déroutant où tout n'était qu'eau, herbe humide et atmosphère inquiétante. Houri l'avait sur bien des points rassurée et, par des regards fréquents dans sa direction, tentait de mettre fin à ses craintes.

Seule, Séchat emplissait ses bronches, avec une griserie exacerbée, de cet air qu'elle découvrait pour la première fois. « Ma fille est là, je le sais, je le sens », se répétait-elle inlassablement en humant les odeurs et les sensations que la Méditerranée lui apportait sans ménagement. Elle les prenait toutes, les unes après les autres. Celles des cieux étrangement lumineux où les étoiles brillaient d'une autre façon, celles des terres délicatement ocrées, parsemées des verts les plus tendrement étalés, celles des eaux, gigantesques et imperturbables qui semblaient décrire un autre monde au-delà du réel. Qu'y avait-il derrière cette fluide immensité aux tons étranges à la fois bleus et gris ? De nouveau, elle pensa à Sakmet. Pourquoi à lui plutôt qu'à Djéhouty ?

Elle cala son bras bandé entre ses deux seins, puis de sa main droite, elle soutint le coude qui, de temps à autre, la lançait encore. Elle s'accroupit en scribe sur le bord du grand fleuve où l'autre rive n'existait plus. Encore une fois, elle ne pouvait dormir. Reshot et Maâthor s'étaient vite assoupies. Depuis qu'ils avaient abordé ce paysage inconnu, elles ne quittaient plus le fond du char où elles se pelotonnaient, inquiètes, agitées dès le moindre bruit suspect.

Réfléchissant au sort de Satiah, ses esprits se brouillèrent, se dispersèrent, allant inlassablement de Néset, la fausse nourrice, à Maâthor, celle qui lui avait donné véritablement son lait. « Une nourrice, pensa-t-elle. Pourquoi, une nourrice ? » Fallait-il comprendre autre chose ? Y avait-il un déclic à saisir ? Comprendre et regarder. Le vieil astrologue l'avait bien mise en garde.

Une fulgurante douleur traversa son crâne. Le déclic ! Elle le tenait. Après la mort de sa mère, Séchat elle-même n'avait-elle pas été nourrie au lait de chèvre ? Pourquoi, dans ce cas, rechercher systématiquement une nourrice pour Satiah ? Le lait des chèvres devait merveilleusement y suppléer. Son cœur battait la chamade et sa tête commençait sourdement à lui faire mal.

Une douleur qui, depuis quelque temps, la reprenait dès qu'elle se concentrait trop. Le bouillon fait de graines écrasées et de plantes que lui confectionnait Maâthor n'apaisait pas toujours sa souffrance.

Néanmoins, malgré sa douleur, Séchat réfléchit toute la nuit.

— Reshot, déclara Séchat d'un air où le courage essayait de prendre le pas sur la fatigue, nous visiterons chaque cabane de bergers, inspecterons chaque troupeau, chaque clan de gardiens. Satiah est ici. J'en suis convaincue.

— Ne crois-tu pas que nous allons attirer l'attention et que les gens vont se méfier ?

— Tu as raison. Nous chercherons du travail. Celui de gardiennes de chèvres nous ira parfaitement. Nos vêtements sont sales, usés, nos airs déconfits. Parlons peu pour refouler les soupçons.

— Et Houri ? questionna Reshot.

— En aucun cas, nous ne devons rester ensemble. Houri nous surveillera de loin.

— On le remarquera. S'il est trop éloigné de nous,

il ne nous sera guère utile. S'il est trop proche, il attirera la méfiance.

— Alors, restons ensemble !

— Ne peut-il être mon époux ? proposa Reshot. Tu seras ma sœur et Maâthor celle de mon époux. Je ne vois, là, rien de répréhensible ni de douteux.

Séchat hocha la tête pensivement, puis sourit tristement à l'idée de Reshot.

— Je pense que tu as raison. Il vaut mieux ne pas nous séparer. Les lieux sont trop fréquentés de malfaiteurs et Houri nous apportera l'aide éventuelle dont nous avons besoin. Après tout, ne peut-il pas faire un excellent mari pour toi ?

Reshot rougit.

— Et si Satiah ne se trouve pas là ?

— Alors, nous ferons chaque bras du delta.

— Il y en a plus de dix !

— Nous les parcourrons tous.

La jeune femme passa la main sur le bandage de son bras et grimaça, car la plaie la faisait encore souffrir. La fièvre commençait à obscurcir ses esprits.

— Bien entendu, afin de ne pas nous bloquer dans un endroit après avoir la certitude que Satiah n'y est pas, nous refuserons tout travail, prétextant que le salaire est trop bas.

Les premières cabanes de bergers restaient encore visibles à l'œil nu, mais plus le groupe avançait dans le delta, plus elles restaient dissimulées par les épais marécages. Les quelques masures abordables ne leur opposèrent que des refus.

Pourtant un vieux berger, mi-sorcier mi-médecin, soigna efficacement le bras de Séchat dont la blessure restait humide et commençait à s'infecter. Nauséabonde, la pommade qu'il passa sur la plaie entêtait les jeunes femmes au point qu'elles se demandèrent, quelques instants, si elles avaient eu raison de faire confiance au vieux berger. Mais, il lui fit absorber des tisanes pour abaisser la fièvre et la plaie commença vite à cicatriser.

En quelques jours, ils étaient arrivés tout au nord du delta. Au détour d'un mauvais chemin qui semblait se perdre dans les marais boueux, un homme leur barra le chemin.

— Laisse-nous passer, cria Houri, nous cherchons du travail !

— Y'a pas de travail pour les maraudeurs.

— Nous ne sommes pas des voleurs, ni des bandits. Nous cherchons du travail, répliqua Houri en s'approchant de Reshot et en lui passant un bras autour de l'épaule. Ma femme est fatiguée du chemin parcouru, ma sœur et ma belle-sœur ont faim. Ne sois pas cruel.

Une vieille femme surgit soudain du bosquet le plus proche. Un bâton noueux l'aidait à marcher. D'une main, elle le tenait solidement et de l'autre, elle battait l'air avec ses vieux doigts noueux pour chasser les mouches et les insectes volants qui tournoyaient autour de son visage.

S'avançant jusqu'à la frôler, Maâthor prit doucement sa main libre et, la gardant chaleureusement entre les siennes, jeta calmement :

— Connais-tu une mère stérile qui chercherait à nourrir son bébé ? J'ai du lait dans mon sein et je ne le vends pas cher.

La vieille s'arrêta, étonnée par le geste de Maâthor. Il y avait bien longtemps qu'on ne lui avait pas manifesté un geste de sympathie.

— Y'a bien la vieille Khani.

— Khani, qui est-ce ?

L'homme s'interposa rapidement et brutalement, repoussa Maâthor vers ses compagnons.

— Y'a pas de travail et y'a pas de Khani !

Maâthor s'approcha à nouveau de la vieille.

— Je t'en prie, dis-moi qui est Khani.

Séchat et Reshot sentaient, l'une et l'autre, qu'elles ne devaient pas intervenir. Maâthor venait d'amorcer un élément trop précieux.

Mais la vieille femme leva son bâton en direction de l'homme. Surprises, les jeunes femmes la virent lui en assener une série de coups sans que celui-ci ne bronche et ne veuille se dégager.

— Tu n'es qu'un sacripant ! hurla-t-elle. Ces gens ne font aucun mal et la petite qui m'a pris la main est gentille. Et si je veux leur dire qui est Khani, je le leur dirai.

Elle abaissa son bâton, souffla bruyamment quelques minutes et expliqua :

— Khani est une vieille folle. Plus folle que moi. Mais Khani est une guérisseuse et moi, je ne suis qu'une gardienne de chèvres.

— Où vit-elle ? questionna doucement Maâthor en soulevant ses seins lourds pour prouver que son seul but était de les alléger.

— Elle vit dans le marais, en plein marécage.

— Garde-t-elle un bébé pour qu'elle ait besoin de mon lait ?

— Elle n'a pas besoin de ton lait, elle dispose de celui de ses chèvres.

— Garde-t-elle un bébé ?

Séchat avait repris la question et l'avait jetée d'une voix si forte et si brusque qu'elle effraya la vieille. Pourtant, dans son ébahissement et sa peur, elle hochait affirmativement la tête. Séchat regretta aussitôt son intervention, car l'homme se rapprochait à nouveau, menaçant. Il observa Séchat de ses petits yeux plissés, se retourna vers Houri dont le bras ne quittait pas l'épaule menue de Reshot et termina son examen sur Maâthor qui avait repris la main de la vieille femme.

— Ecoute, vieille femme, dit Séchat. Cette jeune nourrice a besoin de donner son lait. Mais, c'est à mon enfant qu'elle doit le laisser. Un enfant qu'une femme sans scrupules m'a enlevé. Je la recherche depuis de longs mois. Nous avons parcouru tous les bords du Nil depuis le fin fond du sud jusqu'ici.

Elle prit sa respiration et attendit la réaction de la vieille femme. Celle-ci, médusée, tapotait le sol de son bâton noueux. Sans attendre, Séchat s'adressa à l'homme, profitant de son instant d'étonnement.

— Si tu me conduis chez Khani, je t'offrirai un troupeau entier.

Elle jeta hardiment ses yeux dans le regard ébahi de l'homme.

— C'est ta mère ? reprit-elle.

L'homme acquiesça.

— Alors, elle n'aura plus besoin de travailler. Et toi tu seras maître de ton troupeau. Je te paierai des hommes qui garderont tes bêtes.

La vieille et son fils restaient de plus en plus abasourdis. Mais bien que l'homme eût changé de comportement, il redevint soupçonneux.

— Je suis un grand dignitaire, poursuivit Séchat. Je travaille auprès de ton Pharaon, la Grande Hatchepsout, souveraine des Deux Terres, la Basse et la Haute Egypte.

Ce court exposé acheva de convaincre l'homme et sa mère.

— Tiens, voilà pour prouver ma bonne foi.

Elle s'approcha de Reshot qui dissimulait dans la ceinture de sa tunique quelques débens d'argent. Saisissant un dében, elle le tendit à l'homme.

— Ne cherche pas à nous voler les autres. Cela te ferait beaucoup moins d'argent que ce que je t'ai promis.

Comme tout être démuni, misérable, loqueteux et habitué qu'à ne survivre, l'homme n'avait jamais vu de dében. Il porta la pièce à sa bouche et la mordit violemment. La grimace de joie qu'il fit prouva à la vieille femme, qui l'observait elle aussi dans un rictus anxieux, que la pièce était vraie.

— La vieille Khani nourrit un enfant au lait de chèvre. Elle n'en a qu'une dizaine, mais cela suffit à la petite, s'empressa-t-elle d'annoncer.

« La petite ! » Séchat sentit ses jambes se dérober sous le poids de son corps qui devenait subitement très lourd. Reshot la reçut, molle, dans ses bras, avant que Houri ne l'aide à l'allonger sur le sol que les marécages proches rendaient humide et frais.

Lorsqu'elle reprit ses esprits, Houri s'inquiétait de l'endroit exact où vivait la vieille Khani.

— Derrière ça, fit l'homme en montrant la boucle du fleuve.

— Mais, ce sont des marécages !

— C'est dangereux et les crocodiles sont nombreux à cette époque, ils cherchent leur nourriture.

Houri fit la grimace. Séchat se relevait en passant la main sur son visage. Elle se frotta les yeux, tapota ses joues. Le malaise était passé. Il fallait, maintenant, agir vite et bien.

— As-tu vu l'enfant ?

— Non, mais je sais que c'est une fille. On en a parlé dans les cabanes avoisinantes.

— Veux-tu m'accompagner ? dit-elle à l'homme qui s'attendait visiblement à cette requête.

— A quoi me servirait un troupeau si les crocodiles me dévorent ?

Séchat sentit que la bataille n'était pas encore gagnée.

— Explique-moi le chemin.

— Je peux t'accompagner jusqu'à l'approche du marais et te fournir un radeau.

— Peux-tu me fournir aussi un passeur ?

— J'en connais un, mais il est loin.

La jeune femme se planta devant lui et accrocha froidement son regard.

— Tu as dix secondes pour répondre. Ou tu perds tout ou tu te reposes jusqu'à la fin de tes jours.

De nouveau, la vieille s'approcha de son fils et, le menaçant de son bâton, vociféra :

— Tu vas y aller, fainéant et tu vas le ramener par la peau du cou s'il le faut !

Puis, elle maugréa plus bas :

— A côté de la cabane, un abri vous attend, vous pourrez vous y installer et personne ne vous dérangera.

Les dix jours qui passèrent parurent interminables aux jeunes femmes. Maâthor se plaignait de la chaleur humide. Reshot commençait à désespérer de voir venir le passeur et Houri fabriquait des pièges pour attraper le gibier d'eau qui abondait dans les marais.

Comme l'aurait fait son lévrier Zéphyr, Séchat attendait toute la journée devant le chemin qu'avait emprunté l'homme parti à la recherche du passeur. Assise sur le sol, les genoux repliés sous son menton, elle scrutait indéfiniment l'horizon. Un matin, elle les vit arriver. Curieux faciès d'homme que possédait ce passeur.

Il portait des cheveux d'un blond sombre. Epais, crépus, ils entouraient abondamment un visage au teint rouge que l'absence de sourcils rendait étrange ainsi que des lèvres presque aussi inexistantes, achevant d'en dessiner le masque singulier.

— Où est ta récompense ? interrogea-t-il en guise de bienvenue.

— Quel est ton travail ?

— Tu le sais, passeur.

— Essentiellement passeur ?

— Je décharge les bateaux de commerce sur les ports du delta quand il y a de gros arrivages.

— Alors, une embarcation dont tu serais le propriétaire te conviendrait-elle ?

Le passeur la regarda de ses yeux sans sourcils, puis étira imperceptiblement sa bouche démunie de lèvres.

— Tiens, voici un dében, dit-elle en lui tendant la pièce d'argent que venait de lui passer Reshot.

— Tu me ramènes ici même après avoir visité la vieille Khani.

— Avec ou sans l'enfant, ce n'est pas le même prix, objecta le passeur.

La vieille brandit son bâton en direction de l'homme blond.

— Je te dis que l'enfant est avec Khani. Tu dois pas discuter le prix.

— Avec ma fille, c'est le troupeau de chèvres pour l'un et le bateau pour l'autre, assura tranquillement Séchat. Sans ma fille, vous avez tous deux un dében que je ne vous reprendrai pas. Dans ce cas, ce sera bien payé.

La vieille tapa rageusement son bâton sur le sol.

— La petite est là-bas, répéta-t-elle, obstinée.

— Alors, berger, ton troupeau comportera au moins cinquante chèvres et de beaux boucs reproducteurs. Et toi, passeur, ton bateau aura un gouvernail avant, voile à monter grand vent, capacité dix tonnes, une cabine et une soute dans la coque.

Séchat venait de conquérir l'un et l'autre. La vieille femme entra dans sa cabane. Un sourire aussi noueux que son bâton se dessinait sur ses lèvres sèches et violettes.

Séchat refusa la présence de ses deux amies. Quant à celle de Houri, elle savait qu'il n'affectionnait ni l'eau, ni les embarcations fragiles, à plus forte raison en compagnie des crocodiles.

Bien qu'éprouvant l'horrible doute sur la présence de sa fille chez Khani, Séchat gardait un espoir si vaste qu'elle en oubliait le danger de la traversée.

— Il vaut mieux partir le soir, affirma le passeur. Dans la journée, les crocodiles recherchent leur nourriture et sillonnent les alentours des marécages. Le soir, ils s'en éloignent jusqu'à l'aube.

— Je te fais confiance.

Dense, au point qu'à cet endroit les marécages ne laissaient qu'à peine pénétrer le soleil, la végétation semblait secrète et ténébreuse. Emplie de bruits étranges, les marais cachaient toute une vie ignorée de la jeune femme. Bien que le passeur semblât connaître ce milieu redoutable, aux périls survenant à chaque instant, Séchat sentit, tout de même, une peur l'envahir lorsque, dès le départ, un hippopotame leur barra le chemin, renversant sans scrupules la légère embarcation.

Trempés, les deux passagers eurent des difficultés à rééquilibrer le radeau et jusqu'au soir, ils durent écarter les animaux aquatiques les plus tenaces, les branchages les plus tordus qui leur barraient sans cesse la voie, les farouches racines qui s'emmêlaient si aisément à leur fragile embarcation et les passages boueux dans lesquels ils tombaient à chaque détour du marais.

Lorsque la nuit devint totale, il fut difficile de maintenir l'équilibre du radeau. Il tournoyait, basculait et se prenait dangereusement dans les lianes de l'abondante végétation. Habilement, l'homme maniait la gaffe et le radeau reprenait la bonne direction, du moins jusqu'à cet instant où le tracé d'un cercle dans l'eau, éclairé par la lune blanche qui diffusait un faible halo annonça le passage récent d'un crocodile. Le passeur planta sa gaffe dans le sol boueux, stoppant ainsi l'embarcation.

— Il faut attendre que les cercles disparaissent, dit-il.

— Cela veut dire qu'un crocodile remue dans les parages ?

— Ne parlons pas et restons immobiles.

De longues minutes où seuls les cris d'oiseaux aquatiques perturbaient le silence se passèrent et bientôt les cercles disparurent. La lune montrait une eau redevenue lisse.

Le trajet se déroula sans autre incident jusqu'à la butte marécageuse qui annonçait le domaine de la vieille Khani. L'aube arrivait à peine. Une sorte de demi-jour bleuté s'accrochait aux cimes les plus hautes. L'homme attacha son radeau et repéra un endroit sec.

— Je t'attends ici. Prends ton gosse et reviens.

Sans répondre, le cœur cognant à tout rompre dans sa poitrine, la tête vidée de toute idée, les jambes flageolantes, la jeune femme s'avança sur la voie libre. Un frôlement léger passa près d'une de ses chevilles. Elle étouffa un cri. Un long serpent se faufilait dans les fougères. Séchat essuya son front trempé de sueur. Un vertige la prit. Elle s'arrêta, bloqua sa respiration un instant, la relâcha avec pondération, puis reprit sa marche lente dans la clairière qui s'avançait à elle. S'obligeant à ne pas réfléchir, mais à se concentrer sur l'éventuel incident pouvant survenir, elle s'approchait avec un calme qui n'était qu'apparent. Soudain, elle distingua la cabane et bien que l'obscurité ne fût pas encore totalement levée, elle remarqua un lopin de terre sur lequel du maïs était planté.

La cabane prenait de plus en plus des allures obsédantes et lorsqu'elle arriva sur le pas de l'unique porte restée entrouverte, elle crut à nouveau défaillir.

Le logis ne comportait qu'une vaste pièce. Une large entaille dans le mur de terre séchée servait de fenêtre. Face à la porte entrebâillée, Séchat hésita. Aucun bruit ne parvenant à ses oreilles, elle s'enhardit et fit quelques pas. Posée à même le sol de terre battue, une lampe à huile diffusait une lueur suave et pâle.

Le choc ne se fit guère attendre. Elle voulut hurler, mais aucun son ne sortit de sa bouche. Ses jambes commençaient à tituber mollement et dangereusement. Il ne fallait à aucun prix qu'elle retombe dans ce malaise qui la prenait si souvent depuis qu'elle mangeait si peu et qu'elle perdait le sommeil. Or, ses jambes qui se dérobaient sous elle n'annonçaient rien de bon. Elle réagissait mieux lorsque sa tête était douloureuse. Mais, le choc ! Le choc imprévisible. Ses yeux agrandis fixaient la corbeille en osier qui se tenait dans un angle de la grande pièce. Puis, l'inévitable se produisit. Ses jambes n'existèrent plus, la lourdeur s'en était échappée. Elle s'approcha du couffin et découvrit, avec des yeux brouillés de larmes, la petite qui la regardait étonnée.

D'une main tremblante, elle approcha le visage de sa fille. Elle voulut la prendre dans ses bras, mais c'était sans compter la douleur qui la prenait encore sous le bandage qui recouvrait sa plaie et l'empêchait d'effectuer le geste le plus maternel qui soit.

Se forçant à l'oublier, elle saisit sa fille et la pressa contre elle. Le petit visage à la peau rose et aux yeux de lapis-lazuli fixait intensément ce personnage qui le mouillait de ses pleurs. Lorsque ses premiers émois furent atténués, la jeune femme se calma et, sentant une présence dans son dos, se retourna, son bébé dans les bras.

Une vieille femme se tenait dans l'embrasure de la porte et l'observait en silence.

Toutes paroles se révélaient, dorénavant, inutiles. Elle balançait doucement Satiah contre elle, respirant avec volupté le parfum suave qui se dégageait du bébé. Ses jambes s'accrochaient fermement au sol, sa tête n'était pas lourde. La vieille femme restait immobile. Enfin, Séchat la dévisagea avec cette sérénité qu'elle n'avait plus ressentie depuis une éternité. Les yeux bleus délavés de la vieille Khani s'entouraient de mille ridules creusées comme des sillons sans âge. Elle était vêtue d'une longue robe brune qui descendait jusqu'à ses pieds nus. Enfin, elle s'avança.

— C'est ton enfant ? jeta-t-elle d'un ton bas et grave.

La gorge nouée, Séchat balança sa tête de haut en bas.

— L'as-tu abandonné ?

Séchat avala péniblement sa salive. Les pleurs qu'elle refoulait depuis si longtemps reprirent et mouillèrent le visage du bébé. La vieille femme attendit que cette nouvelle réaction nerveuse s'atténue. Puis, Séchat leva son regard sur elle.

— Un soir, on m'a volé ma fille et je la recherche depuis ce jour-là.

— Pourquoi te l'a-t-on dérobée ?

— C'est une longue histoire.

— Nous avons tout notre temps.

— Le passeur va repartir.

— Allons, je connais le marais mieux que n'importe quel lieu. Je te raccompagnerai. Va lui dire de s'en aller. Je n'aime pas que l'on m'espionne.

Un instant, Séchat se demanda si elle devait lui faire confiance. Pourtant, le fait d'avoir retrouvé sa fille balaya tous ses scrupules.

*
* *

Dès l'aube, la vieille femme travaillait dans son champ. A travers les branchages denses de la végétation, le soleil tentait d'accrocher ses rayons brillants et chauds. La petite Satiah reposait dans sa corbeille. Après sa première nuit délicieusement peuplée de rires et de couleurs, les yeux à peine ouverts, Séchat courut vers sa fille. Eveillée, la petite lui souriait. Séchat remarquait qu'elle n'avait perdu ni de son charme ni de sa gaieté. Lorsqu'elle la prit dans ses bras, l'enfant lui gazouilla quelques mots sortis de son vocabulaire enfantin.

— Allons, c'est l'heure du repas. Viens, ma petite fleur, jeta tranquillement une voix derrière elle.

Surprise, Séchat vit la vieille femme entrer. Elle traîna ses pieds pendant quelques pas et se rapprocha de l'endroit où elle se tenait avec l'enfant. Ses longues manches brunes s'écartèrent et de ses vieux bras encore habiles, elle saisit le bébé, sortit et laissa Séchat dans une attitude d'étonnement quasi total.

Hors de question, bien sûr, qu'elle restât inactive dans cette pièce à attendre le retour de l'enfant. Aussi prit-elle la décision de les suivre.

Agile encore pour son âge, la vieille femme se baissa et posa délicatement l'enfant sur l'herbe sèche, à côté de l'enclos fermé qui abritait les chèvres durant la nuit. Elle disparut dans l'échancrure menue de l'abri fait de bois et de feuilles de papyrus. L'air délicat se parfumait des quelques fleurs sauvages déjà ouvertes depuis l'aube et la chaleur ne montait pas encore, malgré les premiers rayons qui annonçaient une brûlante journée. Le bébé commençait à relever son buste lorsque la vieille femme amena une petite chèvre blanche et docile qui se coucha aussitôt sur le flanc, à proximité de Satiah.

Aussitôt le bébé prit goulûment les mamelles de l'animal et commença à téter bruyamment. La jeune femme eut du plaisir à regarder cette scène pleine de naturel et de spontanéité. Elle s'approcha de la vieille femme, la prit par les épaules et déposa un baiser léger sur sa joue toute ridée.

— Merci, dit-elle. Merci de l'avoir si bien nourrie. Mon désespoir et ma peine depuis son vol ne sont rien à côté de cet instant de joie.

La vieille s'assit en tailleur. Surprenante souplesse pour les années qu'elle accumulait. Elle redressa la tête et posa ses mains sur ses genoux qui, seuls, semblaient un peu rigides. Séchat l'imita. Installées toutes deux, elles admirèrent en silence le bébé qui tétait aux mamelles de la chèvre.

Lorsque la petite eut bu à satiété, elle vint à quatre pattes s'installer auprès des deux femmes et s'absorba dans le jeu que lui offrait une tige longue et flexible terminée par une petite fleur blanche.

— Je soupçonnais un abandon lorsqu'on m'a apporté la petite.

— Que t'a-t-on révélé ?

— Que le pharaon Hatchepsout était en cause et que je devais prendre soin de cette enfant jusqu'à ce qu'on vienne la reprendre.

— Ce n'est pas le pharaon qui est en cause, corrigea Séchat, mais un haut dignitaire dont le poste est aussi important que le mien.

— Une basse et noire jalousie serait-elle donc l'objet de cette vilenie ?

— Hélas, oui. Je suis la Grande Intendante des Artisans et mon poste est aussi élevé que celui qui est à l'origine de ce vol d'enfant.

— Que la déesse Hathor te protège, murmura la vieille femme.

Lassée de son herbe voltigeante, le bébé s'en prenait, maintenant, au sol qui le retenait et de ses petites mains potelées, tentait d'arracher avec force une poignée de terre mêlée d'herbes. N'y réussissant pas, l'enfant se mit en colère. Séchat sourit, elle reconnaissait bien là sa fille rieuse et capricieuse. La prenant dans ses bras, elle la berça tendrement.

— Khani, murmura-t-elle dans un souffle, j'aimerais rester ici quelque temps.

CHAPITRE XI

Affairées, agitées comme il convenait de l'être au sein du palais qui abritait leur impériale maîtresse, les servantes n'en étaient plus à une occupation près.

Coiffée, parfumée, ointe des huiles les plus délicates, vêtue d'un fourreau blanc qui moulait ses formes arrondies, Hatchepsout marchait de long en large prenant parfois son front entre ses mains aux doigts fuselés que recouvraient des bagues serties de pierres lourdes et massives.

Elle laissait souvent courir sa main gauche le long de son visage, la descendant lentement le long de ses joues devenues creuses depuis la mort de sa fille, l'attardant sous son menton blanc et lisse, là où elle posait la barbe postiche que réclamait la tradition des séances ministérielles.

Depuis que Néférourê avait rejoint son âme au pays d'Osiris, Hatchepsout s'accordait le long temps des funérailles pour porter la tunique blanche réservée au grand deuil. Aussi, en ce matin d'audience qu'elle jugeait décisif pour annoncer quelques nominations importantes, n'avait-elle pas posé la barbe postiche sous son menton et ceint le lourd pectoral d'or sur son buste que le chagrin creusait.

Lorsque son héraut annonça la Grande Intendante Séchat, elle hésita entre deux attitudes. Celle d'un accueil de rigueur, assise et calée sur le large fauteuil rehaussé du disque solaire d'or ou celle, plus chaleureuse sans doute qui, mains tendues, allait à la rencontre de sa visiteuse.

Elle opta pour la seconde formule et s'avança d'un pas qu'elle aurait vraisemblablement fait onduler quelques années auparavant d'un mouvement de hanche souple. Elle se contenta de le rendre plus sec et plus précis.

— Séchat, que ton dieu Toth te préserve des mille ennuis qui t'ont menacée ces derniers temps.

Sans pour autant procéder à la prosternation

d'usage, Séchat courba le buste, mais Hatchepsout lui prit le bras, l'obligeant à redresser son corps.

— Tu sais bien qu'aucun cérémonial ne doit nous gêner lorsque nous sommes seules. L'aurais-tu oublié ?

Séchat l'observa. Le ton de la réplique lui parut un peu agacé, malgré le regard affable et engageant qu'elle reçut en plein visage, comme une réprimande savamment dosée qu'il valait mieux ne pas oublier.

— Je n'ai rien oublié, Majesté. Mais tout cela est si loin !

La reine pressa sa main sur le bras de sa compagne.

— Oui, si loin ! répéta Séchat. Et le malheur si proche. Je suis triste, croyez-le, pour l'âme de Néférourê, partie rejoindre le royaume des morts.

D'un mouvement raide, Hatchepsout balaya l'air de sa main, engageant autrement le débat.

— N'en parlons pas. Veux-tu ? Afin de ne pas m'enliser, j'ai décidé de me consacrer à la seconde de mes filles, Mérytrê qui épousera dans quelque temps le fils d'Isis, le bâtard de feu mon époux.

Hatchepsout s'approcha de sa compagne. Séchat se laissa prendre la main. Sur ses doigts nerveux, elle sentit la dureté métallique et froide des bagues royales.

— Allons dans ma chambre. Nous y serons plus détendues que dans la salle d'audience.

Puis, entraînant Séchat dans les couloirs du palais, elles traversèrent une immense terrasse où Yaskat et deux autres servantes attendaient, assises sur une natte tressée en jonc doré. La terrasse était claire, lumineuse, elle absorbait le jour comme une éponge s'imprègne d'eau. Bordée d'acacias et de chèvrefeuilles, elle diffusait une ombre légère, chaude malgré tout, ayant peine à étirer ses points de fraîcheur.

Quittant la terrasse, elles longèrent les cascades d'un jardin fleuri, non moins éclairé, qui crépitaient dans un bruit cristallin presque onctueux tant il était perceptible.

Enfin, passant entre les deux colonnes de marbre vert qui menaient aux appartements privés de la reine, elles montèrent quelques marches de pierre, larges, somptueuses, où des statues à tête de chat grimpaient, elles aussi, à l'assaut de la chambre royale.

A l'idée de ne pas avoir à subir une audience qui eût été tendue en un endroit plus officiel, Séchat soupira de soulagement. La chambre d'Hatchepsout paraissait si confortable et si paisible qu'elle s'y sentit de suite à l'aise.

S'installant chacune sur une montagne de coussins moelleux, rembourrés de plumes d'autruche, elles laissèrent Yaskat rafraîchir leurs pieds nus, poussiéreux de la marche qu'elles venaient de faire.

L'eau froide glissait délicieusement en un filet parfumé sur leurs délicats orteils aux ongles manucurés.

Lorsque Yaskat eut séché les pieds de sa maîtresse et ceux de Séchat en les frottant dans un linge qui sentait le lotus et le laurier-rose, lorsqu'elle les eut oints d'huile odorante, la reine la congédia de la main.

Elle décida de ne pas alourdir l'importance des vicissitudes malheureuses qu'elle et Séchat venaient de vivre en tant que mères. Voulait-elle à ce point endosser un ton où l'insouciance prendrait le pas sur le tragique ? Elle jeta d'une voix neutre :

— Tes inquiétudes et tes angoisses récentes...

— Ne m'ont laissé aucun répit, coupa Séchat.

— Mais ton poste te revient, trancha Hatchepsout à son tour.

— Certes, et je t'en remercie.

— N'est-ce pas l'essentiel pour toi ?

Elle lâcha la main de Séchat qu'elle tenait avec fermeté et la remonta, presque pesamment, le long de son bras. Puis, la laissant rivée sur son épaule, elle détailla le visage de sa compagne et y décela cet étonnement presque instinctif qu'esquissait le regard de ses sujets lorsqu'ils soupesaient ses paroles.

— J'ai fait du mieux que j'ai pu, Séchat. Ta fille a été retrouvée, n'est-ce pas l'essentiel ?

— Ma fille n'a pas été retrouvée, Majesté. J'ai retrouvé ma fille ! La nuance est fondamentale pour moi.

— Allons ! Séchat, fit la reine condescendante, ne sois pas aigrie, cela ne te ressemble pas. Le rapt de ta fille est arrivé lors de mon agression à Deir-el-Bahari. Toute la police me devait son aide et son soutien.

— Certes, admit mollement Séchat. Je suis consciente que ta position est au niveau du dieu et que rien ne peut en changer le cours.

— Et il n'existe aucun compromis. C'est ainsi et tu le sais. Je n'ai pas pu détacher une armée pour toi. Il me fallait la police de Néhésy tout entière.

— Je sais.

— Viens ! Allons plus loin. Ici, l'air est étouffant.

Elle lui prit à nouveau la main et l'entraîna sur un sofa d'osier sous lequel de grandes ombelles colorées se balançaient, distribuant un souffle frais qui revigorait les esprits les plus amollis.

— Tu m'as fait savoir par Djéhouty que Mériptah était impliqué dans cette triste affaire de rapt. Mais, je vais te surprendre, Séchat, je le savais avant toi.

Comme sa compagne paraissait déconcertée, elle sourit et reprit, pesant volontairement chaque mot :

— Oui, il est impliqué et son ami Ouser aussi. Comme ils le sont, d'ailleurs, dans l'affaire des vols des nécropoles de Thèbes et de Deir-el-Bahari.

— Mais...

— Mais, c'est ainsi, coupa la reine. Un seul faux pas de ma part et tous les nobles de Thèbes me sautent sur le dos, griffes sorties.

Elle leva les yeux au ciel et poussa un soupir en aspirant une grande bouffée d'air.

— Je me demande même s'ils n'attendent pas cette maladresse de ma part pour s'agiter plus à leur aise. J'ai l'impression, Séchat, que tu leur as servi d'appât.

— Mais, l'affaire de Deir-el-Bahari ?
— C'est Mériptah qui engage les prisonniers pour travailler sur les grands chantiers de l'Etat.
Interdite, Séchat regardait sa compagne, laissant les vagues ondulantes d'air frais se poser sur son visage trempé de sueur tant la chaleur était lourde.
— Je ne puis rien faire d'autre, reprit Hatchepsout, que les écarter du pays, avec des titres et des nominations reluisantes.
— Pour qu'ils aillent comploter autre part !
— Et alors, je ne serai plus en cause ! Toi non plus d'ailleurs.
A présent que la stupéfaction de Séchat était passée, elle semblait réfléchir.
— Le savais-tu depuis longtemps ?
— Un réseau d'espions est tissé fil à fil pour mes besoins personnels. Il est sans cesse régénéré par les plus habiles détectives ou policiers. Je suis au courant de tout.
Séchat ne bronchait pas. Sans doute avait-elle pris le recul nécessaire pour juger, à présent l'affaire du rapt de sa fille.
A tout hasard, elle jeta juste d'un ton uniforme :
— Le vol de Satiah devrait être puni.
Hatchepsout haussa les épaules.
— Cela devrait. Oui ! Mais cela ne sera pas.
— C'est un délit que la loi égyptienne réprimande fortement, poursuivit Séchat d'un ton qu'elle aurait voulu teinter d'agressivité, de violence, mais qu'elle ne put rendre qu'amer. C'est une faute impardonnable, Majesté.
Certes, passer outre une telle faute emplissait de rage le cœur d'Hatchepsout. Aussi se leva-t-elle, irritée.
— Et puis, cesse de m'appeler Altesse ou Majesté. Cela ne rime à rien entre nous. Tu vois bien que nous sommes seules.
Lâchant sa soudaine irritation, elle se détendit.
— Et rappelle-toi, Séchat. Tu as choisi.
— Choisi quoi ? De ne pas être une femme comme

les autres. De suivre une voie différente, de calculer autrement, d'être dissemblable. Cela n'implique pas pour autant l'obligation d'être en contradiction avec toute une société et surtout de lui donner le droit de m'ôter ma fille.

— Qui t'empêchait d'élever ton enfant ?

— Majesté ! articula Séchat froidement, reprenant sa distance envers sa compagne, vous êtes pharaon à part entière et la fille qui vous reste est confortablement installée dans votre harem royal. Certes, l'une est partie vers Osiris. Mais, l'autre sera-t-elle pourtant kidnappée ?

Les deux regards s'affrontèrent. L'un gris, calme et froid qui ne connaissait plus qu'une forme de compassion logique et calculée, l'autre brun qu'une colère à peine retenue rendait si sombre qu'il se teintait d'une étrange brillance.

Mais, l'irritation de Séchat s'atténua et sa voix plus adoucie questionna :

— De grâce, Hatchepsout, réponds-moi. Que ferais-tu si Mérytrê était attaquée ?

— Attaquée ! Au harem ?

— Eh bien oui, au harem.

— Mais ! Séchat, la solution est fort simple. Il faut y élever ta fille. Elle sera à l'abri de toute attaque ou du moins de toute récidive.

Séchat eut un haut-le-corps.

— Y élever Satiah ! Au harem ! Jamais.

— N'y as-tu pas été élevée toi-même ?

— Je m'en suis échappée.

— Satiah s'en échappera.

La gêne de la jeune femme semblait s'accentuer. Elle ne put placer la réplique qui s'imposait, du moins dans l'immédiat, tant elle était déstabilisée par cette proposition.

Consciente, pourtant, qu'Hatchepsout l'attendait dans un virage glissant, scabreux, à l'issue duquel elle ne pourrait plus faire marche arrière, elle ne put qu'objecter tristement :

— Les choses étaient différentes, je n'avais plus ma mère.

Elle regretta aussitôt sa riposte. Experte dans ce genre de joutes, Hatchepsout ne pouvait manifestement que lui lancer la réplique. Un jeu cruel auquel elle devait s'attendre.

— Satiah a-t-elle une mère ?

Mais, vive et instinctive, Séchat reprit aussitôt la hardiesse du propos que lui balançait Hatchepsout.

— Je lui en connais deux, la déesse Isis qui a refusé sa mort, et moi. Sur ce point, vois-tu, Satiah est favorisée. Et, puisque j'ai eu la chance de la retrouver, sans doute que la déesse s'est montrée meilleure mère que je ne l'ai été.

Hatchepsout se leva, fit quelques pas nerveux dans la pièce, agita une de ces grandes palmes qui se balançaient au-dessus de sa tête pour en retirer toute la fraîcheur qu'elle pouvait offrir, et revint vers Séchat.

— Veux-tu démissionner et élever toi-même ta fille ?

La répartie était cinglante. Séchat l'attrapa au vol, comme un coup brutal de ces boomerangs qui partent au-devant des fragiles oiseaux qu'ils attrapent.

— Non, répondit-elle avec fougue. Je ne démissionnerai pas, j'accepte ta proposition d'élever Satiah au harem.

Hatchepsout entoura les épaules de son amie. Elles étaient nues et chaudes. Sous ses doigts, elle les sentit frissonner. Un sourire moqueur plissa ses lèvres rouges.

— Parfait ! Séchat. J'attendais de toi cette réponse. Car il m'aurait été pénible de me priver de tes indispensables services, d'autant plus que je compte bien t'emmener dans mon expédition au Pays du Pount. Ta fille sera gardée jalousement parmi les plus nobles de mes princesses. Elle en sortira munie des atouts les plus prestigieux ou bien y restera pour accomplir le rôle d'une heureuse favorite.

Du frisson léger, les épaules de Séchat passèrent au tremblement. Le rôle d'une favorite ! Tout ce qu'elle exécrait et qui lui ressortait par la peau, comme une mauvaise allergie. Elle sentit que pour sa fille l'ultime instant se jouait. Consciente qu'elle se donnait le droit de lui tracer une telle existence, elle ne pouvait que frémir de peur.

Se pouvait-il qu'elle n'ait pas assez réfléchi ?

Démissionner ! « Oh dieu Toth ! M'as-tu élevée pour que je devienne comme toutes ces femmes solitaires et perdues après avoir élevé leurs enfants ? Que dois-je faire ? Je t'en supplie dieu Toth, dicte ma réponse ! »

— Une heureuse favorite, répéta-t-elle abasourdie par cette éventualité qu'elle n'avait ni prévue, ni envisagée.

Le visage d'Hatchepsout se teinta d'une imperceptible émotion.

— Séchat, pourquoi veux-tu à ce point que ta fille te ressemble ? Un enfant n'est jamais semblable à sa mère. Satiah aimera peut-être le harem, le luxe, les plaisirs, les jardins, les bijoux, l'insouciance.

En une fraction de seconde, Séchat revit les yeux rieurs de sa fille, les mines gracieuses qu'elle prenait déjà devant les hommes, toute une panoplie de charmes dont elle usait avec adresse malgré son jeune âge. Hatchepsout avait peut-être raison. Sa fille pouvait se révéler fort différente d'elle-même.

Comme si elle sentait son amie fléchir sous le poids de sa dernière argumentation, la pharaonne vint renforcer ses derniers doutes en exposant ses projets avec détachement :

— Tu dois poursuivre ta carrière ! Elle ne fait que commencer. La place de Satiah est aux côtés de ma fille Mérytrê, d'autant plus qu'à présent, elle est orpheline de sa sœur.

— Certes, aux côtés de ta fille ! Et du prince Thoutmosis. Ne viens-tu pas de me le confirmer ?

— Exactement.

— Et Mériptah ? Et Ouser ? s'enquit hargneusement Séchat. Ne vas-tu vraiment rien faire ?

— Ouser est un sujet retors. Même s'il complote contre toi, il a fort bien rempli les fonctions dont je l'ai investi et les dignitaires de Thèbes le savent. Cependant, comme je te l'ai dit, il quittera l'Egypte.

— Et Mériptah ?

— L'aversion personnelle qu'il te porte ne doit pas influencer mon jugement.

— Mériptah ne t'aime pas et tu le sais.

— Oui, je le sais, il complotait déjà avec Ouser pour me destituer lorsque je n'étais que reine.

— Mais, alors...

— Alors, ils préféreront l'un et l'autre un titre grandiose et des privilèges sans limites aux problèmes compliqués que leur apporteraient les intrigues fomentées par eux-mêmes. C'est une question à laquelle ils auront à réfléchir.

Hatchepsout rejeta si brusquement la tête en arrière que son buste fut impliqué dans un raidissement subit qu'elle relâcha aussitôt.

— Tu n'as plus rien à craindre puisque Satiah restera au harem.

— Certes, j'ai donné mon consentement. Quant à ne plus rien craindre !

— Je te promets que Mériptah et Ouser seront envoyés à l'étranger. C'est le minimum que je puisse faire pour toi. Mais, cette infime précaution sera prise.

Séchat soupira. Elle savait qu'Hatchepsout tiendrait parole. Elle put cette fois abandonner l'angoisse qui ne la quittait plus depuis longtemps, mais elle sentit qu'une nouvelle appréhension venait de naître en elle.

*

* *

Hatchepsout attendait, assise sur son trône et, bien qu'elle s'efforçât d'effacer le chagrin qu'elle enfermait en elle depuis la mort de sa fille, son visage était infiniment triste.

Mais, qui comprenait sa douleur ? Bientôt, chacun allait ruminer les titres ronflants qu'elle laisserait tomber un à un, comme de succulents os entre les crocs d'un chien.

Il devait découler de cette assemblée une réforme, non une entrevue protocolaire. Une refonte de tout son conseil d'où ressortirait la sanction, si dorée soit-elle, qu'elle devait infliger à ses deux adversaires les plus redoutables.

Mériptah, chargé du recrutement des esclaves lors des grands travaux royaux et Ouser, des recensements de matières premières dans le delta, là où s'accumulaient les malfrats et les bandits, avaient trempé dans plusieurs affaires de vol, dont la dernière avait failli coûter la vie de la reine.

Hatchepsout devait agir avec prudence, méthode, ruse et intelligence. Des qualités qui collaient à sa peau.

Méthode ! Car la chose s'avérait compliquée.

Ruse et intelligence ! Car Hatchepsout ne devait pas chuter, faute d'y laisser son trône. Et prudence ! Car nombre de nobles et de hauts dignitaires savaient que Mériptah utilisait des bandes de malfaiteurs comme boucs émissaires pour parvenir à ses fins, se servant du motif de vol pour camoufler la véritable raison : destituer la reine de son trône et y placer le jeune Thoutmosis, bâtard du pharaon précédent.

Ouser agissait avec d'autres méthodes. Si la tactique de Mériptah tournait plus volontiers au règlement de comptes où deux femmes au pouvoir étaient à évincer, celle d'Ouser consistait à endoctriner les dignitaires de province contre le gouvernement d'Hatchepsout.

Très vite, l'entretien prit un caractère de réunion d'information. En fait, Hatchepsout avait tout prévu et entendait que rien ne vînt contrecarrer ses projets.

Dans la grande salle d'audience où elle trônait en

majesté, un silence intense, compact, régnait et nul ne vint en perturber l'ordre établi depuis des décennies.

Installée à la tête de son royaume qui s'étendait sur plus de deux mille kilomètres le long du Nil, rejoignant les cataractes du Soudan au delta de la Méditerranée, Hatchepsout se sentait parfaite dans son rôle de pharaon et n'admettait que personne puisse penser autrement.

Elle aurait volontiers esquissé, ce matin-là, le sourire ambigu qui effleurait si souvent ses lèvres pulpeuses, si elle n'avait eu à l'esprit la mort encore trop récente de sa fille.

Senenmout, son fidèle conseiller la regardait, prêt à lui insuffler l'infime parcelle d'énergie qui pouvait manquer à son jugement perturbé momentanément. Mais il était dit qu'Hatchepsout, pharaon des Deux Egypte, ne faiblirait pas, même si la vision de la petite Néférourê venait troubler son esprit.

Elle avait revêtu son fourreau blanc en signe de deuil. La barbe postiche et le lourd pectoral d'or, exceptionnellement absents, lui manquaient affreusement. Elle avait l'impression d'être nue, dépouillée, vidée, en proie à toutes les indiscrétions qui surgissaient du sol et du ciel. La tenue de pharaon lui donnait ce pouvoir auquel même une reine ne pouvait accéder.

Hatchepsout qui, habituellement, ne redevenait femme qu'en privé, loin des regards inquisiteurs et des lèvres trop bavardes, avait au cours de cette audience une allure si féminine que plus d'un regard de convoitise se posa sur elle. Elle en apprécia et en détesta à la fois l'impression qu'ils lui procurèrent et elle s'efforça d'en oublier la teneur.

En femme, Hatchepsout redevenait l'épouse du dieu, la reine toute-puissante, mais fragile aux yeux du peuple. En homme, elle rehaussait un prestige qu'elle s'était bâti au fil des jours. Elle gouvernait en majesté et si elle semait le trouble dans l'esprit de ceux qui parlaient d'illégitimité, elle se construisait un masque à l'effigie de son père derrière lequel elle puisait un pouvoir toujours plus fort et plus puissant.

Bien des nuits d'insomnie s'étaient déroulées avant qu'elle ne prît les ultimes décisions. L'œil aux aguets, les gestes prompts prévus pour apaiser les colères et les paroles pour étouffer l'alerte naissante, Hatchepsout se tenait prête.

Elle devait mater en douceur, gouverner dans la paix, maîtriser un pays serein et fort. Elle devait faire de son règne une époque de renaissance culturelle plutôt qu'un temps de guerre et de discorde.

Gavés d'or, d'esclaves et de titres ronflants, qu'ils fussent religieux ou politiques, elle ne rechignait jamais devant une promotion à donner, faisant ainsi taire ses sujets les plus proches et les tenant en considération.

Bien que, avant son sacre, ces mêmes sujets — du moins les plus intimes — l'eussent courtisée, elle n'admettait plus, dorénavant, qu'une adulation purement symbolique. Bien entendu, échappaient à cette règle le favori Senenmout et, quelques fois, le beau Nubien Néhésy qui s'amusait à dépasser les prescriptions autorisées par sa reine.

Lorsqu'elle régnait, Hatchepsout n'était plus femme. Les dieux, eux-mêmes, l'avaient consacrée « Nature Divine ». Qui pouvait se vanter, sur toutes les rives méditerranéennes, de commander des millions d'hommes réunis devant sa suprême volonté ?

D'un bout à l'autre de l'immense vallée poussiéreuse de l'infini désert, verdoyante de palmiers et de fraîches oasis, les temples révélaient la magnificence de son peuple qui y vénérait les dieux.

Elle avait élevé ses obélisques, reconstruit les temples en ruine, fortifié les enceintes de Karnak, restauré les colonnes et les pylônes en y apposant les sculptures les plus détaillées et les peintures les plus fines de son siècle.

Certes, Hatchepsout faisait de son règne un temps de bâtisseurs, un temps pétri de roche et d'argile et le grand succès dont elle s'enorgueillissait était le temple d'Amon et la structure qu'elle lui avait donnée.

Elevé à son apogée, le clergé du dieu suprême restituait toutes les traditions et Hatchepsout s'en félicitait. Pas un seul des grands prêtres ne s'était abstenu dans les choix décisifs. Inlassablement, tous avaient répété les rites qui remontaient à la nuit des temps. Et, même si Hatchepsout connaissait ses sujets les plus vulnérables, voire les plus récalcitrants, aucun n'avait contredit la décision finale.

Son temple était bien ce qu'elle avait de plus fidèle et, pour cette raison essentielle, la pharaonne désirait plus que tout autre chose lui rapporter des riches encens, des parfums introuvables, des offrandes que jamais encore les dieux n'avaient vus.

Certes, Hatchepsout accomplissait son rôle de pharaon dans sa forme la plus parfaite et sa continuité la plus irréprochable. Les hommages aux dieux avaient tous été scrupuleusement respectés, les processions s'étaient déroulées dans l'allégresse la plus totale.

Digne et noble, majestueuse et glorieuse, la barque d'Amon avait glissé sur les bords du fleuve avec la cadence et la régularité que les prêtres d'Amon lui avaient fait prendre. C'était là un tracé si souvent répété au cours de ces derniers siècles qu'il apportait aujourd'hui, en cette dix-huitième dynastie déjà bien amorcée, l'inhabituelle conviction qu'on pouvait être femme et pharaon.

La barque d'Amon ouvrait une voie nouvelle, insolite, et Hatchepsout se frayait le chemin divin de son pays.

Certes, elle naviguait entre tous les écueils et restait consciente de la fragilité de son peuple. Révoltes sociales, guerres, famines, sécheresse, inondations, invasions de sauterelles qui dévastaient des cultures entières, pouvaient d'un instant à l'autre tomber sur ses épaules et l'écraser comme un élément qui doit disparaître.

A l'instant où les trompettes du héraut venaient

d'annoncer, dans une sonorité rassurante, l'arrivée du dernier dignitaire, Hatchepsout poussa un soupir et se cala soigneusement sur son trône, les coudes appuyés sur les larges accotoirs d'or.

Djéhouty qui, souvent, était le dernier des arrivants s'avança. Vêtu d'une tenue sobre, avec toute sa noble prestance, il se courba devant la reine, sans excès afin de garder sa dignité, mais suffisamment pour marquer son respect et sa déférence.

A présent, ils étaient tous réunis et regardaient le pharaon-femme, maître de la Haute et de la Basse Egypte, dieu du peuple.

A son tour, Hatchepsout les observait. Chacun avait ce détail précis qui caractérisait sa nature intime.

Mériptah et Ouser plissaient l'œil, la détaillant d'un regard franchement hostile. Pouyemrê ouvrait sur elle ses prunelles comme si une astuce allait en sortir et Senenmout la scrutait avec cette quasi assurance qui lui faisait redresser le buste sans que personne n'eût rien à redire.

Antef, de ses petits yeux retors, toujours à la recherche de ceux aussi fourbes que lui, plaquait son hypocrisie dans l'œil allumé de Mériptah.

Séchat ne disait rien. Elle respirait à peine. De ses grands yeux allongés, toujours interrogateurs, elle semblait questionner la reine, lui rappelant dans un mutisme parfait la promesse qu'elle lui avait faite.

Hapouseneb, le seul peut-être à oublier qu'Hatchepsout était femme, tendait vers elle un regard franc et direct, attendant avec sa tolérance habituelle les aléas qui pouvaient surgir.

Quant à Djéhouty, il scrutait de son regard flegmatique la silhouette d'Hatchepsout, s'efforçant de ne pas attirer l'attention sur l'intérêt qu'il portait à Séchat.

Une rangée de scribes, tous serrés les uns contre les autres, attendaient les premiers mots prononcés pour les transcrire aussitôt en signes hiératiques — écriture plus rapide que les hiéroglyphes — qui leur permettaient d'atteindre un plus grand degré de compétence dans la rédaction de leur rapport.

Senenmout et quelques administrateurs de province étaient assis autour de la grande table d'audience au bout de laquelle trônait le siège du pharaon.

Il était à droite d'Hatchepsout et scrutait, de son œil d'aigle toujours à l'affût, le détail qui pouvait aiguiser ses doutes.

Aussi, avait-il fort bien remarqué le geste mesuré de Djéhouty s'inclinant devant Hatchepsout sans excès, ni désinvolture. De même, il avait déjà jaugé la qualité du bijou de bronze où s'incrustaient des ivoires d'un mat ancestralement vieilli qui entourait son cou et descendait jusque sur sa poitrine.

Certes, d'autres avaient encerclé leurs poignets et leurs bras de lourds et coûteux bracelets, mais aucun n'avait la superbe patine du pectoral de Djéhouty.

Les yeux de Senenmout firent promptement le tour de l'assemblée, s'attardèrent sur Ouser, puis sur Mériptah et, d'un glissement imperceptible de paupière, s'assurèrent de l'attitude de Séchat. Elle était droite, immobile, montrait un visage impénétrable.

Comme il savait que, la veille, la reine lui avait généreusement accordé un long entretien, il craignit un instant qu'elle ne lui eût extorqué une promesse dont il n'avait pas connaissance.

Enfin, Hapouseneb, Grand Prêtre du Temple d'Amon à qui revenait le privilège d'ouvrir les débats des séances, fut le premier à se lever.

— Nous commençons la séance, Grand Pharaon, en soulignant notre peine devant le chagrin qui emplit ton cœur. Quand la princesse Néférourê aura rejoint le domaine d'Osiris, par la célébration de ses obsèques, nous reparlerons du destin qui échoit à la seconde de tes filles, la princesse Mérytrê.

Se levant à son tour, Mériptah fit obséquieusement des yeux le tour de l'assistance et jeta :

— Le destin du jeune Thoutmosis III nous paraît

peser davantage dans le plateau de ta balance, Hapouseneb, que celui de la princesse Mérytrê. Le prince Thoutmosis ne doit-il pas, dès sa dixième année, assister aux séances ?

Hatchepsout s'interposa aussitôt :

— Dois-je te rappeler, Mériptah, que le jeune Thoutmosis n'a que la moitié du sang divin et que cette énorme tare peut l'empêcher de remplir certaines fonctions jusqu'à l'âge de seize ans ? Nous attendrons donc ce temps-là.

— Qu'il accomplisse déjà les tâches qui lui reviennent, puisqu'il vient d'avoir ses dix ans, jeta Ouser en glissant son regard oblique vers la reine.

— Le fils de feu mon époux n'est qu'un enfant ! jeta-t-elle en crispant l'une de ses mains sur l'accoudoir de son trône.

— Alors, puisque vous parliez à l'instant du destin de Mérytrê, qu'on les marie de suite. Ce ne sera plus un enfant.

Un murmure d'approbation parcourut la salle d'audience, mais Néhésy se leva, cassant de son grand corps le conflit naissant.

— Marié ou non, dit-il d'un ton plus acerbe encore, à dix ans il ne sera toujours qu'un enfant.

— Ose dire, toi le Chef de toutes les Polices et de toutes les Armées, cria Mériptah, que sa robuste constitution n'en fait pas déjà un jeune combattant plein de zèle et d'autorité !

Néhésy le toisa d'un regard arrogant.

— Je n'ai jamais dit le contraire.

— Alors, sois logique. A dix ans, le prince reste-t-il un enfant ou non ?

La question insultante balaya l'espace en un clin d'œil. Les yeux sombres, Néhésy s'apprêtait à rétorquer lorsque Hatchepsout coupa sèchement :

— Vous semblez oublier ma fille.

— Celle qui te reste ?

— Celle qui doit épouser le bâtard de mon époux. Peux-tu nous dire, Mériptah si, à six ans, elle est une femme ?

Un ricanement dans l'assemblée se fit entendre, rehaussé aussitôt par une pléiade de sourires équivoques.

— Ce débat-là est inutile, jeta Hapouseneb froidement, puisque la princesse Mérytrê doit épouser le jeune Thoutmosis et que personne ne conteste ce point. Ouvrons donc un autre débat.

Senenmout admira la délicate prouesse du Grand Prêtre pour dévier un sujet aussi épineux. Mais Ouser revenait à l'attaque.

— Autre règne, autre cas.

— Que veux-tu dire ?

— Ceci : qu'à l'âge de seize ans, la reine Hatchepsout, ici présente en pharaon, dit-il en pointant son index vers la reine, n'a épousé Thoutmosis II que sur les instructions de son père.

Il plissa les yeux comme un vieux renard et les reporta sur l'assemblée afin de juger l'intérêt qu'il suscitait. Puis, il reprit, satisfait de lui :

— Faut-il vous rappeler que nous sommes devant un cas où il n'y a pas de père ? Nous devons prendre nous-mêmes la décision.

Séchat se leva à son tour. Il était dit qu'à chacune des assemblées où elle serait présente, elle prendrait la défense d'Hatchepsout. Courroucée, elle se tourna vers l'assemblée :

— Ne pouvez-vous donc attendre que les obsèques de la princesse Néférourê se terminent avant d'entrevoir la suite que prendra le destin de l'Egypte ? Il me semble que c'est la première des courtoisies envers votre pharaon.

— Le retour à vos fonctions, ma chère Séchat, jeta Ouser plein d'ironie, n'a guère amoindri vos facultés oratoires, il me semble.

— La poursuite des vôtres par contre, mon cher Ouser, a nettement affaibli votre mémoire, répliqua la jeune femme. Ne vous rappelez-vous donc pas qu'un décret, voté sous le règne du Grand Aménophis, laisse à tout pharaon endeuillé le temps d'accomplir les processions rituelles pour annoncer ses projets ?

— Seulement si le défunt est un fils, jeta Mériptah dont le visage commençait à s'empourprer quand il voyait s'agiter sa plus grande adversaire.

— Je regrette, jeta Séchat, en l'absence d'un prince, la fille est en jeu. Je te ferai porter une copie du document, Mériptah, afin que tes doutes s'étouffent dans ta méconnaissance profonde de nos lois et nos décrets.

D'une voix où l'agressivité prenait le pas sur l'ironie, Ouser lui jeta :

— Nous ne contestons plus depuis longtemps ton savoir, Séchat. Néanmoins, nous attendons copie de ce décret que tu vas sans doute tirer d'une pile bien poussiéreuse de tes précieuses archives.

Mériptah rehaussa la tête et la jeta en arrière tel un faucon planant en plein zénith, toutes ailes déployées, grandes ouvertes. L'un de ses bras traîna dans l'espace en un geste circulaire. Il s'apprêtait à rétorquer quelque réplique désobligeante à la face de la jeune femme, mais il se reprit et se tourna vers la reine en laissant retomber son bras.

— Majesté, il peut y avoir dérogation à ce décret, puisque c'est le sort du futur pharaon qui se joue. Or, le jeune Thoutmosis est un mâle, lui !

Les yeux d'Hatchepsout lancèrent des éclairs. Sa main qui tenait habituellement la barbe postiche s'agita et l'une de ses sandales d'or battit nerveusement le sol. L'assemblée comprit que Mériptah était allé un peu trop loin.

La reine se leva et pointa sa crosse d'or en direction de son rival :

— Voudrais-tu donc dire que l'Egypte réclame un homme ?

Une blancheur mortelle envahissait ses pommettes. Ses joues parurent plus creuses encore. Elles étaient si haut plantées, qu'elles rejoignaient presque la ligne de khôl qui cernait ses yeux noirs. Et, bien que la colère empoignât son visage, cela lui donnait un air d'extrême jeunesse. Cependant, elle tremblait d'impuissance.

Sans même lui laisser le répit d'une réflexion, Mériptah poursuivit :

— Un homme ! Certes. Que faites-vous de la guerre ?

Quelques fonctionnaires de province, satisfaits de la tournure que prenait le ton de l'assemblée se levèrent, prêts à prendre la parole pour le cas où l'un des hauts dignitaires les interrogerait. Mais, déçus que personne ne se tournât vers eux pour les prendre à partie, ils reprirent leur position assise en silence.

Les scribes écrivaient. Rapides, organisés, structurés, ils restaient muets, concentrés. De toute leur attitude figée, seuls leurs doigts habiles s'agitaient sur le rouleau de papyrus qu'ils noircissaient de signes à vue d'œil.

— La guerre ? répéta le reine. Notre pays est dans une phase de paix. Qui veut donc la guerre, ici ?

Debout, courroucée, elle fit des yeux le tour de ses sujets. Au loin, plus d'un, certes, paraissaient hostiles. Brusquement, elle planta son regard dans les yeux de Senenmout. Puis, elle se leva, abandonnant prestement son trône et s'en fut d'un pas agile se planter devant Néhésy.

— La guerre, Qui veut la guerre ? répéta-t-elle d'une voix forte.

Elle passait sa crosse d'or nerveusement d'une main à l'autre.

— La guerre, Majesté, coupa Néhésy prudemment, n'est certes pas la première de nos préoccupations. Mais, le Sud reste encore chargé d'espoir. Nous pouvons descendre plus bas. Quant au Nord, les Hittites deviennent gourmands et le Mitanni ne répond plus aux marchés que nous lui proposons. Il faudra bien, un jour, faire tomber leur imprenable capitale de Kadesh.

Un murmure s'amplifia, mais personne ne prit la parole.

— Cependant, reprit-il en esquissant une moue

condescendante, rien ne presse. Disons que pour l'instant nous pouvons envisager des expéditions pacifiques.

Le ton conciliant de Néhésy calma aussitôt la révolte naissante, bien que dans les esprits des plus belliqueux le mot « guerre » n'ait pas été enterré.

— Certes, fit Hatchepsout en réintégrant son trône. Vu sous cet angle, je te donne raison. Nous verrons tout cela dès que mon temple de Deir-el-Bahari sera entièrement achevé. Nous attendrons même le retour de mon voyage au Pays du Pount.

D'un regard moins irrité, elle fit à nouveau le tour de ses sujets.

— Le pays est calme. Personne ne peut prétendre le contraire. Mon père et son armée ont maté toutes les contrées avoisinantes. Il est donc temps de préparer l'expédition qui doit enrichir notre pays des multiples parfums qui seront agréables à nos dieux.

A nouveau, elle lâcha ses accoudoirs d'or et se leva, mais ses pas étaient moins heurtés, moins nerveux. Elle se dirigea vers Séchat. La jeune femme la regarda s'approcher d'elle avec une apparente sérénité. La reine posa une main sur son épaule.

— L'ordre est rentré auprès des artisans. Tes missions, Séchat, ont toujours été fort bien exécutées. Je te laisse la charge de Grand Directeur des Orfèvres, ajoutée à celle de l'intendance artisanale que tu conserves.

Séchat ne broncha pas. Elle se leva et se contenta de s'incliner devant la reine. Sentant les regards fixés sur sa personne, elle réprima un sourire et, le temps d'une seconde, ferma les yeux à demi. « Dieu Toth ! Que ma gratitude aille au-devant de toi. Quelle promotion ! »

Senenmout lança son œil de fauve en direction de la jeune femme. Ses lèvres minces et serrées s'entrouvrirent et tous crurent un instant qu'il allait émettre une objection. Mais un regard impérieux d'Hatchepsout les lui fit refermer.

Profitant de cette muette algarade, Séchat et Djéhouty prirent le temps de se jeter une œillade complice, mais voyant que la reine avait lâché le regard sombre de son conseiller, ils revinrent aussitôt à la concentration du débat. D'ailleurs, sans attendre, Hatchepsout poursuivait.

— Pouyemrê, si je t'enlève l'orfèvrerie, je te nomme Grand Vizir de tout le pays du Nord, de Thèbes à Memphis. C'est une charge exceptionnellement lourde que tu n'aurais pu concilier avec celle qui t'incombait déjà.

Elle se glissa vers lui et se pencha sur son épaule. Le parfum subtil dont l'avait ointe Yaskat vint effleurer les narines de l'orfèvre. Il frétilla du nez, mais ne broncha pas, attendant vraisemblablement qu'elle poursuive l'exposé de son commandement.

— Tout le commerce interne et extérieur reposera sur tes épaules et tu devras combattre les incessantes agressions des peuples de la Mer.

Elle le quitta tranquillement et ce fut Djéhouty qu'elle vint torturer de son parfum entêtant. S'approchant de lui, elle susurra d'une voix rauque :

— Tu prendras les mêmes fonctions, mais au Sud. Te voici maître de Thèbes jusqu'à la profonde Nubie, comme l'était le grand Nekbet, l'aïeul de Séchat. Mais, je veux que tu descendes jusqu'à la cinquième cataracte, plus bas que le pays du Koush.

— Voulez-vous donc atteindre...

— Napata ! jeta triomphalement Hatchepsout. Dans cette ville, il y a fort à faire : construire des temples, des chapelles, des nécropoles, élever des obélisques. Nos dieux peuvent s'y ériger en maîtres tout-puissants.

— Souhaitons, renchérit Djéhouty, que le peuple ne se montre pas trop hostile. Il a ses propres croyances, Majesté.

— Mate-le. Comme l'a fait Nekbet à Bouhen.

— Majesté, coupa prudemment Séchat, mon illustre grand-père a offert bien des présents au peuple de Bouhen avant de le mater.

— La construction d'un temple n'est-elle donc pas suffisamment compensatoire, selon toi ?

— Non, Majesté, reprit Séchat.

Puis elle se tourna vers Djéhouty :

— Pour réussir pleinement cette opération, il faut faire l'inverse.

— C'est-à-dire ? coupa Hatchepsout.

— Assurer au peuple de Napata une vie sûre et confortable en lui aménageant des greniers à blé, en posant des chadoufs pour cultiver ses terres, en lui procurant des bœufs et des chèvres, en développant l'importance des marchés agricoles et des foires à bestiaux.

La pharaonne hochait affirmativement la tête.

— Ce n'est qu'en échange de toutes ces prouesses que le peuple de Napata se convertira à nos dieux. Alors, Majesté, vous pourrez construire temples et obélisques sur toute la région et même descendre jusqu'à Méroé et Aloa.

— La Haute Nubie ! siffla Néhésy admiratif devant cette idée. C'est tout à fait plausible.

Il fit un bond aussi souple que celui d'un chat et se retrouva devant Djéhouty.

— A descendre aussi bas, pourquoi ne traverserions-nous pas le sud du désert libyque ? Nous n'en connaissons que le nord, peut-être y trouverions-nous des tribus à mater.

Il tendit sa main à Djéhouty.

— Je suis ton homme si tel est ton souhait. Ma police sera prête à soumettre ces peuples à nos idées et à nos croyances. Peut-être même rapporterons-nous des esclaves.

Déjà, Néhésy supputait les joies d'un rôle qui s'apparentait fort aux prémices d'une expédition guerrière.

Il serrait la main de Djéhouty avec chaleur, puis il la lâcha d'un geste onctueux et souple — il était étonnant de voir combien cet homme qui dirigeait toutes les armées d'Egypte pouvait paraître charmeur et caressant — et la ramena sur l'épaule de son compagnon, l'encerclant de ses longs doigts sombres.

— Alors, faites équipe, intervint la reine et que l'apport de l'armée, Djéhouty, te serve à sillonner tout le désert libyque. Ouvre de nouvelles carrières, trouve de nouveaux métaux. Fais en sorte d'enrichir l'Egypte par ce biais.

Elle planta son regard dans celui de Djéhouty.

— Des objections ? fit-elle en haussant le sourcil.

— Aucune.

— Des questions ?

— Juste une.

A l'exception d'un claquement de pied nerveux du côté de Mériptah et d'un grognement insondable dans le fond de la salle, l'assemblée ne broncha pas et Senenmout garda ses lèvres soudées en une ligne qui s'apparentait fort à un rictus.

— Laquelle ?

L'éclatant contentement qui s'était épanoui brusquement sur le fin visage d'Hatchepsout s'éteignit aussitôt, ramenant au galop doutes et angoisses.

— Laquelle ? répéta-t-elle d'un ton impatient.

— Justement, j'y viens, fit Djéhouty en dégageant son épaule de la main fraternelle de Néhésy.

Puis, le raccompagnant courtoisement à sa place, il arpenta de quelques pas flegmatiques l'assemblée, prenant soin de passer silencieusement derrière elle. Cela incitait toujours au silence.

— J'y viens, Majesté. J'y viens par le biais de votre temple. Deir-el-Bahari est la construction la plus glorieuse de toutes les civilisations antérieures et à venir.

Néhésy hocha la tête en signe d'assentiment. Son grand collier d'argent serti de turquoises, qui lui tombait jusqu'à la taille, vint cogner le rebord de la table dans un bruit mat. Comme tous les autres, il portait une perruque coupée au carré, ceinte sur le front d'un bandeau de couleur. Le sien avait la teinte de sa tunique bleue.

Djéhouty s'arrêta. La reine pointa vers lui un index à l'ongle carminé :

— Parle.

— Le désert, commença Djéhouty, n'est pas un terrain comme un autre. Il faut former une police spéciale, habile à manier le char ou à monter le cheval, experte à lancer le javelot, à se battre, attaquer, se défendre. Les bédouins ne sont pas toujours pacifiques. En plein cœur du désert, ils sont les maîtres. Nous, Egyptiens, restons faibles et inexpérimentés dans ces sables mystérieux et inconnus. Pour se mesurer aux forces de ces étranges régions désertiques, souvent malveillantes, il faut recruter les meilleurs éléments, capables de se priver d'eau, de coucher sur le sable inhospitalier, d'affronter le khamsin, les cobras, les oryx et les scorpions. Capables aussi de défier le lion qui surgit brusquement de ces terres brûlantes et arides.

— C'est une police du désert que tu suggères là, Djéhouty, fit Néhésy en réfléchissant.

— En quelque sorte, oui. Y vois-tu quelque obstacle ?

— Non.

— Alors ! fit Hatchepsout, que cette nouvelle armée soit plus hardie que celle qui n'a pas levé le petit doigt pour me défendre sur la route de Thèbes à Deir-el-Bahari, la saison dernière.

— Majesté, ce n'était pas une police qui vous accompagnait. C'était votre garde personnelle, une garde formée exclusivement pour vous protéger derrière les murs de votre palais, non sur une route désertique et périlleuse.

— C'est juste, admit la reine. Forme donc cette nouvelle police pour protéger l'Egypte de toutes les agressions du désert et qu'elle serve à Djéhouty qui en aura besoin pour sillonner les routes d'une région inconnue.

Néhésy s'inclina.

— Votre temple, Majesté, qui est hors des voies les plus empruntées, n'est malheureusement pas hors des regards indiscrets, des convoitises et de la rapacité des êtres sans vergogne. Ne craignez rien, votre nécropole sera gardée nuit et jour par cette police-là.

— Que l'œil de la déesse Hathor veille sur Deir-el-Bahari et qu'elle protège les morts qu'elle y ensevelira ! souffla Hatchepsout sans autres commentaires.

Une pause intervint et les hérauts vinrent sonner de la trompette. C'était l'instant où on se congratulait, se remerciait, se promettait un échange de bons services.

Pourtant, quelques regards suspicieux sous des sourcils ombrageux, des gestes nerveux ou d'ambigus sourires glissaient insidieusement en des directions bien ciblées.

On apporta des collations fraîches, ce qui permit à tous de se détendre ; on parlementa, on fit quelques pas éloignés de la terrasse ombragée et on revint s'asseoir.

Les hérauts s'avancèrent et dans un ensemble parfait, annoncèrent que la séance reprenait.

La pharaonne paraissait plus détendue. Elle avait tant craint le sujet abordant la succession de son neveu qu'elle se sentit soudain libérée d'un carcan à l'idée qu'il n'avait été qu'effleuré et qu'on le remettait à plus tard.

Elle savait à présent que le jeune Thoutmosis ne présiderait pas les séances des assemblées, conjointement avec elle, avant qu'il n'ait épousé sa fille. Or, grâce à l'intervention de Séchat, elle avait obtenu que le pays attende son retour du Pount. Certes, ce n'était qu'un sursis et il fallait à présent qu'elle hâte son départ.

Le Pount ! Enfin, elle pouvait y rêver. Hatchepsout se prit à sourire. Elle pensait bien revenir de ce pays magique couverte d'honneurs et déballant, devant les yeux émerveillés de son peuple, fourrures, bois précieux, essences diverses, parfums enivrants, tigres, léopards, lynx et chats sauvages.

D'un regard serein où l'ambre doré de ses yeux jetait des lueurs plus engageantes — elle prit même le temps de sourire à Senenmout — Hatchepsout leva la main et engagea la poursuite des débats.

L'atmosphère semblait détendue, les fonctionnaires calmés, les scribes attentionnés. A elle, maintenant, d'expédier au plus vite ses deux adversaires les plus farouches pour libérer la voie au-devant de Séchat et, bien sûr, au-devant d'elle-même.

— Senenmout, tu as mené admirablement bien l'organisation de cette construction qui est mienne, Deir-el-Bahari ! Je l'ai proclamé et le proclame encore : c'est une vraie merveille. Tu y veilleras donc, tout comme Néhésy, sans discontinuité, avec l'acuité de ton bon sens et la vigilance de ton esprit toujours en éveil.

Senenmout resta impassible. L'assemblée avait remarqué depuis longtemps déjà qu'il ne s'inclinait jamais outre mesure devant la reine. Une telle attitude prouvait bien qu'il se considérait au-dessus des autres. Il se contenta de fixer le regard d'Hatchepsout. Regard qu'elle soutint sans nul effort pour l'abaisser.

Ce fut l'instant où l'insidieux et désinvolte Ouser pensa qu'il était bon de jeter son plaidoyer :

— Le pays est bien gardé, bien approvisionné en bijoux et métaux. Il l'est aussi en céréales, en blé et en légumes. Il l'est encore plus en bois de construction. Et, par votre long voyage, Majesté, vous allez l'enrichir davantage des plus prestigieux parfums dont nos dieux ont besoin.

Il leva ses deux bras, haut dans l'espace. Les manches de sa tunique volèrent.

— Vous ne voulez pas la guerre, malgré le renforcement de vos polices. Soit, fit-il en rehaussant le ton. Alors, reste le problème de la magistrature.

Souriante, Hatchepsout secoua la tête. Que voulait dire ce léger balancement qu'elle lui faisait prendre entre le consentement et le refus ?

— La magistrature ! Nous y voilà, fit-elle en stoppant subitement l'oscillation de son visage. C'est une charge que tu convoites depuis toujours, Ouser. Je ne sais si tu ferais un excellent juge, car tes compétences semblent parfois dépasser le cadre de ton travail et tu risquerais de condamner ou de gracier non pas en fonction de la réalité, mais de tes propres intérêts.

Elle prit une longue aspiration et poursuivit :

— Tu ne seras pas juge, Ouser. Je vais te donner un territoire bien plus grand à défendre et des fonctions bien plus pesantes.

Le grand nez busqué d'Ouser frémit et ses prunelles bleues prirent soudain une lueur d'affolement. Hatchepsout ressentit un fort plaisir à le voir ainsi déstabilisé, ne serait-ce qu'un bref instant.

Elle caressa de ses doigts son menton fuselé. L'instant de surprise qu'elle parut marquer à ne pas y trouver la barbe postiche ne put échapper à personne. Il y eut des sourires, des grattements de gorge et des piétinements. Mais Hatchepsout ne se troubla pas :

— Ton territoire sera vaste, Ouser. Très vaste.

Elle se tourna vers Mériptah :

— Le tien aussi, d'ailleurs. Vous vous partagerez les pays extérieurs à l'Egypte. De la Syrie à la Libye en passant par la Crète et tous les pays de la Mer, le Mitanni, la Babylonie, la Judée, la Canée.

Mériptah marqua un étonnement non moindre que celui de son compagnon. Mais, la reine poursuivait encore :

— Les prochaines fêtes d'Opêt terminées, vous partirez pour Memphis. De là, vous pourrez préparer vos déplacements, délimiter vos territoires. Si les peuples de la Mer s'agitent un peu, c'est parce qu'ils ont besoin d'aide. Vous la leur donnerez.

Dans l'assemblée, un murmure d'étonnement se mit à courir. Voilà une décision qui en stupéfiait plus d'un parmi les hauts fonctionnaires de province. Certains s'attendaient à un faux pas inévitable de la reine, d'autres pensaient à une sanction mal venue envers Ouser et Mériptah que ceux-ci auraient aussitôt retournée contre Hatchepsout.

Ils étaient tous obligés d'admettre que la pharaonne avait joué, là, un vrai coup de maître. D'une position de coupables, voilà qu'Ouser et Mériptah se retrouvaient élevés aux plus hautes fonctions à l'extérieur du pays.

Les rumeurs s'amplifièrent et les deux nouveaux ambassadeurs des pays du Nord se regardaient avec un doute au fond des yeux. Cette soudaine promotion les laissait ébahis. Ils auraient pu en apprécier plus vite la teneur s'il n'y avait eu la contestation étouffée du plus haut dignitaire de Memphis.

— Ne faites-vous pas double emploi avec ces deux nominations ? objecta-t-il avec prudence.

« Tiens, tiens, pensa aussitôt la reine. Je pensais que celui-ci était un de leurs amis. Voilà qui va rafraîchir leurs ardeurs. Dévorez-vous, mes amis, ce n'est plus mon problème. Le mien est momentanément résolu. »

Elle attendit quelques secondes avant de lâcher :

— Ces pays sont trop vastes et trop compliqués pour qu'il n'y ait qu'un responsable. Voilà pourquoi je viens d'en nommer deux. Cela donne à tous l'importance considérable de la tâche. Toi, Nofrout, Grand Directeur de Memphis, qui refoules ou retiens les commerçants des peuples du Nord, tu devrais en savoir quelque chose.

Comme pour venir en aide à son voisin de Memphis, l'administrateur d'Hermopolis, un petit homme au visage chafouin et à la barbe taillée en pointe, crut bon de souligner :

— Majesté ! En ce qui concerne les peuples de la Mer, ne confondez-vous pas soutien et...

Hatchepsout le coupa sèchement :

— Je ne confonds rien. Et je désire qu'il n'y soit accompli que des expéditions pacifiques. Néhésy l'a fort bien souligné tout à l'heure. Je me range à son avis.

— Méfiance ! Méfiance ! jeta le dignitaire, enhardi par l'assentiment du regard de Nofrout.

— Pire, suspicion ! lança Ouser.

— Certes, méfiance et suspicion, fit la reine, conciliante. N'oubliez pas pour autant qu'une vigilance à toute épreuve est nécessaire. Munissez-vous d'hommes qui vous rapporteront chaque fait et geste. Vos cibles doivent toucher juste. Pour l'instant, ces pays sont en veille. Il faut les soutenir, certes, mais aussi les ramener à une juste cause. La nôtre.

Ramenant son regard sur le petit administrateur qui avait osé la critiquer, elle attendit quelques instants ses objections. Comme elles ne venaient pas, elle tourna la tête et ramena son regard vers Ouser et Mériptah.

— Ne vous écartez pas de cet objectif. Regardez, étudiez, espionnez... Je crois que vous êtes l'un et l'autre fort habiles en ce domaine.

Ouser ignora l'allusion.

— Pour nous aussi, votre police sera nécessaire.

— Il ne faudrait pas trop mobiliser les hommes pour leurs seuls besoins, rétorqua Néhésy.

— Veux-tu donc tout monopoliser ? rugit Mériptah.

— Vous pouvez fort bien recruter sur place.

— Les villes de garnison du nord sont faibles, jeta Ouser, en lançant un regard d'insulte à Néhésy. S'il faut prévoir une expédition en Libye, Majesté, autant mettre tous les atouts de notre côté. J'affirme que ce pays s'enhardit et n'augure rien de bon.

— Il est facile de renforcer les villes de garnison, rétorqua Néhésy en reprenant le ton agressif d'Ouser. Il suffit de réquisitionner toute une main-d'œuvre agricole et ouvrière, comme l'ont fait tant de nos ancêtres. Cette solution empêcherait de toucher à l'armée.

— Je pense que Néhésy a raison, Majesté, jeta Séchat qui, jusqu'à présent, s'était tue. J'ai sillonné le delta dans ses environs les plus reculés et j'y ai vu de nombreuses familles pauvres et affamées. L'agriculture s'y développe bien, mais se trouve mal répartie. Tout est luxuriant dans le fayoum, mais autour, il n'y a que des sols désertiques faits pour l'élevage de chèvres. Dans ces régions-là, beaucoup d'hommes ont une condition de vie misérable. Ils n'ont ni travail, ni même l'espoir d'en trouver et je crois qu'ils seraient heureux de s'enrôler pour la Libye, la Syrie ou quelque autre pays proche de la mer.

— Et leurs familles ?

— Il ne s'agit pas de guerre. Ils seraient donc assurés de leur retour.

Hatchepsout réfléchissait. Les suggestions des uns et les objections des autres n'effaçaient pas pour autant les décisions qu'elle s'était promis de prendre. Au passage, elle ne put pourtant s'empêcher de penser que le jeu subtil et la maîtrise de Séchat en abattait toujours plus d'un.

Comme pour abonder pleinement dans son sens, elle fit logiquement observer :

— Il sera fait ainsi. Engagez tous les hommes agricoles du delta qui accepteront de vous suivre.

— Je pensais, Majesté, fit encore Mériptah qui gardait toujours une dernière pierre à jeter à la face de sa rivale, que vous désiriez avant tout renforcer le pouvoir des dieux pour écarter les fléaux que peut engendrer notre pays.

— Que veux-tu dire ?

— Que les greniers à blé peuvent se remplir davantage et que nos vignes peuvent s'accroître plus encore. Si vous enlevez tous les paysans du delta, cette région-là cessera de prospérer. Le temple d'Amon ne peut aller que contre cette idée. Le palais de Thèbes également.

— D'autant plus que ses coffres sont vides, assura un petit homme à l'allure souffreteuse qui se plia aussi bas que possible devant la reine, courbant sa maigre échine et ses épaules creuses.

Mériptah le regarda, satisfait. Celui-là ne pouvait que prendre sa défense. Il l'avait bien dressé au temps où Moutnéfer, la Seconde Epouse royale de

Thoutmosis 1er, régnait sur le harem et où lui-même avait, en ce temps-là, droit de regard sur les finances du palais.

Petit homme acariâtre, avare, aigri, Antef, l'intendant du harem qui travaillait dans l'ombre à rehausser le pouvoir futur du jeune Thoutmosis ne dépensait vraiment que pour satisfaire les besoins du prince.

Aussi misogyne et retors que Mériptah, toujours à la recherche d'un piège à tendre ou d'une manœuvre illégale à peaufiner, le petit intendant du palais ne subissait vraiment que le charme du prince.

— De quoi te plains-tu ? jeta la reine excédée. Ton harem est riche.

— Je proteste, Majesté, aussi pauvre que ces régions dont vous parliez à l'instant.

— Les trésors s'y sont pourtant entassés depuis le pharaon Aménophis, jeta calmement Hapouseneb, et il ne semble pas, qu'actuellement, les anciennes épouses et favorites vident inconsidérément les caisses de ce trésor-là.

Antef eut un mauvais rictus.

— Dans peu de temps, le jeune Thoutmosis aura besoin d'une armée que nous devons former. Il va sans dire, Majesté, que je puiserai dans ce coffre.

— Ce temps n'est pas encore arrivé, Antef. Alors, en attendant développe donc les exercices de ces jeunes écoliers.

— Est-ce vraiment votre désir, Majesté ? ricana Antef.

Il se retourna vers Mériptah qui l'encouragea vivement d'un regard.

— Tu me connais mal, mon cher Antef, ironisa Hatchepsout à son tour, comme tu connais d'ailleurs aussi mal les autres femmes. Mais, en ce qui me concerne, les jeux de combats, le tir à l'arc et la conduite des chars ne m'ont jamais déplu. N'as-tu donc jamais entendu dire que je m'y étais moi-même exercée fort honorablement dans ma jeunesse ?

— Une armée se forme des années à l'avance, répliqua Antef.

— Il suffit. Je ne veux plus réfléchir sur ce sujet, fit la reine agacée. Dépense tout l'argent qu'il te plaira pour le bon plaisir du prince. Je n'y vois pas d'objection. Mais, de grâce, ne parle pas encore de sa future armée.

Elle sentit qu'elle évitait de justesse la remise en question du point qui la touchait si fortement. Le prince ! Aussi, se tourna-t-elle vivement vers Senenmout et jeta :

— Abordons plutôt le problème de la justice.

Ce furent Djéhouty et Pouyemrê, avec le plein accord de Senenmout, qui suggérèrent à la pharaonne de placer le Grand Prêtre d'Amon à la tête de la magistrature égyptienne. Personne ne souleva d'objection et Hapouseneb se vit élever à la charge de Grand Vizir Suprême.

CHAPITRE XII

Après une longue journée où la chaleur mortelle devait faire rage au cœur des rochers de Deir-el-Bahari, la soirée s'annonçait plus clémente, bien qu'une tiédeur sans aucun souffle d'air ne vînt apaiser les esprits.

Pour ressentir un léger bienfait de fraîcheur, il fallut attendre que s'écoulât la dernière heure sur la petite clepsydre portable que retenait solidement la ceinture de Séchat. Elle la portait attachée à la boucle du lien qui enserrait la taille de sa tunique.

Ce fut, soudain, une onde miraculeusement fraîche qui balaya le sable. Tombant d'un ciel criblé de merveilleux points dorés, lumineux, scintillants, le souffle peu à peu ondula doucement sur la surface du sable qui bleuissait d'obscurité.

Ce jour-là, Séchat était venue seule de Thèbes, empruntant la route de Deir-el-Bahari avec autant de confiance et de sûreté que si elle eût longé les bords du Nil qu'elle connaissait si bien.

La course effrénée vers sa fille, la joie de la serrer contre elle, le bonheur de l'entendre babiller au creux de son oreille et de sentir sur ses joues ses gros baisers sonores, l'avait un moment ranimée, ressourcée, reconquise, à tel point qu'elle s'était sentie déconnectée de la réalité.

Puis, l'angoisse qui avait suivi avait tout anéanti en quelques secondes à peine.

Elle n'allait plus la revoir avant un temps qu'elle ne pouvait même pas estimer — serait-ce dans quelques jours, quelques semaines, quelques saisons ? — car Hatchepsout lui dictait ses consignes et Séchat courait, commerçait, argumentait, écrivait, comptait.

La réalité reprenait ses exigences, ses contraintes. Tout resurgissait avec une effroyable minutie tyrannique qu'elle devait supporter plusieurs jours avant de se replonger dans ses habitudes professionnelles et affronter de nouveau sa vie de travail.

Les terribles inondations du Nil qui, cette saison-là, avaient tant ravagé les sols, les maisons, les familles, s'étaient résorbées.

Les travailleurs agricoles enrôlés sur le chantier de Deir-el-Bahari avaient tous regagné leur exploitation, emportant avec eux le petit pécule qu'ils avaient durement gagné en élevant pierre à pierre le temple qui sortait à présent victorieux de la montagne.

Séchat s'assit sur le bloc d'une roche posée au pied d'un pylône, puis, elle leva les yeux sur les étoiles et se mit à penser à Satiah qu'elle avait laissée souriante et joyeuse, ce matin même au harem, en compagnie de sa nourrice Maâthor.

Séchat savait bien qu'il lui fallait quelques jours avant de se reprendre. Comment pouvait-il en être autrement ?

Elle se mit à penser au jour, trop proche encore de

sa mémoire pour qu'elle l'effaçât aussi vite, où elle avait pénétré ce lieu qu'elle n'avait plus revu depuis que, petite fille, elle y avait joué aux côtés d'Hatchepsout.

A présent, c'était sa fille qui jouait avec la princesse du palais, la petite Mérytrê. Autre génération, autre règne, mais curieux fait, deux ans séparaient les fillettes, comme trente ans plus tôt, deux années la séparaient d'Hatchepsout.

Oui, ce matin-là, Séchat ne pouvait l'oublier. Dans trente ans, elle y penserait encore. Elle revit les yeux exorbités de Maâthor allant fébrilement des jardins plantés d'acacias aux lacs bleutés emplis de nénuphars qui offraient généreusement leurs corolles épanouies.

Des yeux qui n'en finissaient plus de regarder et d'admirer. Mais, dans ces regards émerveillés, ravis, éperdus de plaisir, il y avait aussi ceux de sa fille. Un grand regard bleu azuré qui s'ouvrait joyeusement sur les immenses volières multicolores, où pépiaient de multiples oiseaux, où s'amusaient les petits singes macaques aux gestes vifs et surprenants, où s'agitaient grues, ibis, phénix cendrés, vanneaux, hérons et autres passereaux.

Satiah voulait toucher l'eau des fontaines parfumées, saisir les nénuphars qui offraient leurs corolles grandes ouvertes, attraper les feuilles des palmiers qui bordaient les larges terrasses de marbre rose et grimper sur les sofas d'osier disséminés çà et là sous les ombrages.

Satiah s'accrochait en riant aux épais coussins moelleux qui, sous les ombelles géantes prêtes à vous éventer lorsque la chaleur devenait trop lourde, tombaient sous la pression de ses petites mains impatientes et nerveuses.

Si Séchat avait ressenti une joie profonde à voir sa fille rieuse et insouciante, elle avait aussi éprouvé le sentiment paradoxal d'une peine indicible. Satiah avait en elle une joie de vivre peu commune et la mère savait que la fille apprendrait à goûter sans elle les bonheurs de cette existence ici-bas.

Il n'était pas besoin que Maâthor la rassure sur cette évidence. Et quand celle-ci avait voulu lui faire comprendre que Satiah serait heureuse, elle avait simplement rétorqué que la fillette était sous sa seule responsabilité, une charge bien lourde qu'elle ne devait jamais oublier.

Mais, Maâthor savait que sous aucun prétexte, elle ne devait s'écarter de l'enfant, qu'il lui fallait préparer ses repas, goûter son lait et ses aliments, coucher à ses pieds, veiller sur son sommeil, l'observer à tout instant et la suivre partout où elle allait.

Elle savait aussi que ses seuls instants de liberté seraient ceux où Reshot viendraient chercher l'enfant pour l'emmener, parfois, dans la maison de Thèbes qui appartenait à sa mère.

Silencieusement, Maâthor avait aquiescé. Ces conditions, si restrictives fussent-elles, lui convenaient. N'avait-elle pas voulu quitter Bouhen, la vue de la campagne, celle des champs et des cultures, celle des fermes et des paysans, des bœufs, des chèvres et des basses-cours ?

A présent, Bouhen était si loin. Au harem, quantité de jeunes servantes l'avaient accueillie avec grâce et gentillesse. Certes, d'autres s'étaient montrées plus revêches, mais la nature simple de Maâthor et son tempérament qui n'était ni compliqué ni ambitieux sauraient vite combattre les plus récalcitrantes.

Au petit matin. Séchat était repartie, regret au cœur mais sérénité dans l'âme. Hatchepsout avait eu raison. A l'abri des jalousies et des bassesses de ce monde, sa fille ne craignait plus rien.

Séchat abaissa ses yeux sur le sable qui prenait des teintes obscurcies par un ciel de plus en plus noir. Et, à nouveau, son esprit s'évada dans les labyrinthes d'un harem qu'elle n'avait pas reconnu.

Il y régnait, à présent que Moutnéfer était vieille, retirée, hors de toutes intrigues ou mesquineries diverses, une sorte d'apaisement qu'Isis avait su imposer. La Seconde Epouse de feu Thoutmosis, mère de l'enfant qui serait un jour pharaon, lui était apparue comme une image sereine et paisible.

A l'inverse de Moutnéfer, qui n'avait semé qu'intrigues et perturbations, Isis dispensait le calme et la sérénité.

Son fin visage au parfait modelé, son attitude posée, ses gestes mesurés, calmes, empreints de grâce et de dignité, avaient déteint sur l'entourage du harem. Seuls, les bruits et les jeux des enfants, sur lesquels régnait en puissance l'exubérance du jeune Thoutmosis, avaient droit de regard aux yeux des habitués.

Un souffle frais vint effleurer les épaules nues de Séchat. Un frisson léger parcourut tout son corps. L'exquise perle de sueur qui tomba de sa paupière devint une larme. Assise sur sa roche, elle rêvait encore aux yeux rieurs et à la bouche gourmande de Satiah.

Le chantier s'était vidé. Ouvriers et esclaves s'étaient retirés dans les baraquements de bois ou sous les grossières tentes dressées les unes à côté des autres, pour se préserver de l'éventuelle agression des scorpions qui grouillaient sous les roches restées chaudes du soleil de la journée.

Séchat scrutait la haute falaise rougeâtre au-dessus de laquelle faucons, vautours et autres oiseaux de proie guettaient le corps desséché de celui qu'on leur avait jeté en pâture. Ils planaient, parfois, par dizaines, silencieusement d'abord puis, excités par l'odeur des charognes, ils tournoyaient et survolaient à grands coups d'ailes déployées les corps écrasés, inertes, brûlés par le soleil dont les ossements ne tardaient jamais à être recouverts par le sable réparateur.

Restait le dernier travail qui effaçait toute trace morbide, celui des hyènes qui venaient désensabler les os pour les emporter dans leur repaire à la senteur irrespirable.

Dans l'azur aveuglant, un aigle quelquefois planait

lui aussi à la recherche du nid camouflé dans les hauteurs de la falaise. Un nid douillet qui devait abriter ses petits. Mais, à cette heure, il n'y avait plus ni vol, ni agression, ni pesanteur. Il n'y avait plus que des souvenirs qui revenaient en surface. A moins que...

Séchat sursauta. Une main se posa sur son épaule.

— Djéhouty, murmura-t-elle. Je t'attendais.

S'approchant de la jeune femme, il prit doucement sa main et la porta à ses lèvres. Elles étaient un peu rêches, mais chaudes et agréables. Celles de Séchat, d'ailleurs, n'étaient pas plus souples, car elle n'avait pas encore bu une seule gorgée d'eau depuis qu'elle avait pris son repas du soir. Et la sécheresse des lèvres se calquait souvent sur celle de la bouche.

Sa gourde en peau de chèvre était pourtant posée à côté d'elle. Elle la saisit, en déboucha l'ouverture et la tendit à son compagnon. Il esquissa un fin sourire et ses yeux gris, habituellement inflexibles, prirent la couleur de la nuit qui s'annonçait si douce.

Puis, se penchant en arrière il absorba quelques gorgées, essuya sa bouche d'un revers de main et tendit la gourde aux lèvres sèches de la jeune femme.

— Deir-el-Bahari est une pure merveille, Djéhouty, dit-elle en buvant à son tour. J'ai vu les bas-reliefs, les peintures, les décorations. Tu as fait les choses comme je les aurais faites moi-même. Jamais, je ne te remercierai assez.

— Je ne demande rien d'autre que...

Il posa sa bouche sur la sienne et saisit un baiser.

— Toi ! chuchota-t-il à son oreille.

Djéhouty avait le buste nu. Un court pagne blanc, un peu terni par la poussière, enserrait ses hanches et retombait sur ses cuisses musclées et brunes. Il ne portait pas de perruque et ses cheveux noirs, où quelques fils gris couraient en hâte de la racine de son front à la nuque qu'il avait assez forte, frisaient en boucles denses.

Un instant, elle ne put éloigner l'idée sécurisante de cette forte carrure d'homme dénudée que le soleil avait brunie à outrance. Elle détourna son regard du sien.

Bien qu'elle eût consenti un baiser prolongé, il la sentit un peu récalcitrante.

— Ta fille est-elle heureuse au harem ? s'enquit-il avec prudence.

Elle soupira avec juste assez de langueur pour montrer son désarroi.

— C'est moi, Djéhouty, qui ne suis guère joyeuse. Satiah, elle, pousse comme une fleur de lotus. Elle est rieuse et toujours d'excellente humeur. Sauf, peut-être quand elle se met en tête d'obtenir quelque chose qu'on lui interdit.

Il mordilla son oreille et se pencha pour effleurer son cou de ses lèvres restées sèches.

— Ne ressemblerait-elle pas un peu à sa mère ?

Séchat se mit à rire et découvrit ses dents qui, sous la nuit, prenaient une teinte agressive et nacrée. Encastrées dans sa bouche en forme de cœur allongé, Djéhouty crut y voir peser une intention bien marquée. Ces dents-là voulaient mordre l'instant précis qu'il venait lui offrir.

Il saisit à nouveau sa bouche et sentit son corps amolli se coller à lui.

— Viens, fit-il.

Elle se leva, pesa de tout son poids sur Djéhouty qui la maintenait, le bras solidement encerclé autour de ses épaules. Ils allèrent jusqu'à l'entrée du temple. Les grands pylônes les cachaient des regards indiscrets. Mais, à cette heure à mi-chemin de la nuit et du jour, où l'aube ne tarderait plus à pointer ses premiers rayons solaires, qui aurait cherché à en savoir davantage sur la relation de leur couple ?

Lentement, il l'attira vers l'une des entrées du temple. Tout était obscur et silencieux. Les dieux semblaient eux-mêmes endormis et nulle voix ne chuchotait dans leurs oreilles.

— Hathor est complice, murmura Djéhouty.

— Et Anubis ? Et Horus ? Oublierais-tu les hommes-dieux ? Hathor est la vie, la fécondité, le bonheur, la passion. Elle favorise l'amour le plus pur, comme l'amour adultère.

— Séchat, je suis marié, mais c'est toi que je veux.

— Améná est une épouse parfaite, Djéhouty. Ne l'oublie pas. Elle te donnera beaucoup d'amour.

— Pourquoi n'as-tu pas voulu du mien lorsque tout était encore possible ?

— Pour de multiples raisons. Et tu les connais.

— Pas toutes.

— Oh ! Djéhouty, nous en avons parlé mille fois. Ce sujet me fatigue.

— Séchat, reprocha-t-il doucement, je te sens si souvent inaccessible que les regrets me dévorent. Quelles sont les autres causes ?

Il la serra si fort qu'elle eut un instant la respiration bloquée. Alors, il la libéra d'un geste lent, pesant.

— Jamais je n'accepterai de faire une seconde épouse.

— Qui te parle de concubinage ? Je ne suis pas pharaon, que je sache, rétorqua-t-il un peu vexé.

— Tu sais fort bien que dans la haute noblesse, celle dont nous sommes issus, le concubinage est toléré, voire accepté. Les plus hauts postes ont, eux aussi, leur harem. Qui t'empêche de mettre quatre ou cinq femmes dans le tien ?

— Mais, Séchat ! C'est exclu, complètement exclu. Je ne veux pas de harem.

Elle rabattit une épaule de sa tunique sur elle. Mais il lui saisit la main et l'empêcha de poursuivre son geste, dénudant à nouveau l'épaule qui, tout à l'heure, se trouvait nue.

— Je ne t'ai jamais proposé une telle place dans ma maison.

— C'est juste, mais je refuse aussi de te voir à la dérobée, comme une voleuse, dans le dos de ton épouse qui est douce et gentille.

— Par tous les dieux d'Amon ! Séchat, d'où tiens-tu donc cette force ?

— De ma naissance, de mon travail ! Que sais-je ?

— Ne peux-tu pas freiner tes ambitions professionnelles ? suggéra-t-il d'un ton implorant.

— Pour mieux tomber dans tes bras protecteurs ? Non ! Djéhouty, je ne suis pas faite de ce bois-là. Je t'aime. C'est vrai. Mais je t'oublierai. Je le sais.

Il gémit et la reprit contre lui. Molle et consentante, elle s'abandonna.

— De quelle force parles-tu ? murmura-t-elle alors. Une grande faiblesse est en moi. Celle de ne pouvoir ressembler aux autres femmes.

— Es-tu donc si différente ?

Elle se laissa bercer contre son torse, écoutant son cœur battre comme le mécanisme un peu heurté d'un appareil trop performant. Il caressa ses cheveux, descendit sa main dans son cou.

— Si j'avais été tout autre, chuchota-t-elle, je crois que je t'aurais épousé lorsque tu étais libre. Mais après, Djéhouty. Que serait-il advenu ?

— Tu m'aurais fait de beaux enfants.

— Satiah me suffit.

— Ne veux-tu pas un fils ?

— Non !

— Ne veux-tu pas la liberté de vivre heureuse et détendue ?

— Non, pas la liberté que tu me proposes. Je te l'ai dit à Bouhen.

Il la serra à broyer ses os. Elle cria. Un cri de chat blessé qui ne sait plus comment s'enfuir. Lorsque, à nouveau, il la reprit contre lui, ce fut pour l'emporter plus loin encore. Elle se laissa guider, presque inerte, comme un pantin désarticulé. Alors, il l'entraîna à l'intérieur du temple, près de la porte de la chapelle d'Anubis.

Le dieu à tête d'ibis les regarda et leur souhaita la bienvenue. Il la souleva et l'emporta près de l'autel du dieu qui n'avait pas encore reçu d'offrandes.

Ce n'est que bien plus tard que sa bouche répondit à celle de Djéhouty et que ses sens endormis se réveillèrent.

Un portique de roche rouge, fermé par une poulie

qui attendait son ascension prochaine, car les travaux n'étaient pas encore terminés, les enferma dans la chambre du dieu.

Le sable souple et chaud les accueillit avec douceur. Une pile de dalles blanches attendait dans un coin de la pièce pour être posées prochainement. Djéhouty prit appui contre les dalles et glissa sur le sol, calant la tête de Séchat contre lui.

— C'est notre dernière nuit, Djéhouty. Demain, ne me retiens pas. Je ne reviendrai plus sur le chantier de Deir-el-Bahari.

Il ne répondit pas.

— Améná mérite que tu l'aimes et que tu la protèges. Moi, je ne demande aucune protection, aucun soutien si ce n'est celui d'Hatchepsout. Je partirai avec elle lors de sa prochaine expédition au Pount et si je n'oublie pas le travail que tu as fait pour moi et qui m'a permis de conserver ma charge, j'oublierai tes yeux, tes bras, ton corps.

Elle se tut enfin et déversa le trop-plein de ses attentes inassouvies en une communion secrète, intimement mêlée au désir exacerbé de son compagnon.

Puis, ils dormirent sur le sol toute la nuit, cherchant leurs corps pour d'ultimes caresses réciproques sous les yeux bienveillants d'Anubis.

Mais, à l'aube, elle refusa de reprendre les ébats amoureux que lui proposait de nouveau Djéhouty. Le jour pointait et déjà s'annonçait inexorablement torride.

Elle se leva avec des gestes lents et étudiés, se détendit et respira profondément. Le sable brûlait déjà sous ses pieds. Une dernière fois, avec un regard de condamné qui ne verra plus le jour, Djéhouty posa ses yeux sur le corps mince et nu, souple et ocré de sa compagne. Il semblait se repaître de cette image qu'il savait ne plus jamais revoir.

Séchat enfila sa tunique. Elle était froissée. Elle attacha les épaules avec une précision presque maniaque, resserra la taille avec le lien de cuir qui retenait sa clepsydre et sa gourde.

Puis, de ses doigts agiles, elle tressa grossièrement ses cheveux noirs restés toute la nuit épandus sur son dos, ses épaules et ses reins. Des gestes et des attitudes, des effleurements que Djéhouty ressentait encore dans les tressaillements intimes de son corps.

Mais, lui aussi se leva et se vêtit de sa tunique qui jonchait tristement le sol.

Des bruits lointains arrivaient à leurs oreilles. Des pas, des roulements de char, des claquements de fouet, des cris rauques et d'autres plus aigus.

Pour Séchat l'effet fut subit. Elle posa une dernière fois ses lèvres sur celles de son compagnon, caressa sa joue rugueuse et le quitta précipitamment.

*
* *

Dans le char qui la ramenait à Thèbes et qu'elle conduisait seule, Séchat s'efforça d'oublier le souvenir de sa nuit. Trop d'images salutaires heurtaient encore son esprit pour qu'elle se fît des reproches. Cette nuit s'était suspendue à un fil si fin que l'aube l'avait cassé. Une nuit qu'elle offrait à la pesanteur du désert, lui demandant d'en effacer les traces comme elle l'eût fait d'un cauchemar auquel elle ne voulait plus penser. Juste l'effleurer le jour où trop d'amertume étoufferait sa gorge.

Djéhouty ne faisait plus partie de son monde. Djéhouty retournait à sa propre vie, celle qu'il s'était tracée de la même façon qu'elle-même avait marqué et jalonné la sienne. Hatchepsout ne le lui avait-elle pas dit ? Dans quelques mois à peine, quelques semaines peut-être, le grand voyage du Pount la replacerait sur une ligne de départ.

Il lui fallait, désormais, équilibrer un manque affectif par un travail obstiné qu'elle offrirait à la reine. Celle-ci s'engageait à préserver sa fille de tous les aléas malchanceux auxquels elle pouvait être confrontée. Il était juste qu'en échange, Séchat sacrifiât sa personne.

Arrivée dans le grand désert, là où le chemin n'était

plus tracé pour arriver à Thèbes, l'immense étendue qui lui inspirait crainte et respect se gorgeait d'un soleil blanc de fer, implacable et démentiel.

Elle avançait furieusement, tenant avec rage les rênes de Jour et Nuit qui, de leurs sabots fougueux, frappaient le sol poussiéreux du désert. Elle refusait farouchement de se laisser envahir par des regrets. Désormais, seule Satiah emplirait sa vie, suppléant aux autres joies affectives qu'elle se refusait.

Une roche à peine visible qui sortait du sable heurta le sabot de Jour qui fit un brusque écart, entraînant Nuit sur le côté. Séchat redressa le char, mais elle dut faire une manœuvre compliquée, car le véhicule resta un instant dangereusement penché. Il fallut que l'excessive prudence de Nuit, toujours plus attentive que son compagnon, intervînt aussitôt pour empêcher le char de basculer.

Séchat respira de soulagement. Le véhicule se redressait. Décidément, ce couple de chevaux s'équilibrait toujours dans la complémentarité de leurs natures. Jour, le mâle était aussi impétueux et exalté que Nuit, la femelle était calme et sereine.

Un nuage de poussière soulevé par une course qu'elle n'arrivait pas à déterminer attira son attention. Elle saisit le lien de cuir accroché à l'avant du char et l'attacha solidement à sa taille pour se préserver d'une éventuelle chute.

Le nuage s'approchait devant elle, compact, aussi dense qu'une large voilure encombrant un ciel dégagé au-dessus du Nil. Il s'estompait parfois dans les rayons aveuglants du soleil, puis réapparaissait quelques instants pour s'imposer, enfin, brutal et obsédant.

Fallait-il réduire l'allure des chevaux ? Fallait-il, au contraire, l'accélérer ? Elle prit la décision de poursuivre le galop qu'elle avait imposé à sa monture depuis Deir-el-Bahari.

Depuis longtemps Séchat savait que, chevauchant dans le désert, il fallait toujours regarder obstinément la pointe de l'horizon et que, même si celle-ci paraissait tranquille, sereine, clémente, se dire qu'il y avait toujours un élément néfaste prêt à surgir.

Le nuage s'accentuait. Des bruits de sabots tapaient sur le sol. Mais, bien que ce piaffement s'apparentât à celui d'un cheval, il lui sembla qu'il résonnait plus fort à ses oreilles qu'un simple bruit de galop. S'agissait-il d'un animal du désert pris dans une course effrénée ?

Des lions, il n'y en avait pas dans cette région de la vallée du Nil, ni dans cette partie du désert. Il fallait pénétrer les cataractes du Soudan pour les y rencontrer.

Panthères et léopards ne s'aventuraient que durant les saisons du Périt. Or, c'était le troisième mois de la saison du chemou et, de plus, cette partie du désert était bien lointaine de leur repaire pour qu'un tel fauve s'y perdît. Seules, les hyènes surgissaient hors de leurs territoires lorsque la soif les en faisait sortir. Elles venaient souvent du grand désert de l'ouest et les longues courses qu'elles parcouraient les assoiffaient au point qu'elles s'approchaient, bien souvent, du fleuve régénérant.

Séchat observait l'horizon. Ce devait être une course d'animaux sauvages. Elle craignit un instant que ce fût des oryx. Ces gros animaux puissants, lourds, aux cornes dures et intransigeantes la tourmentaient plus qu'un peuple de gazelles ou d'antilopes.

Elle eut soudain la présence d'esprit d'imposer à son attelage un large demi-tour. Inquiets, tendus par le bruit et le nuage de plus en plus épais, les chevaux tournèrent avec difficulté. Séchat transpirait tant l'effort était pesant. Mais, calmant Jour et Nuit de la voix, elle réussit à se retrouver en sens inverse.

A présent, le nuage de poussière qui se rapprochait farouchement se trouvait dans son dos. Encore un point essentiel qu'il fallait observer dans le désert et que Séchat avait appris aussi depuis longtemps, c'est qu'il valait mieux se placer dans le sens d'une course d'animaux pour ne pas risquer d'être arraché, piétiné, traîné dans le sable jusqu'à ce que mort s'ensuive.

Un nuage vertigineux de poussière la croisa à quelques mètres de son char, mais ce n'était là que les premiers coursiers sauvages. Les autres suivaient.

L'énorme voilure grise et chaude l'enveloppa soudain tout entière. Elle ne sut pas de quels animaux il s'agissait lorsqu'elle fut entraînée dans l'affreux tourbillon. Criant désespérément afin que ses chevaux entendent et reconnaissent sa voix, elle poussa son char telle une aveugle, se laissant entraîner par le flot endiablé, dément, ravageur.

Les quadrupèdes l'encerclaient, la frôlaient, mais elle restait debout, vivante, attachée sur son char. Filant dans leur sens, elle ne risquait rien si elle ne tombait pas. Il fallait juste galoper et tenir leur allure.

Il lui semblait que les rênes écorchaient ses mains et que ses chevaux ne touchaient plus le sol. Ils écumaient et suaient. Un nuage de moustiques vint obstruer sa vue déjà bien faible. Attachée à sa taille, la lanière de cuir qui la maintenait à l'avant du char pénétrait sa peau et lui faisait mal au ventre.

Mais la course infernale prit fin et les derniers animaux sauvages, les retardataires, les plus faibles sans doute, ceux qui ne tenaient pas le rythme accéléré qu'imposait l'ensemble de la troupe, se retrouvèrent à son niveau.

Alors, elle prit le temps de regarder et elle vit des mangoustes sauter sur le sol piétiné. Elles semblaient fort bien s'intégrer dans la course. A leurs côtés, les dernières antilopes qui tentaient de rejoindre la troupe soulevaient le sable quand leurs pattes arrière retombaient pour prendre appui, s'élevant aussitôt pour rebondir ensuite.

Lorsque antilopes et mangoustes furent complètement hors de sa vue, Séchat fit à nouveau demi-tour pour se retrouver dans le sens qui la menait à Thèbes. La crainte de Jour et Nuit s'estompa. Les battements qui agitaient leurs flancs s'apaisèrent et ils acceptèrent sans broncher le petit trot paisible qu'elle leur fit prendre.

Redevenus dociles, confiants, ils suivaient la main de leur maîtresse, appréciant l'allure tranquille qui les reposait de cette infernale course.

Soudain, Séchat leva les yeux. Un faucon traversa le ciel. D'où sortait-il ? A nouveau, Séchat prit peur et tira sur ses rênes. Surpris Jour se mit à hennir et Nuit l'imita.

Un faucon ne se trouvait jamais dans le ciel au-dessus d'un cavalier sans qu'il y eût un danger. Séchat avait beau se dire que la menace était ce troupeau sauvage fuyant dans le désert et que le péril était passé, elle se trouvait encore loin de Thèbes et avait mille fois encore le temps de s'angoisser.

Le rapace tournoyait en direction du sud, accomplissant des volutes dont le dessin circulaire paraissait précis et impeccable.

Soudain, une flèche déchira le tissu léger de sa tunique, juste à la hauteur de son épaule. Elle refusa de se retourner. Le picotement qu'elle ressentit sur sa peau ne pouvait être que l'effet d'une légère égratignure.

En levant les yeux, elle vit qu'un autre faucon sortait du ciel, tel un obscur point façonnant de ses vrilles étourdissantes l'immense clarté du désert. La course folle qu'elle engagea ne la grisa d'abord qu'à demi. Puis, voyant que Jour et Nuit prenaient d'eux-mêmes de la vitesse, ses craintes s'effacèrent et firent place à une sorte de routine dans laquelle il lui faudrait bien s'installer chaque jour davantage.

N'était-ce pas, là, une façon bien à elle de se battre dans un monde fait pour d'autres ? Peu importe qui se trouvait derrière elle. D'ailleurs, Séchat avait le sentiment que, si elle se retournait, elle ne verrait personne.

Les yeux désespérément fixés sur la ligne d'horizon, elle refusa d'observer les deux faucons qui, maintenant, s'affrontaient en plein ciel.

Lorsqu'elle passa la porte du Sud qui ouvrait sur

la ville de Thèbes, l'aube filtrait ses premiers rayons solaires. Alors, elle sut qu'un incessant labeur l'attendait et elle dirigea ses chevaux en direction du palais où devait l'attendre Hatchepsout.

*
* *

Soixante-dix jours après la mort de la petite Néférouré, les praticiens avaient commencé le long travail de la momification dans le pavillon des embaumeurs du palais.

Dans la pièce où le corps de l'enfant était enfin prêt, des relents de natron et de térébenthine montaient jusqu'aux terrasses avoisinantes. Vaguement dissous par les effluves des lauriers-roses en fleurs qui entouraient le bâtiment, ils rappelaient les esprits à la mémoire d'Osiris.

Le dieu observait les morts avec une acuité sans cesse en éveil. Isis l'aidait dans sa tâche en veillant sur les corps vidés de leur substance vitale et en s'efforçant de les rendre aussi naturels que possible.

Le maître momificateur qui travaillait avec une compétence due à des années d'expérience avait mis tout son art dans le délicat emmaillotement des bandelettes. L'odeur de l'huile de cèdre et les vapeurs douceâtres de l'oliban ne l'entêtaient plus depuis longtemps. Ptah admira son travail dont la perfection dépassait tout ce qu'il avait fait jusqu'à présent.

Lorsque, enfin, il avait vu le petit visage sans plus aucune crispation de douleur, senti que les paupières et les joues de la fillette étaient redevenues soie et velours et que les traits avaient repris cette régularité et cette finesse de l'enfance endormie, un soupir de soulagement était sorti de sa poitrine. Dieu d'Osiris ! Il était bien le plus grand embaumeur de toute l'Egypte.

Enfermé dans son sanctuaire depuis soixante-dix jours, il était sans doute le seul à ne pas apprécier les lauriers-roses du palais qui dégageaient leur délicat arôme et dont chacun essayait de s'imprégner avant de renifler la forte odeur du natron.

Ptah restait muet devant son travail. Chacune des momifications qu'il entreprenait lui apportait cette exaltation peu coutumière qu'il ne ressentait pour nulle autre chose.

Certes, son équipe d'une dizaine de praticiens avait largement contribué à la réalisation d'une telle merveille. Neb-Amon, lui-même, le médecin de Thèbes qui ne s'intéressait pas particulièrement à ce travail d'embaumement était obligé de reconnaître que c'était là un travail de génie.

Comment expliquer l'état bienheureux de Ptah lorsque, après les processions d'usage et les prières traditionnelles, il avait frappé dans ses mains pour annoncer le grand moment où la pharaonne Hatchepsout et les hauts dignitaires devaient se prosterner devant la momie de Néférourê ?

Il avait si bien énuméré, les unes après les autres, toutes les opérations effectuées que le langage qu'il utilisait devenait lui-même sacré. Personne d'autre que Ptah n'expliquait aussi parfaitement la façon dont le crâne avait été vidé de sa substance cérébrale avec les fins crochets d'or. Personne d'autre que lui ne pouvait décrire l'adresse et la souplesse avec lesquelles ils avaient pénétré les narines, les effleurant juste sans en abîmer l'intérieur.

— La cavité orbitale est intacte, avait-il précisé. Les poumons, l'estomac, le foie et les intestins ont été retirés sans erreur ni dégradations. Ils sont dans ces urnes-là.

Il avait fait lentement le tour de la momie et l'avait regardée avec une fierté si évidente qu'elle n'était guère passée inaperçue.

— Les entailles sur le corps sont minuscules et si bien refermées que la peau est intacte.

Hatchepsout avait senti ses yeux s'embuer. Par tous les dieux du temple dont les voix résonnaient à ses oreilles, pourquoi voyait-elle, en cet instant précis, les yeux enjoués de sa fille, ses gestes spontanés et ses rires enjôleurs ?

Ptah s'était courbé si bas devant la pharaonne, mains posées à plat sur le sol, que son buste même frôlait la poussière.

— Majesté, avait-il murmuré se relevant sur les instructions d'Hatchepsout, tous les liquides corporels ont été écoulés dans les canopes. A présent, il faut les fermer définitivement.

Puis, récitant quelques incantations, il avait saisi pieusement les couvercles aux effigies des dieux et des déesses et les avait tendus à la reine qui avait longuement hésité avant de les prendre.

— En es-tu sûr ? avait-elle murmuré.

— Qu'à l'instant, Osiris sépare mon âme de mon corps si j'affirme une inexactitude ! avait-il protesté à voix basse. Chaque viscère a été nettoyé et passé à l'eau aromatisée, puis recouvert de natron pulvérisé mêlé au sel du fayoum, le meilleur qui soit, Majesté !

— Et le cœur ?

— Le cœur ! Il repose pour l'éternité dans ce quatrième canope. L'âme de votre fille, la princesse Néférourê, devenue l'oiseau du Bâ, viendra lui rendre visite.

Cette certitude qui ne pouvait que soulager la reine l'avait en fait déstabilisée. Le cœur de sa fille ! Enfermé dans ce petit canope de grès rose au couvercle qui représentait Bastet, la déesse au visage de chat.

Elle avait observé longuement la momie de sa fille. Après quarante jours de dissécation dont trente avaient été réservés aux onctions et à l'embaumement et vingt aux massages et rembourrages, Ptah et ses hommes avaient comblé de toile et de natron la cavité des yeux et bouché les narines avec de la cire d'abeille.

Puis, le long travail de l'emmaillotement avait commencé. D'épais rouleaux de bandelettes, tissées avec le lin le plus fin d'Egypte, s'étaient savamment entrecroisés sur le buste de la fillette. Virevoltant habilement entre les mains des momificateurs, les bandelettes de lin s'étaient emparées des bras et des jambes de la fillette, avaient emprisonné chevilles et poignets, puis, un par un, chaque doigt de l'enfant.

Ptah s'était assuré que les bandelettes étaient suffisamment imprégnées de résine de genévrier et de natron. Entre chaque couche de linge, il avait réclamé un saupoudrage supplémentaire.

La tête de l'enfant avait été recouverte, tout d'abord, d'un triple bandage. Puis, chaque partie du corps ayant subi le même travail, l'ensemble s'était vu recouvrir de bandes plus épaisses, plus rigides, reliées et collées entre elles par de la résine parfumée.

— Majesté, pas une seule parcelle de membre n'est tombée.

— Tu es si expert, Ptah, avait jeté la reine un peu lasse, qu'avec toi, il n'en tombe jamais.

Le praticien pouvait relever son buste. Il était fier. Oui, il était fier ! Car il arrivait souvent avec d'autres momificateurs, qu'une oreille ou un doigt se détache du corps, il fallait alors les placer dans l'urne qui contenait un viscère.

Une dernière fois, le regard d'Hatchepsout s'était attardé sur sa fille. Remarquait-elle le parfait dessin des bandelettes qui s'entrecroisaient sur son corps ? En tout cas Ptah, lui, les admirait.

La pharaonne avait écouté les chants des pleureuses et ceux des prêtres aveugles au crâne rasé et à l'ample tunique jaune d'or. Ensuite, les hommes aux masques à tête d'ibis et de faucon étaient arrivés, psalmodiant des cantiques aux intonations rauques. Ils furent suivis des inévitables invocations dédiées à Osiris.

Enfin, dans les rues de Thèbes et de Karnak, dans les grandes allées du temple d'Amon et sur les berges du Nil que descendait la Barque Sacrée, transportant le corps de la princesse, commencèrent les longues processions afin qu'elle rejoigne en paix le pays auquel on la destinait. Osiris prenait la relève des vivants.

Séchat suivait la procession en silence, rêvant à sa fille qui jouait dans les jardins du palais. Dans quelque temps le port de Thèbes s'agiterait dans des remous et des turbulences divers : marins, dockers, scribes, surveillants, commerçants s'activeraient pour le départ au Pount et Séchat serait des leurs.

Neb-Amon, le jeune médecin des quartiers pauvres de Thèbes qui peut-être aurait pu sauver la princesse, suivait lui aussi la procession en silence, ne sachant encore si l'aventure du voyage servirait favorablement son destin.

AVERTISSEMENT

Cette suite d'ouvrages qui s'intitule *Les Thébaines* comporte quatre parties :

1. *Couronne insolente** ou le couronnement d'Hatchepsout.
2. *De roche et d'argile*** ou le temps des constructions.
3. *Fards et Parfums**** ou le temps des voyages.
4. *L'Ombre du Prince***** ou la fin du règne d'Hatchepsout.

Le tout est fondé sur des faits historiques et la plupart des personnages, à l'exception des Thébaines, ont existé et portent leurs noms authentiques (que l'on trouve orthographiés différemment dans les ouvrages selon les historiens).

Les Thébaines ressortent de la pure fiction, on peut comprendre qu'avec une féministe au pouvoir, telle que la pharaonne Hatchepsout, et en l'absence de certitudes, elles aient pu exister et marquer leur temps telle que je l'ai racontée.

Dans ce cas, le réel peut se mêler harmonieusement à la fiction, laissant rêver les lecteurs.

AVERTISSEMENT

Cette suite d'ouvrages qui s'intitule *Les Thébaines* comporte quatre parties :

*La Couronne insolente** ou le couronnement d'Hatchepsout.

*De roche et d'argile*** ou le temps des constructions.

*Vents et Parfums**** ou le temps des voyages.

*L'Ombre du Prince***** ou la fin du règne d'Hatchepsout.

Le récit est fondé sur des faits historiques et la plupart des personnages, à l'exception des Thébaines, ont existé et portent leurs noms authentiques (que l'on trouve orthographiés différemment dans les ouvrages, selon les historiens).

Si les Thébaines ressortent de la pure fiction, on peut comprendre qu'avec une féministe au pouvoir, telle que la pharaonne Hatchepsout, et en l'absence de certitudes, elles aient pu exister et marquer leur histoire telle que je l'ai racontée.

Dans ce cas, le réel peut se mêler harmonieusement à la fiction, laissant rêver les lecteurs.

DU MÊME AUTEUR

ROCKING-CHAIR, *Poèmes,* Éditions Millas-Martin.

LE PAYS D'ALICE EST À QUELQUES DÉRIVES D'ICI, *Poèmes,* Éditions Millas-Martin, *Préface de Denise Miège.*

RETENDRE LA PEAU DES PAVÉS, *Poèmes, Préface d'Andrée Appercelle, Illustrations de l'auteur,* Éditions La Bruyère.

LÉONOR FINI OU LES MÉTAMORPHOSES D'UNE ŒUVRE, *Biographie, étude de l'œuvre,* Éditions Le Sémaphore.

ELLES ONT SIGNÉ LE TEMPS, *Anthologie biographique des femmes écrivains des origines au XIXe siècle,* Éditions L'Harmattan.

DHUODA OU LE DESTIN D'UNE FEMME ÉCRIVAIN EN L'AN 840, *Roman historique,* Éditions Le Sémaphore.

LES THÉBAINES, La Couronne insolente *, Éditions Le Sémaphore.

A paraître :

Vents et parfums ***
L'Ombre du prince ****

En préparation :

AU-DELÀ DE LEUR ART, *Anthologie biographique des femmes peintres et sculpteurs des origines au XIXe siècle.*

Composition réalisée par JOUVE

Achevé d'imprimer en Europe (Allemagne)
par Elsnerdruck à Berlin
Librairie Générale Française - 43, quai de Grenelle - 75015 Paris
Dépôt légal Édit. 3244-06/2000

ISBN : 2 - 253 - 14909 - 8 31/4909/3